中外戏剧经典的跨文化阐释与传播研究专号

当代比较文学
Contemporary Comparative Literature
第九辑 Volume IX

陈戎女　主编

华夏出版社
HUAXIA PUBLISHING HOUSE

图书在版编目（CIP）数据

当代比较文学.第九辑/陈戎女主编.--北京：华夏出版社有限公司，2022.5
ISBN 978-7-5080-7589-1

Ⅰ.①当… Ⅱ.①陈… Ⅲ.①比较文学 Ⅳ.①I0-03

中国版本图书馆 CIP 数据核字(2022)第 066770 号

当代比较文学 （第九辑）

主　　编	陈戎女
责任编辑	刘雨潇
责任印制	刘　洋
出版发行	华夏出版社有限公司
经　　销	新华书店
印　　刷	北京九州迅驰传媒文化有限公司
装　　订	北京九州迅驰传媒文化有限公司
版　　次	2022 年 5 月北京第 1 版 2022 年 5 月北京第 1 次印刷
开　　本	787×1092　1/16
印　　张	20.25
字　　数	263 千字
定　　价	58.00 元

华夏出版社有限公司　地址:北京市东直门外香河园北里 4 号　邮编:100028
网址:www.hxph.com.cn　电话:(010)64663331(转)
若发现本版图书有印装质量问题，请与我社营销中心联系调换。

学术顾问	乐黛云　严绍璗　阎纯德　杨慧林　刘小枫
学术委员会	（按姓名音序排列）陈跃红　戴锦华　高旭东
	耿幼壮　胡继华　王　宁　叶舒宪　张　辉
	张西平　大卫·达姆罗什（David Damrosch）
	佳亚特里·斯皮瓦克（Gayatri C. Spivak）
主　　编	陈戎女
编　　委	（按姓名音序排列）陈奇佳　陈戎女　顾　钧
	贺方婴　胡亮宇　黄　悦　李　玲　李　猛
	李庆本　彭　磊　钱婉约　王柏华　杨风岸
	云国强　张　华　张　源　周　阅
本期助理编辑	郑芳菲　胡彬彬　陈少娜　梁婉婧　陈秀娟

主办单位	北京语言大学
协办单位	中国比较文学学会

目 录

编者的话 ·· 陈戎女

|戏剧与电影的跨媒介研究|

3　凝视·舞台与屏幕：现代性的扩张与溃散 ············ 戴锦华
33　一个摆渡场景
　　——电影《一剪梅》中的莎士比亚、梅兰芳和"无声的中国"
　　··· 孙柏
78　戏剧与电影：亲缘、区隔与跨媒介
　　——主题沙龙实录······ 戴锦华　孙柏　魏然　王昕　胡亮宇　陈戎女

|梅兰芳的跨文化研究|

107　主持人的话 ·· 冯伟
109　1935年梅兰芳剧团访苏总结讨论会
　　——历史谜团与解析 ························· 李湛（冯伟　译）
142　"梅兰芳剧团访苏总结讨论会"记录
　　································ 李湛　编辑整理（皮野　译）

|达里奥·福研究|

169　达里奥·福戏剧中的跨文化主义
　　····························· 布里吉特·乌尔巴尼（杨和晴　译）
186　差不多恰好是一个无政府主义者
　　——小丑与先锋之间的达里奥·福 ··· 本特·霍姆（杨和晴　译）

1

经典与阐释

213 礼赞殉教之血
——洛佩·德·维加《日本殉教人》中的 17 世纪西班牙普世帝国
.... 魏然

240 卢梭反对戏剧？
——对布鲁姆《政治与艺术》导言的两个补充 .... 陈军

259《碎簪记》对易卜生诗剧《布朗德》的引用及其表意作用研究
——兼论苏曼殊的翻译与文学观念 .... 刘倩

跨文化系列讲座年度汇总

287 跨文化系列讲座 2021 年汇总 .... 梁婉婧

305《当代比较文学》征稿启事

Contents

Preface   Chen Rongnyu

Articles

The Gaze of Stage and Screen: The Expansion and Collapse of Modernity

Dai Jinhua /3

A Ferry Scene: Shakespeare, Mei Lanfang and the "Voiceless China" in the Silent Film *A Spray of Plum Blossoms* (1931)

Sun Bai /33

Theatre and Cinema: Affinity, Distinction and Transmedia
Dai Jinhua, Sun Bai, Wei Ran, Wang Xin, Hu Liangyu, Chen Rongnyu /78

Minutes of "Evening to Sum Up the Conclusions from the Stay of the Theatre of Mei Lanfang in the Soviet Union" in 1935: Unravelling the Truth from the Mysteries of History

Janne Risum /109

Minutes of "Evening to Sum Up the Conclusions from the Stay of the Theatre of Mei Lanfang in the Soviet Union" at The All – Union Society for Cultural Relations with Foreign Countries (VOKS) on Sunday, 14 April 1935

Janne Risum (ed.) /142

Interculturalism of Dario Fo's Theatre

Brigitte Urbani /169

Almost by Chance an Anarchist: Dario Fo between Arlecchino and Avant-garde

Bent Holm /186

Glorifying the Blood of Martyrs: Seventeenth-Century Hispanic Universal Monarchy in Lope de Vega's *Los mártires de Japón*

Wei Ran /213

Is Rousseau an Enemy of Drama: Two Additions to Allan Bloom's "Introduction"

Chen Jun /240

The Quotation of Ibsen's *Brand* in *The Broken Hairpin* (*Sui zan ji*) and its Meaning, with a Discussion on Su Manshu's Translation Practices and Literary Conceptions

Liu Qian /259

Information

Summaries of 2021 Cross – cultural Lectures   Liang Wanjing /287

Call for Papers   307

编者的话

陈戎女

  诗人波德莱尔格外倾心于"缪斯巫术创造的第二现实"。诚然,戏剧就在制造既真且幻的"第二现实"。不同的戏剧及其传统,将观众带入迥异的体验与探索。且不说中国的戏曲与西方的戏剧截然不同的戏剧观念和表演体系,仅仅看西方现代戏剧对古典主义传统的反叛和突破,变化不可谓不大,譬如,戏剧中时间和时间观的变化。

  从梅特林克的"静态戏剧"到罗伯特·威尔逊"慢动作的真理",时间不再如古典主义戏剧那般,是浓缩于24小时之内舞台行动中自然的流淌,时间成了别的东西。威尔逊很有诗意地告诉我们:"时间在我的剧院里是特别的,就像是塑料,可以随意被拉伸或是压缩,直到它抵达思想深处。一棵松树在风中轻轻摇曳的时间,或者一朵云在天空中缓缓飘过,变成一只骆驼的时间,然后变成一只鸟的时间。我给了你思考的时间和空间,我的戏剧时间是内在反思的时间。"(惠子萱译文)同样是西方现实主义戏剧时间观的反对者,创作"说话剧"的汉德克在《骂观众》中振聋发聩、掷地有声地告诉观众:

"这里存在的只有现在，现在，现在。……在这里，不存在其他的时间。在这里，时间就是统治者。它是根据你们的呼吸来测算的。在这里，时间取决于你们。"在汉德克的说话剧剧场中，不存在现实和剧场幻象中的两个层次的时间，他所强调的"纯粹的戏剧"，就是不表现时间，也不假装表现真实或现实的戏剧。存在于此的只有观众的时间。

无论内在反思的时间，还是取决于观众的时间，戏剧的时间不再是那个时间，空间也不再是那个空间。缪斯女神的"第二现实"原来是多重现实。

拿到这一辑的读者，将进入一趟中外戏剧跨文化研究的旅程。这里面既有同为观看艺术的戏剧与电影的跨媒介比较与渗透，也有上世纪万众瞩目的中国戏曲国际传播事件——梅兰芳访苏讨论会——第一次完整无删节的会议记录汉译的披露；既有达里奥·福笔下对意大利本土的喜剧艺术与欧洲先锋艺术的跨文化交织，还有对17世纪西班牙戏剧中的日本传教事件、卢梭看似自相矛盾的戏剧观念、中国抒情作家理解的易卜生戏剧等，跨越时间和文化空间的丰富阐发。中外戏剧的跨文化、跨媒介现象的多姿多彩，或许就是缪斯女神给凡世的馈赠。

本辑的第一个栏目"戏剧与电影的跨媒介研究"是2021年10月17日的一次线下学术沙龙或直接或间接结出的成果。特稿推出的是戴锦华教授在当日的重量级演讲论文《凝视·舞台与屏幕：现代性的扩张与溃散》。演讲中，她重点关注了近百年来，"凝视"行为（包括"看"与"看见"）与戏剧舞台、电影屏幕的观看空间、观众身心的交互关系中显现的现代性，以及戏剧与电影彼此缠绕的自反意识。戴锦华教授强调，把戏剧与电影放在一起讨论并不是单纯的并置,而是意味着关于历史、现实、文化、人文、媒介的众多问题以及更多回答的可能性。比如,舞台上古典的复活可能是历史幽灵的回归,也可能是对现代主义规划的质疑。数码时代以来,各种跨媒介的关系以及背后主导的观念处在某种既扩张又溃散的过程中,用戴锦华教授的说法是"媒介的坍塌与现代社会的溃散"。在危机和战争的阴云之下,剧场和影院是"无家可归的畸零人相聚"的社会空间,可此外,戏剧和电影的人文艺术创造还能给世界和明天带来什么呢?戴锦华教授在演讲中给出了丰富到"奢华"的戏剧和电影例证,当然,更精彩的是她对这些例证的解读,以及她对听众不断抛出的提问——于是我们最终明白,这是一场开放式的演讲,想要思想偷懒,直接在头脑中输入现成答案的人,可能要调整接收频道。

戴锦华教授特别忙碌,的确是在百忙之中(就这个词的字面义而非用俗的意义而言)带来了她对于戏剧的舞台和电影的屏幕这两种"凝视"艺术的思考。本刊以特稿形式记录戴锦华教授的这次演讲,希望这是一份宝贵的历史留存,留存了跨媒介(以及疫情)时代当代学者对戏剧与电影的复杂关系的反思与展望。

那天学术沙龙的盛况,是 2020 年疫情以来难得一见的师生济济一堂的线下活动,与谈和讨论部分记录于《戏剧与电影:亲缘、区隔与跨媒介——主题沙龙实录》,包括戴锦华教授现场回答学生提问、和诸位与谈嘉宾的交流等。这篇论文和沙龙实录没有做过多的修饰和打磨,特意保留了当时的"现场感"和氛围,每每再读时,仍被当时的气氛感染——这也是我们特别为读者"保鲜"期望达到的效果。孙柏的《一个摆渡场景：电影〈一剪梅〉中的莎士比亚、梅兰芳和"无声的中国"》是回应该次沙龙主题"戏剧与电影"的一篇长文，论文回到了一个特定的历史"摆渡场景"，1931年改编自莎士比亚戏剧的中国默片《一剪梅》，片中出现了梅兰芳夫妇的影像，论文由此探讨了梅兰芳访美以及戏曲影像中所建构的淡化声音、高度图像化的中国景观。而默片《一剪梅》的标题也把梅兰芳和他所承载的中华民国的国家形象嵌入影片文本当中。孙柏这篇洋洋洒洒近三万字的论文涉及翻译、电影、戏剧研究等多个领域，理路演进十分清晰，力道老辣，论文还给出了不少中国早期电影的历史细节和考证，我们常说要回到历史现场，这篇论文算是一个示范。

山东大学冯伟教授主持的"梅兰芳的跨文化研究"也是本辑重点推出的栏目。只要对20世纪梅兰芳的几次外访事件略有了解的读者可能都知道，关于1935年梅兰芳访苏后的座谈讨论会的全貌和细节，由于历史原因，学界一直有种种不同的会议记载和说法。很幸运的是，这次讨论会的原始档案，历经周折，终于由丹麦学者李湛在俄罗斯档案馆找到并编辑整理成文，以《"梅兰芳剧团访苏总结讨论会"记录》为题，汉译首发于本刊。同时李湛撰写了研究该重要档案的论文《1935年梅兰芳剧团访苏总结讨论会——历史谜团与解析》，帮助读者理清这个纠缠难断的历史谜团。该会议记录和李湛的论文分别从俄语、英语译出。这份会记录面世的过程，其扑朔迷离如侦探一个悬案，其精彩又仿若一台戏。要特别强调的是，首先，这份会议记录完整汉译的面世对国内的梅兰芳访苏研究具有前所未有的重要史料价值，它以确凿的细节（包括删节、增加情况）还原了讨论会的历史现场，解密了这桩历史谜团中诸多的关键纠葛；其次，会议记录（包括其中的增删处）对于我们理解中国戏曲国际传播史中异域接受的复杂面相，也具有典范的意义。

在此，本刊特别感谢冯伟教授及其团队，将此重要史料文献的汉译首发于本刊！

意大利的诺贝尔文学奖获得者达里奥·福的戏剧，上世纪就被不断翻译并搬上中国舞台。本辑的"达里奥·福研究"推出两篇与跨文化研究相关的译文。布里吉特·乌尔巴尼的《达里奥·福戏剧中的跨文化主义》阐述了福的戏剧中的三类跨文化元素，包括源于意大利喜剧传统的肢体语言，源于通俗文学和宗教伪经的小人物戏剧，福的戏剧以滑稽、怪诞、讽刺的喜剧手法突出反抗意识，其跨文化主义或跨文化性在于突破了地域性，是民族性－世界性的绝佳阐释。本特·霍姆的《差不多恰好是一个无政府主义者——小丑与先锋之间的达里奥·福》聚焦于有世界影响力的经典名剧《一个无政府主义者的意外死亡》，霍姆重点分析了以"阿莱奇诺"为象征，本人（演员）与角色（面具）高度混合的狂欢仪式对福的假面即兴喜剧的塑造与影响，以及反独裁统治的福如何从先锋艺术中汲取灵感却又不囿于纯先锋戏剧形式，从而使关于他的戏剧的政治审查和争议也成为反主流文化的一部分。以上两篇译文研究达里奥·福的戏剧时，一方面突破了民族戏剧的限制，将福的戏剧观念和实践放入更大的欧洲戏剧传统和世界接受中观察，另一方面又返回福写作戏剧时的意大利历史现实，这样纵横交错的比较性研究，深入揭示了达里奥·福的戏剧在艺术传统、先锋戏剧、政治文化批判等各方面的丰富内涵。

本辑的"经典与阐释"栏目有三篇论文。魏然的《礼赞殉教之血——洛佩·德·维加〈日本殉教人〉中的 17 世纪西班牙普世帝国》研究的是西班牙戏剧大家洛佩·德·维加创作于 1621 年的诗剧《日本殉教人》，这部作品的面目颇为复杂，既是一部受多明我会委托、讴歌西班牙的东方传教事业的宗教文学作品，又是一部涉及异国与异国人形象的戏剧。论文揭示出，维加的创作契合了马德里的知识阶层对西班牙普世帝国的东方殖民的期待，也受到耶稣会与多明我会的教派之争的规约性影响。论文运用文史互证的方法，游笔于 17 世纪西班牙的宗教、历史和文学之间，"以无厚入有间"，使这部戏剧产生的前因后果历历再现。陈军的《卢梭反对戏剧？——对布鲁姆〈政治与艺术〉导言的两个补充》，标题中的设问想必会引发读者的好奇心。论文的两个关节点缘此而来，卢梭对戏剧既批判又肯定的矛盾态度和阿兰·布鲁姆对此的阐发。布鲁姆认可卢梭批判启蒙哲人的哲学观和戏剧观，认为卢梭具有政治哲人区分政治和哲学界限的审慎，该论文"接着讲"，补充论证了卢梭反驳狄德罗《私生子》之类的"启蒙戏剧"无法使人走向道德明智，启蒙哲学和启蒙戏剧倡导的"利他"原则可能使大多数人变得虚伪，道德就趋于崩溃。卢梭认为政治共同体必须以某些共通的道德为基础，如从"自爱"生出的自然情感——"怜悯"，他所提倡的"好的"戏剧即以此为基础。读罢此文，想必读者对题目中的设问有了答案：卢梭反对的是某一类戏剧，但并不全然反对所有的戏剧。刘倩的《〈碎簪记〉对易卜生诗剧〈布朗德〉的引用及其表意作用研究——兼论苏曼殊的翻译与文学观念》从作者的英文著作扩充和修订而来,该论文关注到苏曼殊发表于《新青年》的短篇小说《碎簪记》的一个小细节,小说的观戏场景中突兀地出现了一大段英文原文,经刘倩考证为易卜生的悲剧《布朗德》的英译文片段,论文由此着手展开分析。西方戏剧《布朗德》中强调的是宗教情感,但《碎簪记》中的莲佩将宗教情感误读成俗世爱情,人物命运由此生变,而苏曼殊的跨文化抒情方式,即借用(或挪用)外国文学作品中的情感抒发中国小说人物(或作者)的情感,可谓借他人之酒杯,浇胸中之块垒。苏曼殊既是翻译家,也是20世纪中国文学中浪漫一脉的先驱,他的跨文化抒情源于对情感的普世性信念,即文学作品中(哪怕是被误读误解)的情感能穿越语言文化的界限。刘倩认为,苏曼殊融汇中外的抒情方式,使其作品营造出一种既不同于鸳鸯蝴蝶派小说,又不同于五四新文学的抒情方式。该栏目的三篇论文程度不同地从戏剧入题,或解剖作品,或辨析观念,且各自特点鲜明,一篇文史交错互证,一篇长于哲理阐发,一篇重视细节、由小见大。

2020年新冠疫情以来,北京语言大学比较文学研究所举办了十多年、超过百讲的"跨文化系列"讲座受到很大冲击。2021年讲座逐步恢复,但由于种种困难,只举办了四次线下讲座,围绕钱锺书文论研究、跨文化戏剧研究方法、中西戏剧比较、戏剧与电影的亲缘与跨媒介等话题展开探讨。讲座的相关学术信息和摘要,详见本辑的《跨文化系列讲座2021年汇总》。

感谢本辑的译者冯伟、皮野、杨和晴，也感谢为译文做审校的周婷，以及刊物的若干匿名评审的学界同行。学术沙龙的后期录音整理，工作繁重，由多位同学完成，感谢胡彬彬、郑芳菲、梁婉婧（希望读者能悉心体会到这些记录里我们对师长教诲的心存感激）。另外，感谢华夏出版社的王霄翎女士、刘雨潇女士、殷丽云女士为本辑的编辑和出版付出的辛劳，为了配合本辑的专刊，我们改进了封面版式。

本辑《当代比较文学》为"中外戏剧经典的跨文化阐释与传播研究专号"，是国家社科基金重大项目"中外戏剧经典的跨文化阐释与传播"的阶段性研究成果（项目批准号20&ZD283），同时也受北京语言大学梧桐创新平台项目资助（中央高校基本科研业务费专项资金，项目批准号19PT06）。

自2017年《当代比较文学》创刊以来，本刊已走入第六个年头。六年来欢乐与痛苦同在，悠游与挂碍随行。一次次的出刊背后是织繁为一的过程，也是砥砺精神、激淬自我、有穷变无穷的过程。六年之后的未来，时间取决于谁？若听从汉德克的话，"时间取决于你们"，取决于正在阅读的读者们。

2022.02.28 初稿
2022.03.18 修订

戏剧与电影的跨媒介研究

凝视·舞台与屏幕：现代性的扩张与溃散[*]

戴锦华

内容摘要 在以数码转型为标志的后冷战全球化时代，戏剧与电影的关系变得前所未有的复杂。二者在彼此借重、涵纳、跨越的同时，也经由"观看"生产着新的审美与社会区隔，并指向背后现代性/现代主义话语在当下面临的总体性危机。本文所讨论的文本组——从《精疲力尽》到《驾驶我的车》，从舞剧《红楼梦》到舞台剧《叶甫盖尼·奥涅金》等——都显示着这一危机之下，出没于戏剧与电影之中古典对于现代的幽灵般的回返、媒介的巨变以及剧场和影院等空间所依然保有的集体生活的维度。

关键词 戏剧与电影 现代性 幽灵性 跨媒介

---

[*] 本文为国家社科基金重大项目"中外戏剧经典的跨文化阐释与传播研究"的阶段性研究成果（项目编号：20&ZD283）。

The Gaze of Stage and Screen:
The Expansion and Collapse of Modernity

Dai Jinhua

Abstract: In an era of post-cold war globalization marked by digital transformation, the relationship between theatre and cinema has been more unprecedentedly complicated. While the two are negotiating, incorporating and articulating over each other, they are also producing new aesthetic and social distinctions through "looking" and pointing out to the crisis of totality of modernity/modernist discourse behind them. The groups of texts discussed here, from *à Bout de Souffle* (1960) to *Drive My Car* (2021), from the dance drama *Dream of the Red Mansions* to *Eugene Onegin* and so on, all show the spectres of the classics in modern theatre and cinema, the dramatic transition of media, and the dimension of collective life that still remains in spaces such as theatre and cinema under this crisis.

Key words: theatre and film; modernity; spectres; trans-media

开场白

大家下午好。我本来以为周末的下午可能比较轻松，没有想到同学们还是这么热情。我本来想，北语校园封闭，而且外国同学不能回来，所以今天可能是一个比较小规模的、座谈性质的活动。我当时想象的是一个会议室式的空间。到现场看到这个礼堂空间的时候，我就发现我失算了，这是其一。失算之二就是我接下了这个题目：2015 年，我曾经来过北语，那时候讲的是一部电影，名叫《布达佩斯大饭店》。而当戎女老师再次跟我说起"戏剧与电影"这个题目的时候，自然地，《布达佩斯大饭店》又首先闪出。继而我想到的作品，比如安德森的新作《法兰西特派》，比如 2012 版《安娜·卡列尼娜》——电影、舞台剧导演，剧作家乔·赖特将电影空间与舞台空间的穿越、转换用得出神入化，再比如《钢的琴》——我认为《钢的琴》是十数年来最好的中国电影之一。这些影片都似乎包含着某种"舞台（剧）化"，看似应用了某些反电影的电影语言，而这种反电影的电影语言在清晰地呈现着舞台效果的同时，自觉探测、拓展着电影的边界。当我想到这些影片时，当我想到我近期的观剧体验的时候，我觉得对于"戏剧与电影"这个题目而言，我可以在经验层面去驾驭。于是，在我的思路还没有形成，或者深化、完成的时候，我便"贸然"地答应了戎女老师的邀请，而后我发现我给自己挖了一个巨型的"坑"。从这个讲座的时间确定下来以后，我就一直努力地试图从这个"坑"里爬出去，但直到现在我还在坑底。

就我个人来说，比较艺术学是我一直非常关注，但非常谨慎不去触碰的一个题目，因为它不仅必然涉及媒介层面，同时会涉及文化艺术史丰富斑斓的变迁。当然，对我来说，这个题目必然涉及20世纪的历史。而在19、20世纪之交迸发的现代主义运动中，媒介的自觉、媒介的自反、媒介的超越、媒介的边界的探究、所谓现代主义运动当中硕大的"表达不可表达之物"的多方位的尝试——使得媒介在场、凸显，也使得媒介叠加、溃散。我不知道研究艺术史、文学史，或归属中文系或者人文学科的同学们有没有意识到，极为重要的是，这场文学艺术的现代主义运动是叠加、穿行在两场世界大战之间的。在西方主导的世界史的图景当中，这场文化的、媒介的、艺术的、语言的追问，不仅由文化或语言来回应，同时，它是由人类社会的最有力非语言、反语言——杀戮、战争、枪炮的轰鸣、硝烟的涌动——所应答的。现代主义的灾难，也是现代主义的扩张。

而两场世界大战的结果和余音，是全球60年代革命与动荡的爆发。全球60年代除了作为一个"国家要革命，民族要解放，人民要独立"的世界革命的年代之外，它同时复沓着一场"反文化"的文化运动。

在经历了如此这般的激变之后，20世纪的历史提前终结——以冷战的终结而宣告终结。而当冷战终结的时候，似乎有一个强大的共识、一个强大的趋向、一个强大的权力结构得以重建——仿佛我们可以忽略残酷的、炙热的20世纪历史，重回或者重续欧洲19世纪现代文明的源流与脉搏。而在21世纪的20年之后，当我要处理这样一个似乎非常简单的比较学、比较艺术学的题目的时候，我个人的研究方法使得我始终无法逾越文本、文本的事实，以及文本现实所负载、所遮蔽的现实与历史结构。这是我不能不强烈地感觉到那个"坑"之深、之巨大的最重要和最基本的原因。

最为切近的是，我们大家正身历着一场新技术革命，而这场新技术革命把媒介和技术推到了每一个当代人面前。你自觉或者不自觉地在用你的手机去看电影，用你的手机去观剧。我最近一次不无怪诞的经历是应某高科技新媒体公司邀请做线上直播讲座，却被告知因为用户使用的是竖屏的手机，我的横屏PPT是无法播放的——必须提前10天提交PPT，他们才能将其转换为适应竖屏手机的播放格式。最后在我的坚持之下，问题在1分钟内得到解决：采用的处理方法无外乎是触屏上的手动操作。无数类似经验事实上使我们瞩目screen/screens，面对屏幕，面对作为显示的同时是覆盖和遮挡的屏幕——它将显示我的PPT，或将遮没我的PPT。而在屏幕上，我们似乎可以碰触到各种艺术媒介。因此，我们不得不重新去思考，今天我们如何去言说不同的艺术门类？我们怎么去讨论语言，我们怎么去讨论影像？我们怎么去讨论约定俗成、不同的艺术种类和艺术媒介？这是那个"坑"深且陡峭的部分，因为它不仅是全新的命题，而且是我们必须去应对的，并且置身其间的、仍然在变动之中的现实。

所以我真的奋力地在填补和想要爬出这个"坑"。我刚才说，最后我大概仍然勉强地觉得有一只手爬出了边缘，然后努力地想要跳出去。一个小小的希望是，当我接受戎女老师的邀请时，我就请了我熟悉的年轻朋友来参与这个活动。然后就发现我非常"错误地"请了一个叫作孙柏的学者,因为戏剧是他特别擅长的领域,而戏剧与电影也是他一直在从事的研究题目。当我有力从这个"坑"爬上来的时候,我发现我可借助的梯子很多来自于他,所以当着"本主"来做"二道贩子",是一个比较尴尬和艰难的事情。但是没关系,等我讲完之后他将上台,而且我可能在讲的时候就引证他一下,再把题目抛给演讲之后的座谈。当然我也必须说,他曾经是我的学生。我非常骄傲,自己的学生,他抵达了我难以抵达的地方。

一、空间与文本:进入戏剧与电影的切口

在这个并非题外话,也并非故作谦虚的开场白之后,我就进入我的讨论。基于如上的种种混乱、挑战和"命题不慎",我最后选择的总体方式,仍然是我熟悉的,可能也是大家熟悉的方法——从文本和文本组切入。我们仍然从文本自身的构造、文本自身的实践和文本自身的创造来尝试进入我们的话题:关于戏剧与电影,关于媒介,关于媒介与现代性,关于媒介与现代生活,关于媒介与21世纪的人。也基于以上困境,我有点担心,大家会觉得我今天讲得有点玄且乱,或者说有把问题复杂化之嫌。如果你们觉得我讲得太玄、太复杂,你们就可以发出噪音,可以起身离开,也可以用我熟悉的一种情况——现场突然陷入一种死寂——来表达,可以用任何方式把这种感受传递给我。今天我们将涉及胶片、数码和银幕,将涉及剧场,将涉及剧场舞台上的身体,还将涉及作为肉身的演员和肉身在场的观众于剧场当中的互动。那么,今天我就姑且体验一下作为肉身的讲者和作为肉身的听众在一起分享思考的幸福,所以请大家不吝传递你们的感觉。

当看到陈戎女老师给我的命题作文是"戏剧与电影"的时候,首先对我来说,我要思考的是,这个问题如何开启,这个问题如何进行?

似乎最简单的方法是从剧场和影院切入，从它们的差异性切入。我们从剧场观剧和影院观影，以及剧场作为一个特定社会空间（大概熟悉福柯的朋友就会说这是一种异托邦）和影院作为一个特定社会空间的差异来进行比较。我有意识地参照坐在下面的孙柏的研究题目与思路给我的启示，选择把剧场与影院空间的图片并置。大家一望即知，除了影院白色的银幕之外，两个空间很难被区分。但当我们从剧场空间和影院空间切入的时候，它们又必须被区分辨识。在这儿，我不想更具体地去讨论细节：比如说电影院绝对不会设置侧面的包厢。

在剧场当中观剧和在影院当中观影，我们都将经历一个开启时刻，就是我们所置身的观众席逐渐暗淡下来，我们面前的舞台或者银幕逐渐地亮起来，随后，观者在舞台和银幕反射的光线之下，脸上的光影变幻不定，不时显现出诡异之感。而我们全神贯注地注视着光照所在，进入一种凝视（gaze）的状态。可以说，这两个空间提供给观众的一个最主要的方式是凝视，是全神贯注地去"看"。而当我们看一部戏剧，当我们看一部电影的时候，我们自觉不自觉地怀抱的诉求，就是我们希望"看见"：当我们从电影院离开的时候，从剧场离开的时候，不自觉的思绪也许是，我获知了什么？我了解了什么？我领悟了什么？意义、真相或真理，那是所谓的"看见"。事实上，这正是经由戏剧与电影（也许还有绘画与雕塑……）得以完成的现代性建构的重要路径。这也是人们尝试反思"视觉中心主义"的重要动力之一。当然，在浅表层面上，那个所谓始终如一的现代主义的最重要的建构，就是艺术与商业、快感与理解的二项对立。比如说，这部电影我原本只是去"看"的，我并没想要"看见"什么，我"被愉悦"了，我欢欣鼓舞，我觉得它值回票价。这就是今天这个时代最大的文化沟渠，抑或是圈层之沟。一部分人看了《复仇者联盟3》《复仇者联盟4》，然后获得极大的满足和鼓舞。另一部分人愤怒不已，怒不可遏地从影院里出来，说："什么东西？连故事都没有了吗？连人物都没有了吗？""我"不关心那些我不认识的超级英雄化成一堆灰,"我"完全不能分辨也不想分辨他们,可是"我"旁边那个姑娘"哭成狗",她离开影院的时候是那样幸福,那样满足。在这里,我们不去分辨自己进入影院时,自己的主观诉求是去"看"还是"看见",二者是有区隔的,但可以确认的是,我们在影院当中,在剧场当中,我们坐下来,放弃行为,放弃行动,而把自己简约为一双眼睛去观看,这是一种切入戏剧与电影的基本路径。

除开在空间中"看"与"看见"之外,进入戏剧与电影的另外一个路径是从文本切入,去讨论一出戏,去讨论一部电影,这是我们所熟悉的。戏剧究竟是怎样一种艺术?作为文学的一个种类,它是不是一种书写形态?戏剧等于不等于剧本?究竟是一个在舞台上被演出的是戏剧,还是用剧本这个形态去创作、去书写的是一种特殊的文类?显然,我们对于戏剧文本性的研究包含了对剧本的研究,却不仅限于此。当我们把戏剧作为剧本去研究的时候,我们的确在进行着文本和文学的研究,但真正的戏剧文本是舞台演出自身,它是包含了舞台、演员、表演行为、剧场空间、观众座席于其中的一个展示的过程。在这里,我暂时搁置大部分教科书上都会触及的那些论题,比如戏剧艺术、电影艺术与叙事的关系究竟是什么,我们进入剧场或影院是不是去看故事,而故事是不是剧场和影院的核心所在。我想强调的是,剧场或者银幕,它们同时兼有两种基本形态和功能:一个是所谓的 showing/"展示",一种是所谓的 telling/"讲述"。这也就对应着大家熟悉的,我们讨论商业与艺术、讨论电影与戏剧的时候,都会谈到的景观或者奇观的元素,讨论叙事与人物或者角色的元素。讲到这里大家可能已经意识到,至少在这个意义上戏剧不是一个清晰透明的能指。套用卡佛著名的标题造句,那就是:当我们谈论戏剧的时候,我们在谈论什么?当我们谈论电影的时候,我们在谈论什么?后者其实更值得体味,却很少被提问。因为我们似乎可以直觉地抵达"电影"这一能指背后的所指,但是我们会发现,与这类直觉相悖的事实是,从电影诞生那天起直到今天,一个基本的、本体论的问题始终紧张逼人："电影是什么？"

为什么它一再被追问？因为每一次回答都是对问题的更新，也是对答案的延宕。当我回答"电影是什么"时，我知道我的回答没有完成，答案也没有抵达发问的触发点。问题因此被延宕，等待着再一次的提问，等待着再一次的回答。或者说，本体论的问题只不过是一种陷阱，一种幻想。所谓的本体，也许从来都只是一种哲学的建构，也许它从未在场，从来也不可能被召唤在场，但是它又始终在召唤着我们去抵达它，捕捉它，触碰它。

文本的切入是一种切入的可能性，当然"文本是什么"同样是真问题。这类追问也可以是"戏剧是什么"，"当我们谈论戏剧的时候，我们在谈论什么"：剧本？剧作家？剧场？演出？一种成规惯例所引发的想象与幻象？当我们说"这太戏剧化了"的时候，我们在说什么？当我们说戏剧式电影时，我们在说什么？一个有趣的例子是，20 世纪 80 年代初，在一场关于电影的重要论争中，所谓"戏剧式电影"特指 1950 到 1970 年代中国统御性的剧作结构和剧作法：戏剧式意味对冲突的设定和强调，但这不是一般意义上的戏剧冲突，而特指阶级对立和阶级斗争。因为在这段历史中，戏剧就意味着冲突，而冲突首先意味着阶级冲突，意味着社会阶级斗争的主要基调。所以如若我们读到 80 年代初期的电影议题：要不要"扔掉戏剧拐棍"？不要将字面意义当真，其时代议题并非电影要走出戏剧艺术的阴影，而是在说电影要摒除单一的、被定型化的剧作与意义结构。或者说，这是某种非政治化的诉求。在我小时候，那种单一剧作结构曾成为尽人皆知的顺口溜："队长犯错误，书记来帮助。揪出一个老地主，抓住一个大特务。"那是一个特定情境下的人、英雄、生产和生活的讲述。

二、内部与外部、影片的事实与电影的事实

因此，我选择从几组具体的电影与戏剧的文本切入。那么，一部电

影的文本应该在什么意义上被定义并放置？我们处理一个影片的时候，必须处理的是电影内部与外部的双重事实。用麦茨的说法，就是处理影片的事实与电影的事实。前者指影像、声音、形象、故事、意义，后者则是制作资本、机构、主创团队，以及其中的工业、技术因素。其资本、预算，同时指称影片的工业化程度、技术与工艺含量。

我在 PPT 里放了《精疲力尽》《盗梦空间》《荒野猎人》的剧照。如今的世界电影史经典、电影史断代之作《精疲力尽》，其问世之时正是一位青年导演的小成本先锋艺术电影。他们的电影剧组显然不可能租用摄影棚、铺设轨道，于是摄影师坐在一个轮椅上，导演亲自推着轮椅，创造摄影机稳定平滑运动的方式和路径。每次我看到戈达尔自己推着轮椅的样子，都会感到有喜感。但作为世界上第一次命名电影的"新浪潮"的代表作，《精疲力尽》不仅开启了一个电影新浪潮的时代，同时开启了一个电影美学革命的时代，开启了一个电影语言被人们所看到、被人们所意识到、被人们所实践的年代。

而谈起《盗梦空间》的导演诺兰时，我仍然要再次声明，我是中国著名的"诺兰黑"，所以请诺兰粉原谅我（笑）。但我在这里并不是想黑诺兰，有趣的是，诺兰是在数码转型的前夜，直到数码转型发生之际，少数站出来坚决地捍卫胶片电影的一位导演。他特别强调《盗梦空间》是用胶片拍摄的，是用传统的电影特技工艺拍摄的，而非由绿幕合成，也不是后期在电脑上绘制完成的。为此，他们设计和制作了大量的装置来拍摄那些非现实空间与不断反转的时空影像。

最后一部《荒野猎人》极端奇特。看过这部影片的朋友，我不知道你们属于不属于亲爱的小李子（莱昂纳多·迪卡普里奥）的粉丝，你们有没有在奥斯卡颁奖之夜替小李子祈祷。我记得美国的电视台专门编了一个有趣的视频，是全世界的粉丝（主要是善良的女性）给亲爱的小李子祈祷（获奖）。我们看到阿拉伯妇女，看到非洲妇女，看到发达国家和地区的妇女，她们在神坛上放上他的照片，说道："求求了，这次（奖项）给他吧。他陪跑了太多次了，他这次演得太辛苦了……"这份祈祷来自电影中的奇观场景——他和熊的搏斗，他落下瀑布，他在荒原的冰河里漂流……通过这些奇观，我们体会到演员的牺牲与演员的辛苦，从而意识到这正是一部以奇观性取胜的电影。

但进入电影的事实时，我们却会发现，这部电影是全部实景拍摄的。不仅是全实景，而且极端到使用顺时、实时拍摄——故事从第一场戏开始，顺序拍到最后一场戏，要求演员真正地"入戏"。这是反电影的电影制作法，通常我们会把在同一个地方的所有场景集中在一起拍摄，这是经济的考虑，也是工业的惯例。

而《荒野猎人》的奇特之处在于它顺时顺序拍摄的事实。每一个场景都处在真实的、自然的时间中。因而它的制作周期之长前所未有。我们可以向《荒野猎人》致敬，为它对艺术的执着和忠诚而欢呼。但是，慢一点儿，这同时意味着巨大的资金消耗，这意味着极具实力的金主的支持，意味着导演的"咖位"，意味着这部电影未来在市场上可能占有的份额和档期。所以我说，这是我们去切入电影时的一种重要的可能性，甚至是必要的研究思路，是我们不仅关心影片内容的事实，我们还要关心电影内外整体的事实。我们不仅关心这部电影如何向我们呈现和讲述，我们还要关心它是如何被制作出来的，这又是一种可能性，令问题可以坐落在不同的层次上。

我一方面想跟大家分享，这个题目本身并不像所谓比较艺术学一般想象的那么简单、那么正常、那么自然。当我们做出一个选择，它同时意味着我们的选择确认了很多问题的先设。

三、古典的复活与幽灵的游荡

结束第一个层面的分享，我们引入另外几组作品。我不是在故弄玄虚：我们会说"戏剧与电影"不是一个单纯的并置，它意味着众多问题。我们的回答，其本身也许向我们揭示着一些更为丰富和复杂的面向。关于历史，关于现实，关于文化，关于人文，关于艺术的状态、悬疑、危机和困境……这或许是我的不切实际的构想。

正式进入这一组文本。我刚刚专门去南京出席了舞剧《红楼梦》的首演。在这部剧立项时，我便因主创人员的构想对它产生了兴趣。而在以后的整个创作过程当中，我断续地听到制作的消息，因此我有兴趣到现场去观剧。这是我一生当中第一次为了一场演出而飞往其他城市。这部剧对我来说颇为奇特，它触动了我重新思考对剧场的理解，触动我再次思考20世纪的剧场震荡和剧场革命之间的关系，20世纪的戏剧在电影、电视、数码媒介的冲击之下的那种不断的反身和自觉，以及这些冲击之下的剧场回应。

大家肯定听说过著名的"打破第四堵墙"的提法。大概因为我老了，偶尔会怀旧，会偶然记起我对小剧场戏剧《彼岸》的观看。那是1993年，我即将告别北京电影学院前往北大的前夜，在北京电影学院的教室里观看的一部小剧场戏剧。在那个极狭小的空间中，演员会不断地碰撞到我们这些围坐在墙边的观众的身体，我们只能躲躲闪闪。之所以会这样，不仅是因为空间小，而且是因为小剧场的观念——不仅让演员与观众的肉身同处，而且制造身体的直接接触。剧情还设计了演员不断地用一些水彩颜料，不时涂抹在观众张三、李四脸上。我回忆起那个时刻，回忆起90年代初曾经遍及全中国大都市的小剧场实践，我们在仓库里、教室里，在广场空间当中，在那些被称为"黑匣子"的这种实验剧场当中观剧，经历着心灵的和身体的冲击。那便是在中国迟到的、"推倒第四堵墙"的文化实践。

那么何谓"第四堵墙"？用孙柏老师的说法，那也正是镜框式舞台的"框子"之所在。不错，习惯于将戏剧与舞台对照比较的思路，令我们忽略了镜框式舞台的"台口"与电影银幕的功能类似。当我们把它称为"第四堵墙"的时候，会忘记它在剧场中是一个闪亮的窗口，经由它我们窥进舞台所建构的封闭内部空间。

舞剧《红楼梦》则以逆向表达了对剧场、舞台空间的自觉。我以为这就是在反思"第四堵墙"之后，改编者依据文本特征做出的自觉选择。《红楼梦》——作为中国古典四大文学名著之一，圣坛上的经典，作为遥远的旧日，同时为舞剧的主创人员重新定义为"梦"，而非现实。金属、马赛克质感的大幕布再度封闭起舞台：那是偶然出现的影像放映的幕布，也是一面不甚清晰之镜。而且，剧组在舞美设计中使用了多重幕布——七道以上的不同质地、色彩的幕布的升降成为构造和切割舞台纵深的空间语言，各种不同的打开、升降幕布的方式构成舞台上的不同表演分区，在舞台上构成电影式的画格分切，用以引导观众观看舞台演出的形态、场景和注意力的分布。

非常有趣的是，这是我第一次看到《红楼梦》的改编不是以宝黛钗的爱情和爱情悲剧为主线，相反，剧作自觉地以十二钗的群像作为它的整体选择。该剧的导演、编舞，贾宝玉的扮演者黎星在做出这一选择的同时，把自己的角色设定为叙事、意义，也是观众观看的视点给出者，而非主角。我在与导演的访谈中指出，你的野心不在于成为贾宝玉，成为中国男性的梦，你尝试再现的也不是宝玉作为视点，而是曹雪芹作为视点。导演承认了这一解读。我们在这儿无法展开去讨论贾宝玉作为非主角、作为全剧的视点，与这样的一个视点所尝试召唤出的叙事人及作者的视点，以及《红楼梦》在四大文学名著当中的特殊位置。我坐在舞台下观剧时，再一次清晰地认同了一位前辈红学家的观点——在中国四大古典名著当中，惟有贾宝玉和林黛玉不是古典形象，他们是某种意义上的现代人，他们的爱情是现代爱情，他们是最早出现在中国文学之中的个人与个体。

算是一个趣闻吧，与剧组的接触中，我获知十二钗的扮演者都是来自中国重要舞剧团的首席舞者。她们开玩笑说："我们好伟大呀，甘愿跑这儿来跳群舞。"她们快乐地自嘲：居然放弃了首席位置，"背井离乡",把丈夫孩子丢在一边,集中在一起跳群舞。谈及这个趣闻,源自另一个我想跟大家分享的关于剧场的事实——相遇与相聚所显影的、剧场作为某一种集体和社会的空间,不仅是演员与观众的肉身相遇,也是剧团、剧组的相遇与共处。

这个剧的另外一个特征是对舞台的奇观与梦幻性的自觉,令全剧中的女主人公们以及她们的悲剧命运具有了一种巨大的幽灵性——文本自身赋予的幽灵性和我们阅读《红楼梦》时感受到的《红楼梦》携带的历史的幽灵性。这或许正该是我们今天的追问:在21世纪的此时,我们重新阐释经典时究竟在召唤着什么?我们的召唤会制造怎样的在场?印象较深的两场戏,一是《元春省亲》,一是终场一幕、原创性的《花葬》。开篇是空荡舞台深处的墓碑,贾宝玉从纵深处向前台走来时,帘幕重重落下。终场则是十二钗的魂魄之舞,告离与归于大荒。整部舞剧是民族舞和古典舞,终场则是现代舞。令我动乎于中的是《元春省亲》的舞美与编舞设计。并非鲜见地,舞美设计了元春、护送仪仗,省亲队列以硕大、庄严、僵死的步态行走在制作的衣袍傀儡之中。演员可以出入于衣袍内外。该剧触动我的时刻,是王熙凤、李纨的扮演舞者抬开元春身上华美、巨大的衣袍,露出演员的真身,与衣袍形成了鲜明对照的,是舞者那盈盈下拜的袅娜、纤细的身体,显露出美、疲惫、弱小,我突然心里一痛。这当然可以展开各种解读,关于权力与人,关于封建时代的女人,或是关于元春之于贾府……但同时,你也可以将此解读为演员的身体性在场与舞台剧的幽灵式的浮现。演员是舞台上最真切的物质性在场,但同时又是一个幽灵性的闪烁。导演告知,他接受了《红楼梦》研究当中的一种说法:在封建制度下,没有后宫嫔妃可以回家省亲,而且小说中元春省亲是在午夜时刻抵达,这原本是一次幽灵的回归。因此,这无疑是舞剧创作者的自觉设计,也成为对剧场和舞台空间的某种自反。

对照另一部舞台文本,也是我个人一生当中少有的弥足珍贵的观剧经验，那是数年前我在乌镇戏剧节上观看的《叶甫盖尼·奥涅金》。这出剧后来在北京、上海等中国的几个城市做过巡演。当这部剧的大幕拉开，奥涅金在前台读出第一句对白"谁要是深深地思考过，谁就一定深深地轻蔑人"后，我的少年时代的文学、历史记忆瞬间纷至沓来。作为一部话剧，这部剧当然不同于舞剧，剧情固然发生在舞台上，在镜框式的空间内部，但它同时借重调度、借助装置、借助话剧、借助舞剧哑剧等多重戏剧语言，凸显演员身体性的在场。所有的观众（和观众的身体）体认、承受演员身体性在场的冲击和碰撞。我自己的观剧经验是，似乎以舞台为原点或中心，整个剧场成为一个共振的有机体，每一个观众和他们的身体被包裹在这个剧场空间当中。如果我们尝试深入讨论这部剧的话，我会很愿意去重访俄罗斯文学巨人普希金，或重谈 21 世纪视野中的"多余人"，会讨论今天的《叶甫盖尼·奥涅金》仍作为俄罗斯重要的剧场的重点剧目，却由别国（立陶宛）导演里马斯·图米纳斯来执导。而立陶宛又是昔日苏联——那个地图上消失的名字——的加盟共和国。我们也可以讨论 19 世纪俄罗斯的历史时刻及那场发生在 20 世纪末的大失败。但那是一个无法在这里展开的、另外的大故事。

我之所以在这里提及此剧，固然是因为它是突出的戏剧文本，也是因为它和舞剧《红楼梦》之间的一个有趣的呼应：在名曰《叶甫盖尼·奥涅金》的这部剧当中，奥涅金不再是主角。尽管有两位角色在舞台上面面相觑地扮演奥涅金——年轻的奥涅金和年老的奥涅金，但即使有年老的奥涅金在场，奥涅金不曾表达任何意义上的忏悔。在整部剧中，奥涅金们扮演了叙事人，他们共同讲述达吉雅娜的故事。在此后的对谈中，我问导演："为什么这部剧名为《叶甫盖尼·奥涅金》，讲的是达吉雅娜为主角的故事？"他的回答很巧妙，也可以说很狡黠。他说陀思妥耶夫斯基曾经在普希金的墓前说，《叶甫盖尼·奥涅金》本应该叫《达吉雅娜》。

那么，舞剧《红楼梦》里偏移了的贾宝玉，《叶甫盖尼·奥涅金》

当中叙事人化了的奥涅金,是不是也在以某种方式向我们传递着关于21世纪的问题,或者21世纪的境遇?18、19世纪的英雄们,在21世纪的舞台上开始淡化为某一种幻影,某一种幽灵。那么它是否正以某种方式提示着现代主义的规划、现代性作为讲述和阐释所谓近代晚期以来的人类历史的方案,正在失效?女性,来自太虚幻境的十二钗,和作为所谓象征俄罗斯大地的达吉雅娜,成了舞台空间中心的主角与某种"英雄"。

四、媒介的坍塌与现代社会的溃散

下面是稍作偏移后的一组文本。因为《叶甫盖尼·奥涅金》的演出形态、女演员表演之精彩、全场表演强有力的肢体语言、强有力的身体的在场性,我一直处在一种激情体验当中。于是我联想到现代舞,联想到现代舞中伟大女舞者皮娜·鲍什,她所建立的舞蹈学习法——一群人聚在一起,他们相互碰撞身体,他们和空间当中所有的物体、身体接触和碰撞。一种似乎完全没有专业含量的,但却让人尝试体会到身体的存在和身体在场的现代舞台艺术的空间和现代艺术的实践。

熟悉电影的朋友看到大屏幕上这几幅剧照,都将意识到,这不是任何的皮娜·鲍什和她的剧团演出的现场剧照,而是来自一部名曰《皮娜》的电影,一部由德国著名导演文德斯执导的纪录片,也是最早的3D纪录片制作之一。在这部影片里,银幕世界与舞台空间的同在、表演艺术与电影艺术的相遇、现代技术及现代媒介与身体的相遇直接发生了。这部3D电影拍摄了皮娜·鲍什的训练现场、演出现场和皮娜·鲍什的主要剧目,比如《穆勒咖啡屋》《春之祭》。在此,我们可以追问:电影是什么?3D是什么?3D的技术使电影更真实了吗?是否因为3D的元素,皮娜·鲍什的哲学、皮娜·鲍什的艺术、皮娜·鲍什的身体在银幕上获得了更真切的在场?事实上,至少就我的观影经验而言,3D

技术使得皮娜·鲍什的现场具有强烈的非真实感，因为3D技术破坏了电影语言的一个基本规则，它试图在二维空间当中去创造第三维度的幻觉。在电影影像中，最大的幽灵是所谓"文艺复兴空间"或曰中心透视法。而3D取消了这种透视法的媒介前提。于是，非透视的透视使得具有真实感的银幕空间发生变形，至少是边角畸变。因此，皮娜·鲍什的现场，在3D电影当中变得更像一个杂耍场。当然，此间的原因之一是3D技术的不完善。《皮娜》作为纪录片出现的时候，3D影像的边角变形就更强烈地被凸显，被观众感知。这也是皮娜·鲍什的舞蹈现场扭曲并且撕裂的重要原因。所以我们说，此次相遇并不是一次值得嘉许的相遇，情况刚好相反，这再一次迫使我们直面身体与媒介、身体与空间艺术、艺术的规定性与现场的复杂关系。

戏剧与电影的连接与区隔似乎不言自明，事实却远非如此。它们有各自丰富的历史进程，也有如此多重的所指，或者说它们本身是超载的能指，或者是能指碎裂的过程。我们回望电影的开端，回望卢米埃尔兄弟，他们最早用其电影摄像机去"纪录"了日常生活的现实。有趣的是，卢米埃尔兄弟最著名的电影叫《火车进站》，电影摄放机器是媒介而火车本身也是一种媒介。这是上一个世纪之交两种新媒介的相遇，卢米埃尔兄弟用此新媒介覆盖了彼新媒介。回望另一个意义上的电影之父梅里爱。我老开玩笑说，电影是父权的，就是因为它只有爸爸，没有妈妈（笑）。梅里爱从他购买到电影摄放机器开始，就在用它覆盖剧场。梅里爱自己是演员，自己经营剧团，自己经营魔术团。梅里爱一拿到电影摄放机器，就用它去覆盖舞台。我想冒险用一个表述：梅里爱从一开始就让电影或者戏剧之间出现"坍缩"。电影坍缩进戏剧舞台，或者戏剧坍缩进电影这个新媒介。我故意在最近一大批卢米埃尔兄弟、梅里爱修复完成的4K版影片中，选择一部著名的影片《胡迪尼剧院的消失女子》（又名《贵妇人的失踪》），这部神奇电影其实不过是魔术中常见的大变活人。这个老把戏在魔术的现场颇为迷人，变成电影以后就十分小儿科——使用停机再拍，我们可以让一切在电影观众眼前消失。在梅里爱那里，电影被显影为一个全新的、巨大的视觉魔术系统。

卢米埃尔兄弟向我们展示了什么叫电影，而梅里爱则让我们在电影上再次看到了舞台，看到了戏剧，接受了叙事。关于电影的认知因此而改变。事实上，是二战后欧洲艺术的理论与创作实践，令我们再度以卢米埃尔兄弟为正统，再度确认了对于电影的一个本质性的认知：电影的基本介质是胶片，是胶片成像，因而电影的本性是纪录，最重要和基本的电影行为是拍摄/shoot。

本来我还想玩一点噱头，因为汉字的"戏"是带"戈"的。汉字的"剧"是带"刂"（"刀"）的。这两个汉字最早都和战争、军事行为有关系。当然，我知道"戱"和今天我们用的"戏剧"的"戏"不是一回事儿，今天我们用的这个"戱"字在古汉字当中几乎只跟战争有关。但是"戏剧"的"戏"中也仍然带"戈"，它仍然和某种军事的仪式、战争的仪式、征服敌人的仪式相关。而且，"戏""剧"这两个字作为一个现代汉语的词，和绝大多数现代汉语的词有所不同，因为毕竟在古汉字"戱"和"劇"当中都包含杂耍和游戏的意义，都包含了不当真和娱乐的元素于其中。此间的真与幻、虚与实、有为和无为，或许可以延伸出不同的讨论脉络。时间所限，我就暂时搁置了。

我们说电影最重要的行为是一种摄制行为，而故事的制作过程实际上包含了很多关于空间与时间的相互关系于其中，包含了我们的拍摄地点、拍摄时刻、剪辑等一系列的因素于其中。电影是纪录。现场拍摄，我们经由光把影像凝固在胶片上——这是一种认知，也是一种信念，或神话。

梅里爱为电影制造了另外一个路径或曰歧义——他的一些电影是绘制而后摄制而成的。我们可以说，这成就了一个特别的片种——动画/卡通。但其意义不仅如此，在这儿，"绘制"可以是广义的，可以是绘制出的影像，也可以包含各种特技、后期合成的影像，而不是对真实存在的物像的拍摄。纪录或绘制？真实或幻象？物质/媒介或幽灵？这些似乎是电影史专属的本体论问题，事实上也是现代性议程的内在议题，是其自身的核心议题，也是其饱满的张力与拉扯之所在。对于电影史而言，它已是极为老旧的问题了，因为我们早已经在很多不同的影片当中经历了电影史，甚至夸张一点说经历了20世纪与21世纪之交的文化史的时刻。这些影片以不同的方式提出并回答着这一问题。

我想例举的是晚近的例子。其一是1990年的一部极简电影《特写》，它令一位伊朗导演阿巴斯·基亚罗斯塔米为世界影坛瞩目。我个人认为这也是一个世界电影史的时刻。《特写》以纪录片的方式跟拍、搬演了一个真实案件：有一个伊朗骗子号称自己是大导演马克马巴夫，并成功地令一个热爱电影、热爱马克马巴夫、中产偏上的城市家庭对他奉若上宾。直到这个家庭的一位有文化圈关系的朋友指认，他们才意识到受了骗，并将假导演告上了法庭。人们发现骗子是一个失业的、被妻子抛弃的底层人，他爱马克马巴夫，他认为自己在马克马巴夫的电影当中找到自己生命的意义，他认为马克马巴夫是一个"为我们这样的人说话的人"。法庭审判最后达成和解。受骗的一家人撤诉。最有趣的部分到了。阿巴斯·基亚罗斯塔米请来了真导演马克马巴夫，请他来领着冒名顶替者前往受骗家庭造访、道歉。这个骗子的一段话极有趣：看，我没骗你们，我带来了马克马巴夫，我带来了电影摄制组。这是一个完全的、极低成本的纪录片。阿巴斯·基亚罗斯塔米在访谈中说，关于这部电影，我得到的最高的赞誉是这样的：在一次国际电影节上，有人问，刚才那部《特写》谁导的呀？另外一个人说，这部电影有导演吗？《特写》似乎是一次偶然获知并介入的完全的纪录，但它所纪录的内容却是不同意义上的表演。一个拍摄花絮是与影片海报场景相关的趣事：海报上，马克马巴夫骑着自己的摩托车，载着冒名顶替者前往受害者家中。导演在访谈中提及，在这一场景中，马克马巴夫知道电影在拍摄，知道有遥控的麦克在录音，所以马克马巴夫（多少有偶像包袱地）处于某种表演状态。而骗子则对进行中的偷拍一无所知，他终于见到了自己的偶像，处于无限激动之中——他不仅要诉衷肠，更是兴奋于自己终于有了机会，跟一位大导演谈电影艺术。结果在录音当中听来，真导演像在扮演导演，而骗子却像个真正的艺术家。我称《特写》为一个电影史的时刻，是因为此间，纪录与表演、真实与谎言、目击见证和自我想象与角色扮演复合在一起，无法剥离，无从分辨。

另一个例子，则同样是90年代初的一部香港电影《阮玲玉》，影片在世界影坛上引发了好评和热议。那是张曼玉主演的30年代中国大影星阮玲玉的传记片。不同于一般意义上的传记片，影片有着可谓复杂的影像与叙事结构，共五重影像：其一，张曼玉扮演《阮玲玉》传记片中的阮玲玉，彩色影像；其二，张曼玉搬演阮玲玉主演的著名的影片中的著名的桥段，彩色影像；其三，现存的六部阮玲玉的电影胶片的片段，黑白默片；其四，篇幅颇巨的黑白纪录片段落，是关锦鹏剧组的主创一起讨论剧情，分享对那个时代、阮玲玉的生命际遇、她生命的人与事的理解或分歧；其五，则是粗糙的DV像质的影像，是剧组对彼时尚在的阮玲玉昔日故人的访谈。五种不同质感的、不同媒介的影像繁复也精巧地被剪辑在一起。

有趣的是，如果这些具有不同性质与意味的影像"有机"地重塑或曰找回了阮玲玉的在场或幻象，共同构成一种对20世纪30年代的著名文化公案——阮玲玉之死——的权威阐释，那么影片就将等而下之得多。电影的出色与迷人之处，刚好在于每个不同的影像层面相互对照，相互质询，在张曼玉、张曼玉饰演的阮玲玉与阮玲玉的似与不似之间，成功地在幻象/真身、角色/人物、扮演/扮演者之间，展现了想象与真相、历史文本与历史事实之间的张力。关锦鹏曾谈到，他最初的计划是请梅艳芳饰演阮玲玉——在我的感知中，梅艳芳并不比张曼玉更形似阮玲玉，但她似乎与阮玲玉共有着某种难于言表的美感与性感。而导演继而指出：当传记片的叙事确定下来的时候，谁来演就不重要了。换句话说，他所追求的并非相像与乱真。

在准备这次讲座时，我才第一次注意到《阮玲玉》的英文片名是 *Center Stage*。当然，在剧情中并不存在着剧场、舞台这类空间、物质性的元素。类似命名所提示的，是某种关于舞台/观看、演员/观众、表演/目光的现场提示，而且是多重舞台、多重观看。

当年，在大银幕上初次观看《阮玲玉》的时候，我的关注集中在某种身份表述之上。彼时我理解张曼玉与阮玲玉的不似，是某种历史转折时刻的香港身份的张力表达，某种以30年代上海滩、十里洋场为连接点的文化政治表述。近年来，当我一再重看这部电影时，我有了不同的体认，或者说我意识到我的解读缘自我自身的历史限定，而非《阮玲玉》电影书写的单一印痕。在影片多重影像的区隔与叠加、拒绝与认同之间，表达的不仅关乎文化中国与政治现实，也是导演对30年代左翼电影、左翼电影人、大时代中的个人的注目礼。更重要的是，似与不似的张力同时坐落在传记片——这个特定文体、片种之上：传记是"非虚构"，传记片是故事片、虚构叙事的一种，尤其当它是一个电影演员、一代影后的传记之时，她的作品构成了她生命的主线，而故事片自身却通常是特定时代的想象与梦幻。

引证这组影片，不仅由于它们显影了某种对电影媒介、电影本体论的自觉与自反意识，而且因为它们于20世纪90年代开启的这个历史的节点时刻重现、重提了电影媒介自身所负载的现代性规划的张力。而类似议题早已在1966年，米开朗基罗·安东尼奥尼的名片《放大》中清晰呈现。那是影片的剧情脉络，也是其影像结构，是故事意义，也是媒介自指。它凸显了诸多电影本体论讨论的基本议题：关于"看"与"看见"，表象与真相，关于视觉或曰视觉中心主义在现代主义文化与历史中的重要位置。我们始终在看，我们自以为看见；事实上，多数时候，我们只能看见我们已知的或预期会看见的一切。我们经常是视而不见的，或"盲目"的，看见是发现与获知，是对表象的窥破。看见，也许正是某种创伤性的时刻。类似认知或表述是现代主义视觉文化的关键，也是欧美思想与之相关的主导的二项对立式。它是对去"看"并且"看见"的召唤和承诺，也是对眼睛之幻术、视觉装置之幻术的迷醉和反思。我自然联想到一则大大溢出电影史的电影史实，正是在《放大》中明晰而智慧地洞察了视觉、影像谜底的安东尼奥尼，在数年之后拍摄制作了大型纪录片《中国》，他自以为充当着认同红色中国的见证人和目击者，却被指为"反华小丑"，他自认客观纪录的红色中国的影像，却被辨识出歪曲的、辱华和反共的意义。再一次，安东尼奥尼用他自己的个人际遇和创作，向人们展示了一次"看"与"看见"间的悖反。

在此，需要强调的是，当我们不再仅仅将关于"电影是什么"的追问坐落在拍摄或绘制、纪录或奇观营造、真实或幻象之上，而是由"看"与"看见"的递进与悖反，将其延伸到现代性议程或思想史脉络之中时，我们会发现戏剧与电影的比较艺术学命题的设定，多少带有某种陷阱意味。剧场并不因为舞台与观众席的区隔或并置、肉身的演员与观众的空间同处（无论是否隔着四堵墙或第四堵墙）而更为真实，电影亦不因为银幕世界、电影形象是影院中"想象的能指"而注定虚幻；现代剧场、现代戏剧与电影在现代历史中先后出现，它们成为在不同历史时段中主导的，或曰大众性的现代主义文化实践，成为视觉中心主义文化的、不同媒介系统中的突出例证。幻象、奇观、表象与真相、真实、真理之间的紧张，令现代戏剧与电影共同展示现代性的扩张进程，也共同成为间或可以辨识的现代逻辑及其历史的裂隙。

然而，我们尝试处理的命题仍然可以其他层面揭示并展开。下一组文本来自20世纪90年代的好莱坞。那便是1994的奥斯卡与全球票房大赢家《阿甘正传》以及1998年的 *Truman Show*（《楚门的世界》）。这组影片也可说是某种电影史与文化史的时刻。《阿甘正传》的重要不在于它成就了迷人的成人童话，而在于向全世界的观众展示我们可以在银幕影像上"看见"那些不在的"事实",我们可以作为目击者见证幻象的历史在场。因为在这部影片中数码特技将汤姆·汉克斯饰演的阿甘"嵌进"了若干美国历史纪录片的著名时刻、著名场景中,令他"眼见为实"地与历史人物——死者或幽灵互动。纪录片中那些"纪录性"的、真实的历史时刻因此而成了戏谑的幻象。而《楚门的世界》大概是中文片名翻译当中很烂的一个,我喜欢的译名是《真人活剧》,或者干脆翻译为《真人秀》,而 truman show/"真人秀"的说法正是因为这部电影才得以流行的。影片 Truman Show 变奏了一个科幻电影的母题,将主人公、楚门或"真人"生活其中的、看似平凡真切的美国小镇最终曝露为一个巨型舞台、一处大型的摄影棚、一个应和着无数观者窥视的目光营造出的"真实幻象"。我们固然继续延伸着关于"看"与"看见"的讨论,但在此,我想提示的却是另一重相关的媒介事实:可以说这两部电影中的真故事或真主角是继电影而出现的电视媒体,或者说,影片自觉或不自觉地记录或追述了一个视觉文化史的时刻:电影朝向电视媒介,亦是将涌来的数码媒介坍缩的开启。《阿甘正传》之于西方观众的"惊心动魄"或曰精彩,正在于他们是经由电视媒体而"目击"并不断温习了那些纪录片中的历史时刻的见证人;阿甘的故事的主部展开的时刻也正是电视媒体深入美国千家万户的时刻。也只有电视媒体的存在,才使得"真人秀"一类娱乐节目得以产生、成立。我们同样可以,却没有时间和篇幅去展开一些媒介学意义上的讨论:所谓媒介的内容是另一种媒介。或者沿用基特勒的句式造句:没有电影的发明,就没有意识形态国家机器理论的产生;或,没有电视的普及,就没有 20 世纪后半叶抵抗的、介入的政治。

接下来我会因为自己"拖堂"而"快进"和潦草。《鸟人》是 2013 年的奥斯卡最佳影片,它由墨西哥"绿卡导演"冈萨雷斯·伊纳里图执导。这样的一个讽刺性的话题本身具有诸多的启示性:近十年好莱坞的成就,几乎主要由"外援们"/"绿卡导演",尤其是以"墨西哥三杰"为代表。这本身显影着全球格局的变化、美国的危机，以及现代性的扩张与危机。而《鸟人》这部电影的故事与电影语言成就，与我们今天的题目的联系最为恰切与直接。影片的故事是一个好莱坞的过气明星试图在百老汇上演一部舞台剧。舞台剧的筹备、排练、上演全过程，使得这部电影事实上是一部在剧场的特定空间，如舞台、观众席、后台、化妆间中展开的室内剧。

曾令影片主人公成名的电影角色是鸟人或曰飞鸟侠（这次台湾的中译名更为恰当）。这无疑指涉数码冲击下好莱坞电影工业的潮流和选择：漫改片和超级英雄片——近乎纯粹的商业奇观性电影的涌流。然而，这位昔日的飞鸟侠在故事中筹演的剧却是卡佛的《当我们谈论爱情时我们在谈论什么》。那是卡佛的代表剧目：小人物，无助者，现代主义逻辑中的精神性瘫痪症患者，同时是社会现实结构中的失败者。类似描述已足以展示电影叙事所依托的一系列意义的二元对立式：商业与艺术、奇观与写实、梦工厂的逃逸与现实主义直面、好莱坞与百老汇，当然，还有电影与戏剧。这个美国故事亦是对现代性议题的推演与反观。然而，令这部影片获得了巨大的国际声誉的，却并非类似主题或故事，而是作为一部"好莱坞制造"，《鸟人》竟以曾作为欧洲艺术电影的标识性语言——长镜头、超长连续镜头——为其主导语言和叙事手段。若说长镜头在世界电影史一度几乎成为电影性或艺术电影的代名词，正在于胶片的媒介特征决定了长镜头意味着连续拍摄，意味着纪录与现场调度，意味着见证与在场。然而，《鸟人》的奇特，不仅在于以长镜头展现了迷宫般的剧场空间，化妆间、登场甬道与舞台的连续、错位与反转，而且在于现实情境与奇观场景在同一长镜头中相继出现。卡佛式的卑微、尴尬的小人物在连续镜头中平地起飞，绕城飞翔，身陷尴尬、猥琐处境的主人公未经时空转换而置身于超级英雄片的奇观战场。在此，如果说长镜头激活了或曰再度赋予了奇观场景的奇观性与观看快感，那么，超级英雄的违和进入亦成了卡佛/冈萨雷斯·伊纳里图的小人物的精神世界的展示与诊断形态。至此，何谓戏剧？戏剧性？何谓电影？令长镜头不再意味着纪录的，无疑是数码介质与全面取代胶片成为电影的媒介，长镜头不再是胶片光学物理功能限定下的目击纪录，而成了一种新的特技效果。《鸟人》究竟是戏剧与电影的又一次相遇，还是朝向数码瀚海的坍缩？

在此，我们将讨论延伸到冈萨雷斯·伊纳里图的下一部为他赢得巨大声誉的影片《荒野猎人》，它也许有助于我们获得思考并追问这一问题的正确思路。《荒野猎人》似乎又是一个不恰当的中译名，直译才是准确而恰当的："还魂者"。这部充满长镜头奇观的电影讲述了一个有历史人物原型的故事，他便是故事中的还魂者——"亡者"从死亡中归来。或许在不期然之间，影片成就了某种文化性的揭秘：这是一个美国历史中的幽灵性的故事，一个在美国的自我叙述当中遭潜抑的故事。然而，类似的幽灵和缺席事实上始终以在场的方式存在于美国史、美国文学与好莱坞叙事之中，存在于美国的历史想象和通俗文化的写作当中。抛开美国史，抛开美国的西部开发，抛开美英法之间的国际政治及其贸易的历史讨论，这部电影意义不在于故事中的还魂者，而在于它以幽灵的形态显影了美国史，显影了现代史的幽灵：被杀戮的印第安人和种种原住民。借用孙柏的观点，我们在艺术学内部对媒介、对本体论的追问屡屡难逃幽灵学的缠绕，正在于欧美现代思想、哲学与文化原本是现代暴力历史对蒙难者幽灵的驱魔仪式（这已经是我的发挥和表述了）。

五、反思现代性：公共领域与反文化运动

在最后一组例子当中，我想跟大家分享的是这次演讲的思考支点，同时也是我极少数的、珍视的观剧与观影经验。

2011年，我在台北观看了英国"合拍剧团"（Complicite，我也更

喜欢把它翻译为"共谋剧团")演出的舞台剧《春琴》。这部剧一票难求，我台北的朋友在一年前就订了票。《春琴》在这个剧团的演出史上并不重要，他们有太多的著名剧目和著名表演，但我只看过这一部。那是一次震撼性的观剧经验。开演之时，整个舞台是空荡的，没有任何陈设、布景，没有幕布，甚至没有侧幕条，整个舞台像一个空旷的废墟或巨型洞穴敞开在那里（据说合拍剧团的舞台始终如此）。这部《春琴》，改编自日本作家谷崎润一郎的《春琴抄》。剧团来自英国，导演和主要工作人员是英国人，但是演出全部由日本演员承担——这是剧团的创作原则和组织方式，他们在世界各地巡演不同国家和地区的著名故事，每部剧都用当地演员或曰母语演员。

英国的合拍剧团是最著名的"肢体剧团"，他们强调用身体去表演，用演员的身体语言作为叙事的最基本媒介与语言。有意思的是，英国合拍剧团与日本帐篷戏、皮娜·鲍什以及近年来冉冉升起的日本新一轮新浪潮导演的工作方式，与由贾克·乐寇开启的表演理论、身体理论和训练方法十分相近，那便是我们在一起，一起训练，共同分享，串读剧本，集体讨论。这是一个相遇与团聚的过程，是主创、演出群体身心的相互熟悉过程。《春琴》的日本演员中包含日本知名的话剧演员、电视剧明星，也包含素人。在演出现场，正方形的白板、A4 打印纸、短木棍是其仅有的道具。经由演员的形体表演和这些极简材质的道具，经由灯光调度，他们在舞台上即刻召唤出多种多样的日式空间：榻榻米、木拉门、内景和外景、偷窥者的窗口、窗外"一行白鹭上青天"……一切都如此"真切"、迷人。

舞台上，设置了三重叙事人。在舞台的右前方，近台口处，一盏灯照亮一个穿和服的老人，他持一卷古书，在剧情空间之外充当着舞台演出中鲜见的叙事人；在舞台的中景偏左，一束追光照亮了一个穿时装的中年女人，她告诉观众，她是 NHK 的播音员。她用 NHK 播音员的语调朗读谷崎润一郎的原作。而情节会与她的朗读同步或错位发生。女演员的朗读间或中断，进入幕间休息。她在休息时间会似漫不经心地谈起自己和一个极年轻的男人的畸恋——她的陈述参差对照着谷崎润一郎的畸恋故事。剧情中的男主角充当着第三个说书人，在剧情进行中阐释剧情。可谓神奇的是，戏剧后半部分女主人公由彼时当红的电视明星扮演，但在前半场中，女主只是一个由诸群演抬着的日式和服人偶。以文字来描述，我提及了三重叙事人，剧内、剧外故事，这也许会引发对布莱希特戏剧理论与实践"间离说"的联想。然而，我自己的现场观剧经验则完全相反，它不仅强于《叶甫盖尼·奥涅金》的演出，将整个剧场——包括舞台与观众——变成了一个似有生命的、共同律动的存在，而且使整个剧场弥散、充斥着谷崎润一郎式的病态、浓郁的性感，准确地说是肉欲。事实上，围绕着每一个原创性的文本，都可能再度引发相关的艺术学、媒介学或本体论的追问，继而，我们同样会发现类似追问却很难在相关、相邻学科内部得到我们尝试追索的答案。

我想提及的另一部电影文本出自正冉冉升起的日本大导演滨口龙介的新作《驾驶我的车》。这部电影恰逢其时地，或者是"极不得当"地降落在我这次讲座的前夜，这对我来说是一个令我兴奋又残酷的事情。因为在我看来，这部电影高度内在地表达了媒介自觉和媒介反思，涉及了电影与戏剧、20世纪的历史、21世纪我们的处境与21世纪疫情期间现代主义的意义。它令我们再度迟疑：今日电影，究竟是依旧显影、度量了现代性的扩张，抑或溃散？

这部电影"号称"改编自村上春树的著名短篇小说。但滨口龙介最重要的"改编"，便是加入男主角/一位话剧演员主演、导演的重要剧目之一：伟大的俄国作家契诃夫的著名剧作《万尼亚舅舅》。毫无疑问，我会说，这部电影是一部极精致的、有原创性的、电影化的电影。但我也想再一次冒险地使用那个不大有把握的词：坍缩。也可以说，这部电影整体性地坍缩进了《万尼亚舅舅》这部舞台剧。换一种表达，当村上春树遭遇到了契诃夫的时候，前者似乎坍缩进了契诃夫的世界。

做如是说，是因为话剧《万尼亚舅舅》的排练演出不仅贯穿了全剧，连接起剧中的主要角色，而且在某种意义上成了剧作结构与叙事意义的支撑。村上春树的空荡、轻盈而残破的失魂肉身在某个历史的破碎处遭到了契诃夫灰色、琐屑的、在幻灭中徘徊的小人物。这是时光的上溯或历史的逆行？现代性的再度铭写，或现代性话语的失效？

影片中一个重要有趣的情节元素是，男主角发现了妻子与他人通奸，妻子猝死之后，留给男主人公的是妻子录制的一卷磁带。为了协助他排练《万尼亚舅舅》，妻子为他读出万尼亚舅舅以外的所有角色的台词，并为他预留了填入万尼亚对白的时间空当。在片中，妻子的名字叫"音"（おと/oto），汉字中"声音"的"音"。在影片的诸多场景中，她只是声音性的在场。在这个主人公曾拒绝他人进入的轿车空间中，充满了已故妻子的声音。正是与戏剧、电影作为视觉中心的现代性实践相对、相关，此处，具有物质性与物理性的声音是幽灵的对应物，犹如村上春树书写中特有的肉身游魂。直到另一位女主角、年轻的职业代驾女司机进入了轿车空间，由完全的沉默者而开始发声之时，妻子的幽灵才暂时隐去。而年轻的女司机则最终显影了自己携带的幽灵。

或许最为可贵的是，这部充满原创性与媒介自觉的影片，其成就不仅在于语言、视听与叙事，当剧作情节将最重要的一次《万尼亚舅舅》演出地点设置在广岛，让女司机的幽灵出没在3·11大地震、海啸的废墟之上的时候，影片便在幻象/真实、拍摄/绘制、语言故事的创作实践之上再度尝试叩访历史与碰触现实。而剧情的高潮时刻，男主与女司机在3·11废墟之上向对方展露自己生命中的至痛的幽灵之时，没有自怜或想象性抚慰，而是作为命运的受害者坦承了自己作为加害者的"罪行"。联系着二战的历史，联系着战后日本文化的症候与情结，我们也许可以体认这一时刻与表达的可贵。另一个剧作的高潮点是男主人公最终出演了他此前拒演的万尼亚舅舅，成了这个19俄国文学幽灵的肉身在场之时，他和我们——影片的观众一起获得了来自契诃夫的遥远而极为苦涩的抚慰——尽管这沉重的安抚来自舞台上一个韩国哑女的韩文手语。如果说，这一时刻在某种意义上构成《驾驶我的车》朝向《万尼亚舅舅》的坍缩的完成，那么下一时刻，驾驶着男主轿车的年轻女司机却日常地出现在某个韩国城市的街道上，影片中唯一一处柔情暖意之所在——那对笃爱的跨国夫妻的爱犬端坐在轿车的后座之上。影片叙事或曰虚构世界的闭锁与完整再度坍陷：全剧只是女司机的一段幻想？她编纂中的一个故事？梦？幻觉？电影？戏剧？或历史与现实的幽灵性在场？

我们仍置身在这场全球性、以地球人类为整体的、无人可确认豁免的新冠瘟疫的流行之中，它正在并继续造成人类文明史上前所未有的危机状态。对此，我想引用《春之祭》剧团导演在 2018 年国际戏剧节开幕典礼上的致辞。在那个致辞当中，他说："不论是在皇家剧院，还是在大歌剧院，不论是在难民营，还是在战场的角隅，当我们开始创造一部戏剧的时候，我们同时创造的是无家可归的畸零人的相聚。"我想做出的引申是，电影的意义亦在于作为社会空间的影院，在于影院空间使我们得以相聚，在于影院空间使我们可以获得遭遇异质性人群和异质性身体相遇的可能性。在 20 世纪的历史当中，电影和影院被塑造为一种公共性的存在。所以，也许重要的是，我们如何能够再度于爱的旗帜下集结，我们如何能够再一次去体认和创造人与人的亲密关系？我们如何能够在这个被所谓技术革命所改造了的媒介的冲击之下，去重新讨论人类社会的共同性和可能性？但类似表述同时令我再度陷入我尝试处理或逃离的危机状态：现代性方案与话语是否依旧有效？如果它已然失效，那么修复它的努力是否徒劳并适得其反？

最后和大家分享一幅 *Billboard* 杂志的封面：口罩版的《自由引导人民》。其重点不在于德拉克罗瓦的这幅名画，而在于它曾负载的现代性的多重面庞之一：关于自由、关于进步、关于革命。首先是法国大革命，关于法国大革命作为范式形成的对于现代历史、现代社会的想象，一种对于平等、自由、博爱、民主、正义的不懈追求。事实上，这些理念正是在20世纪后半叶的坍塌之中，逐渐为现代化的叙事、现代化的理念、发展主义所取代，一如美国革命作为核心范式取代了法国大革命。我们所有关于媒介的、关于艺术史的、关于比较艺术学的讨论，大都自觉不自觉地被重置在范式的更迭中，尝试重新编织现代晚期的文化想象、文化景观、文化逻辑。今天，我们再一次瞩目口罩版的《自由引导人民》的时候，要强调的是，无论是革命的范式还是现代化的范式，都未能溢出现代主义的基本设定及其逻辑。当我们回首20世纪的风云激荡的时候，我们同时必须正视战争、毁灭、革命、颠覆，同是现代性扩张的印痕。百余年现代主义艺术运动，无外乎是一个坍缩，是令一切坚固的东西烟消云散的进程。如果我们的确置身于晚期资本主义（是否也可以称为晚期现代主义？），那么现代性的溃散与崩解势不可避。别样的替代性的选择是什么？今天，我们对旧有的知识型的召回，对新的知识型的召唤，能不能让我们去应对今日的现实、今日的危机和今日的世界？能否让我们去有效地推进与艺术相关的、与电影和戏剧相关的人文生产及其艺术创造？这些，成为非常严峻又难于简单去予以回答的问题。因为它不是对答案的选择。问题的提出，或许必须意味着全新的开启。

又一轮日本电影新浪潮，又一轮电影的媒介自觉，剧场的媒介自觉，中国文化主体自觉的浮现，究竟对于我们来说，意味着什么？我们再一次回到这里：当我们谈论艺术的时候，我们在谈论什么？当我们谈论主体的时候，我们在谈论什么？当我在说"我们"的时候，我们在说什么？

谢谢大家。

以上文字根据2021年10月17日戴锦华教授在北京语言大学第二届梧桐学术沙龙暨跨文化系列讲座第109讲"戏剧与电影：亲缘、区隔与跨媒介"的个人演讲录音整理而成，为了还原讲座现场感，文稿很大程度上保留了主讲人的讲座口吻。

（整理人：胡彬彬 北京语言大学比较文学与世界文学专业硕士研究生）

作者简介：

戴锦华，北京大学中文系比较文学与比较文化研究所教授、博导，北京大学电影与文化研究中心主任，主要从事电影研究、性别研究、文化研究。

一个摆渡场景*
——电影《一剪梅》中的莎士比亚、梅兰芳和"无声的中国"

孙 柏

内容提要 1920年代末,蒋介石南京政府初步实现的全国统一、席卷全球的经济大萧条、世界电影进入有声片时代这一系列历史因素的耦合,引发了彼时中国电影为国族发声的内在焦虑。本文以1931年联华影业公司出品的改编自莎士比亚《维洛那二绅士》的影片《一剪梅》为例,来探讨"白话现代主义"、新世界语、世界性的投映和国语、方言、国族发声之间的多重商榷而形成的杂音。通过作为中国文化符号的梅兰芳在世界舞台上的易装表演,我们在性别与种族阶序中看到的声音与画面的分离,就总是一种权宜的社会转喻,以掩饰那时我们所拥有的,仍是一个"无声的中国"。

┃关键词 莎士比亚 梅兰芳 《维洛那二绅士》 《一剪梅》 有声电影 文化翻译 民族-国家

---

* 本文为国家社科基金重大项目"中外戏剧经典的跨文化阐释与传播研究"的阶段性研究成果(项目编号:20&ZD283)。

A Ferry Scene: Shakespeare, Mei Lanfang and the "Voiceless China" in the Silent Film *A Spray of Plum Blossoms* (1931)

Sun Bai

Abstract: Against the historical background of China's preliminary reunification, the worldwide Great Depression and the curtain – lift of sound film era, Chinese film in the early 1930s was expected to speak in its own language aloud. But the backward technology, especially compared to American film industry, which played the leading role in the new developments, turned this expectation into an intensive anxiety for Chinese. With the study case of *A Spray of Plum Blossoms*, a free adaption from Shakespeare's comedy *The Two Gentlemen of Verona*, produced by the United China Film Company (*Lianhua*) in 1931, this paper is intended to explore the complicated interwinding and articulation of "vernacular modernism", new world language, cosmopolitan projections and the voicing of national language, dialects and accents at that time. From the cross-dressing performance presented on American stage by Mei Lanfang, who embodied an effeminate China within the discourse frame of race and gender, we acknowledge a decisive separation of audio and vision that operated as a social metonymy of "voiceless China" as the newborn nation – state.

Key words: Shakespeare; Mei Lanfang; *The Two Gentlemen of Verona*; *A Spray of Plum Blossoms*; Sound Motion Picture; Cultural Translation; Nation-State

一、重读《一剪梅》

梅兰芳 1930 年的访美演出，无疑是 20 世纪中国最重要的国际文化交流事件。尽管不断更新的相关学术成果已使得这一题目成为梅兰芳研究中一个反复被聚焦的热点，然而该事件中的某些议题仍然有待开掘，值得做进一步的深入讨论。梅兰芳访美日程中的一个很容易被忽视的事项，不是直接关于戏剧，而是关于电影的：作为联华影业公司的特约顾问，梅兰芳此行承担着考察美国有声电影的使命。沿着这一线索追寻下去，我们会发现，梅兰芳不仅与新成立不久的联华影业公司有着超出我们以往认识的密切联系，甚至他还在该公司一部颇为有趣的早期电影中出镜，这便是改编自莎士比亚喜剧《维洛那二绅士》的默片《一剪梅》。综合考虑梅兰芳访美演出本来就承载的跨文化性质，他的旦角表演自身携带的性别议题，巡演剧目安排中对于形象和声音的策略选择，以及考察美国有声电影这一行为暗含或预设的西方文明优越性，乃至联华影业公司"复兴国片运动"衬映的中华民国政治史背景，那么这部1931年上映的改编自莎士比亚戏剧的默片便具有了极耐人寻味的历史注脚意味。

由于《一剪梅》的多重跨界特征（国族的、性别的、媒介的、声画的……），1960年代以降的中国电影史叙述始终无法在民族电影自成一体的脉络中找到放置这部影片的合适位置。① 直到进入新世纪，随着海外汉学中提出的跨语际实践和早期电影史学开辟的"白话现代性"等思路或观念涌现，这部有趣的跨文化文本才获得了新的、颇具启发性的理论观照。

张真指出，作为莎士比亚戏剧在中国电影银幕上的再创作，《一剪梅》从一开始的定位上就兼具本土性面貌和世界性维度，借助往还于原著和改编之间的文学翻译的表演性，它们共同达成的是一种"世界性的投映"："既不是'原创'，也不是'复制'，比起通常意义上的翻译和改编，这种改编的方法更像是一种'投映'——电影上和文化上的适应和再生产。……创造了一种全新的世界性电影。"② 在廓清了联华影

---

① 例如："至于卜万苍导演的另一部影片《一剪梅》，则是根据黄漪磋抄袭莎士比亚的《维洛那二绅士》的情节而拍摄的，部分剧中人穿着奇形怪状的服装，是一部很平庸的影片。"见程季华、李少白，《中国电影发展史》，北京：中国电影出版社，1998，第133页。

② 张真，《世界性的投映：中国早期银幕上的西方文学》，陆慧译，《艺术评论》2010年第7期，第28页。

业公司得以建立并倡行"国片复兴运动"的时代背景之后，张真特别强调，这种对于"民族性"的期许是投射在世界性的想象之中的，"宣扬我国民族固有之美德"与"争回国产影片国际之地位"恰成表里；对好莱坞明星文化和电影技术未来的向往，与联华旗下豪华戏院的广告以及振兴国片的口号等等都共存于同一种乌托邦式的美好愿景，它表明在这样的文化实践中，本土经验已经融入了全球，反之亦然。根据这样的理解，作者实际否定了那种中国/西方、传统/现代的简单的二元对立（因为这种二元对立本身就是一种现代性的话语），而把联华影业公司的这种可称为"电影世界主义"（cinematic cosmopolitanism）的文化生产，放置在工业资本主义和殖民主义的不均衡的世界图景中来确定其坐标和意义。

从翻译研究中的文化转向和电影改编研究中的社会转向出发，张英进进一步延伸了张真的论述，他强调《一剪梅》这部影片对莎士比亚原剧的改编，实际上是在权威和作者身份的问题上采取了干预性的，甚至是侵犯性的立场，这种立场破除了以往关于（翻译中的）隐形和（改编中的）忠实的教条。根据这样的思路和认识，我们可以搁置莎士比亚的作者权威及其"原创性"的各种迷思，而在一种更为开阔的社会文化语境内去讨论"银幕莎士比亚"的话语机制和意义生成。作为个案，《一剪梅》的示范性就在于它"体现了更强的作者身份感，把这部喜剧改编成了一部充满互文本性和身体表演的受欢迎的电影，它与中国传统文化与当时的中国生活息息相关"。[1] 张英进指出，《一剪梅》的出现正值中国国内民族主义高涨的历史时刻，中国跻身世界民族之林的理想通过改编外国文学名著，模仿或者翻拍好莱坞影片而投射到电影银幕上，《一剪梅》穿越了性别、语言、身体表演和文化习俗的互文本性

---

[1] 张英进，《改编和翻译中的双重转向与跨学科实践：从莎士比亚戏剧到早期中国电影》，秦立彦译，《文化研究》2008年第6期，第36页。

及杂交（hybridization）方式，将中国化的叙事与适度的异域色彩很好地结合在一起，从而产生了一个不是非此即彼（要么忠实要么背叛）的全新的意义空间。

张真和张英进的讨论都尝试开启一种新的思路，以更好地理解文化翻译自身的创造性，在他们展现的视野中，现代主义白话并不就意味着新崛起的民族国家对于已定型的既存世界的归属，而是将"世界"自身的意义向一个全新的想象空间重新开放，此即"世界性的投映"之意谓。尽管这样的跨文化研究有其显而易见的理论创发性，但是它的阐释力却还不足以覆盖1930年代初中国及其与世界的关系当中一些关键问题。特别需要看到的是，在各种界限被超越、被抹消的同时，却也仍有另一些界限依然存在或不断被重置，无论是半殖民地性质的中国在面对引领世界文明之潮流的美国时的易装和喑哑无声，抑或初步实现的民族国家仍不得不疲于协调中央与地方之间关系——甚至是政令统一的、秩序化的社会与政治和法律飞地之间的关系，国内外复杂交错的政治情境都让彼时中国自我发声的努力更趋近于一种沉默的噪音。尤其是在世界电影已然进入有声片时代（同样以好莱坞电影为时代潮流之引领者）的历史坐标中，《一剪梅》这样的影片格外体现出，中国电影仍辗转于默片形态的现代主义白话和国别电影成熟的民族语言与声音的夹缝之中的困窘处境。

二、一个摆渡场景：作为文化媒介的梅兰芳

在翻译理论中，但丁的一句格言经常被征引和讨论："Traduttore, traditore."——"翻译，即背叛。"[①] 这句意大利文的谐音双关本身即不可翻译，不过词源上的共通内涵并不仅限于意大利文，也多见于其他

---

① 张英进，《改编和翻译中的双重转向与跨学科实践：从莎士比亚戏剧到早期中国电影》，第30页。

西方语言之中。例如英语里的"trade"（贸易）、"tradition"（传统）等词，即能够帮助我们认识到这些同源词根本上都是在表达某种迁移和流变：由它们所描述的事物并不会被固置、锁定在某种一成不变的状态，而是总会处在形式、意义或价值的无尽的交换、更新、转化和生成之中。无论"翻译"还是"传统"，都应该取这样的理解。

不过，"翻译"在它的不同语言中也还熔铸了不同的意象，可以帮助我们深化上述的理解。英语中的"translate"也是一个很值得玩味的合成词，它在千百年的语言演化中已经丢失了它的清晰的来源：实际上，这个词由表示"跨界"的前缀"trans-"和意为"行舟过渡"的"fero"共同构成；"fero"是拉丁语，从现代英语的"划船、摆渡"（ferry）一词尚能见出它的词源所出；拉丁语中"fero"的完成形式为"latus, -a, -um"——"trans-late"即由此而来。所以，就此意象而言，翻译就是一种摆渡、一种对岸之间的往还、一种跨界的迁变。这一意象并不只凝结在从拉丁语到英语的词源变迁中，来自其他语言的证据可以进一步巩固我们对它的印象。如在德语中，"übersetzen"一词可同时表示"摆渡"和"翻译"，只是通过重音的不同来加以区别；而从构词法上讲，"über-setzen"亦可直译为"超越-设定"，也就是说，它仍然是在强调一种越出既定界限的无尽流变。总之，"翻译"的工作就和"摆渡"一样，总是指示着由此到彼的迁移。

在《一剪梅》这部翻译、改编的电影中，就有一个重要的摆渡场景：胡伦廷（金焰饰）即将乘船南下广州，他的妹妹胡朱莉（阮玲玉饰）和好友白乐德（王次龙饰）前往码头送行——故事将在这个转捩点上开启一系列的意义交换和戏剧动作的转变，如上海和广州的双城记、友谊和爱情的见异思迁、两位女主角的易装扮演，等等。然而，在这个看似毫不起眼、无足轻重的过场戏里面，一个真正重要的人物出人意料地现身于画面当中——这个人物就是梅兰芳。虽然不知道出于何种原因，这一重要细节几乎没有引起当代电影史学者的注意，但是当《一剪梅》于 1931 年 7 月在上海上映的时候，"梅氏夫妇，片中留影"却是和"世界大文豪莎士比亚"的字样一起出现在报纸影片广告的宣传语中的。① 尽管只在银幕上停留了不足十秒钟的时间，然而梅兰芳的影像仍将这一场景确定为整部影片的一个标志性的时刻，作为当时中国观众所熟悉的文化符号，他的形象将莎士比亚原著中的情节元素，特别是性别的表演等汇集起来，并在故事进一步的展开中分发给后面的情节。实际上，在更重要的层面上，与其说是梅兰芳出现在《一剪梅》的这个场景之中，不如说是在影片中扮演胡伦廷的演员金焰出现在了迎送梅兰芳的场合，因此这一短暂的纪录影像被镶嵌在最后完成的故事片中，也就把中国在国际社会中所处位置的不均衡性，以及性别表演中依赖于跨文化语境的那种不稳定性一并投射到了电影的文本中来。

尽管这个摆渡场景很容易使人联想到梅兰芳最重要的一次启程远航——他的访美之行，然而考诸史实，《一剪梅》中的"梅氏夫妇，片中留影"其实并非拍摄于 1930 年 1 月的"加拿大皇后号"，而是在 1931 年 4 月 16 日梅兰芳"访港过沪"时所摄。② 这是梅兰芳第三次赴香港进行演出（此间在广州逗留，并短暂地到澳门），此行不仅有齐如山和梅夫人福芝芳随行，一起陪同前往的黄漪磋同样也出现在了影片的这一镜头当中（摄影机镜头向左稍移，现出金焰右侧挥帽致意者即黄漪磋）。相关的图片证据见诸题为《梅兰芳过沪一瞥》的一组照片，刊载于《影戏杂志》第二卷第一号上面，而该期的《影戏杂志》正好是在 1931 年 7 月，也就是《一剪梅》上映的时候。与影片两相比照，我们很容易看出，《一剪梅》里的相关镜头实际就拍摄于联华同人欢送梅兰芳启程访港时刻。虽然这一场景并不直接出自梅兰芳访美的旅程，但是它却理所当然地与这个 20 世纪中国最重要的文化交流事件联系在一起；

---

① 《申报·本埠增刊》，1931 年 7 月 19 日，第 10 页。
② 《梅兰芳过沪一瞥》，《影戏杂志》，1931 年第 2 卷第 1 号，第 19 页。

或者说，如此场景的出现不仅依托于梅兰芳访美的事件背景，而且也几乎是有意识地将这一事件及其历史意义从背景中析出并显形于模仿的画面之中。

也正是这期《影戏杂志》刊出的一篇文章，题目明明是《梅兰芳到广东》，却偏偏要从"梅兰芳到美国"讲起："梅兰芳这次游美的成功并不止是个人的胜利，它简直是东西方文化融合的先兆。……至于梅兰芳本身方面，他在美的成功更使他努力向东方艺术用功。"行文过了大半，署名"茯野"的作者才刚刚进入他的中心话题，即梅兰芳进一步艺术发展的企图，或者更准确说，是黄漪磋所代表的联华影业公司希望联手梅兰芳所期待实现的目的："同时为使他的艺术得到更普遍的认识起见，他又很热心地留意国内电影事业的发展。在摄制国产有声片的声浪高唱入云的当儿，正是他向银幕舒展声艺的绝好机会。……梅兰芳现身银幕最初的步骤，就是把这些惊倒欧美人士的国粹一出一出地开展在我们目前。"接下来，作者似乎还不满足于梅兰芳将京剧搬上银幕，更想象着要让这位伶界大王越出京剧演员的范围，转型成为一名真正的电影明星："设使把他来充当国片的男主角，……成为东方的华伦天奴Valentino，也不过是意中事吧了。"①——至于题目中的广东之行，文章当然不会全无涉及，虽然着墨确实不多，但却包含着十分重要的信息——我们留待后文再述。

无论如何，《一剪梅》中的这个转瞬即逝的镜头重演了20世纪中西文化交流史上意义最为深远的一个摆渡场景，它把梅兰芳访美这一在当时尽人皆知的社会文化事件带到了一部中国的莎士比亚改编电影中来，为本已非常丰富的影片文本增添了性别和民族双重的跨界表演的意蕴。

《一剪梅》于1931年拍摄时，联华影业公司还处于初创时期（此

---

① 茯野，《梅兰芳到广东》，《影戏杂志》，1931年第2卷第1号，第37页。

时尚名"联华影业制片印刷有限公司",1932年始更名为"联华影业公司")。罗明佑为使自己的电影事业打下坚实的社会基础,调动他自己和家族多年积累下来的广泛人脉,成立了一个阵容极为豪华的董事会,由香港商界巨子何东任董事长,前总理熊希龄、张学良夫人于凤至等一批社会名流任董事,梅兰芳也是董事会中的一员。若要追溯起来,梅兰芳与罗明佑的交谊渊源颇深:1920年代他就经常在罗明佑于北京开办的真光剧场演出,这可以看作他们之间最初的合作关系;① 1924年秋,黎民伟的民新电影公司还委托罗明佑华北电影公司(两者共同为联华影业公司前身)邀请梅兰芳拍摄了《西施》《上元夫人》《霸王别姬》《木兰从军》和《黛玉葬花》等剧的舞蹈片段,并在香港发行。② 梅兰芳访美归国后驻留在上海演出,其间作为董事会成员参加过联华影业公司举办的活动。时为联华公司舆论平台的《影戏杂志》曾刊出大量梅兰芳照片,很是倚重他的形象所积累起来的文化资本与社会资本。罗明佑在他撰写的《为联华组织致同人报告书》里,图文并载地讲述了公司初创之时正值梅兰芳访美归国,因而寻求他的赞助的经过。③ 或是出席联华公司的欢迎宴会并被称为"国片复兴的运动者",或是与卓别林、林楚楚、阮玲玉等中外电影明星的合影,或是他的"游美鸿爪"以及在美国接触有声电影的报道和图证——一时间,梅兰芳的名字和影像占据了《影戏杂志》的大幅版面,竟成为联华公司的媒体宣传中出

---

① 梅兰芳关于真光剧场以及他在真光剧场演出的情况,请见梅兰芳,《舞台生活四十年》第三集,北京:中国戏剧出版社,1981,第213-215、230-231页。格外有趣的是这样一句记述:"真光剧场的老板在电影说明书上和戏单上都有这样词句的广告:'爱看梅兰芳者不可不看李丽吉舒影片。'"——"李丽吉舒"即默片时代美国最炙手可热的女明星丽莲·吉许(Lilian Gish),对1920年代中国的电影文化也产生了极大影响。

② 梅兰芳,《我的电影生活》,北京:中国电影出版社,1984,第15-22页。

③ 罗明佑,《为联华组织经过致同人报告书》,《影戏杂志》第一卷第九号,第43页。

镜率最高的明星了。

在《影戏杂志》的第一卷第九号（1930年8月31日发行）上，发表了一篇题为《梅兰芳与中国电影》的文章，它不只被放在正文中第一篇的位置，而且标题也很醒目地登在封面上，以示其重要性，更为有趣的是，这篇文章的作者竟然是联华公司正集中全力重点培养的新星阮玲玉。在联华同人专为梅兰芳举办的欢迎宴会上，阮玲玉"得与晤谈"，梅兰芳称她为"中国的玛丽辟福"（即玛丽·壁克馥），使她颇有受宠若惊之感。两人交谈的重点是梅兰芳访美的电影见闻，文章声称：本来在演出、巡访之外，梅兰芳是很想了解一下美国的电影业的——他称为"他们的艺术"——惜居留短暂而并未如愿，但是好莱坞各方面的物质条件和技术领先，特别是"有声片之摄制，摄音，试行显声，天然彩色之配制，导演影片之技术，布景配光之意义等等"，无疑是给他留下了深刻印象的。梅兰芳认为自己在美国受到如此欢迎，是因为中国的文化和艺术能引起他们共通的情感，因而也是有"普及世界之可能"的，他最擅长表演的《打渔杀家》《刺虎》等剧目，若是"拿它来编作电影，再配上声音和天然彩色，自然不患不能受全世界欢迎的！"所以，他很寄望于联华公司倡导的"复兴国产影片"的运动，认为这"是中国艺术界的一线曙光"，并愿为之尽些微薄之力。① 这篇将国家文化建设与有声电影的世界潮流联系在一起的文章，竟然是由一位默片电影女明星向以女扮男装闻名于世的伶界大王访谈而成，其本身就很耐人寻味。

阮玲玉访谈中提到的《刺虎》一剧，竟成了梅兰芳此次访美演出最为成功的标志性剧目，在大西洋两岸的舆论中持续地为人们所津津乐道——这恐怕是梅兰芳本人都始料未及的。实际上，正是这出《刺虎》中的一场戏被美国派拉蒙影片公司拍摄成了有声电影。1930年5月中

---

① 阮玲玉，《梅兰芳与中国电影》，《影戏杂志》第一卷第九号，第26页。

旬，未及梅兰芳回国，北平、上海、天津、南京等城市就已经在放映这部影片了。① 尽管今天的戏剧研究者往往只笼统地将《刺虎》作为"梅兰芳的有声电影"来看待，并极尽突显其创举之意义，然而事实上，这部影片的拍摄和上映过程本身却充斥着各种"杂音"，很难被简化为一个统一、单调的叙述。该片在天津上映时，《大公报》即指出：这出《刺虎》实际"只摄费宫人在洞房中进酒一场……'叨叨令'一折亦未唱完，仅唱一二句，只可称为梅在美演剧情形之一瞥"。事实上，这部所谓的"影片"只不过是"哈司脱新闻片 Hearst Metrotone News 中所摄之一节"，这组新闻片"所摄各节，第一节为日本天皇阅操，最后节为梅剧，中间尚有人工发明之电力等新闻，均颇有兴趣也"。② 并且，这样的新闻片是在不同的外国正片前面加映的，并不具有独立存在之价值，无怪乎甫一映出便招致观众相当的不满："平安电影院日昨演《五劫登天》，并加演梅兰芳在美国最近摄取之有声片《贞娥刺虎》。但开演时，梅片只有一小段，一般抱热望而来之观众，不免感觉失望。"③ 当时报纸称《刺虎》的上映过程中还受到了美国电影公司版权诉讼的干扰，这才导致未能以完整影片演映——抛开这里很可能包含着罗明佑经营电影院线使用的宣传策略不说，相关消息中透露的真正有价值的内容是："梅摄影片时，不止一家公司摄取"，④ 派拉蒙、梅槎以及福克斯等美国电影公司似乎都争先恐后地加入了对于梅兰芳之东方音容的争夺中。在如此众多的"杂音"裹挟下，这部所谓的"有声片"《刺虎》只能给当时的电影银幕制造些许噪音而已，很快就归于沉寂。难怪在梅兰芳归国以后的 1930 年秋天，北平、天津、上海的剧院都同样争先恐后

---

① 梅兰芳，《我的电影生活》，第 27 – 29 页。
② 《五劫登天》，《大公报》（天津），1930 年 5 月 12 日，第 10 版。
③ 《梅片波折：平安院之正式声明》，《大公报》（天津），1930 年 5 月 15 日，第 10 版。
④ 《梅片波折：平安院之正式声明》，《大公报》（天津），1930 年 5 月 15 日，第 10 版。

纷纷来邀请梅兰芳展露这部此前"在国内从未演过"①的《刺虎》,②以填补这声之寂寞。

不过,在《刺虎》以及梅兰芳访美演出的其他剧目安排当中,还有一个更值得关注的问题突显出来——这就是声音与形象的分离。实际上,早在1927年,当时还并不与梅兰芳相识的熊佛西就曾在报纸上发表文章,预测了梅兰芳倘若访问美国演出有可能遭遇到的尴尬局面,并据此给出了自己的建议,但他的中心意思总括起来就是一句话:"我劝他不要去唱戏。"③ 这篇后来几乎不再会被提及的文献之所以有必要予以重视,是因为它不仅强调了梅兰芳及其辅佐者应在剧目和演出的选择、打造上制定侧重"看"而抛弃"听"的策略,而且还把中国戏剧男扮女装的旦角表演与中西文化差异所折射的国族等级秩序联系在了一起。在他的文章中,熊佛西先是着重批评了《天女散花》《嫦娥奔月》等"古装灯彩戏"于灯光、布景、服饰的胡乱堆砌、不伦不类,认为"非有天才的专家"深入研究和精心设计而不能达到恰切、谐调的效果,恐怕就只有贻笑于彼邦了。熊佛西这样说道:"近代西洋舞台上最重视的,是灯光与颜色的调和,因为从前的人进剧场,多半是图耳朵的舒畅,现在因为科学的发明,大都为的是眼睛的愉快。昔日的戏是重听的,今日的戏是重看的……服装的样式与颜色,背景的颜色与线条,道具的颜色与形式,灯光的明暗阴阳,不但都应该与绘画一般的调和,而且应该与剧中的情节,演员的动作打成一片。谈何容易!"对比西方戏剧文化已然经过的这样一种从"重听"到"重看"的转移,"由三面式的舞台,我们就可以断定中国戏剧主要的目的原来是为听的"。④ "梅兰

---

① 《昨夜梅兰芳之〈刺虎〉在津第一次演唱大成功》,《大公报》(天津),1930年10月26日,第8版。
② 《申报·本埠增刊》,1930年12月19日,第8版。
③ 熊佛西,《梅兰芳(二)》,《晨报副刊》,1927年10月29日,第47-48页。
④ 熊佛西,《梅兰芳(一)》,《晨报副刊》,1927年10月28日,第46页。

芳想靠'听'到美国去出色，是梦想。不说别的，单就咱们舞台上用的那套音乐，就够他们美国人受的了。想拿他的'看'去出色，更是梅兰芳的梦想。美国舞台上的'看'，到今日可谓发达极了，真是无有不备，无备不精……梅兰芳假如到美国去给人'看'……想在他的五颜六色绣花背景与红红绿绿的电光上得到人家的赞许，是办不到的！"熊佛西更进一步指出了中国戏剧旦角表演可能在美国舞台上沦为异域奇观的风险，而且这风险还会由于中国人自己的自我东方化而被强化。尽管他的措辞辛辣讽刺、不无刻薄，却道出了一些后来果然得以印证的事实："梅兰芳还有一点可以吸引美国人，就是他是一个中国最好的旦角！一个男扮女的旦角！在这一点上他准可得到成功！因为美国人最喜欢这一套，正如我们乡下人欢喜看'稀奇'一般。"最后，熊佛西设想梅兰芳一定还是会到美国去的，便提出了三条建议：若非改革舞台上的色彩与灯光，则不要演出古装新戏；多演出《三娘教子》《汾河湾》一类"普通的青衣戏"；另外编制"完全能代表中国思想的富于诗意的舞剧"。① ——我们还不太能够了解，梅兰芳本人及其辅佐者是否读到了这篇文章（这种可能性很大），以及是否认真地参考了熊佛西的建议。但不管怎样，后来的事实证明，熊佛西的预判大都准确地应验了。特别是声音和画面的分离，成为梅兰芳访美演出调整策略后低开高走、转败为胜的关键所在。

梅兰芳初登美国的舞台应该是受了一些挫折的：《晴雯撕扇》开局不利，《天女散花》后来也被撤出了演出剧目。只是在日后的相关叙述和研究中，这些事实往往都被忽略或掩盖了。在1930年3月1日写给国内的剧评家徐凌霄的信中，齐如山曾明确提到："到美后察看此地情形，所预备之戏，均觉稍有不合"，其原因大概是美国人意念"似颇浮

---

① 熊佛西，《梅兰芳（二）》，《晨报副刊》，1927年10月29日，第47-48页。

动","时间尺寸"又太快,"果如此则中剧无论如何不能见长";为图克服此困境、扭转颓势,"故议定以中国极旧之剧、身段较多者试之",不想竟大获成功。① 在后来进行的演出策略的调整中,为了避免西方观众对于京剧音乐、唱腔的嫌恶,梅兰芳所主演的大都是偏重美术和形体表现的剧目,而声音的干扰则被降到了最低限度。《刺虎》一剧,是随行任职导演的张彭春极力建议演出的剧目:"《刺虎》这出戏,非演不可,因为他[原文如此]不但是演朝代的兴亡,并且贞娥脸上的神气,变化极多,就是不懂话的人看了,也极容易明了。"② 尽管齐如山把如此关键的剧目调整都归功于他本人领衔的辅佐梅兰芳此行的中国团队,然而根据叶凯蒂(Catherine Yeh)的研究,希腊籍的好莱坞制作人卡帕卡斯(F. C. Kapakas)才是重新制订节目单的实际决策者,他的主要功绩就是明确了注重视觉效果的演出策略:"卡帕卡斯的节目安排追求的是强烈的运动、身段姿态、面部表情、舞蹈动作和情节线条。它强调的是视觉层面的戏剧性、动作的美学和具有强烈视觉内容的场景。"③ 无论如何,在经过这一次具有决定性意义的调整之后,此番访美演出的所有剧目就都显现出了更加侧重于诉诸视觉传达的表演倾向,无论是从戏装、脸谱,还是从舞蹈、身段,梅兰芳的京剧都更多的是以美术的、形象的艺术被带到美国去的。不过,为了达成这一目标,张彭春、齐如山等人还特意把梅兰芳所演剧目中的各种舞抽出来,单独编排成一个节目,以比附"元明时代的焰段";甚至暗示前现代中国妇女裹脚陋习的踩跷表演也不顾可能遭国人反对的风险而被纳入进来,其理由是踩跷与

---

① 凌霄,《梅之美》,《大公报》(天津),1930年4月4日,第13版。
② 齐如山,《梅兰芳游美记》,沈阳:辽宁教育出版社,2005,第35页。
③ Catherine Yeh, "Refined Beauty, New Woman, Dynamic Heroine of Fighter for the Nation? Perceptions of China in the Programme Selection for Mei Lanfang's Performances in Japan (1919), the United States (1930) and the Soviet Union (1935)", *European Journal of East Asian Studies*, Vol. 6, No. 1 (2007), p. 95.

西洋芭蕾舞相仿，所以据推测一定会为美国观众所欢迎。① 齐如山在论述"中国剧的优点"时，也只看重"美术化的表演法"，而把中国剧和外国剧里的歌唱视作一理相通而搁置不议。② 后来在记述美国各界人士对于中国剧和梅兰芳的观感时，齐如山也强调他的身姿、容貌、表情都极美观："虽然观众不懂话，但是只要看他的表情，就足可知道他所表演的是什么心情。"甚至"有照相师和塑像师只影塑他的手"。③ 这一记述的确可以从当时美国观众和评论家的反响中得到印证，如一位老年妇女就对梅兰芳的手极为迷恋；④ 而剧评家罗勃特·里特尔感慨道，无论过多少年，他对梅兰芳"怎样用他那精巧别致的手势克服了语言上的障碍"都难以忘怀。⑤ 另有一位独角戏演员达佩尔女士"见梅君之戏，诸事皆以身体形容之"，认为这会给自己在表演技法的探索上以极大的启发。⑥ ——所有这些引证（我们还可以举出更多）都说明，梅兰芳更多的是以他的形象而不是他的声音（或声容并茂）展现在美国观众面前的；他的演出对象已不是素有"听戏"传统的中国观众尤其是北京观众（audiences），而是期待欣赏异域风情的美国观众（spectators）。

的确，就美国观众的接受方面而言，京剧表演中的声音或者语言是无足轻重、可有可无的，特别是京剧的音乐、唱腔由于文化差异而总是会让西方人感觉难以忍受，甚至是厌恶，而富于东方情调、男扮女装的奇异景观（spectacle）才是他们认为值回票价的真正看点。例如一位名为亚瑟·鲁尔（Arthur Ruhl）的评论家在观看了纽约的首演之后这样记述道：梅兰芳的扮演"是完美的艺术，也是异域风情的（exotic），它如

---

① 齐如山，《梅兰芳游美记》，第35-36页。
② 齐如山，《梅兰芳游美记》，第74页。
③ 齐如山，《梅兰芳游美记》，第71、73页。
④ 齐如山，《梅兰芳游美记》，第153页。
⑤ 引自王长发、刘华，《梅兰芳年谱》，南京：河海大学出版社，1994，第113页。
⑥ 齐如山，《梅兰芳游美记》，第168页。

此之传神因而足以吸引和牢牢抓住每一位美国的观众"。① 在经历了尚需揣摩剧情和猜测唱白含义的最初尝试之后，亚瑟·鲁尔试图进一步去捕捉梅兰芳对"中国关于永恒女性的观念"的本质性的再现："他的轻柔、翩跹的步履；他的长长的、纤细的手指的姿态；对于我们的耳朵来说，奇异的和经常是尖利的假声（falsetto）……所有这一切以及其他很多的表现手法都是风格化和程式化的，形成一种仪式性的表演。"② 而且，非常有趣的是，这位评论者还将梅兰芳对于女性角色的扮演与托马斯·庚斯博罗（Thomas Gainsborough）、约翰·辛格·萨金特（John Singer Sargent）的绘画联系在一起："作为男人，这位演员完全融入了他的创造性的设计当中，就好像萨金特或者庚斯博罗的男性气质融入了他们绘制的女性肖像中去一样。"③ 而在另外的一些评论里，用于引导美国观众认识梅兰芳的参照则变成了在西方尽人皆知的女演员萨拉·伯恩哈特（Sarah Bernhardt）和埃莉诺拉·杜丝（Eleonora Duse）："自杜丝和伯恩哈特奉献了她们的个人表演之后，还没有哪位艺术家像这颗'梨园珍珠（the pearl of the pear orchard）'这样吸引了如此之多的关注。"④ 或如："梅兰芳，这个中国的偶像，评论界一致认为他是自如日中天的杜丝和神圣的伯恩哈特之后在美国的舞台上能够看到的最伟大的演员。之所以我们可以在那两位著名女演员的艺术和这位中国最伟大的男演员的艺术之间进行这种奇异的比较，是基于这样一个事实：梅兰芳

---

① Arthur Ruhl, "Review", *New York Herald-Tribune*, February 17, 1930. 重印于 P. C. Chang ed., *Mei Lan-Fang in America: Reviews and Criticisms*, Tientsin, 1935, p. 33.

② Arthur Ruhl, "Review", p. 39.

③ Arthur Ruhl, "Review", p. 39.

④ Gilbert Swan, "Review", *Albany Press*, March 23, 1930. 重印于 P. C. Chang ed., *Mei Lan-Fang in America: Reviews and Criticisms*, Tientsin, 1935, p. 42.

先生只扮演女性角色。"① 尽管斯达克·杨等更具学术性的评论者也正确地认识到，"京剧旦角并非单纯摹仿女子，而是以艺术手段再创造妇女的形象"，② 但是就像美国剧场打出的灯箱广告所体现的那样，梅兰芳一方面既被推崇为"中国最伟大的演员"，而另一方面也被说成"中国的宠物"③——实际上，这种复杂而悖谬的心态一直存在于这一次美国观众对中国京剧的接受之中。

在中国的梅兰芳研究和中西戏剧交流史研究中，江棘的《穿过"巨龙之眼"：跨文化对话中的戏剧艺术（1919—1937）》是难得的一部专题著作，作者不但没有被自我东方化的思维所裹挟，而且还尝试对其中的种种悖论做出深入讨论。就目前的相关话题来说，作者并未因袭既有的京剧"本体"理论阐述，而是将它调整到了话语分析的层面，试图去勾勒在跨文化对话的语境中，关于京剧自身的本体认识是怎样得到形塑和建构的。江棘紧紧抓住了"听"与"看"的分裂这一症候，解释了素以"听戏"为第一要义的京剧聆赏，为何在寻求美国观众接受的过程中竟被改造成了"哑剧"（pantomime），并借此延伸出了感官的现代化（性）等更加繁复的议题。在进入20世纪以后的西方思想脉络中，"听"总是意味着对于某种原生的共同体的归属（例如海德格尔在"hören/听"和"gehören/归属"之间阐释的语词关联④），而从感官系统中被分隔和孤立出来的"看"则是现代理性主义及其可度量性的内

---

① John Martin, "Review", *New York Times*, February 23, 1930. 重印于 P. C. Chang ed., *Mei Lan-Fang in America: Reviews and Criticisms*, Tientsin, 1935, p. 43.

② 梅绍武，《国际文艺界论梅兰芳》，《文艺理论与批评》，1991年第2期，第70页。

③ 大型画传《梅兰芳》编辑委员会，《梅兰芳》，北京出版社，1997，第118页。

④ 参考彼得·特拉夫尼，《海德格尔导论》，张振华、杨小刚译，上海：同济大学出版社，2012，第104-106页。

在逻辑（马歇尔·麦克卢汉所说的"拼音字母表式思维"①）对这个世界加以切分和格式化的先决条件。因此，按照江棘的论述，恰是在现代西方自身历史内部发生的"感官变革"背景下，才会出现这种借他人杯酒浇自己块垒的情形，即从欧美现代社会的角度，借助对于古老中国戏曲的"听"与"看"的分离，来完成对一个尚未栅格化、原子化的过去世界的想象性怀旧："近代以来对'看'的重视联系着国际化、现代化、西方化纠缠而至的滚滚时代潮流，而正是在这样的压力下，对'听'的强调也就具有了对于传统文化和古典精神的捍卫意义。"② 当然，在这里，在中西戏剧文化不同话语的交错中，梅兰芳访美演出节目编排中自觉的视觉取向便呈现出双重的悖论特征：一方面，它自动地远离了北方戏剧聆赏强调"听戏"的传统；另一方面，它对拟想中西方观众审美趣味的预设性的迎合便不期然间形成了某种错位。如果就江棘的这一论述而加以延伸，那么显而易见，梅兰芳受联华影业公司之托赴好莱坞考察彼时刚刚兴起的有声电影技术，并在美国拍摄有声京剧艺术片《刺虎》等事实，则使这种"听"与"看"、原生自然与现代技术的话语构造又陷入更多一重悖论的错位之中。

因此，在1930年的这个意义丰富、影响深远的摆渡场景里，围绕梅兰芳的形象建构起来的是一个被淡化了声音的、高度图像化的中国景观。这并不仅仅出于美国或西方人对于东方的物恋想象，它在只有鉴于西方这面他者之镜才能照见自我的中国人这里也得到了充分的响应——

---

① 有趣的是，麦克卢汉不仅注意到20世纪下半叶技术-文化的发展中，"当前的阅读和拼写改革正在从视觉重心向听觉重心转移"，而且提示说："……因为正是字母表使人非部落化和个体化而进入文明……如果没有拼音文字，文化就会维持自己的部落性。中国人和日本人的文化就是这样的。"参马歇尔·麦克卢汉，《谷登堡星汉璀璨》，见埃里克·麦克卢汉、弗兰克·秦格龙编，《麦克卢汉精粹》，何道宽译，南京：南京大学出版社，2000，第212、216页。
② 江棘，《穿过"巨龙之眼"：跨文化对话中的戏曲艺术（1919—1937）》，北京：中国人民大学出版社，2016，第373页。

梅兰芳访美演出的巨大成功被彼时的国人视为一种文化上的身份认证。在这里，梅兰芳作为一个文化媒介而往还于中国本土和西方世界之间，既直接体现了"传统"（tradition）的因时而易，也内在地契合于资本主义"贸易"（trade）的全球扩张，这把文化"翻译"（traduttore）的这种自我背离（traditore）演绎到了一个极致，的确印证了那种"世界性投映"的共时性。然而必须指出的是，无论在当时的文化实践（包括梅兰芳自己的诉求）还是今天的相关理论话语（例如我们下面要涉及的白话现代主义）中，世界主义都并不是一个真正对等的理想实现，都是一种跨文化主义、文化多元主义的幻象，它真正支撑起来的不过是一个被遮蔽、被掩饰的"全世界资本家联合起来！"的阶级秩序（从何东、熊希龄、于凤至以及李石曾、冯耿光等等这些名字的组合中，我们就可以很清晰地辨识出这是怎样的一幅社会图景[①]——而梅兰芳在美国发表的著名演讲的第一句话则是"全世界艺术家联合起来！"）。这一点最典型的表现是梅兰芳的京剧艺术中形象和声音的分离。而正如在和阮玲玉的访谈里所说的，梅兰芳有意识地把考察有声电影纳入自己的访美日程里来，是希望能够在"他们的文化"中找到京剧的、国粹的也即"我们的文化"位置。而这种中国形象的声画分离以一种特别的、悖谬的方式回流到，或者说是被返还给当时中国的文化实践，当然最集中的呈现就在于所谓"默片"——1929年到1936年的中国电影达到了它的默片艺术的高峰，然而这一时期的无声影片已不能再被称之为默片了，当它们在银幕放映的那一刻，声音是以缺席的、匮乏的形式存在的。

[①] 这也正是鲁迅《略论梅兰芳及其他（上）》等批判文章中的真正锋芒所指：士大夫们将梅兰芳"从俗众中提出，罩上玻璃罩，做起紫檀架子来。教他用多数人听不懂的话，缓缓的《天女散花》，扭扭的《黛玉葬花》，先前是他做戏的，这时却成了戏为他而做，凡有新编的剧本，都只为了梅兰芳，而且是士大夫心目中的梅兰芳。雅是雅了，但多数人看不懂，不要看，还觉得自己不配看了"。见鲁迅，《花边文学》，北京：人民文学出版社，1973，第128－129页。

三、众声喧哗：从象形文字、白话现代主义到方言和国语

电影诞生之后不久，就被指认为一种现代的象形文字。内涵于这一认识之中的一个重要背景，是从 19 世纪晚期开始，伴随着"西方的没落"的文化焦虑，欧洲思想中逐渐产生并蔓延着对于西方语言文字的批判性反思，即认为：拼音文字制造或至少是强化了人与他们所处其间的世界的隔膜，这一符号系统是冰冷、生硬、人为地强加在它们所再现的世界之上的，它体现着现代人的过度的自我意志，他以历史主体自命，汲汲营营地奔忙于对这个世界的征服和驾驭，结果却导致了人的扭曲和世界自身的分崩离析；在由拼音文字所承载的文化基因里面，（西方）人注定早已丧失了"在大地上诗意地栖居"的可能，这一文明形态或曾拥有的生命力最终在人与世界日益分离的客体化关系中走向了它的耗竭。而反观东方（主要是日本和中国）的语言文字，却还能够通过象形书写的形态维系着人与大地直接的联系，维系着人与世界未被中介化了的亲缘性。于是，在那个时代基于现代性反思而泛滥的东方主义潮流当中，象形文字就成了一个可以被挪用和借鉴来取代抽象、异化、无理据的拼音文字符号系统的替代性方案。因而当电影得以问世并初步走向成熟之后，由于它的纯粹的影像性质（尤其考虑到彼时的电影尚处默片时代），这一崭新的文化媒介便被描述为一种现代的象形文字，同时被寄予了助力西方走出现代性危机的文化期许。因此，阿贝尔·冈斯（Abel Gance）在欢呼"画面的时代来到了！"时指出，一个多世纪以前席勒曾经为语言文字扼杀世界和心灵之丰富生命力的僵化和抑制作用而抱憾："真可惜，思想必须首先被分解成许多死的字眼，灵魂必须体现在声音中才能和灵魂交流。"但是现在，"电影把我们带回到原始时代的表意文字，它通过每件事物的代表符号而把我们带回到象形文字，电

影未来的最大力量很可能就在这里。电影使人们更准确地直接思考"。①

美国人瓦切尔·林赛（Vachel Lindsay）在他开拓性的著作《活动画面的艺术》里更是专辟出一节来讨论堪比于古埃及图画书写符号的现代象形文字："我们希望我们新的图画 - 字母能够随着时间的推移而变得更加丰富和有意义，同时又不丢失它们自身的价值。它们有可能发展成为比任何书写的语言都更普遍，也更具深度的东西。"林赛继而比较了英国和美国在盎格鲁 - 撒克逊语言文字发展进程中所处的位置：尽管有莎士比亚领衔的英国语言文化已经达到了难以超越的高度的"文字 - 文明（word-civilization）"，但是美国却有可能凭借着"影戏的传奇"（the romance of the photoplay）而后来居上："一个原本是打从崇拜雷神（Thor）和使用洛基（Loki）诡辩的唇舌的时日起就一直在用语词来进行思考的部落，忽然开始用图像来思考了……通常这些图像是暴力的和不体面的，是原始而躁动不安的一片混乱，但是它散乱地渗透在经验里的却是对这个世界的描述。"最后，林赛满怀憧憬地向往着，正如佛罗伦萨从它的建筑中生成、英国从莎士比亚的诗句中问世那样，美国也必将由这一活动画面的艺术中诞生。②

在世界电影史早期涌现的各种象形文字论说中，爱森斯坦写作于1929 年的《镜头以外》无疑是最重要的理论文献。在文章的一开始，爱森斯坦就提出汉字的象形和会意是如何可能启发人们去理解电影的技法特征——蒙太奇的：象形字的对列可以变成对应于一个概念（如"犬"和"口"就是"吠"，"刀"和"心"就是"忍"，等等），"这和我们在电影里尽量把单义的、中性含义的图像镜头对列成为有含义的

---

① 阿贝尔·冈斯，《画面的时代来到了》，柯立森译，收入李恒基、杨远婴编，《外国电影理论文选（修订本）·上册》，北京：三联书店，2006，第 79、80 页。

② Vachel Lindsay, *The Art of Moving Picture*, Book II, Chapter XIII "Hieroglyphics", New York, 1915/1922.

上下文和有含义的序列的做法完全一样"。① 当然，爱森斯坦此论是在当时仅对日本的书写、诗歌、绘画和表演等造型艺术的了解上做出的，因而说："蒙太奇的原理可以说是日本造型文化的天性。"② 不过，几年之后，在1935年于莫斯科观看了来苏联访问的梅兰芳的表演后，爱森斯坦更正了他的看法，他意识到日本戏剧之于中国戏剧，犹如古罗马之于古希腊、美国初年之于欧洲，他称梅兰芳为"最伟大的造型大师"。③ 但是他认为中国电影没有吸取中国戏剧的特长，这和他对日本电影的看法是一致的：蒙太奇的原理浸透在日本的造型文化中，"却唯独不见于电影"。④

在论及格里菲斯的《党同伐异》为重建"巴别塔"而致力于打造一种新的世界性的语言时，当代电影史学者米莲姆·汉森也曾借助瓦切尔·林赛、本雅明和阿多诺等人的表述，来引入关于电影作为大众文化的象形文字的讨论。《党同伐异》中女人摇摇篮的那个经典画面既可以被视为这样一种典型的象形文字，标志着图像文化所宣称的那种自明、澄澈和普遍性，同时又暗示了一种不可化约的文本歧异性，在这两者之间形成的一个关键性的脱节"将这一画面变成了不相协调的多重义涵的场所和旋涡"。⑤ 也就是说，对比爱森斯坦有关象形文字的论述，米莲姆·汉森更倾向于把语言作为图像与作为符号的分离，或者说词语在直观摹仿和概念表意两种功能之间的矛盾，视作电影象形文字的一种积极

---

① 爱森斯坦，《镜头以外》，收入爱森斯坦，《蒙太奇论》，富澜译，北京：中国电影出版社，2003，第476–477页。
② 爱森斯坦，《镜头以外》，第475页。
③ 梅绍武，《国际文艺界论梅兰芳》，《文艺理论与批评》，1991年第2期，第75页。
④ 梅兰芳，《我的电影生活》，第55页；爱森斯坦，《镜头以外》，收入爱森斯坦，《蒙太奇论》，第475页。
⑤ Miriam Bratu Hansen, *Babel and Babylon: Spectatorship in American Silent Film*, Cambridge: Harvard University Press, 1991, p. 19.

的潜能：它能够在进行充分表达的同时又保持着意义或毋宁说是现实世界原貌的丰富性。这一点在汉森关于"大批量生产的感觉"和"现代主义白话"的论述中体现得更为清晰和明确，她通过比较早期的美国电影和苏联电影、中国电影的关系，来阐述这样的观点："好莱坞不仅仅只是传播影像和声音，它还制造了一种新的感觉机制并使之全球化，它建立了或者正试图建立一系列新的主体性（主观思想）和主题。"也就是说，美国电影并不应该仅仅被标定为一系列的题材、类型和风格，而更主要在于它创造了一种"感知－反应场"，它可以被其他的国别电影为我所用地加以实践，从而"开辟和拓展各种未知的感知模式及视觉经验的方式，以及重新组织日常生活经验的能力"。① 汉森把这种由美国好莱坞电影工业所创造、发展和广泛传播的"大批量生产的感觉"机制称为"白话现代主义"或者是"现代性的白话"，它是一种新的世界性的俗语。涉及中国早期电影史的相关问题，她主要以联华影业公司1933年出品的电影《天明》② 为对象来展开讨论：这部影片是对1931年派拉蒙公司作品《忠节难全》（*Dishonored*）③ 较为自由、随心所欲的挪用，但是"此片与好莱坞电影的关系既非模拟又非彻底的戏仿；电影也未排斥西方模式以将表面上更纯粹正宗的中国传统价值与电影的革命主题相联系。相反，《天明》将外来的（不仅仅是美国的）有关现代性和现代化进程的话语翻译、杂体化并加以再创造；对于本土的话语，影片也做出了类似的回答……《天明》通过文化翻译创造了本土，制造出一种本土形式白话现代主义"④ ——显而易见，汉森的这一观点及思

---

① 米莲姆·布拉图·汉森，《大批量生产的感觉：作为白话现代主义的经典电影》，刘宇清、杨静琳译，《电影艺术》2009年第5期，第132页。
② 《天明》，联华影业公司1933年出品，孙瑜编、导，黎莉莉、高占非主演。
③ *Dishonored*（该片1933年在中国上映时名为《忠节难全》），Paramount Pictures 1931年出品，Joseph von Sternberg 编、导，Marlene Dietrich 主演。
④ 米莲姆·布拉图·汉森，《堕落女性，冉升新星，新的视野：试论作为白话现代主义的上海无声电影》，包卫红译，《当代电影》2004年第1期，第51页。

路，也正是师承于汉森的张真在论述《一剪梅》的"世界性的投映"时所继承和尝试予以推进的观点及思路。

通过对1930年代初以女性为主题（女性的形象也已成为形诸银幕之上的一种象形文字了）的上海无声电影进行具体分析，汉森把她的思考聚焦于"堕落女性"和"冉升新星"——也即被当作不公平的社会转喻的底层妇女和作为都市现代性的时尚表征的女明星之间的悖论式的并置或共存，这在表演者和被表演者、演员和角色之间造成了一种奇特而自我缠绕的关系，它提供了一个流动的表层、一个想象性的过渡和转换空间，能够使上海电影观众维系他们自己的生存和意义，甚至是获得应对不平等的社会条件的种种策略——这些策略之一就是"化妆"和"表演"，它屡屡出现在例如《天明》中的菱菱/黎莉莉这种"堕落女性"和"冉升新星"的并置共存中，为女性在剧烈的社会流动和不安定感中提供转化或突围的可能。汉森还注意到，当时的上海电影必须把现代性的压力造成的城市与乡村的对立纳入自己的银幕世界中来，但是它并没有把这种对立看作"清晰可辨的两极力量"，城市的罪恶渊薮并不能简单通过传统价值的恢复和社会组织的重建来予以匡正。[1] 当时的影片文本的确提供了大量图像的例子，可以支持汉森的相关论点：例如在《天明》和《体育皇后》[2] 这两部影片的一开始，黎莉莉出演的女主人公都是从已经凋敝的乡下来到上海这个花花世界的，但她们都不会忘记把显然属于城市生活的心爱宠物（一个是笼子里的小鸟，一个是哈巴狗）带在身边——这样的形象（象形文字）本身就已经是乡村和城市的叠置，是乡下女孩和都市女明星的杂体了。

米莲姆·汉森的确有力地论证了从好莱坞电影中生成的现代主义白

---

[1] 米莲姆·布拉图·汉森，《堕落女性，冉升新星，新的视野：试论作为白话现代主义的上海无声电影》，第48页。
[2] 《体育皇后》，联华影业公司1934年出品，孙瑜编、导，黎莉莉、张翼主演。

话如何成为一种世界性的语言，并在诸如中国电影的创作与产制实践中体现出它的影响和效果。不过，这种貌似对等的论述仍然建立在一种不对等的比较之上，就像《忠节难全》之于《天明》那样，当美国引领世界电影潮流进入有声片时代的时候，中国以及其他一些晚发现代化国家的电影生产仍处在默片时代。涉及语言的问题，《天明》与《忠节难全》之间存在着的关键不对等，则是汉森完全没有注意到的：《天明》是一部默片，而《忠节难全》则是有声电影。而且这种不同或不对等并不仅仅停留在表面。作为一部早期有声片作品，《忠节难全》对于声音元素的介入有着充分的自觉，清晰地突显了声音的介入根本地扰乱了原来默片时代美国电影所试图承担的那种象形文字或现代主义白话的功能，破坏了这一新的世界语似乎不言自明的透明性和一致性。在影片中，玛琳·黛德丽（Marlene Dietrich）扮演的女间谍不仅会在大庭广众之下用钢琴的旋律作为密码传递情报，而且她在临刑前竟然要求在监狱里安排一架三角钢琴，她不顾死亡阴影的笼罩，最后一次优雅地沐浴在音乐艺术的神圣之光中。在这样的有声电影中，与其说是语言——对于当时的广大中国观众来说仍然存在隔膜的英语对白——不如说是声音本身构成了一种方言。就像在《忠节难全》以及同时代很多的电影里表现的那样，声音之于影像还完全是一种异质性的存在，它无法被影像消化、吸收，玛琳·黛德丽的钢琴仍然是一个杂耍式的吸引力元素，它显然还不能"自然而然"地融入原先一直由影像所主导的电影叙事中去。而反观《天明》，它与《忠节难全》的最大不同就在于它的无声。影片让黎莉莉复刻了玛琳·黛德丽赴死时揽镜自照的动作，但彻底放弃了钢琴这一声音"物神"怪异而突兀的在场：行刑官的军刀投射在玛琳·黛德丽脸上的反光，反身地再度突显出电影这一光影游戏的媒介质地，声音的介入使得影像本身也重新成为疑问了；而黎莉莉梳妆盒里的小镜子则不具有这样的媒介自反的意义，它确实接受和内化了现代主义白话的普遍性，从而反倒避免了不同方言的争夺而导致一种原本已经建立或得到公认的共通语言发生退行。如果不能看到并认真对待 1930 年代初中国和美国电影这一至关重要的区别，就难免会使电影史叙述勉强地服从于一种理论巴别塔的建构。

　　杜维佳关于《一剪梅》"暗哑之症"的精彩论文实际可以被看作对这一历史的同时也是理论的问题做出的某种探索性的回应。在作者看来，《一剪梅》毫无疑问也置身于中国电影与世界电影（美国电影）错位的同时性之中，它充分感知着中国电影因声音的匮乏所造成的焦虑，于是这种"尴尬的暗哑"便"将电影文本中的图像和文字元素推到了纯无声片时期前所未有的过度/极端"。通过极富启发性的影片文本分析，杜维佳解读了《一剪梅》中"作为无声片灵魂的图像、尚未来临的声音和作为二者中介的文字如何相互竞争、融合、伪装和转化"。[①] 例如在对影片临近尾声时胡伦廷与施洛华花园相约的场景，就极具说服力地展现了图像、声音和文字三元素之间的竞逐关系：一开始，已沦为盗匪的胡伦廷为避人耳目只能以身披斗篷的隐形黑影出现，继而他使用不无夸张的动作、表情来呼唤他的爱人，"但我们听不见他的声音，只看得见字幕卡片上的'洛华'两个字"；施洛华听见了声音，"四处张望想找到声音的来源——发出声音的身体"；最后是隐在暗处的胡伦廷撕下衣衫一角，在上面写了一首诗，借助文字的力量才把与名字、与声音分离的身体和形象带回到爱人身边。杜维佳提示了对于"这段含义丰富的场景"可能给出的彼此缠绕的多重解释："伦廷从图像化身为声音再化身为文字；文字可以作为图像和声音的替代；声音和图像凝聚于身体，唯独文字可以自由穿行……"[②] 这种解读的效力在与人物的设计联系在一起时，就更容易得到体现：比如将诗礼传家的胡伦廷与耽于美色的"脂粉将军"白乐德放在一起来比较，文字之于图像、理性之于感

[①] 杜维佳，《暗哑之症：评"后无声时期"电影〈一剪梅〉》，《电影艺术》2011 年第 6 期，第 97 页。

[②] 杜维佳，《暗哑之症：评"后无声时期"电影〈一剪梅〉》，第 102 页。

官的道德优势就鲜明地展现出来。① 不过，杜维佳自己也意识到，默片的字幕卡片并不只起到弥补声音的缺席以传递信息的作用，它本身总是标记着文字与图像的互相渗透与转换："评论式字幕卡片在中国无声片中并非罕见，或许来源于中国画中字画交融互补的传统。"② 然而这一情形在何种程度上可以被排他性地归因于中国自身书画传统的图文特殊性，却仍然值得再斟酌。因为就像米莲姆·汉森关于《党同伐异》的著名论述所显示的那样，格里菲斯在他的伟大杰作里不仅早已产生了"电影作为一种象形文字的观念"，并将它内置于这部影片无所不在的媒介自反，而且他更为自觉地在从爱伦·坡、爱默生、惠特曼一直到瓦切尔·林赛和他本人这里追溯出一条与美国文明生成史相始终的象形文字发展脉络——在这种语言和媒介自觉意识的观照下，《党同伐异》中巴比伦故事的字幕卡片就特意设计为石刻的象形文字，而犹太故事中的字幕卡片则是写着希伯来文的石碑，"每当英文字幕叠加在这些非西方和非音标的书写文字上时，不同系统的不同图像符号就同时存在于同一个镜头中了"。③

《一剪梅》中不同表达方式及其物质载体的并置、叠加、混杂，也已经被更多的学者论述过了。张英进即注意到了这部影片里"投射双语字幕"所展演的世界主义：字幕卡片同时呈现英语和中文字幕，几乎是刻意要使它所传递的语义变得界限不清，从而产生表意的混淆和歧见，例如"红娘和丘比特（Cupid）的对等形象共存"，没有办法被遵循"忠实性"原则的翻译回收到一个唯一的、绝对的意指之中。④ 这种杂体化的特征还延伸到了影片主人公名字所引起的（精神分析式）语词

---

① 杜维佳，《喑哑之症：评"后无声时期"电影〈一剪梅〉》，第98页。
② 杜维佳，《喑哑之症：评"后无声时期"电影〈一剪梅〉》，第101页。
③ Miriam Hansen, *Babel and Babylon: Spectatorship in American Silent Film*, p. 190.
④ 张英进，《改编和翻译中的双重转向与跨学科实践：从莎士比亚戏剧到早期中国电影》，第41页。

联想所带动的不断滑移的能指链中来:"胡伦廷"的名字是对《维洛那二绅士》原剧中"凡伦丁"(Valentine)的中国化的音译,然而胡伦廷的扮演者金焰恰恰又被称作中国的"范伦铁诺"(Rudolph Valentino)。张英进已经指出了《一剪梅》中金焰的一处表演,就明显是挪用了范伦铁诺的代表作《酋长的儿子》(*The Son of the Sheik*, 1926)中的某个桥段。① 而根据齐仙姑的研究,《一剪梅》不仅是对莎士比亚《维洛那二绅士》的自由改编,而且还在最大程度上借鉴了范伦铁诺主演的《黑鹰盗》(*The Eagle*, 1925):无论是梅花与双头鹰图案之间的对比,还是胡伦廷在造型上对范伦铁诺扮演的杜布罗夫斯基(《黑鹰盗》也是对普希金小说《杜布罗夫斯基》的电影改编)的参考,都显示了联华影业公司的出品和当时的美国电影之间始终存在的几乎一目了然的互文关系。② 实际上,《一剪梅》上映时就有评论者指出这一点:"联华各片每喜借镜西片,如中阅兵数幕,系仿之《璇宫艳史》。"③

不管怎样,"范伦铁诺－凡伦丁－胡伦廷－金焰之间的跨文化互文只会增强《一剪梅》的世界主义特征"。④ 只不过,倘若我们给这个能指链再补写上"东方的华伦天奴 Valentino"——梅兰芳的名字,这一"世界主义特征"的硬币的另一面就会翻转过来:现代民族－国家。它并不否定这个世界主义,但是会揭示这个世界主义的悖论(这一悖论的真实性会在李石曾、吴稚晖等早年的世界主义者转而成为"党国"的捍卫者,电促蒋介石发动"清党"从而奠定中华民国的现代民族国家基本轮廓的历史过程中显得尤为刺目)。而同样并非偶然的是(即如精

---

① 张英进,《改编和翻译中的双重转向与跨学科实践:从莎士比亚戏剧到早期中国电影》,第41页。
② 齐仙姑,《互文性的时代镜片:对〈一剪梅〉的再解读》,《北京电影学院学报》2014年第5期,第57、58页。
③ 华世明,《观〈一剪梅〉后》,《时报》,1931年7月27日,第7页。
④ 张英进,《改编和翻译中的双重转向与跨学科实践:从莎士比亚戏剧到早期中国电影》,第40页。

神分析的语词联想一定会指向某个深处的必然),一剪"梅"的标题也早已经把梅兰芳和他所承载的中华民国之国家形象镶嵌进了影片的文本当中了。由字词而图像,乃至梅兰芳本人的现身,尤其是施洛华房间里过度炫耀的室内装饰图案,都把梅花烘托为影片的核心意象——与杜维佳的理解刚好相反,① 如果没有梅花作为彼时中华民国国花的政治涵义,那么这个能指链就将失去它得以运转的依据。甚至可以不无夸张地说,正是这个过剩的能指召唤了梅兰芳的到场。

至此,我们一再推进的追问就变成了:《一剪梅》的语言问题究竟应该被看作对"喑哑之症"的替代性表达——它迎合或预期了某种"过度"的民族语言的莅临,还是一种新世界语的、影像象形文字的现代主义白话,抑或是既包含了上述选项但又无法做单一归因的众声喧哗的杂音?目前来看,也许最后一种情形更加贴近《一剪梅》乃至中国电影声默转换时期的银幕创作。因此,中国电影与美国电影之间的种种差异或距离当然包含着"落后"和不对等,并且也的确构成当时中国电影人的某种匮乏焦虑,但是它们却不能被一种扁平化的、同一性的论述来予以抹除:不仅美国的有声电影不同于格里菲斯时代的电影,经济大萧条之后的美国电影和世界电影不再能够回返 1920 年代的黄金时代,而且在 1930 年前后发生的一些重大的国际、国内的政治经济变局也决定了联华影业公司的制片方针和创作取向,使它不可能平行地外在于同时期好莱坞电影复杂的社会经济和文化动力以及它在全球市场富于侵略性的、掠夺性的动作。如果说电影的"象形文字"确曾成就了一种世界性的语言的话,那么这座在大银幕上得以重建的巴别塔于 1929 年又再次坍塌了——声音的出现,或者说影像之于声音的诉求为银幕世界再度注入了"变乱的口音"。各个国别电影在一个新的维度上开始重建民族-国家的银幕形象,只是这个形象自此之后将受制于它的声音,总是

---

① 杜维佳,《喑哑之症:评"后无声时期"电影〈一剪梅〉》,第 99 页。

追慕着它的语言，被一种内在的主体性锁定、束缚和限制。这种内在焦虑将在很长一段时间里直接表现为声画关系的困扰，声音犹如一个鬼魅般的幽灵隐现在银幕边框划定的界线内外，原本无拘无束、自由、沉醉如狂欢节纸屑的影像碎片，现在不得不为一个源自深处内部的声音所聚拢，被迫合成为一个谐调一致的整体，接受国族主体性的统一调度。

关于这一点，当时的中国电影人特别是联华影业公司的创办者有着清醒的认识。要理解这一时期中国的文化和艺术运动，有一个重要的政治背景不能忽视：1928年蒋介石南京政府初步实现了全国统一，并且从当年起大力推行国家文化、国家艺术的建设。不仅是罗明佑等人倡导的"国片复兴运动"直接应和于这样一种国家意识形态的建构，如李石曾推动成立的中华戏曲音乐院、齐如山和梅兰芳共同创办的国剧学会等都是从这一时代背景中产生的，新一波的国语普及也应时而生，成为这一国族主体性急切要予以推定的核心内容和内在需要。非常有趣的是，齐如山在1928年曾写过一篇上书进言式的文章《论戏剧之中州韵有统一语言之能力宜竭力保存之》，其文意大致如题：国家欲统一语言，借重戏剧最为近便；而各地方剧皆从方言，难于相通，唯皮簧用中州韵，地处中原且历史既久，故行之最广，无论何方何地，都易于接近；因此，"国家不欲统一语言则已，果欲统一，则中州韵最为就近"。① 这一论调虽然初听上去显得荒诞无稽，但也确能见出时人关于国家一体之语言的深切焦虑，它客观地表明了在当时中国国内的政治文化的语境里，方言作为"变乱的口音"也同样干扰着一个"想象的共同体"的建立，寻求一个统一、一致的声音对于中国作为一个独立的民族－国家建构仍是当务之急。

这种急切发声的心情在1930年前后的中国电影文化中得到了最集

---

① 齐如山，《论戏剧之中州韵有统一语言之能力宜竭力保存之》，《戏剧月刊》第一卷第三期。

中的体现。世界范围内的经济大萧条、蒋介石政府初步实现的全国统一以及电影的有声片时代的莅临，共同促成了中国电影的一个危机与生机并存、紧张急迫而同时又充满机遇和可能性的时局。联华影业公司就在这样的情势之下应运而生，它从一开始就把自己的事业定位在民族的声音与电影的声音的接合点上，并采取了一系列措施来为平稳过渡到有声片时代做准备，比如聘请著名音乐人黎锦晖开办联华歌舞学校来进行相应的人员储备，黎莉莉、王人美等很多明星都出自此培训班;① 另外在诸如1931年的《银汉双星》这样的影片中，电影公司的发展前景、它对国片复兴的踌躇满志，以及影像对于声音的好奇、追慕等等，都作为基本故事背景得到了自反性的呈现。② 不过，由这一接合点打开的电影文化实践的可能空间是开阔而多样的，并且人们对它需要尽快确定的方向在理解上也并不完全统一，其中非常现实也非常紧迫的一个问题就是默片的存废问题。

而在梅兰芳访美演出引起巨大轰动的时代背景中，这一民族的声音与电影的声音的接合点，就并不意外地落在了这位伶界大王的身上。1930年6月，《影戏杂志》刊登了一篇题为《有声电影是国片复兴的新途径》的文章，署名"雪花"的作者这样写道："最近我却听得一个好消息，有声的国片在不久的将来便可实现，那是听说华北电影公司的总理罗明佑先生对人说的。据说他们已经积就［原文如此］进行摄制有声电影了，收摄的机械也在计画［原文如此］着装设了。他们打算在试办的初期，就聘请我国戏曲艺术大家梅兰芳，先把他生平的得意剧本，采选精华，连唱带做地制成声片，远则运销各洲，近则在国内遍地公映，如果这个计画早日实行，那真是好得很了。这次梅兰芳剧团渡美

---

① 宗维赓，《介绍联华歌舞学校的几位表演员》，《影戏杂志》第一卷第十一、十二号合刊，第58-59页。

② 《银汉双星》，联华影业公司1931年出品，史东山导演，朱石麟根据张恨水小说改编，紫罗兰、金焰主演。

演技，弄得美利坚举国若狂，大学教授劝生徒要去研究中国戏剧，批评家说梅兰芳的台步都有舞蹈的美术含着。那么，梅郎剧本的声片运销世界各国，相信总得热烈底欢迎的。我们将可藉此把中国名贵的艺术介绍给世界的人，藉此可以把国片的价值提高起来，藉此而可以把国片赚得国外的销场，以开日后无穷的利源。有声电影的希望如此伟大，所以我说它是国片复兴的新途径和新利器哩。"①

梅兰芳本人显然并不拒绝他的名字与有声国片联系起来，而且我们有理由相信，在当时他也的确真心地想要寻求和探索出一条将个人艺术发展的新路径与民族/国家文化发展的新方向交汇、编织在一起的通途。在后来撰述的《我的电影生活》中，梅兰芳曾着重谈到，他的访美演出的主要收获，是美国电影界人士对于中国戏剧组织和表演艺术的借鉴，"因为现在有声电影的趋势，有很多地方变得很象中国戏了"。京剧"很适合于当时有声电影向歌舞剧发展的要求"，但同时他也对美国歌舞片的商业投机性质以及因此导致的它的昙花一现有着清醒的认识。② 在美国巡演期间，梅兰芳就有过这样的构想，希望拍摄有声电影以普及于中国广大的幅员："他说，要演制有声电影的主因，不是希望销流在美国里的。他的志愿是演制声色双全的影片，贡献给居在中国边疆或孤寂的村镇城邑里底居民，好让他们有机会领略本国古派名贵的戏剧哩。梅兰芳说，一个伶人，就是销磨了终身的时日，也不能够周游一百五十万方里以表演他底艺术的。这回却好利用西方新式的机械做成彩色而发声的影片，把中国世代传下去的名贵剧本——有些竟是原始于第三第四世纪的了——传遍遐迩哩。"③

---

① 雪花，《有声电影是国片复兴的新途径》，《影戏杂志》第一卷第七、八号合刊，第31页。
② 梅兰芳，《我的电影生活》，第30-32页。
③ 这段话出自访美演出期间美国记者汤姆斯·陀尔博特（Thomas Talbott）对梅兰芳的采访文章 "Mei Lan Fang and the Movies"，由署名"延陵"的编写者摘译为《梅兰芳与有声电影》，载《影戏杂志》第一卷第九号，第23页。

罗明佑在《为国片复兴问题敬告同业书》中坦言,以其经营影院凡十二年之经历,对于美国影片占领国内电影市场之"外国文化侵略"理当"躬负其责",于今有声影片崛起之际,"美国之制无声影片者日见其少,影片之来源将绝。非有声影院则将有无片可映之忧;而不谙外国语之观众,咸漠视有声之片"——如此一来,国内影院若继续追随美国时尚之有声片,恐怕很难有发展机会,整个中国的电影事业也就前途堪忧了。罗明佑将这一严峻形势以及身为中国电影人的责任心解释为自己转向制片业的契机和动机,并据此而"以提倡纯正国片为己任",诚邀业界同人"合力而谋之":"际此外片日荒,金价日涨,国片日衰,文化日侵之会。如能本福国利民益世劝善之宗旨,制成影片,则可救济片荒,挽回利权,发扬国光,促进艺术。"①

作为联华公司初创时期的另一主要参与者,黄漪磋也撰文发表了大致相同的意见,并且更明确地将"外片来源之断绝"视作中国电影制片业"千载一时之良机":"今也,声片行世,美国不复制无声影片矣。至于有声美片,则因语言关系,已证明仅能供通商口岸英美侨民及少数国人之需要。加以近来金价日昂,即一二影院放映有声外片,已难图利。其他影院,势非续映无声片不可。惟此后无声外片之来源已绝,不久将见影院界对于影片之缺乏,大起恐慌矣。"正是有鉴于此种时势所需,联华影业公司得以创立,"其宗旨在一洗前此国内制片界之积弊,进而摄制有益世道而切合艺术之出品。既可救济目前影院界之恐慌,复能抵抗外国片商之操纵"。尽管他的言下之意是在于说明,美国电影进入有声片时代反而给了中国默片以生存的机会,但是黄漪磋并未排除"声片摄制之可能":"且夫同人等对于国产有声影片之摄制,虽以南北言语悬殊,亦认为绝非繁难之举。我国幅员广阔,其内地及边陲民众,

---

① 罗明佑,《为国片复兴问题敬告同业书》,《影戏杂志》第一卷第九号,第44—45页。

对于名贵之戏剧与名伶之声艺，绝无领略之机会。倘能利用声片以传遍之、沟通之，其功利又岂可限量哉？"① 也就是说，有声片假借戏曲艺术为一便利之途径，并能普泛于内地、边陲，有调谐中央与地方关系之功效，这与前面引述的齐如山关于国语统一的建言颇有异曲同工之处，只不过更以电影（有声片）这种机械复制生产的现代白话来作为承载标准化语言的媒介而已。

早年在香港从事电影业的卢觉非也有此一议，他同样把美国停止默片的生产，而有声片又存在语言文化隔阂的这一局面视为"振兴国片千载一时的大机会"。不过在摄制有声国片这一核心议题上，卢觉非显得有些犹疑不决，因为"摄制声片最难解决的就是方言问题……从多数取决，当然以国语为最高的标准。但广东和南洋便难得圆满的结果了。南洋是国片最大的销场，首先要谋个光明底出路"。卢觉非本人的文化认同是在粤、港、南洋，所以对国语与南方各地方言之间的难以调和尤为敏感。他指出南洋各埠通商市镇，粤语最为通行，而"若到山巴乡落，便让潮福客家为先了。荷属闽侨，积极注重国语的运动……讲到琼州福建潮州上海宁波，国语便不大通行"。因此，与其强求于解决这一棘手的问题，不如暂且将它搁置而另辟蹊径。卢觉非认为舞台剧是目前有声片摄制的最佳选择，不过即便是拍摄舞台剧即戏曲影片，除却应将"舞台剧电影化，不可电影舞台剧化"等方面，仍然面临着戏剧自身的地方性问题：卢觉非极力建议粤剧的电影化，而对 1924 年民新影片公司为梅兰芳拍摄的默片"虞姬舞剑"片段则直言批评，尽管其理由是后者未能利用全景、近景的分别以使这段舞蹈和剑学的精华得到更好的表现，但作者本人的文化认同以及这一认同背后的方言区隔仍极鲜明。②

---

① 黄漪磋，《创办联华影业制片印刷有限公司缘起》，《影戏杂志》第一卷第九号，第 44–45 页。

② 卢觉非，《摄制有声国片刍议》，《影戏杂志》第一卷第九号，第 34–35 页。

直到 1931 年，梅兰芳的名字仍然经常和联华影业公司尝试摄制有声电影这一"国片复兴运动的新途径"联系在一起。1931 年 4 月，梅兰芳到访香港、澳门，曾向舆论透露预备拍摄有声片事宜："在美时曾参观并主演有声片，深知此种事业发展后势力之雄厚，所以回华后，致力于有声电影，促成联华映片公司。此次南下，虽仍在省港逗留月余，再行登台献技，但志在考察风土人情习俗，与南北剧之优点，以便将来制声片之张本，南洋一带，亦拟一行云云。"当有境外记者问到"中国何时可制声片"时，与梅兰芳同行的黄漪磋回答说："本年六月间制片机便可抵沪、从事制片矣。第一本声片现尚在审查中，仍未决定，但仍不能离戏台化，以歌舞为主体，主角人当然是梅兰芳君，至于其中对答句语，暂分三种：一普通话，二广东话，三上海话，以便各处放影云云。"① 而前引《梅兰芳到广东》那篇文章则写道：梅兰芳"在未踏进摄影场之前，他当然要经过一番的考察和思虑的。他这次南下广东，一方面就是想研究广东人对于北剧的兴趣，以便为将来摄制声片的章本；换句话说，就是南北戏剧初次倾向联合的动机"。②

这些舆论报道组合在一起传递出来的信息，是颇耐人寻味的。它们不仅有助于我们重新理解 1930 年代初的梅兰芳——因为这里恐怕不能排除这样的可能，即在对多方建议的参考之下，梅兰芳本人确实在考虑自己演艺生涯的一次重大转折；更重要的是，它们还可以帮助我们重新理解 1930 年代初上海－广州的"双城故事"（我们不要忘了，《一剪梅》也正是这样的一个双城故事）所带动的中国形象的某种再现——无论是南北戏剧的初次联合，还是普通话、广东话、上海话的并行不悖，都从社会文化和意识形态的角度共同呈现了一个复杂而微妙的历史

---

① 《梅博士澳游记》，《ABC 日报》（《爱皮西日报》），1931 年 4 月 29 日，第 1 版。

② 荻野，《梅兰芳到广东》，《影戏杂志》，1931 年第 2 卷第 1 号，第 37 页。

暂存的瞬间，各种界线（借用吴国坤①的说法：既是跨地方的，如统一和割据，南方和北方，上海/广州/北平/南京；又是跨国家的，如中国和美国，中国和殖民地香港，中国和南洋）的调度、翻转、重置都凝结于此一时刻，经由翻译、改编、互文、易装以及新的声画关系的配置或分离，而投射到电影《一剪梅》及其特意设置的这个摆渡场景中来。

综合以上引述，我们不妨可以这样来总结1930年前后的中国电影人所面临的机遇和困扰：美国电影进入有声片时代并停止默片的生产，的确给了中国电影以生存、发展的机会，而这一机会需要与中国这个新近实现统一的、独立完整、步调一致的民族国家的发声耦合在一起；然而，中国电影如何创发自己的声音、语言，并不是因势利导即能一蹴而就得以解决的问题。尽管从务实的角度讲，一方面可以国产默片收复美国有声片无法再全面覆盖的国内电影市场，另一方面则循序渐进地开展研发、试验中国有声片的拍摄。然而，由于电影银幕所负的塑造国族形象的使命，由于电影作为资本运作、工业生产、高度技术化的现代大众媒介被认为始终与国家的发展水平和整体实力息息相关，所以从1920年代末到1930年代初中国电影的过渡、转折就注定不是一个简单的实用主义的历程。将戏曲舞台剧拍摄成有声电影，曾经是一个被严肃考虑过的选择，这在绝大程度上应归因于梅兰芳访美演出的成功所带动的效应，同时梅兰芳本人也因与罗明佑和联华公司的关系而成为"有声国片的主倡者"，从而在此过程中发挥着至关重要的作用。但耐人寻味的是，访美归国的梅兰芳作为一次文化翻译的媒介，在美国对他的接受和这一文化事件在国内引起的反响之间存在着双重的错位：有清一代以来的中国戏剧文化中，男旦表演只是整个传统中非常内在的一个组成部分，而

---

① 吴国坤，《永续〈白金龙〉：薛觉先与早期粤语电影的方言及声音政治》，《北京电影学院学报》，2019年第7期，第25页。

在美国等西方人的眼中却无疑成了一种异域奇观；另外，他的形象被放大为来自东方的、中国的文化符号，同时他的声音却是被摒除、被削弱、没有能够被真正听到的，甚至可以说是被此次访美演出的幕后组织者自我刈除的——声音与画面的分离也正是这一时期中国电影或电影中国所面临的最主要的窘境和困局。如果说，有声片时代的莅临为国别电影超越美国好莱坞打造的世界性语言（象形文字或现代主义白话），从而发出自己的国族声音提供了机会与要求，那么，标准化、普泛化的国语与受限于地方性的方言之间的不相调谐，也将这一跨文化、跨语际的问题转移到了中国正在建设的民族国家的内部，这一点甚至也体现在京剧（或是1931年齐如山、梅兰芳等人以京剧、昆曲和秦腔为典范而命名之"国剧"）和地方剧种（如卢觉非所属意之粤剧）之间的文化阶序上。

四、无声的中国

鲁迅题为《无声的中国》的那篇著名演讲就是在香港发表的（时间是在国民党发动"清党"前的1927年2月16日）。据当时人回忆及后来学者研究，鲁迅的绍兴官话其实很难为其他地方人听懂，因而颇显得讽刺的是，如若不是以文章的形式传阅于读者，他的演讲也仍近于"无声"。当然，鲁迅是在白话与文言对决的意义上讲到中国之无声的，造成这一局面的间或也有政治的噤声，但不管怎样，要么只能说着死去的古人的话，要么只能借用外国的别人的声音，总之，都不是活着的、"真心"的话、"较真"的声音，于是中国的人民千百年来始终"不能互相了解，正象一大盘散沙"。[①]——鲁迅所号召于青年的，正是从那

[①] 鲁迅，《无声的中国——二月十六日在香港青年会讲》，收入鲁迅，《三闲集》，北京：人民文学出版社，1973，第5–10页。

压抑而沉滞千年的象形文字中挣脱出来，去发出自己的声音。它重申了五四新文化中的白话文运动的主旨，一个"有声的中国"也正是一个鲜活、整一的现代中国。

联华影业公司创制《一剪梅》，只有置于这样一个"语言的"背景才能得到全面的阐发。它当然是一次跨语际、跨文化的实践，但这并不足以解释它全部的文化义涵；它对莎士比亚《维洛那二绅士》的翻译/改编亦将那种原作与译作、源语言和目标语言的同时性摆渡到了民族国家的界线以内，梅兰芳既出现在往返于中国与美国之间的渡船上，也出现在从上海到广州的航线上。从整个叙事情境来看，影片仍是以北伐时期为故事的年代背景的，广州是国民革命军的大本营，是（北伐）革命的发源地，因此即便其政府机关只是表现为地方性的"广东督办公署"，这也丝毫不会削弱其正统性；而影片中唯一一个真正的反面角色刁利敖则有着与其形象相符的政治身份，"声势煊赫"的他是来自别一省份的"某方驻粤代表"——这些细节都构成了北伐战争前后中央与地方之间关系尚待整理、廓清的政治背景。而故事的重心从上海移至广州，事实上也就是从一个国际大都市转向中央政府所在地。当然，就电影的事实层面而言，广州还是联华影业公司开拓南洋电影市场的中转基地之一。影片叙事情境中的另一个地域空间就是情盗一剪梅的匪巢，它位于粤赣两省的交界地带，恰好反映了当时军阀割据、政令不一的现实，正是这一现实使之成为一块合理存在的法律和秩序外的飞地。因此，影片的空间转换基本就是在这样的一个结构中完成的：上海作为一个媒介（一个渡口、一个中转枢纽）发明了，或者说是重新生产了中央和地方的关系。正是它所提供的既内且外的视点，制造了地域和意义空间上的裂隙，以及对这一裂隙进行重新整合的可能。在当时的政治语境下，梅花明确地象征着国民党和中华民国，这是对于一般观众都一目了然的；但是它的意义却并不唯一，它既可以用作施洛华居室高度风格化的内景装饰，也可作为落草为寇的胡伦廷的标志性图徽，而且正如我们已经提示过的，它还和梅兰芳的名字直接联系在一起。

事实上，上海作为媒介而作用于晚清以来的许多文化的构形之中。最有代表性的，也是与梅兰芳带入我们的讨论范围中的问题直接相关的，就是京剧的出现。京剧作为现代戏剧，形成于1860年以后；并且它的整个发展历史都是一部双城故事。恰恰是在中国被卷入全球资本主义进程之后，上海与北京基于它们之间差异的相对位移而使京剧得以形成。上海租界的半殖民地性质一开始就构成对都门旧制的持续有效的平衡，是它赋予了京剧以现代都市气息和商业娱乐的品性，京剧所携带的商业性的不同既往之处在于，这种新型的文化娱乐活动最终要通过对工作与生活在时间、空间上的重新部署，来服务于资本主义的再生产。京剧被说成旧戏或国粹都是后来渐次展开的一种现代性的话语，没有哪种艺术形式能够比京剧更清晰地体现"传统"（tradition）一词所内涵的因时而异、从不停止流变的特征——梅兰芳的访美演出及其后续影响也是对这一"传统"一次全新的践履，它将直接促成京剧的进一步变革。

梅兰芳的易装表演显然也构成对莎士比亚原作中既有的这一戏剧情节的某种呼应或提示，只有认识到这一点我们才能理解影片中军师肥朱（刘继群饰）为什么会穿插进来一段梅兰芳名剧《天女散花》的谐摹戏仿，他的扭捏作态的确滑稽可笑，既符合演员本人所擅长的插科打诨式的丑角人物，又表达了对于梅兰芳出现在此片中的非凡意义的充分自觉。易装其实是《一剪梅》中最重要的一个戏剧化元素，几乎每一个主要角色都有过不同程度的易装表演：胡伦廷的过于"实在"的为人却给他招致牢狱之灾，他只有化装为接近西方罗宾汉形象的"侠盗一剪梅"才能确立自己的位置，自由地游走于法与非法的界限；而性好女色的白乐德在影片一开始就暴露了他的绰号"脂粉将军"，胡伦廷对他的劝诫再次宣扬了女色伤身、容易败坏男人阳刚之气的糟粕（传统？）观念；施洛华（林楚楚饰）则正好与之相反，她总是一身戎装、能骑善射，被誉为"巾帼中有丈夫气"。不过，在所有的人物当中，胡朱莉的易装仍是最为重要的，它不仅是原著本来就有的情节要求，而且还十分符合近代中国实际的社会状况：直到晚清的时候，女子若为私奔等缘由离家出走，往往还需要易装出行。道路（无论陆路还是水路）本身就总是意味着某种转化，意味着固有之界线、之领土的破立，而女子的易装只是与这一转化相应的一种性别身份上的暂时调整。可以多说一句的是，在古典戏剧的舞台上，货郎经常承载着这种行路的意象，因为"贸易"（trade）除了流通、周转、交换以外就没有它自身的价值。梅兰芳和上海一样，都是作为一种媒介而存在的，两者都标记着那个摆渡的过程本身。

《一剪梅》的编剧黄漪磋也是广东人，从香港毕业后北上谋求发展，后在上海开办了"联业编译广告公司"，主要业务是编译外国影片字幕，同时还出版有《影戏杂志》；因在提倡国片方面与罗明佑意见相合，且坐拥电影发展必要依赖之宣传机关，遂与罗明佑合作创立"联华影业制片印刷有限公司"。这一阶段联华影业公司出品的几部影片都体现着黄漪磋的实际影响。不过之后不久，《影戏杂志》停刊，黄漪磋于1932年中突然离开联华影业公司，另与人筹办第一有声影片公司，并因力邀阮玲玉加盟而"气坏罗明佑、急煞黎民伟"[1]——黄漪磋如此行径被评论者讥讽为"电影界之石友三""倒戈将军"。[2] 黄漪磋在后来的电影宣传中自我标榜为"国片复兴运动"的首倡者，双方的矛盾也可窥一斑。值得一提的是，1933年，黄漪磋主持的艺联影业公司拍摄了一部《瑶山艳史》（黄漪磋任编剧），声称要超越"大众"与"民族"电影的争斗，"替中国影业找出一条生路"；影片大概是讲汉族青年招赘为瑶人驸马的故事，意义被设想为是"负着化瑶使命，鼓励殖边

---

[1] 浦逊修，《黄漪磋聘请阮玲玉》，《电影日报》，1932年7月18日，第2版。

[2] 慕维通，《电影界之石友三：倒戈将军——第一公司黄漪磋》，《开麦拉》，1932年第82期，第1页。

工作"：这部影片既是受好莱坞《人猿泰山》《人兽奇观》等"原始"题材影片的影响，但也是对于彼时国家"殖边"号召的响应。①

当是时，黄漪磋高唱"到广西去"的口号，还有一个更具体的政治背景：1931年两广军阀陈济棠、李宗仁联合汪精卫等国民党内反对派势力成立广州国民政府，发动粤桂军讨伐蒋介石，这样一种派系纷争和割据局面直到1936年"两广事变"后才告结束。在此情境下，白崇禧邀请黄漪磋前往广西拍摄当地的风土人情、市政建设，为桂系地方性的政治与社会力量的发展壮大张目，于是才有了这部《瑶山艳史》和纪录片《桂游半月》。② 此外还有一部同样由黄漪磋根据莎士比亚《奥赛罗》改编的《黑将军》，也是深入广西与越南交界的镇南关地区取景拍摄的，广西名胜之地均被摄入。《瑶山艳史》《桂游半月》和《黑将军》这三部影片共同组成黄漪磋的"艺联三部曲"。③——"到边省去！"不仅是当时开拓边疆，重新确认汉族与少数民族、"中国"与华夏边缘之间关系的一个重要的社会经济举措，也为电影题材选择开辟了一块新的领域。④ 因此，在"宁粤合流"之后，《瑶山艳史》还因其"鼓励化瑶工作，符合孙总理提倡种族大同之意旨"而获得国民党南京中央党部的嘉奖。⑤

从上述粤桂军阀政治联盟的背景中涌现出的另一部重要影片，也为我们提供了一个颇能说明问题的例子，这就是薛觉先的粤剧有声片《白金龙》。《一剪梅》中白乐德的饰演者王次龙受黄漪磋的怂恿，同样脱离了联华影业公司，并在后来担任了《瑶山艳史》中的主演角色；而

---

① 《现代电影》第一卷第二期，封底。

② 维太风，《〈新广西游记〉和〈瑶山艳史〉：黄漪磋"到广西去"计画如此》，《开麦拉》，1932年第114期，第1页。

③ 见《现代电影》第一卷第五期，第11、25页。

④ 陆介夫，《今日的国产电影题材的商榷》，《现代电影》第一卷第四期，第14页。

⑤ 《中央奖励〈瑶山艳史〉》，《申报·本埠增刊》，1933年9月6日，第5页。

且正是在赴广东拍摄《一剪梅》的过程中，王次龙帮助有"广东梅兰芳"之誉的粤剧名演员薛觉先与天一影片公司达成合作协议，将前者轰动一时的舞台杰作《白金龙》搬上银幕。① 作为第一部真正的国产有声戏曲片也是第一部粤语有声片，《白金龙》在电影史上确有其开创性的意义。然而该片在1933年4月于上海进行片段试映时，便引起了巨大的争议，除却剧情内容上饱受诟病②之外，一个很主要的原因还在于："在银幕上发出来的声音，完全是广东腔调，在座的朋友，除了广东同志之外，真没有一个不感觉到'莫名其妙'。"甚至这部影片的"杂音"还不仅限于它的"广东腔调"："《白金龙》片中的方言太混杂：广东话，上海话，浦东话——色色俱全，道地十足地形成一部'什锦声片'，很不容易给人看得懂。"以至于当时的电影检查委员会都不予通过，要求薛觉先的南方公司答复其质询。③ 但是另一方面，《白金龙》在香港、广东等地上映却受到空前的欢迎，成为天一影片公司在1930年代初开始转战粤港、开拓南洋市场战略布局中极成功的一役：此片"一经出映，港粤轰动；一时营业旺盛，大出意外。不用说国产片中的《姊妹花》，便是舶来片中历年保持售座最高纪录的《璇宫艳史》亦复望尘莫及，较差甚远。《白金龙》在此狂热情状之下，天一一举成功便曾获利近二十万"。④

与联华影业公司主要创办者均出自广东不同，邵氏兄弟原籍浙江宁波，却在1930年代初的政治和电影格局中，选择逆行南下——这本身是中国电影史上饶有意味的一段往事。至少是在文化的层面上，它揭示了中国现代民族国家的建构过程中一些棘手的难题，成为那个时期中央

---

① 慕维通，《王次龙之又一企图：薛觉先决定拍戏》，《开麦拉》，第125期，第1页。星宿，《南方公司的产生》，《申报·本埠增刊》，1932年12月1日第6页。
② 马儿，《薛觉先之〈白金龙〉》，《社会日报》，1933年10月20日第2版。
③ 《〈白金龙〉是什锦声片》，《社会日报》，1933年4月8日第2版。
④ 《薛觉先重拍〈续白金龙〉》，《影与戏》，1936年第1卷第4期第6页。

和地方、统一和割据之复杂关系的一则颇引人瞩目的历史注脚。吴国坤对于薛觉先《白金龙》的讨论即着重指出了当时电影中语言/声音的政治性：不仅"国民党对粤语电影采取具攻击性的政策，质疑粤语电影妨碍国家的语言及政治统一"；而且，在"与以上海为中心的国语电影角逐市场份额及文化地位的同时，粤语电影无可避免地参与到地方、国家及跨国三个层面的文化政治当中"。① 这样的语言/声音的竞逐制造出了一个"跨国家"与"跨地方"相重叠、相交叉的混杂局面，使得无论是中央和地方，还是民族与世界的既有界线都处在反复被涂抹又反复被勾连的变幻当中："《白金龙》的兴衰是一个很重要的例子，说明了早期粤语电影的动态、粤语电影与其他电影之相互影响，以及粤语电影与香港、广东、中国南方、上海、东南亚和好莱坞的跨国联系。"②

尽管在具体内容和表现上十分不同，但是黄漪磋的《猺山艳史》和薛觉先的《白金龙》所内涵的某些意识却是与《一剪梅》一理相通的——这就是"中国"意象的再生产。华夏边缘可以帮助重新确认"中国"的主导位置，这不过是夷夏之辨的现代版本；但通过上海这个渡口、这一杂体性的媒介来重新发明中国，就属于富有想象力的创造了。尽管《一剪梅》的故事内容求助于北伐革命战争乃从广州发动的这一政治合法性和正统性，但是该片得以拍摄及放映的直接背景却又是粤桂军阀的拥兵自重、对抗"中央"；1931 年的广州国民政府与 1925 年的广州国民政府不可等同视之。如此考量，则当《一剪梅》于 1931 年 7 月在上海上映时，《申报》为之所做的宣传就很值得玩味了："片中外景是采取广州各名胜地点作背景，幽美绝伦，国片中堪称创见。同时更得广东当局的协助，委派数千军队，飞机数架，加入表演。我国伶

---

① 吴国坤，《永续〈白金龙〉：薛觉先与早期粤语电影的方言及声音政治》，《北京电影学院学报》，2019 年第 7 期，第 25 页。

② 吴国坤，《永续〈白金龙〉：薛觉先与早期粤语电影的方言及声音政治》，第 30 页。

界大王梅兰芳携其夫人福芝芳女士亦在片中留影，尤为难能可贵。"① ——更难能可贵的或许在于，通过跨国家的外部差异来获得一致性的民族文化与因跨地方的内部差异而始终悬疑的统一政权，竟然都经由这一剪"梅"而暂时地扭结在一起。

莎士比亚《维洛那二绅士》原剧中，当凡伦丁在米兰与维洛那之间的森林里遇着那伙强盗的时候，他们有这样两句对话：

> 徒乙　你会说各地方言吗？（Have you the tongues？）
> 瓦　　我年轻时候各处旅行，各地方的话都会说，否则就要时常苦恼了。②

听了这话，众强盗立即将凡伦丁拥立为王，因为口音变乱仍旧等于无声。这里的"方言"，或者"外国话"，③ 总之是多变的唇舌，标记出了一个摆渡的场景，在那里，各种领土化的界线错综复杂地交织在一起。若果如黄漪磋所寄望的那样，梅兰芳在他主演的有声影片中，也能够自由转还于普通话、广东话、上海话之间，那么他也就被电影赋予这"多变的唇舌"（the tongues）了——但如此一来，他是否还能继续被尊为"梅大王"（不过，这难道不是一个格外适合于落草为寇的胡伦廷的称号吗？），则恐怕会有一点疑问了。《一剪梅》固然是无声的，但是该片上映时引发的轰动效应，却也在观众席中激起了喧嚷聒噪："呵！座位已被占去一大半……人声嘈杂，只听见广东调和上海白打成一片，这是我在电影院中从未遇过的现象……后来，客越上越涌，声音更嘈杂。于是寻座位忙，往小间去的忙，熟人互相打招呼的忙，人声鼎沸，来来

---

① 《申报·本埠增刊》，1931 年 7 月 19 日，第 10 页。
② 莎士比亚，《中英对照莎士比亚全集 2·维洛那二绅士》，梁实秋译，北京：中国广播电视出版社，2001，第 123－124 页。
③ 朱生豪的译法，见莎士比亚，《莎士比亚全集》第一卷，北京：人民文学出版社，1978，第 146 页。

往往。不识者，还以为是拍有声的走马灯哩！"——在这"有声的走马灯"里，不仅"广东调和上海白"交响协奏，而且社会各阶层"人色的复杂"（包括"短打的、敞怀的"和看不起这些人的评论者自己）也都在自顾自地发声，制造出此起彼伏的阵阵杂音。① 然而这仍然是沉默的杂音。国语统一的要求构成了对世界性语言的背离，国族发声的需要也抛弃了前现代同质化的象形文字，而正值有声片莅临之际的中国电影刚好需要面对国内/国际的内外界线翻转的这样一重矛盾，国片之于现代主义白话，正如同方言之于国语，它在延伸、复制后者逻辑的同时也内在地颠覆了它。我们在性别和种族阶序中看到的声音与画面的分离，总是一种权宜的社会转喻，它掩饰了我们在那时所拥有的，仍是一"无声的中国"。

作者简介：

孙柏，中国人民大学文学院教授，博士生导师，从事戏剧、电影研究。近期出版著作有《十九世纪西方演剧和晚清国人的接受》等。

---

① 《一剪梅》，《新时代》（上海），1931 年第 10 期，第 11 页。

戏剧与电影：亲缘、区隔与跨媒介*
——主题沙龙实录

戴锦华　孙柏　魏然　王昕　胡亮宇　陈戎女

内容摘要　戏剧与电影作为跨媒介艺术，自身兼具亲缘与区隔的关系。除了银幕外，剧场与影院空间在实际上很难被区隔。从工业革命到现在，现代性一直在扩张，在数码转型时期的当下，戏剧与电影的跨媒介相遇、现代技术与身体的相遇正在发生。跨媒介的亲缘与区隔将形塑我们对戏剧与电影未来的认知与理解。当电影向戏剧坍缩，并试图覆盖其他媒体之时，我们应当警惕这样的现代性溃散。在当今的语境下，我们应当在媒介与人自身的自觉中，"看"和"看见"他人，看到显影的他者和人的异化，以及他们与媒介之间的关系。电影与戏剧一直发生着广泛的交叉穿梭，当曾经分化的艺术、媒介因为数字技术而汇聚在同一的制作呈现平台上时，我们更应注意维持其中的差异和丰富，不让媒介的合流成为历史的坍缩。戏剧与电影身份各异，相互区隔，但又在跨媒介中相互渗透，重新寻

---

* 本文为国家社科基金重大项目"中外戏剧经典的跨文化阐释与传播研究"的阶段性研究成果（项目编号：20&ZD283）。

找一种亲缘性。

| **关键词**　戏剧与电影　现代性　跨媒介　他者

Theatre and Cinema:
Affinity, Distinction and Transmedia

Dai Jinhua　Sun Bai　Wei Ran　Wang Xin

Hu Liangyu　Chen Rongnyu

Abstract: The art of theatre and cinema, (which are) both transmedia, are related and differentiated. Apart from screens, theatres and cinemas are in fact difficult to be distinguished. From the industrial revolution to the present, modernity has been constantly expanding. In this era of digital transformation, the encounter between the theatre and the cinema is taking place as what happens between the modern technology and the humans. The intermedia affinity and distinction will shape our understanding of the future of the theatre and cinema. As cinemas collapse into theatres and try to cover other media, we should be alert to such a collapse of modernity. Nowadays, we should "look at" and "see" the other, their revealing alienation, and the relationship between human and the media. The theatre and cinema are strongly interweaving. When the once differentiated arts and media converge on the same platform due to digital technology, more attention shall be paid to maintain their differences and richness, so as not to let the convergence of media become the collapse of history. The theatre and cinema thus have their own identities and are separated from each other, but they permeate mutually through intermedia to find a new kinship.

Key words: theatre and cinema; modernity; trans-media; the other

陈戎女：各位同学，各位老师，大家下午好。欢迎大家来参加北京语言大学第二届梧桐学术沙龙暨跨文化系列讲座第109讲"戏剧与电影：亲缘、区隔与跨媒介"。因为我们沙龙主题的关系，因为戴锦华老师的莅临，今天来参加活动的人很多。我们专门找了主楼209这么大的场地，但这里的座位还是容纳不下热情的大家，所以请各位尽量找到空的地方，这样听着会更舒服一些。

我先介绍一下今天沙龙活动的主讲老师和与谈老师。首先让我们欢迎主讲人北京大学教授戴锦华老师。与谈老师：孙柏老师（中国人民大学文学院教授）、魏然老师（中国社会科学院外国文学研究所副研究员）、王昕老师（北京师范大学艺术与传媒学院讲师）、胡亮宇老师（北京语言大学人文学院讲师）。此外，今天来到现场的还有北京语言大学梧桐创新平台的黄悦、刘军茹、叶晓君、粟花等老师，人文社会科学学部的罗卫东老师，外国语学部副主任何宁老师，以及从外校、出版社、报社不辞辛苦而来的多位学者、编辑，我对大家的到来表示特别感谢。我是这次活动的主持人，北京语言大学人文学院的陈戎女。

虽然戴锦华老师已经是誉满全国、全球的学者，我还是要稍微介绍一下戴老师。戴老师毕业于北京大学中文系，曾经在北京电影学院电影文学系任教，1993年任教于北京大学比较文学与比较文化研究所，现在是北京大学人文特聘教授、北京大学电影与文化研究中心主任。戴老师的研究领域非常多元：电影、大众传媒和性别研究等，并开设《影片精读》《中国电影文化史》《文化研究的理论与实践》等课程。戴老师在北大的授课广受好评，她的课常常一席难求。戴老师曾在数十个国家和地区讲学、访问，著有专著《雾中风景》《电影批评》《隐形书写》《昨日之岛》《性别中国》等十余部。

我跟戴老师建立师生关系是在很早以前。上世纪90年代，我在北大求学的时候，听戴老师的课便深为折服。很多人听一次讲座，以为老师只是做电影研究的。再听一次，发现可能是做媒介研究、做性别研究的。刚才戴老师开玩笑说，有人又以为她是做哲学研究的。所以老师的研究领域一直在不断地拓展，一直在和全世界，特别是和中国的现实发生密切的接洽。我个人觉得戴老师一直是我心目中的一个楷模，不仅是女性学者的楷模，还是不分性别的学者楷模。2015年的时候，北语比较所的"跨文化系列讲座"曾非常荣幸地邀请到戴老师。至今还记得，那天的讲座戴老师详尽地分析了一部电影。现在时隔六年，我们又有机会请到戴老师。为了让这个讲题的内容、主题能更加深入，我们还请了一些老师进行与谈和研讨。有请戴锦华老师！

戴锦华：（略）①

陈戎女：下面我们先开始提问环节。由于时间关系，我们只开放两个问题。

提问一：谢谢老师。我想请问一下戴老师，可不可以再讲一下您讲座题目中的那几个关键词？"扩张"和"溃散"体现在哪里，以及"凝视"在整场讲座中的位置？在我自己浅薄的认识中，"凝视"这一词的批评力量，于当代是否正在瓦解？我们是否需要新的批评工具，词语或者语言？我没有特别理解您的演讲中，"凝视"这个词在跨媒介中的力量。

戴锦华：你好，谢谢你的问题。你的问题恰好对我的讲座做了一个非常中肯的评价，这是一场非常"失败"的讲座（笑）。在刚才的讲座当中，我用的不是拉康的"凝视"，而是作为一般修辞意义上的"凝视"。我讲的是剧院和影院所召唤出来的"观看"。在观看当中，我们怀着一个诉求，同时得到了一种承诺。不光是要"看"，而且是要寻求"看见"了什么，要获得什么道理或者理解什么意义。而我确实没有在刚才的演讲中讲过，我曾经以为是一个比较基本的概念——就是观看行为或者说眼睛在现代文化中的中心位置。我刚才以玩笑的口吻说，我想象一下，如果最近开始走红的德国媒介研究理论家弗里德里希·基特勒在现场的话，他一定会说先有电影技术，后有意识形态国家机器。意识形态国家机器本身成了一种对现代主体的召唤，它成为一个经由镜像去观看的过程。我们先看见一堆镜子，镜子里面有权力所嘉许的形象。然

---

① 该演讲内容，详见本辑的戴锦华老师论文。

后我们在跟镜子的比对和认同中，完成主体的建构。所以我所谓的"现代性的扩张"是想讨论观看行为、视觉主体、视觉中心主义与主体理论、主体想象和现代权力机器运行之间的内在连接。

孙柏曾在我的课堂上反驳我，说19世纪不是长篇小说的时代，而是戏剧的时代。我跟他见仁见智。但我仍坚持19世纪是小说的时代这个说法。无论如何，从现代早期直到今天，也就是工业革命、资本主义、帝国主义、殖民主义扩张之后，观看行为这种西方的主体结构本身，便构成了一个现代性的扩张过程。比如说，我们中国还没有现代戏剧的时候，中国人已经开始拍电影了，这本身是一个现代性的扩张过程。我今天讲了很多例子，比如《红楼梦》中贾宝玉的消失，比如说旧媒体向新媒体的坍缩，这些行为本身同时既是现代性的扩张过程，也是现代性的溃散过程。再比如，在19世纪末20世纪初的俄罗斯，契诃夫戏剧所占有的位置，它和十月革命之间的关联，以及这些戏剧在中国的传播等等，对我来说，这些都构成了现代性的扩张和溃散过程。我更想强调的是，今天我们所经历的数码转型时期，数码转型的全面扩张或者全面坍缩过程本身，对我们每一个主体的自我建构、社会安放个人的方式、社会安放个人与个人之间关系的方式，以及社会整体运营之间的关系。现代性在空前扩张，或者说在空前累积，我原本是想跟大家分享这样一个主题。我以为它隐含在我的例子当中。显然，我还是应该把它置于更为清晰、突出的角度来体现。

提问二： 戴老师好！刚才您在讲座中提到了很多关于视角、视点这方面的内容，比如贾宝玉作为曹雪芹的一个视角。我是一个话剧热爱者，我发现最近的话剧越来越多地利用实时影像。实时影像实现的方式其实就是演员手持一个摄像机，在舞台上实时拍摄其他演员的行动，并将其同时放映在大屏幕上，为观众提供另外一个视角。我想请问一下老师，您对于这种实时影像与演员的表演同时出现在舞台上的呈现形式，有什么看法？

戴锦华： 你把我们刚才在休息室的谈话给问出来了（笑）。我现在可能必须要把在休息室里说的话拿到这里说了。一会儿我真的要把话筒交给孙柏老师。他在我的默许之下，总是公开地质询我。他质询我的一个重要方面就是，我确实有着一条粗大的"现代主义大尾巴"，有着一个"本体论的大尾巴"。我一直认为，经由现代主义运动，在某种意义上我们应该能够更清晰地意识到每种媒介的潜能及其陷阱性，或者每种媒介的社会功能角色。所以从我的少年时代、青年时代直到现在，我大概是一个媒介纯粹论者。尽管我自己不甘心被捆绑在学科战车上，可是对于艺术本身来说，我个人欣赏把某种媒介的潜能或者把某种媒介的特点发挥到极致的作品。我会欣赏在高度的媒介自觉之下，进行各种各样的表意实践的作品。所以，我非常坦率地告诉你，我本身对这种杂糅一直有一种身体性的拒绝。这是第一点。

第二点，刚才在休息室，我说如果最近看十场舞台剧，大概有八场都挂屏幕、幕布，都搞现场放映。而大多数放映的就是你说的实时影像。我们在屏幕上看到的，就是我们在舞台上看到的，是舞台上正在发生的。这种行为叫什么？重复表述，也就是叠义。这个同义的叠加到底有什么意义？我深表怀疑。

第三，为了让观众能够看到实时影像，就必须有一个摄像机的存在。这个摄像机经常成为一个阻挡我作为观众望向演员表演的装置。从我的本质主义出发，我仍然认为剧场的灵魂所在，是肉身与肉身之间的交流。因而在剧场做出这样一个装置，我很拒斥。像我去看《2666》（改编自已故智利作家罗贝托·波拉尼奥的小说）这样八小时的戏剧时，每一场都有一个人在舞台中心架着摄像机。我除了看向银幕外，我不能够用我的眼睛去看见其他的事物。他们还使用特写，使用电影的不同景别去拍摄现场的表演，我认为它的"跨"试图抹杀两种艺术的区隔。这种试图抹杀两种艺术区隔的努力，其实放大了舞台艺术的某些弱项。我们说舞台最重要的是假定性元素，舞台剧的演员及其表演方式和艺术魅力与电影的表现非常不同。比如说，你一定要让我看清那个女演员，我就会发现她并不是个青春少女，或者发现她的动作是戏剧式的极度夸张。而当她作为电影影像出现的时候，我是拒绝的。当然，我现在说的都是非常经验性的东西。我认为，这种跨越本身非常浅表。我之所以喜欢那部舞剧《红楼梦》，就是因为《红楼梦》用光、用幕布去营造这种事实上是电影的效果。但这种电影的效果却又是经由所有的舞台手段、舞台语言来完成的。我会更喜欢这样的做法，而不喜欢那种简单地把两种手段放在一起的做法。最重要的是，我认为他们采取的这些所谓新媒体的手段削弱并妨碍了原有舞台语言的表达。当然这种做法十五年前就已经开始了，十五年前，第一个这样做的导演很有先锋性。但今天，它变为一种惯例。这种做法只是告诉我，在某种意义上来说，影像或者电影，在离散，它们正在试图覆盖所有的媒体。但是在剧场采取这种覆盖方式，我从各种角度都会拒绝。我们可以再听一听孙柏老师的态度。

孙柏：谢谢戴老师。虽然我号称是做戏剧研究的，但是我觉得这些年来我看的戏肯定不及戴老师的十分之一。听完戴老师的讲座，我遗憾我错过了很多好戏。但聊以自慰的是，我发现我也没有花比如八个小时去看一个很烂的戏。今天的我确实也很少进剧场看戏，因为好戏真的是越来越少了。听到戴老师讲《叶甫盖尼·奥涅金》，我就特别想去看一下这部戏。刚才有同学说网上有资源，大家也可以去看一下，但那已经不再是现场的戏剧了，而是一个视频化了的影像的再现。

有关刚才这位同学的提问，我完全同意戴老师的看法，而且我也有过同样糟糕的剧场体验，大概就是从十几年前开始的，尽管我已经想不起来是什么戏了。最初，我看到这样的实验时，我会觉得有一些新意，有一点形式的探索和实验性，但是我并没有觉得这是一个多么好玩，多么了不起的东西，而且我们会发现在这十多年的时间里，这样的尝试越来越多。比如说走进剧场里，观众们就面对面建（微信）群，舞台上没有演出，演员都在后台表演，表演用视频的方式录下来，然后传递到每个人的手机上。你坐在这个剧场里，面对的是一个全黑的舞台，你也不知道这个演出和你坐在这里到底有什么关系。但是，你抱着对先锋实验戏剧先入为主的敬意，出于对昂贵戏票的珍惜，仍旧安静地坐在那里等待一个半小时左右的时间过去。还有一些演出在镜框式舞台前立起一个玻璃屏，演出并不是投影在玻璃屏上，而是由演员们在屏幕后面表演。这个屏幕是有机钢化玻璃，很厚，观众完全听不到台上的演员在讲什么。这个时候你会发现你的座位旁边有一个耳机，你需要戴着耳机去听、去看这个戏。就像戴老师刚才说的，你一定要去解释它背后有什么玄而又玄的道理，总可以有人解释出来。但至少从我自己的感觉来讲，坐在剧场里去看这样的戏，实在是一种非常糟糕的体验。我并不反对跨媒介或者融合各种媒介去做一台戏，但是这种融合的结果应该能够产生真正抵达你内心的一种力量。但是到目前为止，我觉得大多数在剧场里面出现的这种实验，其实都是某种花活伎俩，只不过是为掩饰剧场中的黔驴技穷而拿出来的一套新鲜玩意。

陈戎女： 谢谢孙柏老师。不如我们就此机会，进入与谈的环节。我想我们可以请各位与谈老师就刚才戴老师演讲里面的一些关键点先做一些回忆，然后谈谈自己的看法。那么还是请孙柏老师继续回应。

孙柏： 好的。首先，非常感谢这次陈老师邀请戴老师来，然后也邀请我们几个戴老师的学生来做此次分享。这让我又一次体会到了在台下做学生的那种幸福。在毕业之后，虽然这样的机会不久就会出现一两次，但是每次都弥足珍贵。我不知道大家的体验如何，我在听戴老师讲到一些东西的时候，我很激动。戴老师的每次演讲中都能有很多东西触动到我，哪怕是从一些非常细微的例子里去阐发出来的东西。所以特别感谢陈老师搭建这个平台，让我们在这个平台能够听戴老师分享最新的关于戏剧、电影、媒介现代性的思考。当然，这场讲座的内容非常丰富，而且戴老师把她的主要观点都融在了众多的例子里。要我们重新做一个概述，其实是非常困难的一件事情。我只能就我捕捉到的一些我认为对自己来说非常有启发的点，来谈谈自己的想法。

我想从戴老师结束的地方讲起。戴老师在结束的时候再次讲到了，人与人之间的关系，我们如何从主体性的意义上定位我们自己，如何定位我们在这个世界当中的位置。当然，这里面首先就包含着如何理解，甚至包括如何说出这个叫作"我们"的东西。在戴老师的PPT里，我们会看到戴老师这一两年来，在不同场合都会去讲的一个话题。无论是德拉克罗瓦的那幅画——《自由引导人民》，还是它旁边的那幅画，一位男人和一位女人戴着口罩相互亲吻，戴老师想要强调的话题就是如何去"看"和"看见"他人，而不是沉溺于一种揽镜自照的体验。揽镜自照的体验在当下的表现就是我们每天对着手机，自拍、刷抖音或者浏览各种各样的内容，包括我们在朋友圈里发帖子等等。我们看似在吸收知识，其实我们都倾注了一种自我投射。而且我们都期待着有某种自我反馈的东西能够（再次引用戴老师的比喻）从手机黑镜子里面反射回我们身上。在今天的这个语境下，我们可能更需要的是"看"和"看见"他人。

我觉得戴老师今天的讲座，包括这几年来就相关问题展开的一些论述，让我有些惊讶的是，戴老师会刻意地拉低理论的高度。包括在回答第一位同学提问的时候，她说不要去讲拉康，虽然在戴老师的学术脉络里，"凝视"这个词的出现仍然是跟拉康、跟20世纪下半叶关于主体构造的理论相关的。但是她有意地抛开这些所谓的理论，让阐述更扎实地建立在我们日常的体验之上。所以在当今，至关重要的就是如何去"看"和"看见"他人，进而在这个基础上建立我们和他人的关系。所以这个结尾，其实也是整场讲座的重心所在。

如果我们顺着这样的一个思考往前追溯的话，我们会发现戴老师最后讲到的那部影片《驾驶我的车》就是一部关于交流、关于对话的电影。并且，这部电影表现了在这样的交流和对话当中，媒介所起到的作用。当然它不是一个理论化的故事，虽然导演滨口龙介是电影研究学者出身，他对相关的电影理论都非常熟稔，但他把这些理论转化成了一个非常精彩的、耐人寻味的故事，并用电影的手法呈现出来。我觉得非常有趣的是，在电影向《万尼亚舅舅》或者说向契诃夫的戏剧坍缩当中，我们会看到《万尼亚舅舅》或者说契诃夫戏剧的本身就包含着交流和对话的主题。契诃夫戏剧大都是在19世纪末，他主要的多幕剧都是在19世纪最后十年完成的。在现代戏剧的发展脉络里面，我们会看到契诃夫的戏剧提出了对于人与人之间交流、对话、沟通的不可能性的思考。如果不用"不可能性"这个词语，那么至少我们该正视这种沟通的失败。比如说像《三姐妹》里面那个小女儿伊林娜，她在一家电报公司工作，每天要接收很多的电报信息。有一天她回来说她今天非常沮丧、非常懊恼，这可能跟她工作中一个不开心的经历有关。有一个老太太来找她发一份电报，因为她的儿子在异乡，可能危在旦夕。但老太太可能也没有多高的文化程度，伊林娜就非常冰冷、生硬、粗暴地拒绝为她传递信息，说你这些信息不成样子，没办法发成电报。但她回家后十分内疚。还有《三姐妹》里面的哥哥安德烈，他原来是一个心怀志向的老师，但是他开始变得市侩、平庸，每天忙于应酬，敷衍周旋，不久也逐渐沉寂下去。这个戏里，契诃夫有个安排十分独到，安德烈不断地跟老仆人交谈并吐露心迹。但有趣的是，这个老头是一个聋子。安德烈的说法是，就是因为他听不见，他才会向他讲述自己心中的苦闷。在这些例子里面，我们都能看到，对话是怎样的一种不可能，但又是怎样迫切地被舞台上的人物所渴求。在《驾驶我的车》里面，滨口龙介也许不自觉地把这样的一个问题转化到了他的电影里，无论是影片里展现的，好几个国家的演员共同来演《万尼亚舅舅》这样一出戏，特别是那个韩国的演员打着韩国手语参与演出，还是在车上男主人公不断地跟他亡妻的声音（亡妻的名字也叫"音"）交谈、对话的桥段。在这个交谈对话的过程当中，小女孩司机出现。电影的结局就是男主人公与小女孩，站在小女孩原来家的废墟前进行对话，这个场景是真正的人与人之间交流的对话。里面还有一些非常有趣的细节，大家可以自己去挖掘。这是一部非常丰富的，切中今天这个世界最重要、最根本问题的影片。同时故事的发生地又是广岛，所以这是一部坐落在日本的历史和现实当中的电影。

我们再往上去追溯，会发现戴老师在讲座的一开始引用《叶甫盖尼·奥涅金》的一句话带出了一个非常重要的现代性主题。在后面的演讲中这个主题也是消散于或者藏身于各个例子当中的。这句话就是，"谁要是深深地思考过，谁就一定深深地轻蔑人"。这就带出了一个非常根本性的问题，就是在今天我们如何理解"人"，如何理解人性、人道主义、人文主义、人类中心主义这样一些似乎是非常具体的同时又是极其宏大的问题。几千年的时间，也没有人能够说得清楚。现代性讨论的主题之一，就是关于人的重新定位，或者说关于人的重新理解。我们用一个最简化的方法来表达，我们都知道所谓"人的异化"。在马克思的著作当中就隐含着"人的异化"主题。在20世纪以后，这个话题被卢卡奇等西方马克思主义者深挖，成为20世纪马克思主义的经典问题。人的异化，我们也可以换一些其他的说法，比如引用戴老师在这次讲座中的一些措辞，那就是人的幽灵化或人的幽灵性。其实今天我们每个人都是某种意义上分裂的人，都是身不由己的人。虽然我们在批判黑镜子，但我们每天仍旧会在手机上花费很多时间。在各个层面上，我们都会看到，人都是处在一种分裂的、重影化、幽灵化的生存境况当中。而且也正是这样一个生存境况逼迫着我们不断追问到底什么是"人"，我们到底应该如何认识自己，认识自己与世界的关系。这实际上是20世纪的普遍主题。我们还能够以什么样的形象、什么样的自我理解呈现在这个世界面前。非常有趣的是，就是在这一刻，我们会看到人和媒介之间的关系，人与现代性生存境况之间的关系。在戴老师刚才的演讲中，她不断地强调，她认为在剧场里，最重要的就是剧场的物质性或者其媒介性，也就是肉身与肉身之间的碰撞。刚才戴老师也分享了，她在电影院里看这部 3D 拍成的《皮娜》的时候，说几乎有要杀人的心。我想起大概也在 15 年前，我慕名去看皮娜·鲍什舞团在北京的演出，那是我的又一次非常糟糕的剧场体验。引用戴老师的话，我看到戏的最后也要有杀人的心。当天上演了两个剧，一个是《穆勒咖啡馆》，一个是《春之祭》。《春之祭》是由伊戈尔·斯特拉文斯基作曲的 20 世纪最经典的芭蕾舞剧之一。那是一个非常震撼的编舞。从舞剧自身的质量来说，它具有足够的、带有毁灭性的冲击力。但看到最后我之所以会杀心萌动，是因为这部戏的最后是一个东南亚裔的小女孩被献祭的桥段。舞台上其他众多演员都是白人，在身量体型上，这个东南亚小女孩与这些白人演员根本无法相比。她显得非常突出、弱小。舞剧最后部分，音乐伴奏极其激烈，这个被献祭的小女孩，这名东南亚裔的舞者，她基本上不是在舞蹈，而是持续着一个剧烈的身体动作，完全没有任何其他舞蹈动作的拼接，这个小女孩完全在一个瘫软的、马上就要摔倒在地上的状态中。在这样的状态中，她还要勉强支撑起自己的身体，尽最大努力抬起胳膊和腿去表演这个动作。我知道这就是皮娜·鲍什要的效果。但我的问题是，为什么是一个东南亚裔的女演员，为什么要从她的身体上去提取那种被献祭的感觉。我觉得这场表演对这名女演员本身来说是一种摧残。

这就涉及我要讲的一个问题，在被大量的媒体所中介的生存境况中，在人、现代性、媒介之外，还有一个与人的异化相关联的词汇，就是他者。这也是为什么刚才讲到《荒野猎人》的时候，戴老师特别提示导演的墨西哥裔身份，提示美国与墨西哥的关系，以及他的阐述方式。同时我们在《驾驶我的车》中，也会看到大量的他者呈现。那个开车的小女孩，她是一个底层人，出身极其贫苦，家庭生活相当凄惨。这样的情况造就了她唯一的谋生本领就是开车。她跟看上去很文艺的这群人相遇，跟他们在一起工作，特别是跟他的老板也就是男主人公——《万尼亚舅舅》的演员和导演朝夕相处。这便是一个他者形象的进驻。

回到现代性的讨论中来，我在听戴老师讲述的时候，我努力地想要把人、现代性、媒介，还有他者这四个关键词串接在一起，我突然想到了一个也许是对媒介的定义。有一个工程从 19 世纪开始，到 20 世纪，直到今天，都还没有结束。这个工程就是我们重新去克服人的异化，人的双重性、幽灵性。时至今日这股强劲的力量仍然存在，那就是我们不断地重申人文主义。说实话，我对这样的路径其实是高度怀疑的。我前天去看了一部从艺术呈现的角度来讲质量很高的原创性戏剧《威廉与我》。总体来说，我很喜欢这部戏剧，但是我觉得它没有真正打动我。大家可以想象一下，站在舞台上的都是非常好的演员，但是他/她一念台词，你就会发现他的整个声调和形体动作都带出了一种强烈的人文主义、人道主义的观念。尽管这部戏剧用了很多有点像孟京辉式戏剧的假定性手段，但它都让我感觉过于诚实，或者说过于沉浸在那样一个似乎不言自明的人的命题和意象当中，但却没有完全摆脱人的命题去提出更深的问题。我想说在今天，我们有各种各样的方式去校准"人"这个概念，包括回到人文主义本身这样一个路径上来。但是在这个校准人的过程当中，我们会发现在驯服人、幽灵人的异化过程中，还有一类方式，就是媒介所赋予的各种再现方式。如果我们非常粗暴武断地给出一个定义的话，那么媒介是什么？媒介就是在对于人的幽灵围追堵截的过程中，至少有那么一个瞬间，截住那个幽灵的东西。当那个幽灵在某个媒介上，无论是在电影屏幕上，还是戏剧舞台上，还是在其他更多媒介的装置设备介质上，被投射出的时候，关于人的问题，就获得了某种象征性的解决。或者说至少在叙事的层面上，它获得了一个暂时的整合，焦虑得到了暂时的安慰。因为我们会看到这样一个幽灵，这个幽灵被我们安置到了一个媒介边界的地方，一个符合他者性的地方。我们似乎从某种意义上得以释然。在那些戴老师所说的具有媒介自觉的电影和戏剧里面，我们都会看到显影的他者和人的异化自身的问题，以及他们与媒介之间的关系。像《驾驶我的车》这样的电影中有媒介与人自身的自觉。戏剧中反面的例子就是皮娜·鲍什的《春之祭》，那个他者是作为一个纯粹的匿名的他者，但是又作为直接在场的他者来呈现，这里面没有任何关于媒介、关于人自身的自觉。我已经占用了太多时间，就先说这些想法。

陈戎女：好的，谢谢孙柏老师。那我们接下来听听魏老师的观点。

魏然：可能我唯一被戴老师选为与谈嘉宾的理由是，我原先跟孙柏老师都参加过戏剧社。他原来是北京大学戏剧社的社长，而且比我早很多届。

陈戎女：您二位都是北大戏剧社的前社长，对吧？

魏然：对。我刚才沉浸在戴老师的讲述和孙柏老师的解析当中，产生了很多联想。我想到，有一场我先前作为演员参加的小剧场戏剧，叫作《在变老之前远去》，讲述的是诗人马骅的故事。这出戏的导演邵泽辉是诗人的朋友。马骅支援云南藏区期间在当地小学支教，乘车时坠入澜沧江，至今行踪不明。《在变老之前远去》就是这样一部怀念朋友的戏，在舞台上试图寻找一个朋友、一个他者，并且怀想生命的过程。我想，剧场不断要完成的工作就是理解他人的生命。当时戴老师也去看了这出小剧场话剧。疫情前，不知道大家有没有到中间美术馆参观一个展览，展览名为"想象·主流价值"。展览中有一段戴老师很多年前参加牟森导演的一次创作讨论中发言的录像。所以戴老师其实是中国小剧场发展历程当中的亲身参与者和对话者。

法国重要的戏剧导演安托南·阿尔托——《残酷戏剧》的作者，某次受邀到法国索邦大学发表一篇主题为"戏剧与瘟疫"的演讲。那应该是一间局促的教室，肯定没有咱们今天这么宽敞的场地和空前的盛况——在演讲中，阿尔托聊了几句"戏剧与瘟疫"后，出人意料地，开始表演感染瘟疫的人的状态，他开始在讲台上出汗、颤抖，最后瘫倒在地。等他表演了大约一小时的瘟疫发病后，台下就剩两个人，其他人全走了——所以也没有今天我们这个沙龙这样成功。然而，仅剩的一个观众记录了这件事，那就是女作家阿娜伊斯·宁。对于阿尔托来说，可能瘟疫与戏剧的先验关系永远无法用文字或其他的身体不在场的方式来传达，因而必须用身体的表现去呈现，展览受到瘟疫重创后躯体的种种反应。所以我想这是戏剧艺术另一个要点，也是刚才戴老师在演讲中不断重述的电影跟戏剧之间在身体性上的重要差别。

如果在座各位中有戏剧爱好者或大学剧团的成员的话，那么你一定看过一本书叫《空的空间》。英国导演彼得·布鲁克在本书开头就说，何谓剧场呢？就是一个人在另外一个人的注视下走过一片空旷的空间，他就完成了一出戏。这里面没有任何的文字，没有任何的台词。这个戏形成于人、行动者、观看者，还有空间本身之中。其后对这本书的讨论都重视空间与演员之间的关联，但是其中一个重要的关键点被忽略，那就是"观看"这一动作本身。这也是戴老师不断强调的戏剧作为现代性的重要载体，观看机制本身所起到的核心作用。当然我还可以再追溯，比如说追溯到古希腊悲剧当中的"看"与"看见"这两个非常重要的概念。近期一位优秀的青年学者的论文就是讲古希腊悲剧的一部重要的剧作《俄狄浦斯王》，文章名为《僭主俄狄浦斯王中的诗歌与哲学之争》。《俄狄浦斯王》本身就是关于"看"。剧中多次呼唤太阳神阿波罗，而且太阳神又是视力之神。俄狄浦斯王崇信人通过看而获得知识，而最后他却完全无法知道真相。于是他刺瞎自己的双眼，他放逐了自己"看"这个权力本身。"看"是一个从古希腊开始就非常重要的概念。它也是整个现代性发展脉络中的一个重要概念。

在早期现代，戏剧与人的社会化有重要关联。塞万提斯在1615年逝世前写过一个戏《奇迹剧演出》，具有惊人的现代性。它没有延续卡尔德隆·德·拉·巴尔卡等作家的手法讲宗教的神秘故事，讲的是由流浪汉组成的一个戏班子，来到了一个小镇，他们谎称要演一个最伟大的宗教神秘剧，从创世记到世界毁灭所有的桥段都被纳入其中，观众能看到各种仙女和天使在飞翔的极其壮观的神秘剧，结果全镇的人都来看。

但是这个戏班子其实什么也没有，什么也没准备，但他们演出之前会做一个声明，说如果今天看戏的人中有谁不是真正的基督徒，有谁不是父母亲生的孩子，是私生子，谁就什么都看不见。这涉及当时西班牙比较关键的两个概念——血统纯净与荣誉。于是戏就开场了，舞台上什么也没有，就只有报幕的人上上下下，可所有的观众都争先恐后地描述丰富而惊人的奇观戏剧场景，直到一个小镇的外来者将其戳穿。这个故事告诉我们，现代戏剧生成的过程中，一个现代主体在剧场中观看表演，这同时也产生一个问题，让他人看到自己看到了什么，决定着自己能否嵌入社会群体当中。

  刚才戴老师在演讲当中反复提到一个词，尤其在这个演讲的导论中，有一个词叫舞台化。我想就这点阐述一些我的理解。电影在不断地研发、演化过程中，不断有一种内在冲动。这种内在冲动会把电影机制以"元电影"的方式呈现出来，这种"元电影"就会呈现其他媒介在电影自身当中的状况。比如大家非常熟悉的电影中的基本手法"闪回"等等。在早期电影当中，一般都会呈现出一个独特的空间，某个人回到过去，或者用非常舞台式的方式进行一些表现。但是电影往往会呈现这样的态势，就是电影比舞台做得更好。比如说30年代好莱坞拍摄过一些影片，是讨论广播与电影之间关系的。比如说《1938年广播大会》，这是一个好莱坞早期影片，它讨论的就是虽然广播的受众非常多，但是电影所传递的信息和音乐等的感官维度和丰富程度是远远超过广播的。还有比如说刚才讨论的《真人秀》（《楚门的世界》），它展现了广播与电视的竞争。还比如说《头号玩家》，它是电影对游戏这样一种新媒介的回应，同时也是它的扩张。90年代有这样的一部影片，讨论新兴的媒介即视频、录像对电影的冲击。那就是由奥地利导演迈克尔·哈内克拍摄的《班尼的录像带》。这部影片讲述的是维也纳一个中产阶级家庭的男孩儿，酷爱收集录像带和录像语音。有一天他遇到一个劳工阶级的女孩，跟他一样痴迷这些，他就把这个女孩带到家里去，请她看他家人在郊区农场杀猪的录像带。共同观看的过程当中，男孩就拿录像中屠杀猪的气枪把女孩杀了，并且这一过程又被录像带录了下来。如果我们简单地去描述它，它传递了哈内克对新兴媒介切入电影对电影机制本身造成的威胁，同时也表现了新媒介对人的戕害或者对道德的威胁。借着这一视角，人们会发现某些影片传达出电影对其后新生的媒介威胁的担忧。电影在消费这些新的媒介过程中将媒介机制前景化。我觉得这种媒介机制的前景化与戴老师刚才所说的舞台化有一定关联。

最后我想分享一个个人观剧的经验，那是我在布宜诺斯艾利斯观看的一个非常震撼的剧。准确来说，应该不是"看"到这个剧，这个剧团叫"盲人剧团"，而且演出的时候是在晚上九点，一个全黑的空间里。这个戏的开始就是我需要跟所有素昧平生的观众手拉着手，在全黑的情况下走进剧场，剧场的演员都是盲人演员。他们在全黑的情况下演出了阿根廷剧作家罗伯特·阿尔特的《荒岛》。《荒岛》讲述的是布宜诺斯艾利斯有产阶级幻想自己到远方度假的故事，是表现他们充满幻想的故事。但是在剧场当中，我在一个纯黑的情况下听这部戏，并且感受盲人演员在舞台中穿梭，为我营造这样一个空间，而且我不断意识到其他观众的身体存在。所以这部戏让我意识到，除了"看"以外，戏剧还能有非常不同的、全新的、体感式的机制。所以，我想这部戏是在不同的新旧媒介面临挑战的时候做出的一个非常有趣的回应，这也是戏剧的永恒魅力所在。

陈戎女：谢谢魏老师，他从自己演戏谈起，然后到他看过的各种戏的体验，这个过程涉及媒介对我们今天的体验方式、观看方式的影响，以及从"看"到"看见"的各种影响。下面再请王昕老师谈一谈。

王昕：好的。刚才戴老师的讲座已经非常丰富了，孙柏和魏然两位老师也都讲得特别生动。我就分享一下我的联想吧。

戴老师刚才讲到了由谷崎润一郎的《春琴抄》所改编的《春琴》，我由此联想到之前了解到的一个有意思的事。谷崎润一郎大概在 1921

年也就是一百年前改编过一部电影叫《蛇性之淫》。《蛇性之淫》的小说出自上田秋成的《雨月物语》，是对《白娘子永镇雷峰塔》的改写，是一个日本版的《白蛇传》。而这部电影被当时在日本留学的田汉看到了，大为震动。后来他回国以后写了一个系列专栏，是中国早期电影史上非常重要的研究文献——《银色的梦》，里面回忆到他看谷崎润一郎根据《白蛇传》改编的影片，然后觉得中国这么好的一个故事居然被日本人先拍出来。于是他就希望未来有一天能找到艾拉·那齐穆娃（Alla Nazimova，好莱坞默片时代非常著名的、有个性的女演员）那样的演员来拍摄中国版的《白蛇传》，想要把天下的人都引到中国的雷峰塔下。后来田汉成为国歌的词作者，也创作了京剧剧本《白蛇传》，却没能够导演电影《白蛇传》。《白蛇传》到现在其实有非常多的发展。我们这代人小时候会看电视剧《新白娘子传奇》，近来《白蛇传》也有动画电影方面的发展如《白蛇：缘起》系列，还有近期上映的一个粤剧电影《白蛇传·情》，当然未来还会有更多丰富的形式。

而我这里想说什么呢？1921年其实是中国电影在某种意义上发生的时刻，从这个时刻开始，很多原本通过不同方式混合在一起的媒介开始分化。现代社会是什么，或者说现代性是什么？在德国媒介理论家基特勒看来，现代性其实意味着一种媒介的分流。他有一本非常著名的书叫《留声机 电影 打字机》，里面提到媒介从本身比较混沌的状态分流成了不同的媒介。而我们今天身处的数字时代，基特勒未曾说出却已然命名的"话语网络2000"（按照基特勒研究者车致新的分析），则是一个媒介再度合流的时代。以这种略带理论暴力的说法来看，20世纪就是一个非常特殊的世纪，是一个"空前绝后"的由媒介分化了的世纪。这也类似尼克拉斯·卢曼的社会系统理论，他认为现代社会是一个功能分化的社会，是由诸多功能分化的系统组成的社会，简单来讲就是法律的事情在法律系统里处理，政治的事情在政治系统里处理，艺术在艺术系统里处理。所有事务逐渐分化为一个个不同的功能系统。和媒介分流一样，这个事情也发生在 19 世纪末 20 世纪初。这也是成长于 20 世纪的人们常把媒介史看作一个线性演进的历史过程的原因。然而最近三十年对早期电影史、电影史前史的研究发现，很多我们后来熟悉的东西在之前就已经发生过。但此前这些现象可能处在一个比较混杂的合流的媒介、系统状态中，分化只是在 19 世纪末 20 世纪初发生的，让后来的演化产生了某种线性演进的感觉。

再回到刚才讲到的田汉看谷崎润一郎编剧的《蛇性之淫》的这个时期。1922 年郑正秋编剧、张石川导演的《劳工之爱情》是中国现存的最早的国产故事片。而郑正秋也是较早引介莎士比亚到中国的人之一，他对戏剧非常上心，大家可以找他的《新剧考证百出》来看，他整理的莎士比亚戏剧介绍大概就有几十部。但当时处在一个媒介分化的时代，像《劳工之爱情》这样的影片在当时重要的任务是把自己确立为一种不同于戏剧的东西，一种非戏剧的电影。然而根据我不严谨的考据发现，《劳工之爱情》的名字很可能跟莎士比亚《爱的徒劳》这部戏的名字有很大的关系。也就是说，戏剧的痕迹依然刻印在了这样一个希望将电影分化出来的努力中。整个 20 世纪的电影作为一种新媒介，是分化而出、寻求独立的，但是同时它又与其他媒介形式有一种跨越、流动、穿插的互动，这里面有着跨国、跨语际、跨艺术门类的复杂关系。但是到 20 世纪末，就是数码转型开始发生的时候，或者说最近这二三十年的时间里，因为数字化和网络的快速发展，所有差异的媒介仿佛有了某种合流的可能性。大家都知道数字技术可以将所有东西都存储为某种代码或某种数据形式。但如果简化地使用这种分流又合流的观念看待不同媒介和艺术的关系，则可能会导致某种理论暴力乃至实践上的暴力。比如荒诞地将整个 20 世纪的电影史理解为动画史的一段歧路、一个例外——因为所有的数字电影都可以被看作动画，尤其在今天，我们的电影大量使用电脑特效，甚至是在特效中创造电影。如果我们把所有的数字电影都粗暴地理解为一种动画的话，那么可能就会把整个 20 世纪这样一个分流的媒介历史理解成一种特例。而在这个过程中我们其实删除了巨大的信息。因为说到底，现代性、现代社会或者说现代历史其实是 20 世纪的历史。正是在众媒介的分化、差异，和对这种分化的跨越之中，20 世纪形塑了刚刚戴老师和孙柏老师提到的非常丰富且复杂的、关于实现人性和正义的可能性。如果我们仅仅把媒介的合流自然化，忽略曾经基于不同媒介差异发展出的各种技巧、形式、传统，及其中携带的驳杂、充沛的能量，那这可能就不是一个数据的合流，而是一个多层次世界的坍缩。换句话说，在这个诸媒介相互短路、彼此合流，仿佛越来越便利的时代，更需要一种撑开差异的自觉。

陈戎女：王老师就职于艺术与传媒学院，所以对媒介的形式十分敏感。他对从最开始戏剧与电影的分流到现如今数字时代的可能的合流做了较为详尽的分析。王老师对所有东西都可以合流，并且对将 20 世纪电影史看作动画史的粗暴归纳提出质疑。这种粗暴的归纳，背后会有大量的细节和纵深感的失去，也是戴老师说的"坍缩"。我们再请胡老师谈谈自己的看法。

胡亮宇：谢谢。我先反驳一下戴老师，我个人不同意这是一场失败的演讲。至少对我来说，它的成功之处在于，像《驾驶我的车》里面那样，电影不断在戏剧中塌陷，讲座也让我的语言完全塌陷了。我刚才在听讲座之前，准备了很多问题和表达，但听完之后我就失去了语言。虽然我从北京大学来到了北京语言大学，仿佛应该是获得了语言（笑）。所以我只能从个人经验谈一下"看"这种体验。

我刚才在台下也在想，所谓"看戏"，对于我来说到底意味着什么？对我这样一个来自西北四五线城市的人来说，意味着什么？我认真回忆了一下我人生中第一次看戏是什么时候。大概是在我上大学的时候有一次来北京玩，看了人生中的第一场戏。特别巧的是，这部戏也叫《鸟人》，是北京人艺的戏。而我之前的戏剧经验其实大部分来自电脑屏幕。我在电脑上不断地看各种戏剧的录像，各种现场的录像等，包括后来出现了 NT live 这样的艺术形式。换言之，哺育我这样的戏剧观众的并非以剧场为基本媒介的戏剧，而是被电影化或被充分影像化了的戏剧。那么我想在今天的讲座中把这个主题拉回到中国的现实当中，拉到戏剧和电影的关系当中。在中国这样超大规模的民族国家之中，一个剧场和影院分布高度不均衡的总体环境中，当很多人说"看戏"的时候，其实已经预设了它背后的都市生活前提，甚至是预设了一种理想的、智性的、中产阶级的消费方式，以及培育这一日常生活方式的消费能力与经济基础。那么我所思考的是，很多人会在屏幕上看戏，是否在一定程度上部分地反映了一个事实，那就是电影或者这种影像化的对戏剧的"观看"，是否正在被迫代替或者已经代替了戏剧曾经普及化、大众化的社会功能？那么在面对各种媒介转型的现实面前，在它对既往的艺术形式可能造成的威胁面前，这种破碎本身是否也重新孕育着电影（或影像）对戏剧基本社会化功能的召唤？

我还是再寻找一下语言，把问题明确一些：现在中国有很多能够放映电影的电影屏幕，但是事实上能够看戏的剧场大部分还是存在于二三线以上的城市当中，剧场只属于都市生活。在这个过程当中，电影是否已经完成或者正在完成着曾经戏剧承担的社会教化或者社会教育的功能？那么戏剧的影像化本身，在戏剧媒介变革的层面上来看，在媒介合流的潮流面前来看，是否也打开了一种新的可能，让更多人去看到戏剧，去体验并且获取无法肉身抵达的剧场经验，虽然缺少了剧场的具身性，但也是通过一种曲折的、观看屏幕的方式抵达戏剧，抵达那个戏剧发生的现场。

戴锦华：这个问题很难回答。回到我的一个反复重复的判断，或者说一个观察，我认为，我们现在谈文化和艺术的时候，一个特别大的问题是大众文化时代过去了，大众文化工业体制自身碎裂了，我们进入一个分众的文化时代。比如 NT Live 是不是召唤出一个 NT Live 的观众而不一定召唤出戏剧的观众，或者说电影会不会慢慢成为另一种小众，就像今天的剧院戏剧观众一样，影院电影观众会不会成为另外一种小众，会不会在网络上出现一种网络大电影，或者说我们是不是需要在网络上重新创造一种电影的对应物，或者其他五花八门的形式。这些我不能够肯定。

我觉得当我们讨论戏剧与电影的时候，有一段历史必须正视，就是我们一旦谈到那个公共性的、带有巨大政府功能、教化功能、宣传功能或者循环功能的艺术的时候，我们就会下意识地使用一个描述。我们说这是国民剧场，我们说20世纪上半叶的电影是国民剧场，比如说20世纪90年代，中国的电视剧可能就是这样的一个国民剧场，那么我们就下意识借助了曾经戏剧所产生过的功能意义。这样的情况和我们今天戏剧的现实还是有很大区隔的。就像我们今天说影院、剧场，我们实际上是在说那些商业化的、具有明确功能性的、从空间结构到内装都是特别设计的空间。而曾经戏剧是在每一个公共空间当中，电影是在每一个有屋顶和没有屋顶的地方。那个时候就是它们发生着国民剧场作用的时刻。那么今天，就像你刚才说的，戏剧碎裂在多种媒介形态当中，碎裂在无数的黑镜子上面的时候，它是否又达成了一种弥合的效果？我说我没有办法回答，是因为今天的我们对于判断明天、判断趋向、判断未来，我认为几乎没有任何必要的参数。因为疫情的摧毁，因为身历的国际情势大规模的变动，所有的这些都使我无法单纯地从媒介领域上去判断未来，判断弥合的可能性。

我倒相反有一个很扫兴、很不负责任的想象，不能叫判断。我说，当我们仍然可以安然地面对着我们的黑镜子，沉浸（我最近特别讨厌这个词）在我们的黑镜子里的时候，我们才可以去讨论媒介、社会、人与现代主义。但是我不知道大家有没有意识到，就像我们的黑镜子很脆弱一样，我们现在的生存方式和文明结构仿佛也很顺畅。一旦我们从手机的世界当中，从黑镜子的沉浸当中，被赶出去的时候，那可能就是另外一回事了。到那个时候，哪一种艺术形态，哪一种媒介仍然是可能的，也是我今天没法判断的。但是我认为这种变革是有可能的。并不是说我们进入分众时代，我们就会在一个不断的分裂或者细化当中永恒地发展下去。因为我们这种判断本身建立在一个前提之下，就是我们觉得现代文明趋向千秋万代、永垂不朽，可以浩浩荡荡地继续向前推演。而事实上，问题很多，危险很多。这种生活方式的内在不可持续是非常有意思的问题。

昨天在一个商学院的演讲当中，我被要求讨论"元宇宙"这个话题。我开始说不行，这个问题我没有处理过。但是稍做了一会儿功课我就懂了。它是股市上的一个概念，所以它真得比任何东西都真，因为它是真金白银；它假得比任何问题都假，因为它是想象的网络生存。这个想象的脑机接口，这个将平行于我们现实世界的"元宇宙"，是一个永续性的世界。我非常惊讶，我们大陆的翻译在提到这个词的时候通常有一个约定俗成的词语，就是"可持续"，为什么到了"元宇宙"，我们突然换成了港台的翻法叫作"永续"。我想这也许是一个下意识的策略。我们避开可持续不可持续的讨论，我们说在网络上的可持续的世界，其基本的前提就是整个能源结构，所有的制造电子媒介的耗材都可以永不耗尽。而我们在现实中所有关于环境、关于文明、关于可持续的考量，都是因为我们在这么一个消耗性的现实当中。所以如果物质性的层面仍旧是我们必须去考虑的基本前提的话，我怎能想象一个可持续的、永续的"元宇宙"呢？如果"元宇宙"不是一个想象的、可持续的空间的话，那么我又怎么能想象我的意识上传将永垂不朽呢？这很有趣。这样一个集中了资本，并且想象整个媒介的硬件生产系统、媒介的技术开发的概念只有两个点可以落实，第一点是作为概念股的成功炒作；第二点是以 Facebook 为代表的大量资本的吸引和涌入，据说 Facebook 马上就要改名为"元宇宙公司"了。除了这两个真切之外，更有趣的是它将成为政府制定政策时候的一个重要参数，成为政府管理的一个必要的保证。在这一意义上说，它的物质性、媒介性、空间性和社会的实操性都非常清晰。那么它对于我们的生存来说，在什么意义上是真切的呢？

我故意歪曲了亮宇的问题，我把 NT Live 的问题转移了，我自己也是热情洋溢的 NT Live 的粉丝。我的问题不在于 NT Live 是不是真的重新构造出一种观剧体验，是不是可以成功地召唤更多的戏剧观众来与戏剧艺术相连接。我的问题在于，疫情以来，我们还有 NT Live 吗？当实体剧场不再能够延续的时候，NT Live 在哪里？

同样，关于戏剧的影像和戏剧的实践自身，关于剧场的空间作为城市中产阶级和剧场空间作为人与人相遇的空间这个话题，我特别引了那个合拍剧团的导演的说法，就是剧场在歌剧院，在皇家剧场，也在难民营，也在街头。一个日本的艺术家樱井大造主导了一个很特别的日本剧团叫"帐篷剧团"。在某种方式上，我是中介人和引介人之一（笑）。孙柏是长时间的参与者。这个剧团在 20 世纪 60 年代诞生，在亚洲各国流动，一直也在中国演出，直到前几年。按照他们的理念，他们要把帐篷搭在任何一个地方。而帐篷是怎么搭起来的呢？是由剧团的成员。剧团成员又都是谁呢？是所有报名参加的志愿者。可以是哑巴，可以是残疾人，只要报名都可以参加。我参加了把这个剧团引进到中国大陆的过程。我第一场看他们的戏是在台北，在台北的城中心。我坐在帐篷里看戏。他们的戏往往都是包含在一个城市中。到最后的时候，所有的演员走上台来举起火把，这时候帐篷洞开，他们举着火把走出去。好像孙柏老师好多次都举着火把走了出去。但是在中国大陆他们没有一次成功地走出去，或者说再没有带给我那一次观剧时的体验。在台北，一打开帐篷，台北的穷街陋巷就进入了帐篷空间，或者说帐篷空间贯穿到了台北的穷街陋巷。然后那些不专业的演员，举着火把唱着歌，走出去的时候是完全不同的身体经验，完全不同的空间和时间的体验。我说孙柏老师很难给我带来这种体验，是因为在北京我们一直没有能够得到类似的机会，虽然好像也有过那么一次。但是绝大多数我们得不到机会去获准，在想搭建帐篷的地方搭建帐篷。最后一打开后面是宣武门还是朝阳门？

孙柏：一打开是中央电视台的大会场。

戴锦华：对，所以那个感觉就变成了荒诞，而不是这个剧原本想要表达的意义，和底层在一起，和民间在一起，和草根在一起。樱井大造有一个非常著名的说法，他说，从戏剧到生活，或者说从舞台到现实隔着多远？就隔那层帐篷布。我自己非常喜欢这个理念。大概孙柏老师也是喜欢的吧。

孙柏：据帐篷戏剧人自称，他们最一开始是在日本的河滩上，由一些流浪汉、无家可归的人、没有固定工作的人进行演出。在帐篷戏剧的理念当中，有一个非常重要的东西，就是占领。它要以这样的身份和出身，去占领一些城市空间，通过那一层薄薄的帐篷布沟通帐篷里面的空间和帐篷外面的世界，也通过打开帐篷这一行为实现一种时空转换。我们可以想象，舞台是一个被帐篷布包裹起来的空间，但同时我们也可以反向思考，这样一个被包裹起来的空间外部也包括了整个世界。当他打开帐篷的时候，时空得到了交换，现实与虚构也被颠倒。的确，因为各种原因，在中国，尤其在北京这样的城市，这种占领很难实现。不仅实现不了占领，可能连火把也不能点。

在戏剧－空间－世界这样的关系式当中，正如刚才戴老师PPT上对照的那两幅图，一个是电影院，一个是剧场，我们今天经验到的是标准化的豪华的室内空间。但实际上这并不一定是剧场的常态，或者说这只是人们相聚在这里的固定空间形式之一。在戏剧史上，绝大部分的戏剧其实展现的是世界大舞台的理念，是完全敞开的、开放性的，人们在空间中相遇。当然我并不是特意美化古希腊罗马或者中世纪的彩车巡游演出，但是它提供了戏剧的另外一种可能性。所以又回到陈老师设定的主题，"亲缘、区隔与跨媒介"，这是一个非常好的说法。我们会看到我们应当如何去划分这样一个空间，这里的"划分"并不是简单的"隔离"，而是说重新建立起某种联系，重新去寻找一种亲缘性。那么"帐篷戏剧"便是戏剧的某种可能。

陈戎女：题目是戴老师的专利，不是我的。好的，由于我控制时间不当，已经严重超时。但是我想这种超时是值得的，因为戏剧与电影这两种媒介，展示了我们的过去，给予了我们当下的启示，也影响着我们的未来。刚刚很多老师也都提到了，这种探讨不仅限于戏剧和电影本身，而是说我们当下生活的这个世界，会怎么影响到我们的未来，我们未来到底想要创造、形塑一个什么样的世界。那个世界一定有各种各样的媒介与我们的今天有关。所以它对于我们的过去、现在和未来都有影响。

我们设定"戏剧与电影"的相关主题，是因为目前在北京语言大学人文社会科学学部，有一部分老师和同学都在做这方面的相关研究。而且这个"梧桐沙龙"也是我们学校学术活动的创新平台。我们在座的好几位北语老师都是这个平台的成员，虽不尽然都是做戏剧和电影的，但是大家可能对这个问题都很感兴趣。

我非常感谢在场的老师和同学们，在我们严重超时的情况下依旧坚持听完了这个沙龙。我代表沙龙主办方对大家表示深深的感谢。当然也非常感谢戴老师和其他各位老师带给我们如此丰富的知识，也启发了我们很多对戏剧和电影的思考。希望大家以后多多支持我们的讲座和沙龙，我们下次再见。

以上文字根据 2021 年 10 月 17 日北京语言大学比较文学研究所与北京语言大学梧桐创新平台联合主办的第二届梧桐学术沙龙暨跨文化系列讲座第 109 讲"戏剧与电影：亲缘、区隔与跨媒介"活动中的嘉宾与谈录音整理而成。

（整理人：郑芳菲　北京语言大学比较文学与世界文学专业博士研究生）

作者简介：

戴锦华，请见本栏目特稿中的作者简介。

孙柏，中国人民大学文学院教授、博士生导师，主要从事电影研究、戏剧研究、文化研究。

魏然，中国社会科学院外国文学所副研究员，主要从事西班牙语文学、拉丁美洲文化与思想史研究。

王昕，北京师范大学艺术与传媒学院讲师，主要从事电影研究、媒介研究。

胡亮宇，北京语言大学文学院讲师，主要从事文化研究、批评理论、电影研究。

陈戎女，北京语言大学文学院教授、博士生导师，比较文学研究所所长，主要从事跨文化戏剧研究、西方古典文学研究、经典与阐释研究等。

梅兰芳的跨文化研究

主持人的话

冯 伟

1935年梅兰芳带团访问苏联，在他临行前的4月14日下午，主办方苏联对外文化交流协会组织了一场汇聚苏联艺术界名流的讨论会。然而，由于发言者的观点太有争议，会议记录一直被雪藏。梅兰芳曾去电索要，也无果而终。1982年，瑞典学者拉尔斯·克莱堡发表话剧《仙子的学生们》，想象了此次讨论会的盛况。作品问世后，被海内外学界误以为真，甚至出现了中文版，由梅绍武翻译，刊载于1988年《中华戏曲》。

苏联解体后档案解禁，克莱堡找到了会议记录，在文字处理和编辑删改后，会议记录由俄罗斯杂志《电影艺术》发表，名为《艺术的强大动力》（1992），很快再度引起海内外学界关注。1993年邢秉顺将删节版的译文发表在《中外文化交流》上，名为《1935年3月苏联戏剧界人士为梅兰芳访苏演出举行的讨论会发言纪要》；同年，《中华戏曲》刊登李小蒸的译本。

2000年，丹麦学者李湛从克莱堡处获得该会议记录复印件，通过比对，发现这份会议记录被删改过——换言之，它也非完整版的会议记录。经过多年的寻找，2012年，李湛终于在俄罗斯档案馆中偶然发现了原始的会议记录，是世界上第一个发现这份档案的学者。2015年，厦门大学陈世雄教授发表《梅兰芳1935年访苏档案考》，指出克莱堡所依托原件的残缺；2019 年，陈世雄在《文化遗产》发表《梅兰芳等中苏艺术家讨论会记录（未删节版）及其价值》，提到 2018 年找到原始会议记录之事，并将其翻译成中文。但是，该版依然是被译者编辑过的，有不少字句皆被删掉，并非完整的历史档案之原貌。

本栏目第一篇李湛的论文针对该次会议的记录及其内容，具体分析了其来龙去脉；会议记录的翻译紧随其后，由皮野根据李湛提供的原始会议记录重新翻译，校对过程中也使用了李湛自行翻译的英文版。相信通过本栏目，学界对梅兰芳 1935 年的访苏事宜会有更准确的认识。

1935 年梅兰芳剧团访苏总结讨论会*
——历史谜团与解析

李 湛 著
冯 伟 译

内容摘要 1935 年中国男旦演员梅兰芳访问苏联,演出备受赞誉。作为总结,苏联对外文化交流协会举行了一场汇聚俄罗斯杰出的舞台和电影专家的讨论会,以讨论本次梅兰芳访苏和中国传统戏剧大体可以提供什么经验。然而,讨论会记录随后就被苏联当局以有效的手段查禁,于是后来出现了猜测性的版本,即便有真实会议记录发表,也经过了删改。本文立足于该次讨论会的完整记录,讨论了其来龙去脉和会上的发言。

关键词 梅兰芳 讨论会 苏联对外文化交流协会 梅兰芳1935年苏联巡演

---

* 原文 "Minutes of 'Evening to Sum Up the Conclusions from the Stay of the Theatre of Mei Lanfang in the Soviet Union' at The All – Union Society for Cultural Relations with Foreign Countries (VOKS) on Sunday, 14 April 1935", *Asian Theatre Journal* 37 (2020), pp. 328 – 375. 中文翻译已得到作者和刊物授权。——译注

Minutes of "Evening to Sum Up the Conclusions from the Stay of the Theatre of Mei Lanfang in the Soviet Union" in 1935: Unravelling the Truth from the Mysteries of History

Janne Risum

Abstract: In 1935, the Chinese male performer of female roles, Mei Lanfang, toured the Soviet Union to much acclaim. By way of conclusion, a panel discussion took place with prominent Russian stage and film personalities on lessons to be learned from the tour and from traditional Chinese theatre in general. However, the discussion minutes were subsequently so effectively suppressed by the Soviet authorities that they have been the object of myth and—at the most—of selective publication ever since.

Key words: Mei Lanfang; Conference; VOKS; Mei Lanfang's Soviet Tour in 1935

对于当今中国乃至世界很多人而言，中国男旦演员梅兰芳（1894—1961）堪称中国传统戏曲在20世纪能达到的艺术巅峰的最杰出代表。在国际上，梅兰芳的生活与舞台艺术迄今也有着最多的记录和讨论。梅兰芳曾多次出访：数次出访日本和香港，1930年出访美国，1935年和1953年两度出访苏联。

在这些出访中，1935年的访苏之旅与众不同，因为它与西方戏剧的杰出人物产生了最为丰富的交流。作为访苏的收尾，4月14日苏联对外文化交流协会在其莫斯科的办公地点举行了一场中苏艺术讨论会。但是，这次高度重要的讨论会的会议记录却遭到了苏方的查禁。以下我将在世界上首次披露该讨论会的完整记录,① 为了便于更广大读者接受,我将其译作英文,并附上一份引言,② 针对此前中西戏剧交流中消失的一环,介绍其背景、内容和版本历史。

为了讨论梅兰芳到访的意义,苏联对外文化交流协会策划了此次总结性的中俄③讨论会。参会者包括梅兰芳本人、出访总指导张彭春,以及苏联戏剧界、音乐界、电影界、舞蹈界的杰出代表。

苏联对外文化交流协会秘书处依照规定程序,用速记法记录了谈话(速记文本不曾保存下来)。后由此整理出首份打字本,名为《梅兰芳剧团访苏总结讨论会(1935年4月14日晚)》④,内容包括参会和发言的人员及讨论内容,其中受邀人员名单进行过手工更正,列出了实际与会人员。

四十名受邀的俄罗斯人中,有九名并未露面:生病的七十二岁高龄莫斯科艺术剧院创立人康斯坦丁·斯坦尼斯拉夫斯基(整个冬天他都因心绞痛而被迫居家)、苏联官员卡尔·拉狄克、列宁格勒年轻汉学家鲍里斯·瓦西里耶夫、列宁格勒杰出汉学家瓦西里·阿列克谢耶夫、列宁格勒戏剧导演谢尔盖·拉德洛夫、外事人民委员的英国妻子艾薇·利特维诺娃、电影女演员亚历山德拉·霍赫洛娃、戏剧女演员维拉·尤列涅娃及剧作家弗谢沃罗德·维什涅夫斯基。梅兰芳是扮演女性的男演员,

---

① 最近的"苏联对外文化交流协会的原始会议记录"是中文期刊《文化遗产》刊发的陈世雄翻译的中文版。虽然该版本还原了某些被删除的段落,但很不幸的是,该版本也不完整。参见陈世雄,《梅兰芳等中苏艺术家讨论会记录(未删节版)及其价值》,载《文化遗产》2019年第1期,第34-47页。

② 此处的引言,即指本文。——译注

③ 本文有意区分使用"俄罗斯(俄国)"和"苏联",旨在突出相关人士的民族身份。——译注

④ 《梅兰芳剧团访苏总结讨论会(1935年4月14日晚)》,档案号 GARF 5283-4-168.60-72。共25页。受邀/参会人员名单为打字版,有签名和日期 "la/2 10/IV"(la/2 4月10日),有手动的删改和增订(1页,第60张)。速记整理的打字版转录并未标明日期,也没有签名,有大量手动的删改和增订(1-24页,第61-71张)。请注意,档案纸(张)数与页码标记并不是一回事。

斯坦尼斯拉夫斯基、两位汉学家以及三名（共五名）受邀的女性未能到场，实在令人遗憾。另两位参会的女性代表是：作家兼剧评家玛丽埃塔·沙吉尼扬、莫斯科大剧院芭蕾舞演员维克托林娜·克里格尔。前者为梅剧团首晚演出写过剧评，① 但讨论会上似乎她只是在场倾听，并未发言，后者则有发言。

下午四点半，与会者会集于苏联对外文化交流协会，有戏剧演员、剧作家、电影界人士和剧评家，都是业内精英。雅科夫·加涅茨基是接待委员会成员及国家音乐、舞台艺术与杂技艺术联合会的首席导演，他在国家音乐、舞台艺术与杂技艺术联合会兼音乐厅主任丹克曼及其助手叶韦利诺夫陪同下到达现场。外交人民委员部官员博罗沃伊出席。出席者还有导演和演员尼古拉·奥赫洛普科夫、鲁边·西蒙诺夫、所罗门·米霍埃尔斯、伊利亚·苏达科夫、尤里·扎瓦茨基；戏剧编剧帕维尔·马尔科夫、作家和剧评家玛丽埃塔·沙吉尼扬、约翰·阿尔特曼、优素福·尤佐夫斯基、埃马努伊尔·别斯金、德米特里·斯维亚托波尔克－米尔斯基、维克托·什克洛夫斯基、S.罗森塔尔、亚历山大·阿菲诺格诺夫、批评家米哈伊尔·列维多夫、弗拉基米尔·叶尔米洛夫、伊万·博洛特尼科夫与A.I.伊万诺夫。另外，康斯坦丁·尤翁是参会的唯一布景设计师，他主要为莫斯科小剧院工作，也在莫斯科艺术剧院当职。塔斯社代表黑克尔也到场了。从参会人员名单来看，唯一的外宾是"帕特里克·斯隆，外国广播公司英文编辑"（即重要的英国共产主义者帕特·斯隆，1931—1936年在苏联担任记者）。② 除上述人员，我推测苏联对外文化交流协会成员维加·林德及其两位上司，主席阿洛舍夫和副主席列夫·切尔尼亚夫斯基，也以组织者身份参加了讨论会，但会

---

① Janne Risum, "Press Reviews of Mei Lanfang in the Soviet Union, 1935, by Female Writers: Neher Versus Shaginyan", *CHINOPERL* 2 (2016), pp. 114–133.

② 克莱堡将他的名字读作"帕特里克·斯古恩（Patrik Sgoun）"，并且没法确认，见 Lars Kleberg, "The Story of a Stenogramme", *Balagan* 2 (1996), p. 103.

议记录上并没有他们的名字。此外，外国外交官、梅剧团人员及其他外国戏剧演员也不在会议记录中。与会人员名单一共有三十一名俄罗斯人，但其实漏了第三十二人——作曲家米哈伊尔·格涅辛，他是讨论会发言人之一。讨论会上共二十五位听众，九人发言，七位为俄罗斯艺术家，另两位是梅兰芳和张彭春，但二人并不在名单之中，记录中共三十四人参加讨论会。

值得注意的是，在场的俄罗斯人并非一团和气。参会者有的在政治和艺术上观念相左，或曾经如此。聂米罗维奇-丹钦科和梅耶荷德在艺术上甚至是宿敌。其中有前列夫团体人员，像特列季亚科夫、爱森斯坦和什克洛夫斯基（他从未写过梅兰芳），[①] 而列维多夫与叶尔米洛夫则出身从前政治正确的"拉普"圈。[②] 莫斯科艺术剧院内部也有诸多固有问题悬而未解。

前一天晚上，梅兰芳剧团在莫斯科大剧院的演出精彩绝伦，观众抛掷的花束满台飞，谢幕了无数次，早上三点半才告结束。或许斯大林也在暗中观看（梅兰芳注意到，有一个包厢很暗，他揣摩是否斯大林可能坐在里面）。然而，当天下午除斯坦尼斯拉夫斯基之外，其他俄罗斯知名导演都到苏联对外文化交流协会参加了讨论会。聂米罗维奇-丹钦科七十七岁，是莫斯科艺术剧院领导人，德高望重，地位仅次于斯坦尼斯拉夫斯基。他担任主持人，与梅耶荷德、泰伊洛夫一起代表戏剧界；特列季亚科夫代表作家；作曲家米哈伊尔·格涅辛（梅耶荷德的合作人）代表音乐界；莫斯科大剧院的芭蕾舞女演员维克托林娜·克里格尔代表舞蹈界；爱森斯坦则代表电影界。

特列季亚科夫是与会者中唯一访问过中国的俄罗斯人。1926年，

---

① 列夫团体：由俄国激进的左派人士与创新先锋艺术家组成，存在于1922—1928年。

② 拉普圈：俄国无产阶级作家协会，旨在提升忠于党的作家，同时抨击异己。存在于1925—1932年，后被解散，苏共中央委员会另组建苏联作家协会代之。

梅耶荷德剧院上演了他的纪实性情节剧《怒吼吧，中国!》。作为当时苏联作家协会外事委员会的副主任，特列季亚科夫是组织梅兰芳访苏之行的关键联系人。他也以共产党中央委员会的喉舌《真理报》记者的身份报道了此次事件。

梅兰芳大概用中文发言，而张彭春则可能用英语。转录本中只显示他们的讲话内容被译成了俄语。① 俄方讨论会成员讲俄语，把梅氏和张氏当作备受尊崇的权威，称他们为梅兰芳博士和张教授。②

梅氏和张氏请俄方提出反馈意见，询问他们对中国戏剧的印象、批评建议及对中国戏剧未来的看法。对于讨论会的内容，主席聂米罗维奇-丹钦科起着重要的定调作用。发言人共9位，依顺序为：聂米罗维奇-丹钦科、梅兰芳、张彭春、特列季亚科夫、梅耶荷德、格涅辛、克里格尔、泰伊洛夫和爱森斯坦，前三人最后还做了总结发言。

明显的戏剧性还是社会主义现实主义？

苏联自上而下的文化-政治氛围催生出两种相互抵牾的观点。1934年之后，斯大林在艺术上倡导社会主义现实主义。中国戏剧传统是以程式化为基础的艺术形式，明显与此格格不入。尽管如此，苏联外交人民委员部和对外文化交流协会组织此次梅兰芳访问演出，无疑将其作为两国戏剧文化的公开交流会，毕竟苏联和中国在未来有可能结为同盟：中华民国和苏联这两个年轻的国家，当时都正面临着日益严峻的日本入侵问题。③ 因此，

---

① 与会者名单不包括口译等协助人员的姓名。中国大使馆副领事、多产的俄文翻译家耿济之（1899—1947）曾在梅兰芳的苏联之行中担任过他的翻译，这次讨论会很可能也是如此。

② 梅兰芳在1930年访美期间，曾在波莫纳学院和南加州大学获得荣誉博士学位。张彭春获哥伦比亚大学博士学位，曾任天津南开大学教授。

③ Janne Risum, "The Foreign-Policy Aspect of Mei Lanfang's Soviet Tour in 1935", *Nordic Theatre Studies* 2 (2019), pp. 89–101.

在这种特殊情况下，显著的美学差异也顿时变得情有可原。

不过，那天下午的讨论会中，俄罗斯艺术代表的争辩中有一个隐含的关键点，即1934年8月安德烈·日丹诺夫和马克西姆·高尔基在首次作家协会大会上的发言宣告了社会主义现实主义学说的诞生。演讲中，日丹诺夫要求苏联作家"如实描写生活"，"不要学究式、静止地描写，不要简单地描写为'客观现实'，而是将现实放在革命发展历程中描述"；①又因为无产阶级是"世界文学瑰宝的唯一继承人"，只要他们从历史中选择最好的内容，加以批判地描写，便可以将所有"体裁、风格、形式和手法"②拿来使用。高尔基则在发言中预见，未来有一天，世界成为"人类的美丽居所，所有人组成一个大家庭"。③

发言人没有长篇大论告诉我们这些，他们能随口引用几句便已足够。在未提及日丹诺夫和高尔基的名字的情况下，聂米罗维奇－丹钦科开场便说："我始终认为，当人类成为一个大家庭的时候"，他们的艺术"将是所有民族的艺术"。他还从个人经验出发赞扬了中国戏剧，认为"中国文化对全人类文化做了贡献"。他最后总结说，每个民族、每个种族都把自己完全独特的东西带到"整个文化和人类艺术的那座巨大宝库"（日丹诺夫）中来，"在这个极具天赋的人类大家庭的理想中"（高尔基），艺术将源于所有人，成为"艺术的最佳体现的综合"（日丹诺夫）。

苏联对外文化交流协会的讨论会告诉我们的恰恰与丹钦科说的相反：虽然苏维埃统治已十八年，但参与者所代表的艺术多样性仍未被抹杀。其中，整个古典主义和现代主义的多种样态依然相对完好无损。不管某些人如何谨言慎行，开口的人越多，其偏好、差异便会越明了。话

---

① H. G. Scott, ed. *Problems of Soviet Literature: Reports and Speeches at the First Soviet Writers' Congress by A. A. Zhdanov, Maxim Gorky, N. Bukharin, K. Radek, A. Stetsky*, Moscow - Leningrad: Co - operative Publishing Society of Foreign Workers in the U. S. S. R, 1935, p. 21.

② Scott, ed. *Problems of Soviet Literature*, p. 22.

③ Scott, ed. *Problems of Soviet Literature*, p. 66.

说了，事做了，他们也就亮出了底牌。

俄罗斯与会人员无一提及斯大林，但他们头脑中似乎装着斯大林和他的主张，甚至有时候好像在向斯大林陈述观点。梅兰芳演出的剧目中，大家谈及的只有两出：《打渔杀家》和《虹霓关》，两部剧要么前一天晚上斯大林看过，要么政治局观看过。讨论会中，俄罗斯发言人一致尊崇梅兰芳和京剧，深信此次访问的这些演出将深刻影响苏联戏剧，但悬而未谈的是，究竟是怎样的影响。不管有没有大受欢迎的京剧作引子，他们应该都可以侃侃而谈。遗憾的是，谈论中他们似乎更在意自己国内亟待解决的问题，而不是备受仰慕的梅兰芳和京剧。他们似乎非常清楚，至少目前无法进行更多有效的交流。

争　论

接下来，我将按发言顺序，探讨他们在这场讨论会中的立场，以厘清几大相左的观点。俄罗斯参会成员中，有的人显然怀有戒心，似乎只是在自圆其说或发表投机言论，我们无法知道他们的真实想法；另外一些人则相反，完全率性而言。梅耶荷德常用的关键词——假定性戏剧①——是争议的焦点。②

聂米罗维奇-丹钦科认为进步性内容和现实主义最为重要。他的艺术观来自19世纪后期，正如他在讨论会上所言：俄罗斯艺术工作者们，

---

① 梅耶荷德常用的 условный 一词，可译作"程式性的"，也可译作"假定性的"。译者遵循国内惯例，以"假定性"翻译该词及其名词形式 условность。假定性一词译作英文为 convention，当涉及李湛（而非苏联专家）对戏曲的描述时，译者按照中文习惯，将其译作"程式"。——译注

② 1902年，梅耶荷德的朋友、象征主义诗人和艺术评论家瓦列里·勃留索夫在艺术杂志《艺术世界》上发表了一篇题为《不需要的真实》的文章，呼吁拒绝当代自然主义舞台，回归希腊悲剧的自觉的假定性。梅耶荷德相应的关键词是假定性戏剧。

当然"在很大程度上从事艺术创作、在狭义上从事形式创作",但自普希金以来,所有伟大的俄罗斯作家"必定以内容为生命",因此,"我们的艺术的最主要冲动"正是"这种对更好的生活的想望、这种对更好的生活的牵念、这种为更好的生活而进行的奋斗"。此外,聂米罗维奇－丹钦科还称自己对京剧的印象深刻,承认京剧是"最精致和最成熟"的艺术,以其"最完美的形式、一种无论是在精确性上还是在清晰性上都最绝妙的形式"展示了自己民族的艺术。他随即欣然补充道:"从这个角度来看,最主要的是,我们向艺术又走近了一步";此外,"我个人只想说,我从未料到,舞台表演艺术能达到这般技术水准——深刻的表现力和洗练的手段结为一体,伟大至极!"至于梅兰芳的戏剧艺术,聂米罗维奇－丹钦科向梅氏阐述道:"我们对这种艺术如此赞叹,以至于认为它在手法方面,在对人性的所有可能性的综合方面,以及在情调方面,都是我们的典范。"但是,正如他所说,"尽管现在典范就在跟前",他对内容依然有所保留。他向梅氏提出了个人建议:"如果他还牵念更好的生活,那就太好了。"梅兰芳随即礼貌地表示完全同意。

特列季亚科夫曾是梅耶荷德的合作者,他从梅耶荷德的关键词"假定性"讲起,说梅剧团的访苏演出产生了两个积极影响:其一,西方对中国艺术持"异国情调"的看法,被此次演出打破。此外,它"终结了另一个神话,一个令人很不愉快的神话——即中国戏剧从头到尾都是假定性的"。他称自己只漏看了一场演出,认为它们完全可以理解,戏剧风格为外,现实主义为内。如他所言:"只要稍作些努力,就可以看懂演了什么。"

作为在艺术上反对权威的关键人物,梅耶荷德的话语充满攻击性。但当时一激动,他很快便转而进行概括,概括不少,都宽泛而笼统,并未给主要论点增色。他的健谈和直爽给中国记者陈丕士留下了深刻的印象。随后他将梅耶荷德描述为:"俄罗斯戏剧界的坏小子,花甲之年依然口无遮拦。"① 不过梅耶荷德讲话也有技巧。显然，在场之人中只有他明言自己的戏剧理论与京剧、梅兰芳的密切联系，而唯一支持和证实这一观点的人则是爱森斯坦。这无异给自己曾经的老师最高的称赞。梅耶荷德深信：

> 梅兰芳剧团在我国的访问，其结果具有重大意义，并超出了我们的预期。我们现在对此只有惊叹或者狂喜。同时我们这群正在建设新戏剧的人也很激动，因为我们相信，当梅兰芳离开我国后，我们仍然能感受到他对我们的非凡影响。

梅耶荷德吐露，对于他本人，梅兰芳的影响已经产生了。1928年，他导演了俄罗斯经典作品，格里鲍耶陀夫的讽刺喜剧《聪明误》。② 而在看梅剧团演出的同时，他刚开始复排这部旧作，因此他即刻受到启发，在舞台设计中尝试新的点子。他也宣称，将来要在自己的剧院经营的戏剧学校里，与年轻的学生详细探究他们可以从中国戏剧这里学到什么。

梅耶荷德反对戏剧现实主义教条，目的是强调，普希金的美学准则与中国戏剧的美学准则之间有千丝万缕的联系。他们对戏剧性的使用有许多相通之处。他用自己钟爱的一句引文挑战现实主义教条，说明梅兰芳完全印证了普希金在1830年写作的《论人民的戏剧及剧本〈市长夫人马尔法〉》一文中提出的准则，即"戏剧艺术本来就是不逼真的"："我在梅兰芳戏剧里看到，普希金说的那番吸引我们的话得到了最理想的体现。"他提出，苏联戏剧工作者未来应以普希金和梅兰芳为楷模，

---

① Percy Chen, "High Spots of the Recent Visit of Mei Lan-fang to the Soviet Union", *The China Weekly Review* 72 (18 May 1935), p. 394.

② 格里鲍耶陀夫于1823年开始创作这部讽刺喜剧。1831年，一个经过审查的版本以《源于智慧的痛苦》为题首演。1928年梅耶荷德以原名《带给智慧的痛苦》上演了格里鲍耶陀夫的喜剧，当梅兰芳访苏时，他刚刚开始排练复排版。

并呼吁道,这对他们"未来的命运将产生重大影响":"我们有必要一次又一次地理解和铭记普希金的良好教诲,因为这些教诲是和梅兰芳博士的作品中体现出来的东西紧密相连的。"要在舞台上演绎出真正的普希金,就得使用梅兰芳的表现技巧,这样一来,本国人才有可能将他演绎出来。梅耶荷德使出最后一招:"请想象一下,如果用梅兰芳的手法上演普希金的《鲍里斯·戈都诺夫》将会怎样。① 你们将会看到一个一个的舞台场面,丝毫不必担心会陷进自然主义的泥淖而搞得一团糟。"

作为反例,他不无轻视地指出,鲍里斯·苏什克维奇1934年在列宁格勒演出的此剧,是在用现实主义手法描绘阶级斗争:"我在亚历山大剧院看过《鲍里斯·戈都诺夫》。这不是普希金写的那部作品,而是一种有害且完全没有必要的东西,它让普希金和我们变得疏远。"

梅耶荷德有意出言夸张、怪异,以此激起讨论:

> 舞台上眼睛的动作技巧、面部表情技巧、嘴的动作技巧,我们国家谈论得已经非常多了。近来又大谈动作技巧,谈台词与动作协调的技巧。然而我们忘记了一样重要的东西,梅兰芳博士提醒我们的东西——这就是手。(删除:同志们,可以坦率地说,看过梅兰芳的演出后,再到我们所有的剧院去走一圈,你们就会说:难道不能把所有的人的手都砍掉吗,因为它们毫无用处。既然我们看到的这些手只是单纯地从袖口露出来,既不表现什么,也不表达什么,或者表达某种不知所以然的意思,那我们还不如把这些手砍掉算了。)

对于当代舞台上再现性别的普通策略,梅耶荷德的看法也一样夸张。他接着说,自己从未见过哪个俄罗斯女演员,能像梅兰芳那样用京

---

① 受莎士比亚的启发,亚历山大·普希金主要用无韵诗创作了历史剧《鲍里斯·戈都诺夫》(1825)。它有25个场景。1870年,审查后的版本首演。1935年讨论会进行时,该剧尚未按照普希金的戏剧构作意图上演过。

剧假定的戏剧性高超地传递出女性气质的精髓。他刚斩钉截铁地批判"陷进自然主义的泥淖而搞得一团糟",就接着提起梅兰芳高超的艺术手法呈现的美好的女性气质,并将其与众多当代舞台上盛行的,在他看来粗糙而低下的性别和爱情刻画相对比:"只消走进任何一家剧院,您肯定会对舞台上的表演嗤之以鼻,因为低俗的性别表现和下流的表演让人特别难受。"他当然也知道分寸。为避免伤害同僚的感情,他没有举例,而只是坚称:"这一点必须指出。"

有必要吗?他谈论了现代舞台上的性别表现,没有得到任何口头回应。无论梅耶荷德的想法是什么,都必定不是肖斯塔科维奇新剧中的女性主义方法及其"性感"的音效。该剧名为《姆岑斯克县的麦克白夫人》,写沙俄时期厌女症和腐败盛行,女主人公因之失去人性,变得暴虐无情,最后惨遭毁灭。梅耶荷德十分尊重肖斯塔科维奇的戏剧。讨论会次年冬天,斯大林发起反形式主义运动,在《真理报》对形式主义的批判中,该剧与其创作人肖斯塔科维奇首当其冲,梅耶荷德还为其辩护。

其他俄罗斯参会者似乎都明白,梅耶荷德惯用夸张。在激烈的讨论中,虽然他风格乖张,时不时还口无遮拦,一概而论地进行攻击,与会成员仍然支持他将普希金和梅兰芳紧密联系起来的论点。

米哈伊尔·格涅辛是作曲家,也曾是梅耶荷德的亲密合作伙伴。他在现实主义与假定性戏剧问题上赞同梅耶荷德。他称赞京剧"全部戏剧要素在音乐基础上融合",使"真正的戏剧鉴赏家"感受到"莫大喜悦",并指出"正如弗·埃·梅耶荷德所言"。他还表示,"如果把梅兰芳博士的中国戏剧表演体系说成象征体系,那是最正确的":

> "假定性"这个词远远不能体现出它(京剧)的特征。因为一种假定可以是惯用的,但不能表达任何情绪。而象征是体现一定内容的,此外,它也能很好地表达情绪。(删除:我认为这种戏剧是现实主义的,这种象征式戏剧是现实主义的一种形式,与自然主义

相对立的一种形式。我完全赞同弗·梅耶荷德的观点。）

在将社会主义现实主义作为苏联艺术的新规范的同时，政府还系统地推广所谓的民间艺术，如苏联少数民族的传统舞蹈和戏剧。当轮到前莫斯科大剧院首席芭蕾舞演员维克托林娜·克里格尔发言时，她在反思，后一种方法如何适用于她作为舞者对中国传统戏剧的印象。发言时，她愉快地以"同志们"开口，并指出，像她那样受过古典舞技能训练的舞者或许能从京剧中受到启发。她称"梅兰芳"为"杰出的演员"，赞其"令人惊叹的节奏和造型"，而与之相比，现今的芭蕾"出现了一种虚假的、背叛了芭蕾技巧和芭蕾经典的民族舞蹈，但它和表现民俗风情的各民族舞蹈往往没有任何共同之处"。她高兴地说，由于这一错误由来已久，莫斯科大剧院计划遍访苏联各地，认真研究民俗风情的舞蹈，以补救这一错误。为尽可能将论点阐释清楚，她运用新学到的京剧知识，完全否定了莫斯科大剧院于1927年上演的芭蕾舞剧《红罂粟》。该剧以国民党统治下的中国为背景，是苏联第一部以现代革命为题材的芭蕾舞剧，她在其中扮演桃花。①

> 我们排演了像《红罂粟》这样的芭蕾舞，目前正在莫斯科大剧院上映。我们为之欢呼雀跃。作为戏剧工作者，我们非常喜欢这部芭蕾。但当我看过梅兰芳博士的演出，我才明白，《红罂粟》根本不值得上演。但是这一点，是在看过他那伟大至极的天才艺术之后才明白的。因此弗·埃·梅耶荷德说得对，看到像梅兰芳这种演员的手，恨不得把我们所有演员的手都砍掉。如今您来了，您的艺术让我们受益匪浅。我们正努力消化学习到的很多知识，并将其运

---

① 《红罂粟》由莱因霍尔德·莫里采维奇·格里埃尔作曲，编舞为列夫·拉希林和瓦西里·季霍米罗夫。1927年6月14日首演于莫斯科大剧院，由叶卡捷琳娜·格尔采尔扮演桃花。同年，维克托林娜·克里格尔接手此角。仅在前两个演出季，该作品便演出两百多场。

用到自己的创作之中。

这可谓给骄傲的苏联当头一盆冷水！讲话结束后她也获得了掌声。泰伊洛夫在克里格尔之后发言，他张口便攻击梅耶荷德"剁掉双手"的夸张说法。他揪住其字面意思，进而讽刺。他与梅耶荷德的看法一直相左，因此也不足为怪：

> 我并不认为，我们所有人都爱上的并视之为大师和艺术家的梅兰芳给自己确定了这样一件任务——让所有苏联戏剧演员都心服口服，或者"失去手脚"。我也不认为这是问题的解决之道，原因在于，如果砍掉我们演员的手脚，就算他们十分愿意，也不能领会梅兰芳博士所掌握的绝妙的手势艺术。所以让我们暂时在一段试验期内留住演员的手脚，并关注梅兰芳的艺术。

作为此景目击者的张彭春，也提到泰伊洛夫"出语颇婉转有味，闻者皆为失笑"。[①] 前面有特列季亚科夫和格涅辛，泰伊洛夫也不甘示弱。他从自己一贯坚持的看法出发，说："认识到所有关于中国戏剧的流行看法，诸如认为它是假定性的戏剧，……所有这些，都只不过是一个巨大体系当中的细节罢了，这个体系的本质根本就不在这一点上。"他认为，关于京剧，最准确的说法是"综合性戏剧"，并确信这种理想形式本质上具备有机性。这一点他没有说太多，倒是重述了自己为室内剧院定的艺术信条，几乎一字不差，以此进一步解释京剧的基本要素（在座的俄罗斯参会者肯定都能敏锐地察觉到）：

> 我想，我们在中国戏剧中所看到的东西表明了这样一点：一种发源于民间的，并且，一直以来非常谨慎地构筑着自己完整戏剧体系的戏剧，先是演变成了综合性戏剧，然后，这种综合性戏剧有着

---

① 张彭春，《张彭春在京之谈话》，《益世报》（天津版），1935 年 5 月 7 日。

非同一般的有机性。当舞台上的梅兰芳博士将手势转为舞蹈，从舞蹈转到念白，继而从念白转到唱腔——无论从音乐和声乐的角度看，都是极其复杂的唱腔，并且大多完成得无可指摘，而在其中，我们看到了这种戏剧的有机性特征。

该怎样理解泰伊洛夫接下来的讲话？从秘书的速记记录来看，他赞同梅耶荷德的舞台表现模式。他指出，梅兰芳戏剧中只运用了必要的形式来揭示整个演出的内在结构，因此，与"戏剧性的"或"假定性的"相比，将其归为"有机性的"更为恰当。这在梅耶荷德的《茶花女》（梅兰芳看过）正好也有体现。但是，这些话从泰伊洛夫口中说出来，显得有些出人意料，可能是因为在座的俄罗斯成员都同意梅耶荷德的看法。后来苏联对外文化交流协会的工作人员将文字本中"梅耶荷德"改为"梅兰芳"，可能出于此故：

> 我觉得，对于我们来说指出这一点非常重要——"戏剧性"地呈现这个说法十分奇怪，得赶紧消除，因为在梅耶荷德｛更改为：梅兰芳｝的戏剧表演中极为有趣的是，我们称之为假定性的表演元素的东西只不过是必要的形式，它有机地、有规则地、合理地体现了整个表演的内在结构。在我看来，这对我们来说是极其本质的问题。

泰伊洛夫想表达的意思可以有三种解释，都很有意思：或许他关于"梅耶荷德"的话与速记本中意思一致？或许他一直在说"梅兰芳"，秘书记错了，后来又纠正了过来？或许是明显的弗洛伊德式口误，嘴上说"梅耶荷德"，实际指"梅兰芳"？（参见下文）有人混淆了二人的名字，从爱森斯坦说的俏皮话来看，此人是泰伊洛夫，这也表明在场的讨论颇为激烈，也有几分紧张。

泰伊洛夫继续声称，在他看来，梅兰芳无疑完美地表现了剧中角色，而这种外在表现形式并不是首要的：

在和自然主义戏剧一直以来的争论中，我们总是讨论演员转换的极限是什么，如今，梅兰芳博士的创作实践向我们证明，这些内在的困难在本质上都是可以克服的。困难有可能是存在的，但是，我们在此处看到的梅兰芳，是一位地地道道、有血有肉的须眉男子，而他却需要出演和化身为一位女子。然而，这种乍看之下最困难、最复杂、最难以置信的角色转换却被梅兰芳博士完美地实现了。

除了对梅兰芳充满敬意，梅耶荷德和泰伊洛夫还有一个相同之处：都认为一种连贯的个人艺术手法必不可少。不过讨论会上二人并没有提及对方的看法。梅耶荷德提醒道，不要只想着笨拙地模仿中国戏剧，套用其中的一些技巧，如"诸如跨过看不见的门槛，在一块地毯上既表现'室外'，又表现'室内'"。他力劝"已经变为成熟大师的导演们"去吸收"戏剧最不可或缺的精华"。轮到泰伊洛夫发言时，他又回到这个问题，再次提出，对待中国戏剧，正确的方法不是"表面上的模仿"，而是要"掌握其独特内在作曲理论、掌握其独特的内在结构——毫无疑问，是戏剧以其自己的方式、自己的布局呈现出来的内在结构"。泰伊洛夫年轻时尝试模仿过——1913年他将《黄袍记》搬上了舞台，这部剧无非是对中国戏剧舞台程式的美国式滑稽模仿。为阐明自己的观点，他在讨论会上前后不下四次重复，戏剧的创作应该是"自己的"，强调戏剧创作中必须要有艺术自主性。

泰伊洛夫之后是爱森斯坦，他支持梅耶荷德的所有观点。与这位说话夸张的老前辈相比，他的发言更加系统、更加连贯。他开口就说自己"想非常简短地谈几句"，到头来他讲的内容最有创见，也最有希望实现。爱森斯坦将梅兰芳及中国戏剧与伊丽莎白时期的三位大师——韦伯斯特、马洛、莎士比亚相提并论，称梅兰芳"艺术领域的方方面面都能驾驭，而且是惊人地擅长"，因而他代表着一种普遍的艺术模式。他赞扬梅兰芳擅长展现人物形象,① 更确切地说,是他擅长通过综合性动作创造一种综合效果。他解释道,形象与人物性格是共生关系。梅氏细致入微的表现方式放大了人物形象,使之成为象征和典型,并加上了个人的诠释。爱森斯坦小心地剖析了该表现方式的各个阶段和细节,甚至尽量让它勉强符合黑格尔-马克思的现实主义概念。

> 我们大家都知道现实主义的书面定义,都知道透过单一事物可以看出众多事物,透过个别现象可以看出普遍现象,都知道现实主义建构在这种互相渗透的基础之上。如果从这一视角看梅兰芳博士的表演技巧,那么,我们就能够发现一个非常有趣的特征:这两组对立在梅兰芳博士那儿分开得更远。普遍现象经过综合、概括成为象征,成为符号,被塑造成艺术形象的个别现象却超出范围向另外一个方向转化,成为表演者的个性。……换句话说,这两组对立的范围好像可以扩展得更宽一些。

爱森斯坦非常中肯地称赞了其曾经的老师梅耶荷德。他说自己知道的苏联戏剧导演中,只有一位精通梅兰芳的手法:"梅兰芳博士的那种方式,我在一家剧院——在梅耶荷德剧院看到近似的了,而且,可能也并非偶然,梅兰芳(名字)的首字母和梅耶荷德是一样的。"

与梅耶荷德一致的是,爱森斯坦还称赞了京剧表现夜间场景的方式,《虹霓关》中就有一例。伊丽莎白时期的戏剧也曾在光天化日下表演夜间场景,"那,就是我们一直渴望在自己的戏剧舞台上看到的"。他感叹道,与过去尽善尽美的艺术相比,现代舞台技术造就的现实主义代表了一种倒退:"同样是呈现夜晚,梅兰芳戏剧要比我们只靠技术装备的欧洲戏剧完美得多。"

---

① 俄语词 образы 指的是形式或形状意义上的形象。作为文学术语,它指的是艺术形象,或人物意义上的虚构类型。

两相对比，当今苏联艺术停滞不前，表现浮夸——电影中更为严重，爱森斯坦对此深感痛心。他满怀失望和恳求，激情洋溢而又开门见山地总结道：

> 我想，我们这些正在为社会主义现实主义而与特殊利益斗争的人确信，这种仿佛是借助显微镜观察过的表演对我们的艺术大有裨益。我们当前的艺术几乎是全都陷在一种构成部分里了。这种构成部分是描绘性的。这种情况出现时，形象也遭到了巨大损害。我们现在是见证人，亲眼目睹，不仅仅是在我们的戏剧中，而且在我们的电影中，我们看到的都是当代事件，而"形象的文化"，也就是高雅的、富有诗意形式的文化真的从电影艺术中，好像完全消失了。……我们……明白过度的形象塑造会损害形式的形象性。可是，在梅兰芳博士那儿我们却看到相反的情况，在形象方面，越充分发挥，越丰富多彩。

而关于京剧的未来，苏联参会者几乎没说什么特别的话。但爱森斯坦却提出最有远见的建议。出于对人类文化多样性的尊重，也暗含对国内现状的讽刺，他说，不应该有外在干预，保留京剧传统的最好方式就是维持现状。关于舞台音乐，格涅辛强调不要西化。至于京剧悠久的历史，特列季亚科夫持保留态度，他承认京剧深厚的历史沉积会使它"有固化特性"，但他清晰地感觉到，"在这些华丽的固化形式中，却有着足以打破任何僵化的活跃脉动"。同时他相信，梅剧团可以"用自己的手段表演当代题材的剧目"，并说他们已经这样做了，在《打渔杀家》中可见一斑。特列季亚科夫也拿京剧的高标准与伊丽莎白时期的戏剧做了比较。具体来讲，他比较了《虹霓关》中鲁莽而复杂的悲剧性女主人公东方氏与莎士比亚的朱丽叶。他还建议梅氏应该和团队演出《罗密欧与朱丽叶》，并由梅氏扮演朱丽叶。

至于中国戏剧能否成为苏联戏剧艺术家的榜样，特列季亚科夫说，苏联各民族,尤其是中亚,都可以从中国戏剧中学点什么,并根据自己的文化创造自己的戏剧。他不失谨慎又轻描淡写地说,因为它们"不一定非要被我们欧洲戏剧的范式所吸引"。他认为,各民族文化可以与"与我们的文化同步"。

当晚有许多问题来不及讨论,结束时主持人聂米罗维奇-丹钦科主动向梅氏和张氏道歉,因为关于苏联艺术能为中国艺术贡献什么"很少被补充说明"。他将原因解释为谦虚和自我审查,但实际上他回避了这个问题:"我想,我的同事们也会同意我即将说的话。对于任何具有强烈表现手法的艺术,我们都慎重对待。"至于中国戏剧给苏联戏剧带来了什么,聂米罗维奇-丹钦科同样闪烁其词。他一方面总结道,"大家都承认,中国戏剧给我们的戏剧生活带来了某种深刻且严肃的冲击",另一方面,他又笼统地说,"通过这样一次简短的座谈还不能完全确定中国戏剧将会给我们的艺术带来什么,因为弗·埃·梅耶荷德说得完全正确——这一方面应当继续研究,应当让我们在戏剧领域从业的年轻人完全熟悉这一方面"。最后他总结道:"我们要说出我们明确的愿望,希望梅兰芳不是最后一次到我们这里来。"

张彭春与梅兰芳的希望与反思

实际上,讨论会中张彭春最有发言权,他的发言在聂米罗维奇-丹钦科总结之前。张彭春概述了历史上西方评价中国文化的三种态度:碎片化的态度、异国情调的态度和创造性的态度。以碎片化的态度看待中国戏剧始于18世纪,当时中国艺术作品的片段开始传入欧洲,其中伏尔泰根据元杂剧《赵氏孤儿大报仇》这一古老剧本的法文译本,改编创作了《中国孤儿》(1755)。他继续说,"大约二十年前",日本和美国开始对中国戏剧产生异国情调式的兴趣,但只提到"他毕生都在同这种现象——从异国情调的角度看事物而出现的现象——作斗争"。很有可能他着重指伪中国戏剧《黄袍记》。该剧由美国戏剧家黑兹尔顿和本里墨创作，1912年在纽约首演，随后在欧洲重要城市上演（泰伊洛夫将其搬上莫斯科舞台）。梅兰芳于1919年和1924年访日演出，1930年访美演出，受到戏剧界专家的大力称赞，张彭春在苏联对外文化交流协会的发言中明显避开了这些，这种避而不谈是一种修辞策略，目的是说明真正创造性的态度始于此次梅兰芳访苏之行。他仿佛是在暗示，苏联戏剧是空前的先锋派，只有它能够滋养出看待中国戏剧的创造性态度。根据苏联对外文化交流协会的报告，张氏最后说："现在的状况是，那种片段式、不完整且零碎地看待中国戏剧的角度，那种关注异国情调的角度已经落后了……当下对中国戏剧的关注，是一种新的、创造性的角度或立场的开始。"张氏称赞这场讨论会氛围良好，促进了不同文化之间的交流，并且安排专业，跨越了不同学科。尽管他说话有所保留，但这些赞扬却发自肺腑：

> 这次会议有非常重要的意义，因为它证实对待中国戏剧的立场有了一种新态度。大家在如此忙碌的情况下还前来出席会议，把自己的时间奉献给他们（即梅兰芳和他自己代表的梅剧团），这个事实本身就意义重大……这次讨论开辟了辉煌的前景……这种前景会更加广阔，因为各种艺术门类——戏剧艺术、电影艺术和音乐艺术的代表人物都在这里发表了看法。关于今天的发言……共同特点是都非常真诚，表达了这样一种强烈愿望——理解、运用中国戏剧所给予的启示。

苏联与会者讨论的问题是：中国戏剧的艺术手法该称作什么？这也体现了苏联国内的热门话题。对他们的看法，张氏的回答有所质疑，或者说抛出了一个悖论，并且一针见血："你们当中的一部分人表达了这样的想法：虽然中国戏剧像是以'象征'为基础（你们当中的一部分人还使用了'假定性'这个词），但中国戏剧却能成功地打破这种假定性的束缚。"

关于西方能从京剧中汲取什么，他只泛泛提醒（或暗示）了两点："你不能把那些在西方戏剧中分散的舞台表演元素合为一体……至于把中国戏剧领域中的经验应用于西方戏剧艺术，或许可以期待，把舞台表演元素都统一起来，但不要有任何刻板模仿。"

他的回答系统而发人深思，但这或许并不是苏联对外文化交流协会想要的。梅氏访问演出期间，印有英文选集《梅兰芳与中国戏剧》，向观众介绍京剧，苏联对外文化交流协会还印刷了张氏的文章《中国舞台艺术纵横谈》。然而，同样值得关注的是，苏联对外文化交流协会文集俄文版本并未收录这篇文章，因为张氏在结尾处充分表达了自己对现代舞台戏剧性的支持：

> 我们敢说，具有传统价值观念的传统（中国）戏剧的题材已经不适用于当代，但是（京剧）演员的艺术才能中却可能蕴蓄着既有启发性又有指导性的某种活力，它将不仅对中国戏剧的形成，而且对世界各地的现代化戏剧实验起推动作用。今日各处的现代化戏剧不是都在反对三十年前的逼真的现实主义吗？戏剧艺术的现代化实验不是都趋向于简单化、启发性和综合性吗？[①]

更有趣的是，或许是在张彭春的鼓动下，梅兰芳在离沪前的新闻发布会上表达了同样的意思。他还特意指出，梅耶荷德是俄罗斯戏剧的革新者，他的观点很值得学习。他表示：

> 对此次苏联之行的结果十分乐观……因为苏联人民已厌倦西方

---

① Peng-Chun Chang, "Some Aspects of Chinese Theatrical Art", in VOKS, ed., *Mei Lanfang and the Chinese Theatre: On the Occasion of His Appearance in the U. S. S. R*, Moscow: The All-Union Society for Cultural Relations with Foreign Countries, 1935, p. 45.

戏剧，开始更多地关注梅耶荷德学派的戏剧，这类戏剧和中国戏剧有相似之处，这给了他信心。该派的演员更喜欢在没有什么布景的舞台上演出，中国戏剧也是如此，需要观众运用想象填补缺乏布景留下的空白。①

听着苏联专家在讨论会上发表看法的时候，梅兰芳无疑仍然这么想。从艺术上来说，关键点在于梅兰芳希望向梅耶荷德学习，梅耶荷德也同样希望向梅兰芳学习。但在当时的情形下，这种强烈的共同兴趣很大程度上只能停留在良好的意愿层面。

删节与雪藏

以上是那天傍晚讨论会上各位的发言。讨论内容当时被速记了下来，后来整理出完整的转录本，这也是上文内容的依据。会议记录的原稿没有标明日期，也没有签名，还有几处格式重复和笔误。苏联对外文化交流协会后来对会议记录进行了审查，有多处手动删除及更改，可能打算将其出版或用来分发（未果）。审查后的记录篇幅大减，后又打印出校订本，名为《苏联对外文化交流协会讨论会（梅兰芳出席，1935年4月14日）》。② 校订本署了名，标上了日期：la/2 13/IV [4月18日？]，这可能表示苏联对外文化交流协会准备了两份副本，或者有第二

---

① Elizabeth Keen, "Mei Lan-Fang's Good Will Tour", *New York Herald Tribune*, 21 April 1935.

② 《苏联对外文化交流协会讨论会（梅兰芳出席，1935年4月14日）》，档案号 GARF 5283-4-211.9-28。20页。从审查后的速记报告整理出打字本，有签名和日期 "la/2 13/IV"（la/2 4月13日，应该是4月18日）（第9张）。目录（1页，第28张），参会人员名单（1页，第27张），速记报告的转录本（第1-18页，第26-29张）。有几处语言更正。该文件有两处页码标记不一致：目录显示有24页，但正文连续标页（第1-18页）。请注意，档案纸（张）数与页码标记并不是一回事。

个版本，修订时间为4月18日。那么第二个版本删除了哪些内容？

- 聂米罗维奇-丹钦科的个人观点：希望有一天人类成为一个大家庭，艺术将源于所有民族，成为最佳艺术表现的综合。删除。
- 梅耶荷德的讲话内容删减最多。苏联对外文化交流协会转录本初稿中，只有梅耶荷德那部分可以拿来与其他两份复本比较（由他自己的剧院保存），这是很幸运的，因为他那部分手动删除最多，包括：对普希金的评价，对列宁格勒"有害的"现实主义戏剧《鲍里斯·戈都诺夫》的论述，谈论梅兰芳手的部分，以及关于现代舞台上女性性别表现（不是女性美）的论述。
- 格涅辛支持梅耶荷德的两点论述。删除。
- 克里格尔对莫斯科大剧院芭蕾舞剧《红罂粟》的严词批评，以及她支持梅耶荷德的部分。删除。
- 发言开头，泰伊洛夫缓和梅耶荷德的偏激说法——"砍掉俄罗斯演员的手"这一部分，以及口误——将"梅耶荷德"说成"梅兰芳"。删除。
- 爱森斯坦尖锐地批评欧洲戏剧自然主义的所有言论：苏联及欧洲戏剧与梅兰芳戏剧相比存在的不足；解释伊丽莎白时期戏剧从戏剧人物类型到个性化角色的转变。删除。

现有转录本列出的发言者中，只有梅兰芳、张彭春和特列季亚科夫的讲话内容未被改动。

很明显，审查后的版本反对形式主义，支持社会主义现实主义。绝大多数明确支持梅耶荷德的发言一律遭到删除，而相反的意见则似乎被保留。支持梅耶荷德的人中，除了"仅存的"爱森斯坦，其他批评苏联戏剧的内容几乎都被删除。克里格尔批评芭蕾舞剧《红罂粟》的话令人难堪，当然在删除之列。简而言之，这场讨论会的生气，以及会上出现的不同意见，都系统地遭到删除，从表面上看，会议进展顺利，冠冕堂皇，政治上也没有任何出格之处。

很明显，针对西方当代艺术问题经久不息的争论，发言者们在表达不同观点时，都守在一贯的范围内。但是，如果希望他们的讲话内容能够出版，供公开讨论，或希望他们的讨论能够促使苏联政府缓和文化政治，这个账不会有人买。尽管删改得如此严重，尽管是苏联对外文化交流协会审查过的版本，似乎也只能用作存档而无法公开。不知是谁的决定，可能是苏联对外文化交流协会的高级官员，或级别更高的官员，讨论会转录本的原稿及审查稿最终没入档案之中。这两份转录本就算没有被丢弃，也会被束之高阁。不管做这些事的人如何想，公开会议记录难免陷入两难境地：出版伪作的潜在风险不比公布事实低，后者难以处理，前者则会招致外媒或国外的抗议和质询。

梅氏访苏演出期间的所有亲善行为，不管出于真心还是伪饰，都未对俄罗斯国内的文化政治产生积极影响。相反，后续情况更糟：1935年9月11日，鲍里斯·舒米亚茨基——俄罗斯电影业的重要领军人物，在《真理报》上抨击中国传统戏剧，称其封建、蛊惑人心、"敌视一切新事物";① 1936年5月24日，克尔任采夫在《真理报》上排挤中国戏剧，说它纯粹是外在的、形式的，此人是1月17日新成立的艺术事务委员会主席。他说：

> 哈萨克戏剧和中国戏剧的对比何其鲜明！哈萨克演员将表现人类情感放在首位，将用艺术塑造活生生的人放在首位。而中国演员呢，首先重视杂技表演，重视外在的东西。正是这个原因，哈萨克

---

① Б. Шумяцкий,《"Китайские тени" и живое искусство》, Правда 11 September 1935.

戏剧距生活这么近，而中国戏剧最终沦为形式。①

从海参崴乘船离开苏联之前，张彭春曾给维加·林德写信，信中说："请寄给我一份讨论会的速记复本及重要文章的英译本，还有最后几天拍的照片。"② 苏联对外文化交流协会的档案中没有回信。

梅兰芳也曾做过努力，同样未能得到会议记录。在12月17日发自上海的信中，梅氏请林德尽快寄给他录像副本和一份会议转录本："我正计划把我到贵国和欧洲的旅程写成日记。我急需一份'在苏联对外文化交流协会举行的四月十四日讨论会记录'。若您能尽早把讨论会记录寄给我，我将不胜感激。"③ 同样，苏联对外文化交流协会档案中没有回信，这封信也没有英文翻译。正如之前所说，这是个私人请求，而1936年1月初斯大林便发起了反形式主义运动，梅氏这封信很可能只是归了档而已。

会议发言的种种谜团

由于世界政治以及苏联、中国的审查制度，在好几十年里，没人提起苏联对外文化交流协会组织的这场总结梅兰芳访苏经验的讨论会。

尽管如此，关于这场讨论会的中文叙事还是成功地传播和保存了下来。梅兰芳和张彭春都曾写过文章，前者简短地写过，后者则写过长文。回国后的5月初，张彭春立即为天津《益世报》的中国读者概述了梅兰芳的苏联之旅。他首先大致总结了这次巡演及受到的好评，然后用较长的篇幅重述了不久前的4月14日在苏联对外文化交流协会举行的讨论会。他的叙述分为两部分。

---

① П. Керженцев,《Казахское искусство》, Правда 24 May 1936.
② 张彭春1935年4月26日致林德之信，档案号 GARF 5283-4-168.24。
③ 梅兰芳1935年12月17日致林德之信，档案号 GARF 5283-4-211.8。

在第一部分中，张彭春以目击者的身份讲述了论坛是如何进行的，以及俄罗斯发言者的要点。他依据的可能只是自己在听俄语同声传译时当场记下的笔记，而俄语同声传译一定是协助他和梅兰芳，使其能够跟上俄罗斯同行的发言并做出回应。张彭春选择性地给中国读者概述了俄方的发言：他简短地摘取了各位发言者对梅兰芳艺术和京剧的大致评价，但省略了他们针对自己的现状和种种选择的所有陈述。为了激发中国读者的思考，他似乎还自行添油加醋地多谈了一点，他说：在苏联对外文化交流协会的讨论会上，爱森斯坦批评苏联电影界不向中国戏剧学习，而对同样做不到这一点的大多数中国电影，他也提出了批评。

张彭春报告的第二部分似乎包括了他本人讨论会总结发言稿的要点。当我们对比此份报告中的书面文字与苏联对外文化交流协会的速记员所记录的文字，就能清晰地看见，他的书面文字显然印证了他对访苏期间与俄罗斯同行口头交流的热情的评价，尤其是将讨论会本身视为一个历史性的崭新戏剧领域专业跨文化交流论坛。正如他所说，"在中西戏剧的接触上，这是有重大的意义的"，① 并开辟了全新的视野。

陈丕士五月份在《密勒氏评论报》中报道了该讨论会，信息可能源自张彭春。但他给出的名单不仅不全，还有错误。比如他提到了不在场的斯坦尼斯拉夫斯基，且只是简要总结了爱森斯坦和梅兰芳的发言。② 这则在上海的简短报道是几十年内用欧洲语言写成的唯一资料。

在1959年《电影艺术》刊登的梅兰芳系列回忆录中，梅兰芳向中国读者透露：访苏结束时举办了一场讨论会，主持人是聂米罗维奇－丹钦科，他还引用了几句爱森斯坦的讲话内容。③ 梅兰芳没有提供出处，

---

① 张彭春，《张彭春在京之谈话》。
② Chen, "High Spots of the Recent Visit of Mei Lan-fang to the Soviet Union", p. 394.
③ 梅兰芳，《九、首次访问苏联时和爱森斯坦的交谊》，载《电影艺术》1959年第5期，第88页。

但显然他的话基于张彭春在访苏结束后《益世报》中对爱森斯坦发言的介绍。梅兰芳此举完全有当时写作时间和地点的顾虑。新中国成立十年后，国内政治气氛大有变化，此时的梅兰芳并不方便直接引用出访总指导张彭春的话，因为张彭春是著名的反共和国人士，而在他1957年去世之前，他一直担任台湾"驻联合国代表"。为了安全起见，梅兰芳也没有引用其他俄罗斯发言者的任何一句话；其中特列季亚科夫和梅耶荷德二人，后来都被清洗，因此也不方便提及。梅兰芳的简述很快就有了俄文版（1961年）① 和英文版（1965年）②。

然而，1961年梅兰芳去世，一年后，他的电影回忆录遗著的编辑们"扩充"了他对爱森斯坦讨论会发言的演绎。梅兰芳抵达莫斯科前一日，爱森斯坦在《共青团真理报》发表了六栏对"梅兰芳戏剧"的介绍，而编辑们则将其中的一段话搬到了回忆录中。③ 更准确地说，在他们截取的片段中，爱森斯坦称赞梅兰芳不仅是一位创新者，还是一位学者，但是，他们同样没有说明确切的出处（只是指出了这出自爱森斯坦的"文章"）。④

在1981年关于梅兰芳的著作中，梅兰芳的儿子梅绍武也用中文引用了爱森斯坦的这些话；⑤ 而在同时发表的英文选集《京剧与梅兰芳》中，这些话也出现了：

---

① Мэй Лань‑фан.《Мэй Лань‑фан о встречах с Сергеем Эйзенштейном》, публикация и перевод Р. Белоусова, с некоторыми сокращениями, *Искусство кино* 4 (1961), pp. 124–126. 译自《电影艺术》1959年第5期，第85—88页，有删节。

② Mei Lan‑fang, "The Filming of a Tradition", trans. Chen Li. *Eastern Horizon* 7 (1965), pp. 13–22 and 8 (1965), pp. 43–49. 节译自《电影艺术》。

③ С. М. Эйзенштейн,《Театр Мэй Лань‑фана.》, *Комсомольская правда* 58, 11 March 1935.

④ 梅兰芳,《十一、首次访问苏联时和爱森斯坦的交谊》，载《我的电影生活》第二版，北京：中国电影出版社，1984，第55页。

⑤ 梅绍武,《我的父亲梅兰芳》，天津：百花文艺出版社，1984，第150—151页。

> 起初我听说东方的戏剧都是一样的,我曾经看过日本戏,现在又看了中国戏,才明白日本戏与中国戏之不同,犹如罗马之与希腊,美国初年之与欧西。在中国戏里喜怒哀乐虽然都有一定的程式,但非呆滞的。俄国戏剧里的现实主义原则的所有优点,在中国戏剧里面差不多都有了⋯⋯
>
> 梅先生不仅是表演艺术家,也是一位学者,他正从事研究如何发展古代舞台艺术综合性的特点,这种特点,就是有声有色地完成动作、音乐和古装的结合⋯⋯(引自爱森斯坦"在讨论会上"的话)①

而苏联方面,直到 1968 年才开始出现一些关于讨论会的相对谨慎的叙述。这一次是基于原始资料。梅耶荷德在讨论会上关于梅兰芳艺术的一些简短的发言片段被印在梅耶荷德的第一本遗作中,而评论全文直到 1978 年才发表(仍有删减)。② 梅氏出访苏联期间,对外文化交流协会安排了维加·达托夫娜·林德负责其行程。从公告及林德的说明来看,负责编辑梅耶荷德讲话内容的俄罗斯编者也知道该讨论会的时间、地点及举办原因。至于参加者是谁,我们只知道主持人为聂米罗维奇-丹钦科,一些知名艺术家也在场。③

---

① Wu Zuguang, Huang Zuolin, and Mei Shaowu, *Peking Opera and Mei Lanfang: A Guide to China's Traditional Theatre and the Art of Its Great Master*, Beijing: New World Press, 1981, pp. 62 – 63.

② Мейерхольд, 《[О гастролях Мэй Лань - фана]. Выступление в ВОКСе 14 апреля 1935 года》, in Л. Д. Вендровская и А. В. Февральский, ред., *Творческое наследие В. Э. Мейерхольда*, Москва: ВТО, 1978, pp. 95 – 97. 速记整理而来,有一些或隐或现的空白和少数语言上的修正。梅耶荷德,《论梅兰芳的艺术》,童道明译,载《春风译丛》1981 年第 3 期,第 288 – 289 页。

③ В. Э. Мейерхольд, 《Выступая на обсуждении гастролей Мэй Лань - фана и его труппы 14 апреля, состоявшемся 1935 года в ВОКСе》, in Мейерхольд, *Статьи, писма, речи, беседы*, 2, А. В. Февральский и Б. И. Ростоцкий, ред, Москва: Искусство, 1968, pp. 563 – 564. 从速记法手写记录中抽取了三句。Вендровская и Февральский, ред., *Творческое наследие В. Э. Мейерхольда*, p. 120.

当我们比较这两篇有所重合、充满戒备且碎片化的叙述——一篇发表于中华人民共和国，另一篇发表于苏联——会发现它们虽然背景相似，但却基于不同的来源。作为平行且相互独立的渠道，它们充分揭示了写作时和出版受审查时的情况。二者都产生了相应的无声胜有声的效果。

神秘往往滋生虚构。1935年4月14日讨论上发言的是谁？他们说了什么？因为长期得不到资料，虚构的说法便开始风行。

受1978年发表的梅耶荷德的完整发言之启发，瑞典斯拉夫学者拉尔斯·克莱堡曾到莫斯科各类档案中搜寻那次讨论会的完整记录，但没有结果。他没有就此罢休，而是选择用艺术表现绕过苏联严格的档案政策。他根据各种出版的资料，加上个人臆想，创造出话剧《仙子的学生们》（1982），"重建"此次讨论，这也表明原始资料遭到压制和扭曲，无知大行其道，颇具讽刺意味。

在这部荒诞、虚构的话剧中，克莱堡聚齐了欧洲戏剧要人。他们到莫斯科观看梅兰芳的表演，参加4月14日在苏联对外文化交流协会举办的讨论会，并就艺术的社会功能发表看法，这些观点大相径庭，但都投射到了梅兰芳身上借题发挥。臆想的发言者讨论结束后，请梅兰芳发言，讽刺的是他已经离开，去赶回北京的火车了。克莱堡出版时将该记录称为"重建"，带有挑衅意味的同时，又让人捉摸不透。后来他进一步扩展了内容。① 他解释说，此举是为了质疑一种普遍的刻板印象（即"东方戏剧启发了许多伟大的导演"）②：

> 关于莫斯科那场讨论会，真实的速记资料很少——梅耶荷德的

---

① Lars Kleberg, *Trollkarlens lärlingar*, *Ord & Bild* 1 (1982), pp. 52-70. 修订版见 Lars Kleberg, *Stjärnfall: En triptyk*, Stockholm: Symposion, 1988。英文版见 Lars Kleberg, *Starfall: A Triptych*, translated from the Swedish by Anselm Hollo, Evanston, Ill.: Northwestern University Press, 1997。

② Kleberg, "The Story of a Stenogramme", pp. 101-103.

发言除外。因此我决定还原当时的情况,便有了话剧《仙子的学生们》。这是个"臆想对话录",大致以各位对戏剧的一般看法为基础,是巴赫金意义上的对话性文本:反复出现的"中国戏剧"一词都不"符合其真实情况"。发言人都从梅兰芳的艺术中找到了自己的艺术典范:斯坦尼斯拉夫斯基看到了心理真实,梅耶荷德看到了生物力学的另一种形式,爱森斯坦看到了原型象征,布莱希特看到了间离效果等。所有大导演碰巧讨论同一场表演,因此它被用作某种教育戏剧,涉及戏剧符号学领域颇有争议的概念。①

话剧最后一版中,发言人顺序为:聂米罗维奇-丹钦科、特列季亚科夫、斯坦尼斯拉夫斯基、梅耶荷德、泰伊洛夫、爱森斯坦、戈登·克雷、皮斯卡托、布莱希特,阿尔夫·舍贝里(年轻瑞典戏剧导演)、克尔任采夫、聂米罗维奇-丹钦科。后来证明,讨论会上真正发言的苏联人士有五位:聂米罗维奇-丹钦科、特列季亚科夫、梅耶荷德、泰伊洛夫和爱森斯坦。

克莱堡的剧本很快就在国际上引起了相当的关注,并被翻译成了多种语言,包括梅兰芳的儿子梅绍武翻译的中文版。② 在国际戏剧研究的舞台上,很多人把伪文献误认为真品。至于中国,梅绍武将译文发表,但却没有保留剧名。后来中国的权威出版物《中国京剧史》(1990)也诚心诚意地引用了斯坦尼斯拉夫斯基、梅耶荷德、爱森斯坦、戈登·克雷、皮斯卡托和布莱希特的话,将其作为真实资料。③

---

① Kleberg, "The Story of a Stenogramme", p. 102.
② Lars Kleberg,《斯坦尼斯拉夫斯基、梅耶荷德、爱森斯坦、戈登·克雷、布莱希特等艺术大师论京剧和梅兰芳表演艺术——在1935年莫斯科举行的一次讨论会上的发言》,梅绍武译,载《中华戏曲》第七辑(1988年3月),转载于《梅兰芳艺术评论集》,中国梅兰芳研究学会、梅兰芳纪念馆编,北京:中国戏剧出版社,1990,第709-743页。
③ 胡冬生等编,《中国京剧史》(中),北京:中国戏剧出版社,1990,第187-191页。

除此之外,克莱堡本人的经历也颇具讽刺意味。1990年俄罗斯开始初步对苏联档案采取放宽政策,与此同时,他从十月革命中央国家档案馆得到了自认为真实、完整的记录,并写了短小的引言,于1992年发表在俄罗斯杂志《电影艺术》上。他满怀诗意评论道:这"对许多人意义重大,对我这位'臆想'速记报告的作者而言,乐趣更是成倍"。① 仿文先于原文出现,这合情合理。编辑删减了一些内容,修改了措辞,较原来略有缩短,最终以《艺术的强大动力》为题发表。② 此版记录的修订忠实于手头资料,主要修改了口语到书面语的语法。遗憾的是,他们删去了许多小段落,删除了莫斯科大剧院芭蕾舞演员维克托林娜·克里格尔的讲话内容,还删除了发言者及参会者名单。③ 而这些编辑上的修改并未告知读者。1993年,中国的《中华戏曲》杂志刊登了《电影艺术》上"真实"的会议记录中译本,戏曲学者龚和德在译文后另作一说明,澄清前因后果④——有趣的是,此事距克莱堡话剧中译本的出版恰好五年。

然而,克莱堡满心相信并作为讨论会全文发表的文本,实际上是苏联对外文化交流协会审查过的较短版本(见上文)。在我的请求下,他很慷慨地给了我一份他得到的打字稿复印件:《苏联对外文化交流协会讨论会(梅兰芳出席,1935年4月14日)》。仔细阅读这份文件后,我发现,种种迹象都表明这不是原转录本,而是审查过的精简记录。我将

---

① Ларс Клеберг,《Живые импульсы искусства》,Искусство кино 1(1992),p. 132.

② ВОКС, ред,《Живые импульсы искусства》,Искусство кино 1(1992),pp. 132 – 139. 由1935年4月14日讨论会的速记法手写记录转录而来,档案号 ГАРФ(ЦГАОР)5283 – 4 – 211.9 – 26,有一些编辑的删改,并附克莱堡的序。

③ 参见前文耿济之注。

④ 龚和德,《拉尔斯·克莱贝尔格先生的贡献》,《中华戏曲》1993年第14辑,第19 – 25页。

它译为英文,发表时指出了疑点,① 并开始系统的档案研究。最后,我终于找到了完整的记录原稿,它在另一个文件号中,与苏联对外文化交流协会的审查版本所在的文件号不同。丢失了的只有秘书最初的速记稿(与预期相同)。4月14日的讨论会上究竟发生了什么,从完整的会议记录转录本中可以更清楚地知道。至于苏联对外文化交流协会如何审查、为什么审查,也完全浮出了水面。

关于发现原始会议记录的过程,我最早于2015年4月在中国戏曲学院举行的"纪念梅兰芳1935年访苏演出八十周年国际学术研讨会"上发表了相关论文。中国戏曲学院也曾两度刊发我的文章的中文版,从而使学术界可以正确认识原始会议记录。②

作者简介：

李湛（Janne Risum），丹麦奥胡斯大学戏剧构作荣誉退休副教授。她以英语和其他语言广泛发表了关于欧亚过去与现在的戏剧和表演的文章,包括关于梅耶荷德和性别问题的文章。她用英文撰写的博士论文题为《梅兰芳效应》（2008）,探讨1935年梅兰芳的苏联巡演及其影响。论文基于在俄罗斯等地进行的广泛档案研究,后续文章也是以同样的方法探讨这一开创性事件的其他方面。目前,她正在就这一主题撰写一本

---

① Janne Risum, "Mei Lanfang: A Model for The Theatre of the Future", in *Мейерхольд, режиссура в перспективе века/Meyerhold, la mise en scène dans le siècle*, Béatrice Picon – Vallin and Vadim Shcherbakov, eds., Moskva: OGI, 2001, pp. 258 – 283. Janne Risum, "The Mei Lanfang Effect", PhD Dissertation. Aarhus: Aarhus University, 2008. 扩充版正在出版过程中。

② 李湛,《4月14日（周日）苏联对外文化交流协会座谈会：发言者与发言内容的种种谜团》,冯伟、宋瑞雪译,载《戏曲艺术》2018年第4期,第16 – 31页。李湛,《4月14日（周日）苏联对外文化交流协会座谈会：发言者与发言内容的种种谜团》,冯伟、宋瑞雪译,载傅谨、周丽娟编,《东西文化的对话：纪念梅兰芳1935年访苏演出八十周年国际学术研讨会论文集》,北京：学苑出版社,2019,第31 – 72页。

扩展性和总结性的著作。

译者简介：

冯伟，山东大学外国语学院教授，出版专著 *Intercultural Aesthetics in Traditional Chinese Theatre：From 1978 to the Present*。通讯地址：山东省济南市洪家楼5号山东大学外国语学院；邮编：250100。

"梅兰芳剧团访苏总结讨论会"记录*

1935年4月14日(周日)
苏联对外文化交流协会

李 湛 编辑整理

皮 野 译

内容摘要 1935年4月14日,苏联对外文化交流协会在莫斯科举行了"梅兰芳剧团访苏总结讨论会"。本文是首次披露的、完整的会议记录的中文翻译。同时,会议记录也以严谨的学术方法被整理。该讨论会由主席聂米罗维奇-丹钦科主持。九位发言人的顺序为:聂米罗维奇-丹钦科、梅兰芳、张彭春、特列季亚科夫、梅耶荷德、格涅辛、克里格尔、泰伊洛夫和爱森斯坦,前三人最后还作了总结发言。

| 关键词 梅兰芳 讨论会 苏联对外文化交流协会 梅兰芳1935年苏联巡演

---

* 该会议记录从李湛在俄罗斯档案馆找到的原始会议记录译出(档案号 GARF 5283-4-168.60-72),中文翻译同时参考了李湛的会议记录英译,见 "The Minutes", *Asian Theatre Journal* 37 (2020), pp. 352-375,该会议记录英译曾荣获"美国戏剧研究学会翻译奖"。本中文翻译已得到作者和刊物授权。——译注

Minutes of "Evening to Sum Up the Conclusions from the Stay of the Theatre of Mei Lanfang in the Soviet Union" at The All – Union Society for Cultural Relations with Foreign Countries（VOKS） on Sunday，14 April 1935

Janne Risum（ed.）

Abstract：A Sino-Soviet artistic discussion hosted by the All-Union Society for Cultural Relations with Foreign Countries (VOKS) on its premises in Moscow was held on 14 April 1935 to sum up the experiences of Mei Lanfang's Soviet tour. Below, the full minutes are published for the first time in Chinese, in a scholarly edition. The discussion was chaired by Nemirovich-Danchenko. The nine speakers—Nemirovich-Danchenko, Mei Lanfang, Zhang Pengchun, Tretyakov, Meyerhold, Gnesin, Kriger, Tairov, and Eisenstein—spoke in this order, and the first three also gave concluding remarks.

Key words：Mei Lanfang；Conference；VOKS；Mei Lanfang's Soviet Tour in 1935

李湛针对会议记录来源和格式的说明：

受邀者名单的打字稿日期标注为1935年4月10日，未签名。这份名单却按照实际到场者进行了如下的手工更正：未出席人员的名字被手工删除，一个人的名字为手工添加（帕特里克·斯隆）；相应地，这份名单被手工重新编号。

讨论会上，苏联对外文化交流协会秘书处依照规定程序，用速记法记录了谈话（速记文本不曾保存下来）。后由此整理出第一份打字本，名为《梅兰芳剧团访苏总结讨论会（1935年4月14日）》，档案号为GARF 5283-4-168.60-72。这首份粗糙的打字本没有标明日期，没有签名，且有少许文字上的重复和笔误。苏联对外文化交流协会随后手动审核了这份粗糙的打字本,而留存下来的这个第一份打字本有着大量的手动删改。基于这份校订稿,另一份更短且经过审核的打字本被制作了出来,即《苏联对外文化交流协会讨论会(梅兰芳出席,1935年4月14日)》,档案号为 GARF 5283-4-211.9-28。这份文件有签名,也有日期(la/2 13/IV [4月18日?])。这份记录后来被克莱堡写了序言,发表在俄罗斯电影杂志《电影艺术》(1992年第一期,第132-139页),而杂志的编辑自己也做了一些删改,修订了语言。

接下来的对照译文将呈现会议记录的第一份打字本记录稿全文(档案号为 GARF 5283-4-168.60-72),以及苏联对外文化交流协会随后做的删改。关于会议记录打字记录稿格式的说明:

//为打字稿中原有的括号

标有删除线的文字是打字稿上手工删除的内容

括号内的文字是往打字稿上手工添加上去的内容

参会人员:

有梅兰芳参加的在苏联对外文化交流协会举办的讨论会受邀人员(出席人员)名单

1. 康斯坦丁·谢尔盖耶维奇·斯坦尼斯拉夫斯基

2(1). 聂米罗维奇-丹钦科

3(2). 梅耶荷德

4(3). 泰伊洛夫

5(4). 特列季亚科夫

6(5). 加涅茨基

7(6). 丹克曼

8(7). 叶韦利诺夫

9(8). 奥赫洛普科夫

~~10~~ （9）．西蒙诺夫

~~11~~ （10）．米霍埃尔斯

~~12~~ （11）．苏达科夫

~~13~~ （12）．扎瓦茨基

~~14~~ （13）．黑克尔/塔斯社/

~~15~~ （14）．玛丽埃塔·沙吉尼扬

~~16. 拉狄克~~

~~17~~ （15）．爱森斯坦

~~18~~ （16）．伊万诺夫·阿·伊

~~19~~ （17）．约·阿尔特曼

~~20~~ （18）．尤佐夫斯基

~~21~~ （19）．别斯金·埃·马

~~22~~ （20）．博罗沃伊/外交人民委员部/

~~23~~ （21）．米尔斯基

~~24~~ （22）．什克洛夫斯基

~~25~~ （23）．马尔科夫

~~26~~ （24）．尤翁

~~27. 瓦西里耶夫，列宁格勒~~

~~28. 阿列克谢耶夫，列宁格勒~~

~~29. 拉德洛夫，列宁格勒~~

~~30~~ （25）．列维多夫

~~31. 利特维诺娃~~

~~32. 霍赫洛娃~~

~~33. 尤列聂娃~~

34（26）．维·克里格尔

35（27）．叶尔米洛夫

36（28）．博洛特尼科夫

37（29）. 罗森塔尔

38（30）. 阿菲诺格诺夫

39. ~~维什涅夫斯基~~

40（31）. 帕特里克·斯路①/外国广播公司英文编辑/②

LA/4

1935 年 4 月 10 日

会议记录

苏联对外文化交流协会
梅兰芳剧团访苏总结讨论会
1935 年 4 月 14 日

聂米罗维奇-丹钦科：我想，今天的讨论会就从我们尊贵的客人发言开始吧。/掌声/

梅兰芳：我觉得，我之所以能向对外文化协会参会的各位出席者致敬、问候，是因为我得到了来莫斯科的机会，并得以在此演出。衷心感谢在我访问的整个过程中给予我的亲切、友好的接待。我特别感谢的是，今天我们能在这里聚会，是与会者为了和我交流感想或者看法，以便我以后能利用那些可能提供给我的指点和建议，并根据我在莫斯科的所见所闻，来创作某些新的东西。/掌声/

张教授/翻译/：张教授说，最宝贵的同时也最令人高兴的是，我们~~参会的客人~~都非常满意（他们）有机会和（苏联）戏剧界、和戏剧社团组织的杰出的代表人物交谈。他们希望知道，大家对中国戏剧印象如何。

---

① 即帕特里克·斯隆。——李湛注

② 原数字序号 40 为手工添加，后更正为 31。还应该加上"32. 格涅辛"（作曲家米哈伊尔·法比亚诺维奇·格涅辛，自 1908 年起，他就是梅耶荷德的密切合作者）。两位中国客人也该加上：梅兰芳与总指导张彭春。——李湛注

张教授把自己的问题分成了几个部分：对中国戏剧的印象、对中国戏剧的评价和相关问题、对中国戏剧的未来的意见。

他说，他刚刚是站着发言的，接下来他会［第2页］① 坐下来倾听。

他想请您发言，请您说出您的意见。

聂米罗维奇 – 丹钦科：对我们来说，看到中国舞台艺术最光辉、最完美的体现，这是最宝贵的。也就是说，我们看到了最精致和最成熟的东西，这是中国文化对全人类文化的贡献。

我始终认为，当人类成为一个大家庭的时候，从理想的角度来说，人类将拥有自己的最具综合性的艺术，这将是所有民族的艺术，并且中华民族以一种最完美的形式、一种无论在精确性上还是在清晰性上都最绝妙的形式表现出了自己的、民族的艺术。从这个角度来看，最主要的是，我们向艺术又走近了一步。

当然了，对于这次聚会，对我们俄罗斯戏剧界戏剧界的代表来说，恰恰在艺术层面上也得到了非常多的宝贵收获。毫无疑问，我可以着重探讨这一点，也能说很多，可是我觉得，让各位先谈谈会更有意义。

我个人只想说，我从未料到，舞台表演艺术能达到这般技术水准——深刻的表现力和洗练的手段结为一体，伟大至极！

我还可以多说一些，但是先画个句号，因为我希望在座的各位同志都发言，不过我保留再次发言的权利。

谢·特列季亚科夫：我已经谈过（并且写过）很多（关于梅兰芳戏剧的文章），因此我很难再补充什么了。但我觉得，梅兰芳剧团到莫斯科来，是做了一件带有根本意义的、特别重要的事，这一点，顺便说一下，张教授在他自己的几次讲话中说过，也跟我说过，［第3页］这就是：梅兰芳戏剧对于在西方特别盛行的、对中国艺术持"异国情调"

---

① 文中的页码为打字本记录稿的原页码。——译注

的看法，在我看来，打开了一个有决定意义的缺口。它也终结了另一个神话，一个令人很不愉快的神话——即中国戏剧从头到尾都是假定性的。

我们希望，梅兰芳戏剧，尽管有诸多独特之处，尽管我们可能难以理解，但它终究能找到让我们接受的途径——张教授讲述过这些途径。这是张教授的意图，不仅是梅兰芳剧团的意图，还是把该剧团派到这里来的中国社会各界的意图，这个意图已完全实现了。

关于我自己，可以说，七年来没有一个剧团能像这个剧团那样，让我观看这么多次。它的所有演出，我只有一次没看过。而且应当说，一次又一次揣摩的同时，一次比一次获得更大的享受。当人们熟悉这种戏剧的形象语言之后，它就会变得明明白白、特别容易理解，并且特别真实。

我还想谈谈这种戏剧在现实主义方面的数量和质量上的蕴藏。我觉得，正是这些现实主义蕴藏承载着这种戏剧的未来。毫无疑问，对于历史如此悠久、积淀如此深厚以至于有固化特性的戏剧，其处境是困难的。然而，在这些华丽的固化形式中，却有着足以打破任何僵化的活跃脉动。

中国戏剧界的朋友说他们剧团难以用自己的手段表演当代题材的剧目，但是，我觉得并非完全如此。当你看到像《打渔杀家》这样的作品，[第4页]即被压迫者的复仇时，就会明白，尽管贫苦姑娘的裙子打着补丁，尽管她佩戴着昂贵的珠宝，尽管她的嗓音有点特别，而且全部剧情都在我们完全地不习惯的乐队伴奏下展开，但只要我们稍作些努力，就可以看懂演了什么。

第三个结论与其说和中国戏剧有关，不如说和我们有关。这个问题很难在这里、在会议桌上解决/很抱歉，我占用了太多时间/。我认为，梅兰芳剧团的运行，可以为苏联各共和国独具一格的民族戏剧提供一些重要的参考。我觉得，中国戏剧表明了这一必然现象，有自己独特风格的民族戏剧，或者在民族独特因素上建立起自己的戏剧的共和国，不一定非要被我们欧洲戏剧的范式所吸引。

见识过中国戏剧的生命力之后，我们不妨想一想，与我们的文化同步，与我们的欧洲戏剧同步，在苏联各民族中也可以产生（自己的戏剧风格），尤其是那些历史上曾经对中国戏剧产生过巨大文化影响的民族，而它们的戏剧风格同欧洲戏剧处于如此特殊的竞赛状态。我指的是中亚，那里有值得各剧团学习的东西。那么，在这种情况下，中国戏剧也值得学习。当人们半开玩笑半认真地谈起梅兰芳剧团可以演什么剧目的时候，我指出过，梅兰芳剧团是不是可以演《罗密欧与朱丽叶》，并且由梅兰芳扮演朱丽叶。我觉得在这方面有可能找到一些办法，因为中国戏剧的创作水平非常高，甚至有的主题和莎士比亚戏剧非常相似。如此一来，你们就能找到这样一些人，他们能够给像梅兰芳博士这样的大师以机会，让其运用［第5页］自己惊人的才华。《虹霓关》中女将军的表演证明了这种才华。这意味着，梅兰芳的剧团将有可能在新的条件下展现梅兰芳那无与伦比的天才。

我想说的东西就是这些。

梅耶荷德①：梅兰芳剧团在我国的访问，其结果具有重大意义，并超出了我们的预期。我们现在对此只有惊叹或者狂喜。同时我们这群正在建设新戏剧的人也很激动，因为我们相信，当梅兰芳离开我国后，我们仍然能感受到他对我们的非凡影响。

恰好，我现在就要重排我的旧作，格里鲍耶陀夫的《聪明误》。我在看了两三场梅兰芳博士的演出之后来到排练场，我感到，过去所做的一切都应该加以改变。

此时，在我们当中，在苏联导演当中，有许多文化程度不高的人。

---

① 梅耶荷德讲话内容的文字稿与梅耶荷德剧院的复本一致，但在整个苏联对外文化交流协会讨论会的打字稿中，他讲话的部分手动删除最多。——李湛注

对此应该坦率地承认。有许多人抱有一种愿望，更准确点说，他们想笨拙地模仿这种戏剧，也就是从它那里照搬一些东西，诸如跨过看不见的门槛，在一块地毯上既表现"室外"，又表现"室内"。然而这些都是次要的。我认为，那些感觉到自己获得了一种力量、想要有所表达的导演，或者，已经变为成熟大师的导演们，自然会吸收戏剧最不可或缺的精华（梅兰芳戏剧中最本质意义上的精华）。

我总是回想起，普希金当年谈到改造戏剧体系时说的那些充满激情的话。大意是："真是怪人！他们到剧场里去寻找逼真的东西。真是活见鬼！戏剧艺术本来就是不逼真的。"

［第6页］我在梅兰芳戏剧里看到，普希金说的那番吸引我们的话得到了最理想的体现。当我们回顾从普希金迄今为止的历史，我们一眼就能看清在俄国剧坛上两种流派的斗争：一个流派把我们引入自然主义戏剧的死胡同，而另一个流派只是到后来才得以广泛发展。难怪普希金那些杰作至今未能上演，而即便它们开始上演，表演方法也不会遵循中国戏曲向我们展现的那个体系。请想象一下，如果用梅兰芳的手法演出普希金的《鲍里斯·戈都诺夫》将会怎样。你们将会看到一个一个的舞台场面，丝毫不必担心会陷进自然主义的泥淖而搞得一团糟。

我在亚历山大剧院看过《鲍里斯·戈都诺夫》。这不是普希金写的那部作品，而是一种有害且完全没有必要的东西，它让普希金和我们变得疏远。

至于梅兰芳戏剧中令人喜悦的东西是什么/你是不可能说出全部的/，我想强调最重要的、必须指明的东西。

舞台上眼睛的动作技巧、面部表情技巧、嘴的动作技巧，我们国家谈论得已经非常多了。近来又大谈动作技巧，谈台词与动作协调的技巧。然而我们忘记了一样重要的东西，梅兰芳博士提醒我们的东西——这就是手。同志们，可以坦率地说，看过梅兰芳的演出后，再到我们所有的剧院去走一圈，你们就会说：难道不能把所有的人的手都砍掉吗，因为它们毫无用处。既然我们看到的这些手只是单纯地从袖口露出来，既不表现什么，也不表达什么，或者表达某种不知所以然的意思，那我们还不如把这些手砍掉算了。

我们国家的舞台上有很多女演员，可是我却没有在我们的舞台上看见过哪一位［第7页］女演员，能像梅兰芳那样（那么完美地）表现出女性的特点。我们这儿到处都充斥着有害的、病态的性别特征。只消走进任何一家剧院，您肯定会对舞台上的表演嗤之以鼻，因为低俗的性别表现和下流的表演让人特别难受。我不想在这里举例，因为那将大大地（有可能）得罪一大堆在场的导演。但这一点必须指出。

此外，所谓戏剧节奏的构成问题我们也谈论了许多。然而，只要看过梅兰芳博士的表演，他们会说，那个节奏（他们会肯定那种节奏的巨大力量），这位天才的舞台大师所体现的节奏。在我们的舞台上是感受不到的。从音乐剧到话剧，在我们的全部演出中，从没有人提示任何一名演员关注表演中时间的必要性。我们没有时间感。说实在的，我们不懂什么叫节约时间。梅兰芳用六十分之一秒来计时，而我们用分钟来计时。我们甚至连秒都不用。我们应该把钟表上的秒针拔掉，因为我们完全不需要。我们只需要分针，或者一下子就能跳过十五分钟的分针，正常的分针间的间距对我们来说太小了。

在这些卓越的大师们的作品展示之后，但愿我们能在自己身上发现更多过错。（我们知道苏联戏剧的力量。但是，如果我们在中国剧团独特而卓越的大师们的作品展示后，能在自己身上找出许多过错就好了。）当然我会及时地对这个问题展开更详细的研究，因为我不只是一名导演，我还是一名教育工作者，我有义务向在学校里跟我们学习的青年们报告。

但是现在我们已经看得很清楚了，他的（此次）的巡回演出在苏联戏剧的未来命运（生活）中将产生极其重大影响，我们有必要一次又一次地理解和铭记普希金的良好教诲，因为这些教诲是和梅兰芳博士的作品中体现出来的（东西）［第8页］紧密相连的。

我讲完子！/掌声/

格涅辛[①]：虽然我是一名音乐理论家，但我更主要是一名音乐家和作曲家。所以，作为一名音乐家，我感兴趣的，或许是梅兰芳博士的戏剧演出，尤其是这种戏剧的音乐给我留下的印象。

理解异域文化的音乐有时是很困难的。我们也知道，异域文化的这种陌生性会妨碍人们对美的理解。可是这一点，这次我却完全没有感觉到。是的，我的确曾接受过民族学方面的培训，也有观看日本戏剧和我们苏联的民族戏剧的经验，但无论怎么说，我都觉得梅兰芳戏剧中的音乐是非常出色的。

从曲调结构的角度来看，这种美妙出色的音乐对于作为专家的我，再清晰不过。这种曲调对我们来说完全可以理解，而且它的水准也很高。此外，这种音乐的整个乐队构成也非常和谐、非常有特色。

我想就这一点说上几句。当我就这个话题和中国大使馆的一位代表交谈时，有人问我——如果乐队的规模扩大，按照欧洲乐队的样式，并去适应欧洲的体系，会不会更好一些？我立即坚定地回答，我反对这样做，这完全没有必要。它好就好在这种情调上了，所以重新编制乐队无论如何都是不必要的。

还有一点也是毫无疑问的。这里面有一些音乐主题非常好，完全值得单独再加工，把它们改成交响乐。当然，这是戏剧以外的事。这些好的素材，我们西方的作曲家也都会愿意来加工。［第9页］可是就戏剧而言，一切都应该保持前面所说的那种状态。这是涉及音乐自身的东西。

此外，我还要指出戏剧中音乐方面的关联，音乐和戏剧中所有认知（其他部门留给我们的所有印象）密切关联。正如弗·埃·梅耶荷德所

---

① 以下格涅辛的讲话有三段被删除，其中两段支持梅耶荷德。——李湛注

言。在这方面，真正的戏剧鉴赏家们应该体验到莫大的享受。音乐贯穿了所有演出要素始终，给鉴赏家们带来了莫大喜悦。我们知道，要做到全部戏剧要素在音乐基础上融合，是多么困难，因此，也要格外重视这种戏剧所取得的成就。

中国戏剧的乐队就其构成而言是很简单的，甚至是最简单的。它规模不大，但是在其他戏剧要素的配合下，它常常能达到很好的效果，并远甚于规模最为庞大的欧洲乐队所能达到的效果。这里我们通过音乐可以看到，戏剧行动是怎样加强、怎样减弱，并且能看到应该在何处增强和减弱。

音乐贯穿整场演出，这有助于给戏剧鉴赏家带来极大的享受。就整个戏剧，也就是戏剧整体，我想简单说几句。今天有人讲子现实主义、讲子假定性戏剧。我觉得，如果把梅兰芳博士的中国戏剧表演体系说成象征体系，那是最正确的。"假定性"这个词远远不能体现出它的特征。因为一种假定可以是惯用的，但不能表达任何情绪。而象征是体现一定内容的，此外，它也能很好地表达情绪。我认为这种戏剧是现实主义的，这种象征式戏剧是现实主义的一种形式，与自然主义相对立的一种形式。我完全赞同弗·梅耶荷德的观点。

除了给人美的享受外，这种戏剧还激起人们对它的问题进行研究的热烈愿望。我觉得，尽管中国和［第10页］我国都做了非常多的研究，但是，就研究这种戏剧的特征而言，还有许多事情没做。

举个例子。我们当时正是从动作上观察到最有价值、最栩栩如生的东西。这一切不仅仅是假定而已，其背后是深刻、严肃的戏剧内涵，因此，所有这些表演都是非常有趣的，因为我们平常读的、汉语中的语调的四声明显是假定性的。但这一点是否已经被证实，那就很难说子。

我曾请求某位在我国的中国代表，请他以通常的汉语语音中的四声声调为我读一些词。我当即发现，四个声调都能足够准确地揭示它们的心理依据。所有和音乐打交道的人都知道，升调意味着过程还没有结束，意味着某种未来的东西，而降调意味着某种业已存在的东西。一连串和理解汉语的理论及实践有关的问题，也随之产生。这也是我为什么会认为，以梅兰芳博士为代表的整个中国戏剧，认真研究起来会非常有趣。

克里格尔[①]：同志们，我想说几句，谈谈梅兰芳博士的来访对于我们当前的艺术发展具有多么重大的意义。我不会谈论各民族戏剧的问题。作为一名艺术工作者，我想说几句，这位杰出的演员梅兰芳给了我们的芭蕾舞、给了我这名芭蕾舞女演员什么样的启示。

当前，我们正抓紧研究民族舞蹈。我们刚刚制定了一个跑遍全苏联研究舞蹈的计划，因为现今的芭蕾舞中出现了［第11页］一种虚假的、背叛了芭蕾技巧和芭蕾经典的民族舞蹈，但它和表现民俗风情的各民族舞蹈往往没有任何共同之处。

我们排演了像《红罂粟》这样的芭蕾舞，目前正在莫斯科大剧院上映。我们为之欢呼雀跃。作为戏剧工作者，我们非常喜欢这部芭蕾。但当我看过梅兰芳博士的演出，我才明白，《红罂粟》根本不值得上演。但是，这一点是在看过他那伟大至极的天才艺术之后才明白的。因此弗·埃·梅耶荷德说得对，看到像梅兰芳这种演员的手，恨不得把我们所有演员的手都砍掉。如今您来了，您的艺术让我们受益匪浅。我们正努力消化学习到的很多知识，并将其运用到自己的创作之中。

我个人衷心地感谢梅兰芳博士，（他使我们理解了中国舞蹈的本质，并且）使我从他的演出中获得巨大的审美愉悦，我看到了令人惊叹的节奏和造型，在他的艺术表演中这一切都是那么美妙。/掌声/

泰伊洛夫[②]：我并不认为，我们所有人都爱上的并视之为大师和艺术家的梅兰芳给自己确定了这样一件任务——让所有苏联戏剧演员都心

---

① 克里格尔批评莫斯科大剧院芭蕾舞剧《红罂粟》和支持梅耶荷德的言论被删除。——李湛注

② 泰伊洛夫讲话开头反驳梅耶荷德的话被删除。——李湛注

服口服，或者"失去手脚"。我也不认为这是问题的解决之道，原因在于，如果砍掉我们演员的手脚，就算他们十分愿意，也不能领会梅兰芳博士所掌握的绝妙的手势艺术。所以让我们暂时在一段试验期内留住演员的手脚，并关注梅兰芳的艺术。

我觉得，对我们来说，极为重要和极为宝贵的是，认识到所有关于中国戏剧的流行看法，诸如认为它是假定性的戏剧，认为这种戏剧［第12页］中最重要的是不用布景和如何跨过门槛这样的象征性的动作，至于人们如何坐上小船，等等，所有这些，都只不过是一个巨大体系当中的细节罢了，这个体系的本质根本就不在这一点上。

我想，我们在中国戏剧中所看到的东西表明了这样一点：一种发源于民间的，并且，一直以来非常谨慎地构筑着自己完整戏剧体系的戏剧，先是演变成了综合性戏剧，然后，这种综合性戏剧有着非同一般的有机性。

当舞台上的梅兰芳博士将手势转为舞蹈，从舞蹈转到念白，继而从念白转到唱腔——无论从音乐和声乐的角度看，都是极其复杂的唱腔，并且大多完成得无可指摘，而在其中，我们看到了这种戏剧的有机性特征。①

我觉得，对于我们来说指出这一点非常重要——"戏剧性"地呈现这个说法十分奇怪，得赶紧消除，因为在（手动更改：在）② 梅耶荷德（梅兰芳）的戏剧表演中极为有趣的是，我们称之为假定性的表演元素的东西只不过是必要的形式，它有机地、有规则地、合理地体现了整个表演的内在结构。在我看来，这对我们来说是极其本质的问题。

还有一件有趣的事情：我甚至希望这一点能进入我们苏联戏剧乃至整个世界戏剧的发展中来。我指的是我们在梅兰芳剧团演员身上看到的

---

① 下一段第一句被删除，梅耶荷德的名字被换成了梅兰芳，也许是泰伊洛夫的弗洛伊德式口误？——李湛注

② 原稿 in 被删除，手动更改为 In。涉及大小写问题，特此说明。——译注

惊人的专注力。

在和自然主义戏剧一直以来的争论中,我们总是讨论演员转换的极限是什么,[第13页]如今,梅兰芳博士的创作实践向我们证明,这些内在的困难在本质上都是可以克服的。困难有可能是存在的,但是,我们在此处看到的梅兰芳,是一位地地道道、有血有肉的须眉男子,而他却需要出演和化身为一位女子。然而,这种乍看之下最困难、最复杂、最难以置信的角色转换却被梅兰芳博士完美地实现了。

我认为这些方面对于我们来说关乎本质,且极为重要。我相信,梅兰芳戏剧会在我国产生影响,也一定会影响我们。当然了,无论是哪一种表面上的模仿,都不可取,或许将来有人会走这条路;正确的路径是,掌握其独特的内在构成,掌握其独特的内在结构——毫无疑问,是戏剧以自己的方式、自己的布局呈现出来的内在结构。

我再次对梅兰芳博士表示衷心感谢,感谢他给我们带来的戏剧,感谢他给予我们的巨大享受,我在他的演出中体验到了这种享受,我衷心地、热烈地欢迎他的来访。

爱森斯坦:我想非常简短地谈几句,因为这个问题已经被谈得太多了,而且结论不仅对于戏剧、舞台,而且在很大程度上对于电影艺术,也就是说对于我们整个艺术而言都意义重大。至于那种具有更大概括性范围且极其重大的结论,现在就下,可能为时过早,而且也很难下这样的结论。因此,我想说的几个方面,都是源于目前中国的梅兰芳剧团访问我国这一事实。

中国戏剧打开了我们的眼界,使东方戏剧整体上的独特分界线也变得清晰明朗。

[第14页]我不知道别人从中得到了什么样的认识,但我一开始就有这样一种印象,觉得日本戏剧与中国戏剧之间没有区别。现在,二者之间的区别清晰地展现在我的眼前。这种区别使我想起艺术史上存在着的希腊艺术与罗马艺术之间的根本区别,并且我非常想把中国戏剧艺

术等同于鼎盛时期的希腊艺术,而将日本戏剧艺术等同于发展时期的罗马艺术。现在我认为,我们大家也都感受得到,在罗马艺术之外覆盖着某种机械刻板的东西,以及数学般的简化作风,而这产生的根基是希腊文化的独特性。相对于希腊人,罗马人在一定程度上是"美国佬",就像美国人相对于欧洲人那样。

于是,中国戏剧那卓越的、令人精神焕发的特性及其有机性,使它完全、彻底地摆脱了其他戏剧特有的机械刻板、简单化的成分。对我来说,发现并感受到这一点是特别宝贵的。①

第二个感受非常强烈,且令人高兴,可归结如下。我们总是尊崇莎士比亚时代。我们大家都在心里想象那段非凡时期的戏剧、以假定的方式上演的戏剧,想象当时,甚至在表现夜间场景的时候也无需遮灯挡火,但是演员完全能够表现出黑夜的感觉,那就是我们一直渴望在自己的戏剧舞台上看到的。我们在梅兰芳的戏剧中看到了这种表演。这一点在《虹霓关》中表现得尤为突出。剧中夜间场景的表现特别清晰,有时是一阵锣响,有时靠人在黑暗之处走动的感受来表现。可见,同样是呈现夜晚,梅兰芳戏剧要比我们只靠技术装备的欧洲戏剧完美得多。此外,拿[第15页]莎士比亚时代来说,拿当时的戏剧类型来说——我更崇拜莎士比亚身边的人,崇拜韦伯斯特、马洛等人,他们在形式上更为完善,在他们身上比在莎士比亚身上更能强烈地感知到一种互相渗透,因此应该说,我们在中国戏剧中看到的东西,和马洛与韦伯斯特让我们感知到的东西非常相似。这些戏剧类型经历了极为有趣的发展阶段,并且非常强烈地在舞台上表现出来。从一种戏剧状态向另一种戏剧状态过渡,向生动的动作、向每一个形象的独立过渡,都应该被视为戏剧领域内全新的动作的综合。我们能在一整套的动作姿势中、在许多大

---

① 下一部分共两段,爱森斯坦指出了与梅兰芳戏剧相比,苏联与欧洲戏剧的缺点,还有其他一些观点。均被删除。——李湛注

物角色中观察到这一点。比如说，几乎在每一出戏中都必定有的刻板人物，实际上，正是在这一时期开始确立其功能存在的根据，开始向逼真、独创的人物表现转换。

当我看到梅兰芳博士的舞台作品时，这些念头一再重现于我的脑海，因为我们在他的每一段舞台动作中都看到了这一发展过程。我们看到，他完成一整套动作的过程，几乎像是在写象形文字一样完成必需动作，此时这些动作可能用不着表现什么，但是（并且）在这种情况下我们看到了一种完美固定的表达方式，它特别完整，并且经过了异乎寻常的深思熟虑。表演中存在一系列必要的动作姿势，可用以表现生活的某些传统。然而，从一场演出到另一场演出，梅兰芳博士以其异常生动的、卓越的人物表演不断地丰富并充实这些传统。因此，梅兰芳博士给予了我们诸多特别好的启示，其中有这样一条：对形象和性格的惊人掌握。有些剧目，像《春香闹学》，或者《刺虎》，我不谈了。但是，在这些传统内部的某些非常细致、非常概括的人物刻画，是中国戏剧令人惊奇的不同之处。［第16页］令人印象深刻的方面很多，对这种鲜明生动的创作个性的感受是其中之一。

这样一来，立刻就出现了一个问题，我们从梅兰芳博士那儿得到的，和对现实主义的总的看法之间的关系是什么。我们大家都知道现实主义的书面定义，都知道透过单一事物可以看出众多事物，透过个别现象可以看出普遍现象，都知道现实主义建构在这种互相渗透的基础之上。

如果从这一视角看梅兰芳博士的表演技巧，那么，我们就能够发现一个非常有趣的特征：这两组对立在梅兰芳博士那儿分开得更远。普遍现象经过综合、概括成为象征，成为符号，被塑造成艺术形象的个别现象却超出范围向另外一个方向转化，成为表演者的个性。因此，我们就看到了非凡的、洋溢着演员的独创个性的象征符号。换句话说，这两组对立的范围好像可以扩展得更宽一些。我想，我们这些正在为社会主义现实主义与特殊利益斗争的人确信,这种仿佛是借助显微镜观察过的表演对我们的艺术大有裨益。我们当前的艺术几乎是全都陷在一种构成部分里了。这种构成部分是描绘性的。这种情况出现时,形象也遭到了巨大损害。我们现在是见证人,亲眼目睹,不仅仅是在我们的戏剧中,而且在我们的电影中,我们看到的都是当代事件,而"形象的文化",也就是高雅的、富有诗意形式的文化真的从电影艺术中,好像完全消失了。我们可以看看无声电影时代,起巨大作用的是纯粹的形象建构,而不仅仅是人的刻画。如果我们把过去电影艺术方面的艺术事件,和梅兰芳来访前的当下艺术事件加以对比,那么我们就会意识到两个极端,就会明白过度的形象塑造会损害形式的形象性。可是,在梅兰芳博士[第17页]那儿我们却看到相反的情况,在形象方面,越充分发挥,越丰富多彩。

我不太同意格涅辛同志的意见,我真想谈谈形象,相较于象征,它极其独特,为个别人所特有,而象征,在我们的认识中,和分类目录联系在一起。大师着重强调直接以形象激发感觉的方面,在我看来,是最有趣和最宝贵的,因为我们在形式文化方面,尤其是在电影艺术领域,察觉到可怕的停滞。我们在梅兰芳博士的戏剧中能看到这种现象——艺术领域的方方面面他都能驾驭,而且是惊人地擅长,这一点对有声电影来说特别重要,也极具现实意义。意识到这一点的,是那些有机会在电影领域工作的人,因为这无疑是有声电影的一个基本特点。很遗憾,应该指出,怎么没有人代表有声电影发言。所以,在这个问题上,在梅兰芳博士到访之前,我们看到了形式的顽固性——极其持久,相较于戏剧界,这种情况在电影界更可怕。

至于戏剧,那么,梅兰芳博士的那种方式,我在一家剧院——在梅耶荷德剧院看到近似的了,而且,可能也并非偶然,梅兰芳(名字)的首字母和梅耶荷德是一样的……

我们的客人曾经提出一个问题:我们能向他们提出什么建议?我担

心自己被认为是一个反动的人,但是,我个人觉得,无论是艺术领域的现代化,还是技术领域的现代化,这种戏剧都应竭力回避。我甚至可以批评我们的朋友几句。我得出的印象是,当他们从列宁格勒回来以后,他们演出的时候,除了梅兰芳博士之外——他那完全令人惊讶的艺术技巧没受到任何影响,他周围的人已经有了我们的味道,我真不想说,这对他们是有利的。我觉得,昨天的演戏习惯有点松懈了。/如果俄罗斯演员们［第 18 页］对此感到喜欢,那就更令人难过了。/

我认为,人类的戏剧文化,在不扰乱自己进程的前提下,可以奢侈地对待这种戏剧,让它以现存的卓越和完美的形式保存下去。

在这方面,我还有一个问题——为了使这份传统在将来延续,目前已经做了什么?在梅兰芳博士周围有许多研究者,有追随者们组建的高水平流派,追随者们将继续发展他的艺术技巧,并善于在灵活的接受过程中,继承他那独一无二的技巧。如果在这方面做得太少或者不足,那么,我想,我们共同的责任就是请求梅兰芳博士关注这件事,以使他积累的那些令人惊叹的经验在将来继续发扬。

我的发言应该这样结束:我非常愉快地迎接了梅兰芳博士,他在刚到这里来的时候曾表示,他有信心,我国的演员和专家能欣赏他的戏剧手法,而此刻,我应该借用我们公式化的措辞,说他预定的计划,正如我们常说的那样,甚至超额完成许多个百分点了。/掌声/

张教授/翻译/:教授把自己的发言分成了三个方面:第一,对上述意见的看法;第二,中国戏剧对我们苏联的各民族戏剧有着怎样的影响,是否存在起作用的可能性;第三,中国戏剧的未来。

他想说的头一句话是,他们非常珍惜各位在这里对他们的评价。梅兰芳博士请张教授转达,对他的评价太高了,他觉得不好意思,因为对他的夸奖有点过头了。

［第 19 页］张教授想谈谈人们对中国文化的评价。应该说,在西方,人们从三种不同的视角评价中国文化,在理论层面,有的角度断

续、不完整且零碎，有的角度持异国情调，关注奇风异俗，有的角度是创造性的。然后，他对此加以解释说明。从局部视角断片式地观察中国戏剧发生在18世纪，当时中国作品的某些片断开始传入欧洲。其中的一个片断落到伏尔泰手中，于是伏尔泰写出了《中国孤儿》。当然，它面世之前，伏尔泰做了大幅度的修改和加工。

大约二十年前，在对中国戏剧的态度上显示出一种对奇风异俗，或者对异国情调的喜好与关切。这种趣味出现在美国，也出现在日本。张教授说，他毕生都在同这种现象——因为从异国情调的角度看事物而出现的现象——做斗争。

现在的状况是，那种片断式、不完整且零碎地看待中国戏剧的角度，那种关注异国情调的角度已经落后了。他认为，当下对中国戏剧的关注，是一种新的、创造性的角度或立场的开始。

张教授非常重视有关中国戏剧成就的那些意见或发言。他清楚地意识到，除了成就，中国戏剧还有一定的局限。他认为，这次会议有非常重要的意义，因为它证实对待中国戏剧的立场有了一种新态度。大家在如此忙碌的情况下前来出席会议，把自己的时间奉献给他们，这个事实本身就意义重大，远远大于他们剧团在这里受到的欢迎，毫无疑问这将是有益的。当然了，教授并不是想说，接待和演出没有重大意义，如果没有它们就没有这次讨论。他们认为，这次讨论开辟了辉煌的前景。

教授指出，这种前景会更加广阔，因为各种艺术门类——戏剧艺术、电影艺术和音乐艺术的代表人物都在这里发表了看法。

［第20页］关于今天的发言，他想指出，发言的共同特点是都非常真诚，表达了这样一种强烈愿望——理解、运用中国戏剧所给予的启示。

现在，张教授将话题转到了他的发言的第二个部分，也就是，应该采取什么样的措施，具体而言，当代艺术从中国戏剧艺术中汲取什么样的经验。虽然他本人对这些问题并不是很在行，但还是可以提一些建议。

你们当中的一部分人表达了这样的想法：虽然中国戏剧像是以"象征"为基础的（你们当中的一部分人还使用了"假定性"这个词），但中国戏剧却能成功地打破这种假定性的束缚。

我认为，[①] 最好的办法就是同中国画做一个类比。例如，来看看中国画如何画一棵树。树是按照早已形成的画树手法绘成的。无论在中国绘画艺术领域，还是在中国戏剧艺术领域，手法问题都是这些艺术门类的基础。在这些手法中没有任何私人的、意外的、个性化的东西。就像在绘画艺术中一样，戏剧演员首先学习现成的技法。只是在他们掌握了这些基础手法之后，他们才可以进行个性创作。张教授说，在手法中没有任何偶然的和个人的东西，但是，在执笔方式上、在画树的过程中画这一部分和那一部分时，会有差别存在。毕竟，画树您得这样画，得让每一个人都明白，这确实是一棵树。

关于现实主义的定义。表现一个形象的时候，这不是一种简单的表现，而是能唤起某些感觉的那种表现，而且这些被唤起的感觉不同于天生的感觉。

因此，这些一辈传一辈的固定技法，使固定［第21页］符号的表现方式变得简单起来。

演员的个人生活体验，只能是在他掌握了这些手法之后，才能在演出中表现出来。到那个时候，才能再创造出像梅兰芳博士所用的那些新符号、新手法。

因此，最终目标是在掌握已经被创造出来的、现成的手法的基础上，运用个人经验创作普遍的、完美的形象。

第二点，意义有点肤浅：你不能把那些在西方戏剧中分散的舞台表

[①] 原文如此。张彭春的发言，基本以翻译的口吻说出，称"张教授"或"他"，但此处是用"我"。——译注

演元素合为一体。

第三点，张教授想谈谈正发生在中国当代戏剧身上的所有变化。他将非常简要地说一说。他觉得，剧本的内容应当加以改变，但这里所说的改变，与其说是在情节方面的改变，不如说是在心理方面的改变。情节应该还是那个情节，应当改变的是心理。张教授说，在对待情节的态度上，应该保持一定的距离，为的是情节和现实之间不近得过分，但是，在对这些情节进行心理阐述方面，应当有所改变。教授想强调一下，他仅仅是在说如何按照规定的传统表现动作的问题。

张教授指出，过去大部分剧院的照明都很差，舞台背景也始终不变，尽管背景和正在发生的行动没有任何联系。

张教授设想，最好是在照明和布景方面能引进某种新东西，但这种照明必须是特殊的，和其他照明没有任何相似之处。

要为现代艺术保护好中国戏剧，他认为，利用技术方面——比如说电影技术、唱片技术等方面的现有成就，就能做到。

[第22页] 至于把中国戏剧领域中的经验应用于西方戏剧艺术，或许可以期待，把舞台表演元素都统一起来，但不要有任何的刻板模仿。

对于中国戏剧，他的愿望是把新的心理引入中国戏剧的上演剧目中，在中国舞台上应用新的剧场技术成就。/掌声/

聂米罗维奇－丹钦科：请允许我说几句作为结尾。我们同样认为今天的会见是非常美好的。

大家都承认，中国戏剧给我们的戏剧生活带来了某种深刻且严肃的冲击。如果说，当然了，通过这样一次简短的讨论还不能完全确定中国戏剧将会给我们的艺术带来什么，因为弗·埃·梅耶荷德说得完全正确——这一方面应当继续研究，应当让我们在戏剧领域从业的年轻人完全熟悉这一方面。然而，中国戏剧留给人的印象终究是重大的。今天的会谈，以一种特别突出的方式，总结了人们在莫斯科和列宁格勒观赏中国戏剧时所感受到的、全部有收获的时刻。

第二部分，也就是苏联艺术界、俄罗斯艺术界最好能对中国艺术提出建议，无疑，刚才这一点的补充说明很少。也许，这是我们谦虚的结果，也就是说我们能提出我们已经习惯于逃避的东西，但也许应该完全真诚地说出我们对这方面不大做声的原因。我想，我的同事们也会同意我即将说的话。对于任何具有强烈表现手法的艺术，我们都慎重对待。在这种情况下，说出一个可能是被自己的思想引领、在思想的瞬间闪现才有的想法是非常危险的，采用这种想法真的有可能随随便便地损害艺术。因此我们在这方面应当沉住气。

[第23页] 但是，我还是要允许自己说一个想法。教授本人的陈述在这方面支持了我。这在他的话语中有所流露。

在今天的开场白中，我曾提及整个文化和人类艺术的那座巨大宝库，每一个民族都向这座宝库贡献出完全是自己的、独有的东西，我也说过，在这个极具天赋的人类大家庭的理想中，艺术将会是众多独立种族的艺术的最佳体现的综合。

在这方面，在我允许自己/我非常强调这一点/向我们的天才的客人提出某个建议之前，我先问了自己一个问题：我们的艺术应该给这种人类文化送去并且将要送去什么？我想，从梅耶荷德提到的普希金，到托尔斯泰和屠格涅夫，在我们所有的伟大作家那里，都有一个特点，无论是过去还是现在，我们的艺术都饱含着这一特点，它迫使我们——艺术工作者们，在很大程度上正是从事艺术创作、在狭义上从事形式创作的时候，必定以内容为生命。

于是，上百年来，在俄罗斯艺术的这一内容中，表现出的是我们的诗意、我们的愿望的最重要的乐章——我们将其称为对更好的生活的想望、对更好的生活的牵念、为更好的生活而奋斗。

而这种对更好的生活的想望、这种对更好的生活的牵念、这种为更好的生活而进行的奋斗就是我们的艺术的最主要冲动。

我很想说，我们的天才的客人对自己的艺术可以完全放心，我们对这种艺术如此赞叹，以至于认为它在手法方面，在对人性的所有可能性的综合方面，以及在情调方面，都是我们的典范。

但是，尽管现在典范就在跟前，我们的头脑中又产生了一个想法，如果他在想说些什么，甚至可能做些什么的时候，还牵念更好的生活，那就太好了。/掌声/

[第24页] **梅兰芳/翻译/**：他请求转达，他高度评价这些追求与愿望，也非常敬佩为实现更好的生活而拥有的敢作敢为的勇气。

聂米罗维奇-丹钦科：我们要说出我们的明确的愿望，希望梅兰芳不是最后一次到我们这里来。

完

译者简介：

皮野，山东大学外国语学院俄语系副教授。通讯地址：山东省济南市洪家楼5号山东大学外国语学院；邮编：250100。

达里奥·福研究

达里奥·福戏剧中的跨文化主义*

布里吉特·乌尔巴尼 著

杨和晴 译 周婷 审订

内容摘要 在创作之初,达里奥·福就消除了所谓民族文化和非民族文化的区分,当他讲述发生在遥远土地上的故事时,事实上他讲的就是自己的故乡。诸多达里奥·福戏剧所讨论的人类问题,在各种意义上都跨越了民族文化的狭隘界限。具体而言,在达里奥·福的戏剧中蕴含三类跨文化元素:其一是来源于传统意大利喜剧的情境设置和肢体语言等戏剧元素,极具表现力且易于理解;其二,达里奥·福从通俗文学、宗教伪经等非正统文献中汲取营养,将小人物和普通人塑造成主角,颠覆了主流的英雄叙事传统,使其作品的流传超越了时间和地域的限制;其三,通过滑稽、怪诞、讽刺等喜剧手法,鼓励民众保有不任由强权压制的反抗意识。

关键词 达里奥·福 跨文化主义 喜剧

---

* 原文"Interculturalismo del teatro di Dario Fo"载于 *Italia e Europa. Dalla cultura nazionale all' interculturalismo*, AIPI, Aug 2004, Cracovie, Poland。译文翻译了原文注释中的意大利语文献名,保留了英文文献名,以便读者查阅。——译注

Interculturalism of Dario Fo's Theatre

Brigitte Urbani

Abstract: At the very beginning, Dario Fo eliminates the distinction between the so-called national culture and non-national culture. When he tells stories that took place in remote lands, he is actually referring to the ones in his own hometown. The human issues discussed in many of Dario Fo's plays have crossed the narrow boundaries of national culture in all senses. Specifically, Dario Fo's drama contains three types of cross-cultural elements. First, the dramatic elements derived from the traditional Italian comedy setting and body language are expressive and easy to understand. Second, drawing nourishment from popular literary, religious apocrypha and other unorthodox documents, Dario Fo portrays little people and ordinary people as the protagonists and subverts the mainstream heroic narrative tradition, giving his works the popularity beyond time and region. Third, by comedy techniques such as antics, grotesque and satire, he encourages people to maintain a sense of resistance against the suppression of power.

Key words: Dario Fo; interculturalism; comedy

一

我们能够在何种程度上谈论民族文化？每个国家难道不都是由本国历史、邻国历史乃至世界历史交汇而成的文化熔炉吗？欧洲的历史难道不是一个巨大的民族混合体在迁徙、斗争、融合中合而为一的复杂历史吗？由此可见，每个国家的文化都是由无数来自他国和其他时代的溪流汇聚而成的。有关人类的问题，无论在哪里都是相似的：不论是富人还是穷人，强权还是弱势，老者抑或壮年，都要为生计奔波……引用戈尔多尼的话说，这些主题在全世界戏剧文学作品中被广泛讨论。

如此，达里奥·福这位当代最具国际知名度的意大利剧作家，这位"世界吟游诗人"自青年时期便开始关注这一主题，那时他活跃在意大利马雷焦湖，在他们居住的瓦尔特拉瓦利亚港，在"梅萨拉特山谷"一带聚集了19世纪因工作来到此地的外国人，由此

> 梅萨拉特山谷变成了一个绝妙的熔炉，汇聚了不同的文化、传统、语言、偏见以及最怪诞迥异、往往不可调和的心理。然而不可思议的是，在那群人当中从未滋生出种族主义的苗头。当然，他们相互嘲笑，甚至讥讽对方的口音、口头禅、手势以及各种喉颤音和擦音的发音方式，但这种嘲笑从不含有攻击性或者恶意。听着这些德国人、西班牙人、法国人和波兰人努力说着拧巴难解的方言，实在令人捧腹。①

在那些年里，达里奥·福接触了许多"湖边说书人"，他们用自己独有的方式讲述发生在本地或其他地方的古老故事，但同时他们也总是根据当下现实不断地改编这些故事，这就如同在"哈哈镜"中呈现故事。这对于达里奥·福来说是一所绝妙的"交流的殿堂"，从这里他为自己设立了创作使命——书写"未知且拥有无数种自由表达方式"的作品②："他们通常讲述好几个世纪以前发生的事……但这是一种拙劣的文学，他们以讽刺和滑稽的方式，借用这些神话来指涉日常生活和最近发生的事。"③ 由此，当达里奥·福讲述发生在遥远土地上的故事，比如发生在中国的《老虎的故事》(*Storia della tigre*)、科尔基斯的《美狄亚》(*Medea*)或希腊的《卢奇奥或是驴》(*Lucio o L'asino*)时，事实上他讲的正是他所居住的伦巴第山谷里发生的故事：

---

① 达里奥·福，《梅萨拉特小镇》(Dario Fo, *Il paese dei Mezaràt*, Milano, Feltrinelli, 2002)，第58页。
② 达里奥·福，《梅萨拉特小镇》(Dario Fo, *Il paese dei Mezaràt*)，第58页。
③ 达里奥·福，《梅萨拉特小镇》(Dario Fo, *Il paese dei Mezaràt*)，第57页。

……甚至当我描绘中国的老虎,还有流淌着河流、遍布洞穴的西藏时,或是愤怒的美狄亚乘上她的魔法马车逃亡时,我仍然没有从故乡的一草一木中走出来。①

关于《卢奇奥》(Lucio):

每当讲述这个经典神话时,我的脑海中浮现的是什么画面?我肯定不是在想达达尼尔海峡、萨摩斯岛或是塞萨利抑或试图唤起人们对此的想象,我发觉自己仍身处故乡,置身于街道、伦巴第的溪流边和熟悉的丛林中——山川、天空、流水,总是在那些我第一次听故事的地方。②

总之,在成长过程中,达里奥·福就已消除了所谓民族文化和非民族文化的区分,选择了一种没有界限的文化。

二

今天的达里奥·福78岁了,③ 纵观其多彩的戏剧生涯,他一共创作了五十余部喜剧和大约两百部独角戏。④ 其戏剧创作似乎是意大利文

---

① 达里奥·福,《梅萨拉特小镇》(Dario Fo, *Il paese dei Mezaràt*),第67页。
② 达里奥·福,《梅萨拉特小镇》(Dario Fo, *Il paese dei Mezaràt*),第66页。
③ 指原论文发表的2004年。——译注。
④ 《达里奥·福戏剧》由艾依纳乌迪出版社出版,弗兰卡·拉梅编著,其大标题为《达里奥·福喜剧》。该戏剧集现有13卷,每一卷收录2至6部喜剧。其他部分剧本分别由艾依纳乌迪或其他出版社出版。戏剧集还收录了各类表演的视频录像带或DVD。
在关于福的专题著作中,值得注意的是卡拉·瓦伦蒂尼的《达里奥·福的历史》(Chiara Valentini, *La storia di Dario Fo*, Milano, Feltrinelli, 1977。1998年增加一章后再版);蓝弗兰克·毕尼的《达里奥·福》(Lanfranco Binni, *Dario Fo*, Firenze, La nuova Italia, "Il castoro", 1977);克劳迪奥·梅勒多莱西的《反抗中的喜剧演

化与欧洲文化、世界文化不断交织的过程。

《伊莎贝拉，三艘帆船和一个骗子》（*Isabella, tre caravelle e un cacciaballe*）创作于1963年，讲述了哥伦布的海上冒险，其故事背景设置在西班牙的卡斯蒂利亚。1984年的《伊丽莎白：偶然为女》（*Quasi per caso una donna, Elisabetta*）所讲述的故事发生在伊丽莎白一世女王时期的英国。《该丢弃的太太》（*La signora è da buttare*，1967）和《约翰·帕丹，发现美洲》（*Johan Padan a la descoverta de le Americhe*，1992）中的故事分别发生在60年代的美国和西班牙在美洲的殖民时代初期。戏剧《一想到这毫无用处，我今晚也想死》（*Vorrei morire anche stasera se dovessi pensare che non è servito a niente*，1970）指涉巴勒斯坦抵抗运动，《智利的人民战争》（*Guerra di popolo in Cile*，1973）写的是关于皮诺切

员，固执又纯真的达里奥·福》（Claudio Meldolesi, *Su un comico in rivolta. Dario Fo il bufalo il bambino*, Roma, Bulzoni, 1978）；达里奥·福与路易吉·阿莱格里的《关于喜剧演员的对话：悲剧性、疯狂与理智》（Dario Fo e Luigi Allegri, *Dialogo provocatorio sul comico, il tragico, la follia e la ragione*, Bari, Laterza, 1990）；玛丽莎·皮扎的《手势、词汇与动作，达里奥·福独角戏的诗学、喜剧性与历史》（Marisa Pizza, *Il gesto, la parola, l'azione. Poetica, drammaturgia e storia dei monologhi di Dario Fo*, Roma, Bulzoni, 1996）；罗伯特·奈伯蒂与玛丽娜·卡帕的《达里奥·福》（Roberto Nepoti e Marina Cappa, *Dario Fo*, Roma, Gremese, 1997）；安德烈·比萨奇亚的《阅读达里奥·福》（Andrea Bisacchia, *Invito alla lettura di Dario Fo*, Milano, Mursia, 2003）。我曾经于1991年、1997年、2001年和2002年在《世界戏剧》（阿维尼翁大学出版社）上发表过四篇关于达里奥·福的法语评论，如第一卷（介绍），第七卷（关于《老虎的故事》和《约翰·帕丹，美洲大发现》），第十一卷（关于弗兰卡·拉梅的独角戏）以及第十二卷（关于结构性元素），此处我再增加两篇在里昂和克拉科夫的意大利学者会议上发表的两篇报告：达里奥·福戏剧对历史的运用——意大利文化中的游戏、嘲讽和揭露（*Usage de l'histoire dans le théâtre de Dario Fo-Jeux et enjeux, in Dérision et démythification dans la culture italienne*, Publications de l'Université de Saint-Etienne, 2003, pp. 255 – 274）；达里奥·福戏剧中的疯子与疯狂在意大利语言文学中的体现（*Matti e follia nel teatro di Dario Fo, in Lingua e letteratura italiana dentro e fuori la Penisola*, Krakow, Wydawnictwo Uniwerytetu Jagiellonskiego, 2003, pp. 295 – 302）。

特（Pinochet）将军①的一次政变。在更晚一些的《老虎的故事》(*Storia della tigre*, 1977) 中，达里奥·福以意大利方式重塑了一个从上海演员那里听来的故事。

还有一些作品则从跨文化改编而来。《笑歌剧》(*L'opera dello sghignazzo*, 1981) 受到布莱希特的《三分钱歌剧》(*L'opera da tre soldi*) 以及英国剧作家约翰·盖伊（John Gay）《乞丐歌剧》(*L'opera del mendicante*) 的影响。②《粗俗故事》(*Fabulazzo osceno*) 中的卢奇奥形象出自萨莫萨托的卢奇安（Luciano di Samosata）③ 的《卢修斯或是驴子》，这个故事是后来许多文学改编的原型，在古代有阿普列乌斯（Apuleio）的长篇作品《变形记》(*Le metamorfosi*)，又称《金驴记》(*L'asino d'oro*)，文艺复兴时期有博亚尔多和费兰佐拉的改编。像《滑稽神秘剧》(*Mistero buffo*) 和《穷人的圣经》(*La Bibbia dei poveri*) 这样的杰作则摘取了西方世界的重要文化根基——基督教史中的故事片段。还有一些风格迥异的作品，像《粗俗故事》中伊万（Javan Petro）和其夫人的故事则取材于法国民间故事，它们有着拉伯雷式讽刺喜剧的纯正风味。

在某些政治性较强的作品中则浸润着欧洲文化，比如1969年的《工人认三百个单词，老板认一千个：所以他是老板》(*L'operaio conosce 300 parole il padrone 1000 per questo lui è il padrone*)，题目本身就揭示了主旨，这部作品与60年代的社会斗争和罢工活动相关，有很强的互文性。作品描述了一群工人在"人民之家"图书馆搞破坏（反正没人读

---

① 奥古斯托·皮诺切特（1915—2006），智利政治家、军人，曾于1973年发动政变夺取政权。——译注

② 1960年的一部喜剧《他有两把左轮手枪和黑白相间的眼睛》，清晰地体现出达里奥·福与布莱希特喜剧的联系。

③ 卢奇安（Lucian，约120—180）为生活在罗马帝国鼎盛时期的叙利亚讽刺诗人，其名希腊文为Λουκιανός，周作人译为路吉阿诺斯，阿普列乌斯的《金驴记》改编自卢奇安的《卢修斯或驴子》（Λούκιος ἢ Ὄνος），但也有研究认为《卢修斯或驴子》是伪作，非卢奇安所作。——译注

书),工人们正浏览那些即将被扔掉的书籍,此时从书页中走出了葛兰西、马雅可夫斯基这样的思想家、作家和诗人,最后这些书被放回到了书架上,图书馆也避免了被毁坏的命运。

另一方面,达里奥·福的戏剧也有基于意大利现实的主题,这些作品在政治、社会甚至更加广义的人文层面上显示出了高度的普适性。比如1970年的《一个无政府主义者的意外死亡》(*Morte accidentale di un anarchico*)就与皮奈利事件有关,这名无政府主义者在丰塔纳广场谋杀事件发生几天后,从米兰警察局的窗户跌落死亡,该事件引起的愤怒和抗议造就了这部喜剧。福将该事件发生的背景设定在1921年的纽约,据说在那里发生了极其相似的事件。此外,他阅读了许多无政府主义者的案件报告,并了解到他们也同样从警察局的窗户上跌落下来。①

值得一提的还有弗兰卡·拉梅(Franca Rame)的一些喜剧和独角戏,这些作品基于女性问题而作,虽然把意大利女人当作笑料,但其内涵从不局限于意大利女性问题。《无论哪一天》(*Una giornata qualunque*, 1986)剧本的解说词将主角设定为一个路人("主角茱莉亚可以是美国人、德国人、英国人……甚至是非洲人"②)。另外,《我们谈谈女人》(*Parliamo di donne*)、《开放夫妻》(*Coppia aperta quasi spalancata*),《房子、床与教堂》(*Tutto casa letto e chiesa*)、《做爱吗?好啊,反正为了享受》(*Sesso, grazie tanto per gradire*)这些独角戏和喜剧中的一些片段,能够使人想起古代和现代欧洲的经典悲剧女性形象:如遥远年代的

---

① "皮奈利事件一发生,这部戏剧立刻应需诞生了……然后我在关注相关报道、争论、诉讼说明以及调查的同时,还查阅了五六份无政府主义者的调查文件,奇怪的是它们都非常类似,事件进程也都类似。最近在布尔戈斯也发现有人被扔下窗户。于是我就想到讲述一个和这些无政府主义者事件相关的一个故事,即便在受到压制的情况下。"(Claudio Meldolesi, *Su un comico in rivolta. Dario Fo il bufalo il bambino*, Roma, Bulzoni, 1978, p. 178.)

② 达里奥·福与弗兰卡·拉梅,《开放夫妻》(Dario Fo e Franca Rame, *Coppia aperta, quasi spalancata*, Torino, Einaudi, 1991),第37页。

美狄亚和吕西斯特拉忒、70年代德国的乌尔丽克·梅茵霍芙和伊姆加德·穆勒。这些女性形象因与男性、权力和社会斗争的悲剧性关系而令人难忘。

《不付钱！不付钱！》(*Non si paga ! Non si paga !*) 表现了所有工人和失业者家庭的问题，他们艰难地维持生计，为涨价而愤怒，剧中女人们抢超市——这一资本主义社会的消费"圣地"。这部戏剧1974年被搬上舞台，1980年重演并有所更新，成功地打破了时间和地理维度的界限。

另外，总的来说，达里奥·福从未想过只遵循意大利的戏剧传统，他并非师从哥尔多尼或是皮兰德娄（基本上从未提及），而是师从阿里斯托芬、莎士比亚、莫里哀、费都、阿达莫夫和布莱希特。

简言之，不论是意大利还是国外的故事背景，达里奥·福探讨的永远是和社会、政治、人权、反抗有关的问题。这些问题不仅是欧洲的，更是全世界普遍面临的难题，从广义上讲，它们打破了民族文化的狭隘界限。福的戏剧作品流传甚广，很早便走出国门，如今已传播到世界各地，而1997年授予他诺贝尔文学奖更是对其作品的认可度的集中体现。

三

二十多年来，达里奥·福是意大利在国外上演剧作最多的当代剧作家。只要我们快速浏览福－拉梅档案网站[①]便可发现只有极少数作品仅在意大利上演。[②] 1981年，福是世界上最受欢迎的意大利剧作家，他的作品在数十家剧院上演，遍布欧洲、美国、日本、印度和澳大利亚……弗兰卡·拉梅也是如此：在1983年至1986年的三年间，《开放夫妻》

[①] http：//www.archiviofrancarame.it.
[②] 《不付钱！不付钱！》是1980年欧洲排演最多的达里奥·福的戏剧。

在意大利国内外总共有七百多场演出。

就我比较熟悉的情况来说，我将以法国为例说明福在国外获得的声誉。

在法国，或许和其他地方一样，大部分表演都和已有的译本相关。在法国能够找到，并且在剧院使用较多的是由瓦莱丽亚·塔斯卡（Valeria Tasca）翻译的六部法语译本：《一个无政府主义者的意外死亡》、《滑稽神秘剧》、《老虎的故事等》①、《约翰·帕丹，发现美洲》两卷、《女性故事》（Storie di donne）以及《不付钱！不付钱！》。多年以前，在法国部分城市聚集了意大利社群，福的部分戏剧曾以意大利语在这些区域上演：自六七十年代始，《大天使们不玩弹子球》（Gli arcangeli non giocano a flipper）和《伊莎贝拉，三艘帆船和一个骗子》在法国有较多排演。今天，我们可以以"剧场字幕"（sopratitolatura）的方式，通过原语言向公众展示外国戏剧作品，这对剧院来说是一个巨大优势，剧院可以邀请外国剧团来表演他们自己的优秀剧目。

在法国排演最多的福式戏剧便是上述提到的几个译本，其中以独角戏《滑稽神秘剧》和《女性故事》为首，这两部戏的剧目非常丰富，演员可以在不同的巡演之间选择不同的剧目版本。《不付钱！不付钱！》和《一个无政府主义者的意外死亡》紧随其后。其中的缘由不难猜测，首先是经费原因。独角戏只需要一位演员，这可以为小型剧团和负责接待的城市和机构节省一笔开支。而另外那两部真正的喜剧则需要四到六名演员，若是表演得好，这两部作品的喜剧效应能够触动任何一种类型的观众，因为戏剧中所讨论的问题普遍存在于所有西方国家：比如在《不付钱！不付钱！》中生活成本高昂的问题以及在《一个无政府主义者的意外死亡》中，警局滥用权力，并想方设法掩盖罪行的现象。

---

① 除了《老虎的故事》，还包括《孩童耶稣的第一个奇迹》《博洛尼亚骚乱》《蝴蝶鼠》《卢奇奥》，这些属于意大利境外最受演员和观众欢迎的剧本。

每年的阿维尼翁戏剧节，都有许多剧团表演达里奥·福（和弗兰卡·拉梅）的作品。一项对"Off"戏剧节的粗略调查显示，1988 年和 1992 年各有三场表演，1998、2000、2001 和 2002 年均有四场表演，1997 年有五场，2003 年有八场，2004 年有六场。当然，这些表演都是基于有译本的作品，可以看到，十多年来《女性故事》一直与其他剧本有激烈的角逐。"IN"戏剧节是阿维尼翁戏剧节官方遴选且最具声望的单元，尤其注重戏剧的创新性（在剧作家、作品、表演和舞台艺术等方面），该戏剧单元曾两次在重要的戏剧圣地——教皇宫内的庭院——上演达里奥·福的剧目：分别是 1971 年的《伊莎贝拉，三艘帆船和一个骗子》和 1973 年的《滑稽神秘剧》。

法国戏剧界有多欣赏达里奥·福呢？从以下事件可见一斑：在 1990 年至 1991 年这两年间，达里奥·福在法兰西剧院（法国最重要的古典剧院）负责莫里哀的两部喜剧《屈打成医》（*Le médecin malgré lui*）和《飞天医生》（*Le médecin volant*）的舞台布景工作。之后 1992 年他为加尼叶歌剧院指导罗西尼歌剧《塞维利亚的理发师》（*Barbiere di Siviglia*）的舞台布景。最后在 2000 年，福凭借《一个无政府主义者的意外死亡》包揽了法国"莫里哀戏剧奖项"中的最佳剧作家奖、最佳喜剧奖和最佳翻译奖（瓦莱丽亚·塔斯卡）。

福式戏剧之所以能够在国际上获得巨大成功，秘诀在于其独特性：主题紧贴时事，即便故事背景发生在遥远的中世纪，福也能够通过突出肢体语言、表情、情境和滑稽效果的方式帮助观众理解他的剧作。

四

正如达里奥·福自己多次解释的那样，其独具一格的肢体语言实际上来自意大利传统喜剧演员，迫于反宗教改革势力，他们在 16 世纪末期流亡他国，躲藏在异乡，寻求让他人理解自己表演的方式。由此，他们一方面发展出了肢体语言,另一方面也发明出一种混合语言——乱语（il grammelot）,这样观众能够抓住演员台词的意义。我们来听一下福本人的解释（虽然和往常一样比较粗略,但很有教学意义）：

> 那些喜剧演员被迫向国外散居。有数百个剧团不得不移民至欧洲各国：西班牙、德国、英国。那些喜剧演员中的大多数都定居在法国。很显然,其中最大的困难是让那些不懂我们语言的当地居民理解我们。他们开始使用一种语言,这种语言冗长杂乱,在形式上没有完整的意义,充满了按照意大利式音长和响度来发音的方言术语。除了灵活运用肢体语言之外,他们也逐渐完善这种用拟声词来表达行为动作或是情绪状态的表演方式。①

当达里奥·福自己以中世纪或文艺复兴时期的小丑面貌出现时,他使用这种在意大利为角色量身定做的语言,这种语言杂糅了意大利多地方言;当表演鲁赞特或是逃至美洲的约翰·帕丹时,他使用由各类波河山谷方言杂糅而成的混合语;当表演阿西西的圣方济各时,他使用意大利中部方言的混合语;当表演饥饿的小丑时,他使用的则是由意大利各地方言和阿尔卑斯山以北地区方言混合而成的戏剧语言。这种语言机制的神奇之处在于,不仅观众能够看懂戏,而且他们能够接受远超过作者原本意图的信息,正如达里奥·福在表演《饥饿的小丑》（La fame dello zanni）之前戏称的那样：

> 你们时不时地会把波河地区的方言表达猜成普罗旺斯、加泰罗尼亚方言,或是那不勒斯的方言词汇。你们不需要担心一开始没办法听懂所有台词。你们看吧,奇迹来了,过一会你们就会恍然大悟

---

① 达里奥·福,弗兰卡·拉梅编写《滑稽神秘剧》（Dario Fo, *Mistero buffo*, a cura di Franca Rame, Nuova edizione integrale, Torino, Einaudi tascabili, 2003）,第331-332页。

……即便是那些我之前没打算说的。①

关于手势是台词中必不可少的元素这一点，达里奥·福在《滑稽神秘剧》的第一篇独白中就已经做出解释，他反驳了中世纪的著名剧本《最芬芳的鲜花》(Rosa fresca aulentissima) 的评论，以一种令人信服的方式证明这部戏剧并非像那些学者所宣称的一样，是一部文辞雅致的宫廷剧本，而是发生在税官和女仆之间关于是否要做爱的粗俗对话。

除此之外，福的戏剧中还有一个引人注目的悖论，那就是他在国外最受欢迎的表演和独角戏并不是"语言戏剧"(teatro di parole)，而是"情境戏剧"(teatro di situazioni)。这是福式戏剧中另一个关于欧洲主义——也就是跨文化主义的关键：即便舞台布景被精简到最简（或者甚至不存在），观众的脑海里仍然能轻松构建出戏剧的情境，因此极其易于理解。这一点同样适用于多人群戏作品。如果说三十五年后《一个无政府主义者的意外死亡》能继续受到人们的喜爱，这并不是因为戏剧所反映的政治事件（在意大利之外，几乎没有人知道皮奈利事件，也没有人知道并记得丰塔纳广场谋杀案）。除去和当代现实千丝万缕的联系，情境、手势、喜剧性、生动的肢体动作足以成为福的戏剧成功的保证。

五

另一个跨文化元素是戏剧中表现的非主流文化，这是有别于学校、大学和教堂所奉行的一种大众文化，如福所说这种文化由人民为了人民而创造，但却被主流文化排斥在外。

福在他第一场表演中就以与众不同的方式讲述了一群小人物的故事：1953 年的《眼中手指》(Il dito nell'occhio) 反转了学校教材中的

---

① 达里奥·福，弗兰卡·拉梅编写《滑稽神秘剧》(Dario Fo, Mistero buffo, a cura di Franca Rame)，第 335 页。

故事，在嘲笑那些大人物、军队首领、国王或是教皇的同时，将穷人、聪慧的士兵或平民作为故事主角。几年后，《伊莎贝拉，三艘帆船和一个骗子》将哥伦布推下了故事主角的宝座，并将其塑造成一个最后因撒谎而自食其果的"吹牛大王"。之后《约翰·帕丹，发现美洲》通过一个反英雄人物讲述了西班牙的殖民历史，这部戏剧不仅像从前类似的故事那样展现了残酷的西班牙人与印第安受害者，还借助约翰曾驻扎的印第安部落塑造了一个积极、有勇有谋的民族。福说这部戏剧创作是基于一些他在西班牙和阿西西查阅到的可靠文献记录。

根据福的说法，那些滑稽独角戏和《粗俗故事》中的剧本也同样改编自真实的历史文献：福所做的研究包括西西里通俗戏剧、吟游诗人的真实剧本和中世纪讽刺性故事集（fabliaux）。但福的戏剧向来有一种倒置的叙事角度——让小人物最终成为胜利者，或最起码是权力滥用现象的勇敢告发者，在故事的脉络和内容中蕴含着一种强烈的无政府主义倾向。福式戏剧中关于博洛尼亚人驱赶教皇特使的一幕便是一个很好的例子，对于安逸地享受着卫队护送的特使，博洛尼亚人并未对其采取军事袭击，因为这样一来教皇特使将不可避免地被打败，所以他们转而使用了"粪便攻击"。

独角戏《滑稽神秘剧》《穷人的圣经》和《神圣的吟游诗人方济各》（*Lu santo jullare Françesco*）所讲述的宗教故事同样也具有充满争议的大众视角。农民从哪里来？是在上帝的神力下从一头怀孕的驴放的屁蹦出来的。吟游诗人是如何诞生的？一个可怜人被蛮横的地主骗取了全部财产，而耶稣给了他一副伶牙俐齿。加纳的婚礼[①]是如何举办的？友善又爱凑热闹的耶稣也赶来了。其他剧本，比如《孩童耶稣的第一个奇迹》（*Il primo miracolo di Gesù bambino*），则改编自伪福音书，这些伪福

---

① 耶稣的第一个神迹，耶稣及其门徒和圣母玛丽亚前往加纳参加婚礼，婚礼上耶稣让水变成了酒。——译注

音书是与教廷想要宣扬的价值观不相符的故事，因而被排除在正典之外（比如孩童耶稣在移民至埃及居住后，一开始被街区的孩子们当作外国人和异类孤立，最终他被接纳后，他对破坏他们游戏的富财主儿子进行报复，把他变成了一个赤陶人偶）。关于阿西西的圣方济各的故事，福并未参考博纳文图拉（Bonaventura da Bgnoregio）编写的正统圣人传记，而是选取了在翁布里亚城市收集的那些有趣但富有争议的故事。①

除此之外，福还创新了意大利戏剧中的面具小丑角色。在《赫乐金，阿乐金，小丑》（*Hellequin, Harlekin, Arlecchino*, 1985）的表演中，剧作家通过展示不同时期小丑角色的形态对这一形象进行溯源，他并未过多强调那个粗俗愚蠢的贝尔加莫人，而是重点刻画了恶魔、野人、违法者、无政府主义者和违背道德的人。②

达里奥·福并不是从民族文化中汲取养分，而是扎根于更高层面的普世文化，既是因为他从大众性的角度出发，又因为这种永恒的价值内涵足以打破时间和空间的束缚，并始终保持鲜活的生命力。

六

这种价值的内涵就是反抗精神。福鼓励民众不要任由强权压制，举个例子，就像孩童期的耶稣在面临欺压时所做的那样。在那些踏出国门且大获成功的福氏作品中并没有刻意宣传的成分。如果说福氏戏剧在意大利取得了革命性胜利，比如他的某些作品《喇叭、小号和口哨》（*Claxson trombette e pernacchi*）、《闭嘴，我们在听》（*Zitti stiamo precipitando*）、《遭绑架的范尼尼》（*Il Fanfani rapito*），仅仅与意大利本国及

---

① 这不是达里奥·福遵循这些文献的原因，而是因为他在那附近工作。真实文献与戏剧改编之间的界限并不明确，但这些改编最后显示出它的新奇与效力。
② 罗伯特·奈伯蒂，玛丽娜·卡帕，《达里奥·福》（Roberto Nepoti, Marina Cappa, *Dario Fo*, Roma, Gremese, 1997），第139页。

其他政治社会状况相关，那么从普遍意义上来讲，作者的根本目的是心甘情愿地与小人物和失败者站在一起。

福在讲述其他时代的故事时就是这么做的，他的作品肩负着教化观众的责任。为了在中世纪吟游诗人讲述的故事和现实之间建立联系，①《滑稽神秘剧》中的独角戏总是伴随着与现实情形相关的开场白或是插入语。如此一来，故事里的村民实际上是今天的工人："当我讲到村民时，实际上指的是今天锻铁的工人，同样也指农民、职工，甚至是学生。他们都是可怜的村民。那个从驴屁股里出生的农民现在仍然存在，并将永远存在，每时每刻存在。"②

因此福的作品是"不断完善的作品"（works in progress），第一版从来就不是最终的定稿，每次演出的戏剧都会根据现实被创生、重塑和修改。两三年后，重排的戏剧将会被部分重新改编，比如《不付钱！不付钱！》和《一个无政府主义者的意外死亡》。

除去肢体动作和语言的杂糅性，福的成功还归因于一种更有效的武器：喜剧性、怪诞和插科打诨。可以正确地说，福的戏剧是"一台使人对戏剧性事件发笑的大型机器"。③如何让它们被不同类型的观众理解，尤其是被普通观众理解呢？答案就是，在简洁的戏剧形式中加入滑稽元素和插科打诨，辅以最荒谬怪诞的戏剧场景。与此相关的是在福的戏剧中有很多与粪便相关的粗俗话语的使用（博洛尼亚人对教皇的粪便袭击

---

① "……我们的表演不是什么下饭剧，观众来了，往沙发里一躺，向演员命令道：'逗我笑吧！'……我表演序幕是为了实现一种与《滑稽神秘剧》真实剧本的逻辑联系，并让你们明白，我们所生活的这个社会，虽然发生了一些变异，但仍和中世纪一样充满罪恶，比文艺复兴还要倒退几个世纪。"达里奥·福，弗兰卡·拉梅编写《滑稽神秘剧》（Dario Fo, *Mistero buffo*, a cura di Franca Rame），第368－369页。

② 达里奥·福，《达里奥·福的政治戏剧》（Dario Fo, *Il teatro politico di Dario Fo*, Milano, Mazzotta, 1977），第60页。

③ 卡拉·瓦伦蒂尼，《达里奥·福的故事》（Chiara Valentini, *La storia di Dario Fo*, Milano, Feltrinelli, 1977），第136页。

便是其中的一个例子），或是对自然、坦白且好笑的污秽行为的描述（比如弗兰卡·拉梅的表演《做爱吗？好啊，反正是为了享受》中的"性爱课堂"便是赠予女性的一份智慧的礼物，而在另一部独角戏作品《卢奇奥或是驴》中，不幸的主角是男性生殖器）。

简而言之，一方面福的戏剧应当被理解成一种普世的古老大众文化的复兴，其特征是富有情理，对世界的万事万物有清晰的认知；而另一方面，福的戏剧"以有别于主流价值观的角度审视现实社会上发生的事件，以滑稽和讽刺的形式揭穿权力的暴力、警察的威压，为了使民众通过这一'哈哈镜'（也就是喜剧），从全局性的、有教益的视角看问题"。①

人们从中能学到什么？那就是永远无需绝望，而且要一直反抗压迫。这是在中国上演的戏剧《老虎的故事》中传达的一种广受欢迎的普世价值，它可以超越任何政治意识形态：这是一部关于受伤士兵的史诗，他在被老虎妈妈，即自己的反抗力量所救之后，学会了保护自己，用他自身的反抗力抵抗外界的攻击。这个表演呼吁每一个人面对挑战时都要做到"心有猛虎"。

永远要做到"心有猛虎"，因为这样的故事永远不会结束。过去多少世纪以来都是如此，未来也将继续如此。达里奥·福，并未设想用他的戏剧来改变世界，而是保有一种机敏的反抗意识，一种适度且平衡的意识张力。他总是乐于如此，即使他承认自己经常无可奈何地发现被打压。②

---

① 克劳迪奥·梅勒多莱西，《反抗中的喜剧演员，固执又纯真的达里奥·福》（Claudio Meldolesi, *Su un comico in rivolta. Dario Fo il bufalo il bambino*, Roma, Bulzoni, 1978），第 156 页。
② 《妈呀！长裤党！》序言（Prologo a *Mamma！I Sanculotti！*, in *Le commedie di Dario Fo*, cit., vol. XII），第 407 页。

作者简介：

布里吉特·乌尔巴尼（Brigitte Urbani），艾克斯马赛大学荣誉教授，主要研究方向为意大利当代文学、19 至 20 世纪旅行文学以及文学与视觉艺术的关系，著有《现代杂技演员：达里奥·福与弗兰卡·拉梅》(*Jongleurs des temps modernes：Dario Fo et Franca Rame*，2013)，发表论文多篇。

译者简介：

杨和晴，浙江外国语学院西方语言文化学院意大利语系讲师。通讯地址：浙江省杭州市留和路 299 号浙江外国语学院意大利语系；邮编：310023。

审订者简介：

周婷，意大利语言文学博士，副教授，硕士生导师，北京语言大学外国语学部西方语言文化学院意大利语系系主任。研究领域为翻译研究、译介学和意大利现当代文学艺术。

差不多恰好是一个无政府主义者*
——小丑与先锋之间的达里奥·福

本特·霍姆 著

杨和晴 译 周婷 审订

内容摘要 作为一部现代政治讽刺剧,达里奥·福的《一个无政府主义者的意外死亡》在世界范围内具有广泛的影响。本文指出,这部戏剧将时事政治与即兴喜剧形式结合,同时加入先锋戏剧的表现手法,具有强大的艺术生命力。在剧场政治方面,该剧以米兰爆炸案为故事背景,采用双关手法对当局进行讽刺。同时,本文深入分析了戏剧对于狂欢传统的承袭,即小丑的混沌与颠覆以及类狂欢仪式的戏剧形式,揭示了该剧与大众宗教信仰的紧密联系。另外,达里奥·福还采用了元戏剧的表现手法,脱离经典框架的桎梏,获得了别样的先锋艺术效果。本文通过比较欧洲其他即兴喜剧剧本,全方位展现出该剧在政治、人类学和先锋艺术方面的丰富内涵。

| 关键词 达里奥·福 《一个无政府主义者的意外死亡》 传统喜剧 先锋艺术

---

* 原文 "Quasi per caso un anarchico. Dario Fo fra Arlecchino e avanguardia" 载于 *Il castello di Elsinore*, Vol. 79, No. 1, 2019, pp. 93–109。原文注释中的意大利语文献,译文翻译了文献名,英文文献则保留原样,以便读者查阅。——译注

Almost by Chance an Anarchist:
Dario Fo between Arlecchino and Avant-garde

Bent Holm

Abstract: Dario Fo's *The Unexpected Death of an Anarchist* is a modern political satire with wide-ranging influence around the world. As this paper points out, in terms of theatre politics, based on the Milan bombing as its background, the play uses puns to satirize the authorities. At the same time, this paper deeply analyzes the drama's inheritance of the carnival tradition, that is, the chaos and subversion of Arlecchino and the dramatic form of carnival-like rituals, revealing the close connection between the drama and the popular religious beliefs. In addition, Dario Fo also adopts the technique of meta-drama, breaking away from the shackles of the classic frame, and obtaining a different kind of avant-garde artistic effect. Comparing with other improvisational comedy scripts in Europe, this paper fully demonstrates the rich connotation of the play in politics, anthropology and avant-garde art.

Key words: Dario Fo, *The Unexpected Death of an Anarchist*, traditional comedy, avant-garde art

一、文本与背景

达里奥·福1970年的滑稽剧《一个无政府主义者的意外死亡》(*Morte accidentale di un anarchico*) 是一部现代经典戏剧。这部剧的内容来源于真实历史事件，即1969年米兰无政府主义者皮诺·皮奈利于警局拘留期间死亡。尽管该剧具有反主流的一面，但它仍然显示出长久的生命力，不断在各国排演。该剧讽刺性地揭露了警局暴力、司法操控以及政治恐怖政策①。该剧现有多个版本，其中比较重要的是由贝尔塔尼出版社出版的1970年版，艾依纳乌迪出版社的1974年版、2000年版和2004年版。②

正如题目中提到的，这部作品的内容是悲情的，但形式却是滑稽的。喜剧性并不足以保证一部戏剧作品长久的生命力，政治批判也无法做到这一点：在诸多一开始就让人觉得有趣的剧本中，那些所谓政治戏剧要比其他作品更快消亡。因此，在福的戏剧中定然有超越这些的东西存在。本剧的1974年版中有一处"有关表演的注释"曾提到："如果只是单纯被认作反官方主流思想的作品"，那么该剧作为"政治斗争工具"的成功"是无法实现的"，归根结底，其成功还应归因于一种"双重认知"，"在剧本的基础上……有关于国家及其运转理论的列宁主义思考。该剧的表演谴责司法和警察系统，并不是因为它们本身应受到批判和整肃，而是因为它们是作者意图抨击的敌对阶级，即资产阶级最直接的代言"。③

毫无疑问的是作品中存在一种"双关"，甚至不止一种。时隔多年，如果说这部戏剧依然富有生命力，或许是得益于其本身固有却不依

---

① 政治恐怖策略（strategia politica della tensione）指的是意大利20世纪60年代末至80年代期间发生的一系列由国内外势力操控的恐怖袭击事件，制造恐怖的政治氛围，以实现某些政治意图。——译注

② 《未经审查的同志》（*Compagni senza censura*，Milano，Mazzotta，1973，Vol. 2）和《你得注意点儿!》（*Attento te !*，Verona，Bertani，1975）中的版本主要参照了1970年的初版剧本，而多次重印的《达里奥·福喜剧》（*Commedie di Dario Fo*，Torino，Einaudi，1988）中的版本很大程度上参考了1974年的版本。

③ 达里奥·福，《一个无政府主义者的意外死亡》（*Morte accidentale di un anarchico*，Torino，Einaudi，1974），第112-113页。也可见《达里奥·福喜剧》（*Le commedie di Dario Fo*，vol. VII，1988），第80页。本书（1974年版）第111-116页还谈论了由警长路易吉·卡拉布莱希（1972年在一次袭击中被谋杀）上诉至法庭的、针对《持续斗争》报刊的庭审，"之后由于更大的势力而推迟（原告的非意外死亡）"。该评论在2000年版本中被遗漏。在左派的眼中，卡拉布莱希是一个可供反驳的形象，但随后证实皮奈利坠亡时他并不在办公室。

赖于此的教条主义风格，同时也是政治力量的作用，这种生命力应源于其他更深层次的因素，而非单纯的意识形态。福的政治企划在更广泛的意义上还包括他的艺术策略。这个事实对于接下来解读这部背景相对复杂的滑稽剧来说至关重要。

福经常在大众戏剧，尤其是即兴喜剧中寻找灵感。但他同样也是一个现代主义者，受到先锋艺术手法的启发。一方面这似乎是一个悖论，另一方面大众艺术和先锋艺术的结合也为人所熟知：对历史先锋主义来说，"庸俗"的大众艺术是用来对抗资产阶级的武器。和纯粹美学形式上的先锋主义不同，福对先锋艺术形式的运用似乎取得了尤为不错的效果。

为了相对具体地揭示剧本中的多层意义，我们应当观照历史、大众戏剧和元戏剧的各个层面。简言之：关注政治背景、文化背景和先锋主义背景。

二、悲剧与情节

该剧的创作建立在一系列悲剧事件的基础上。1969 年 12 月 12 日在罗马和米兰发生了多起爆炸事件：17 人死亡，88 人受伤。警方马上将责任归咎于无政府主义群体。铁路工人皮诺·皮奈利（Pino Pinelli）被逮捕并被公认为爆炸案的主使之一。皮奈利于 12 月 15 日在米兰警察局四楼被审讯至半夜，最后人们在楼下的庭院发现了他的尸体。根据官方说辞，这是一次自杀或是后续解释中所谓的"意外"死亡。对此事件的调查一直延续至 2005 年，长达数十年的调查结果证实，皮奈利是无辜的，他的死亡既不是自杀也不是意外，而米兰爆炸案的始作俑者是一群来自帕多瓦的法西斯分子。人们开始谈论"国家悲剧""高压局势下的政策"以及之后的"铅色年代"（意为像铅一样沉重的年代），这一时期给意大利留下的创伤一直未曾痊愈，只是被抑制了。

最初，支持并暗示非官方事件版本颇具风险，这可能会引来告发和审查，因此福采用了一种徘徊于大众滑稽剧和先锋元戏剧之间的模糊策略。在开场中，福声称这部滑稽剧事实上发生在 20 年代，讲述的是无政府主义者安德雷·萨尔塞多（Andrea Salsedo）的死亡，此人与萨科（Sacco）和范泽蒂（Vanzetti）同属于一个阶层：

> 这部喜剧讲述了一个于 1921 年发生在美国的真实事件。一位名叫萨尔塞多的无政府主义者，也是一个意大利裔移民，自纽约中心警局 14 层楼的窗户"跌下"。警方宣称这是一起自杀。在初步调查后，司法机构展开了更为细致的调查，发现该无政府主义者是在审讯过程中被警察扔出了窗外。为了使这个事件更加真实和戏剧化……我们将整个事件搬至现下，故事地点也不是纽约而是任何一个意大利城市……我们就放在米兰。为了更贴合时代背景，我们且将美国行政司法长官（sceriffi）称为警长（commissari），调查员（ispettori）称为警员（questori）等等。值得注意的是，如果出现与我们这个时代的人和事相关的联想，这个现象是因为戏剧中一直存在着一种无法解释的魔法，机缘巧合比比皆是，哪怕是完全臆造出来的疯狂故事看起来也能贴近现实！①

因此该剧从一开始就构筑了这种乔装手段的可信度，情节显得模糊起来。

戏剧故事发生在警察局，警长贝托佐威胁要拘捕一个疯子，这个疯子患有一种"臆想症"，无法自控地扮演他人。贝托佐最后下令释放他。当疯子返回来取遗落的证件时，他发现办公室里只有他一人，于是拿走了关于审讯时因不明原因坠亡的无政府主义者的那份文件。疯子让

---

① 达里奥·福，《一个无政府主义者的意外死亡》（D. Fo, *Morte accidentale di un anarchico*, Verona, Bertani, 1970），第 11–12 页。

警员和穿运动夹克的警长（影射现实中的路易吉·卡拉布莱希［Luigi Calabresi］警长，对皮奈利的审讯在他的办公室里进行）相信他是司法部派来的监察法官，从罗马来此重启对无政府主义者坠窗事件的调查。他假装试图找到一个对所有人都有利的解决办法，在这过程中警察承认了官方记录中所有的矛盾之处，也揭露了涉事人员官方声明中的荒谬之处。记者来采访警员，为了不穿帮，疯子又变成一个军队人物，一个法医部的领导，之后又称自己其实是一个主教。贝托佐认识疯子，他绝望地逮捕了其他所有人，然后舞台突然亮起光，人们听见疯子从窗户跌落时的惨叫，还伴随着内庭里的爆炸声。戏剧末尾来了一个留胡子的男人，所有人都以为他是疯子，但结果他才是真正的司法部法官。

正如之前提到的，该戏剧的形式（讽刺怪诞剧）开启了两条考察路径：一条朝着大众戏剧方向，而另一条则朝着先锋主义。但重要的是两条道路的结合。

三、狂欢与喜剧

达里奥·福曾经对我说："我总是扮演阿莱奇诺（Arlecchino）！"[1]"疯子"这个人物明显就是以此为原型的。因此我们理应从历史文化的视角出发，考察假面即兴喜剧中的"阿莱奇诺"人物形象。

即兴喜剧作为一种职业诞生于 1545 年，[2] 也就是在反宗教改革运动的头几年，当时作为一种节庆仪式的集体假面演出脱离了教廷的控制，继而被抑制，甚至被妖魔化；因而在那时产生了这样一批职业喜剧演员，倍受民众喜爱，同时也受到歧视，他们以戏剧的形式来表现被禁

---

[1] 阿莱奇诺是意大利即兴喜剧中最经典的仆人丑角，最初由曼托瓦的喜剧演员马尔蒂奈利带入大众视野并大获成功。——译注

[2] 关于最初剧团的组织和情况可参见菲罗内，《即兴喜剧》（S. Ferrone, *La Commedia dell'Arte*, Torino, Einaudi, 2014），第 25 - 35 页。

止和被迫害的事物。

从一开始，佩戴面具就被视作连接狂欢庆典中的模糊世界与现实的媒介。但从一个更广泛的角度来看，遭到禁止的并不只是面具，还有埋藏在狂欢土壤中的许多根源性要素，它们在假面喜剧中反复出现：视觉要素、口头要素和结构要素。

真正的狂欢仪式会有一个滑稽人物，从另一个"不同"的世界来到此地，颠覆约定俗成的世俗秩序，并对其加以戏仿和嘲笑，引入一种揭露社会恶行的另类正义。但最后这个小丑（阿莱奇诺）只是一个虚假的统治者，他被随意冠以任何罪行，在说完类似遗嘱的话语后被判死刑，并以火刑、枪毙、溺毙或是自爆的方式被肃清（也可以是象征意义上的），他几乎是一只替罪羊，和他一起被驱除的还有疾病、腐败和人民群体的苦难。狂欢隐喻性地代表着一个不同维度上的旅程（"地下的"），最后又会回到艰苦的日常现实中来。

尽管即兴喜剧诞生已有四十余年，在阿莱奇诺的面具中，节庆和喜剧的联系仍然依稀可见。曼托瓦喜剧演员特里斯塔诺·马尔蒂奈利（Tristano Martinelli）在巴黎创造了这个角色的面具。这种面具以一个类似恶魔的人物——赫勒金（Hellequin）为模型，他原是各类滑稽形象和面具的代表，在一年中的几个特定时段，如庆典表演中出现，一定程度上是混乱以及颠覆固有秩序的象征。[1]

在阿莱奇诺的最初资料中，一些短小剧本描述了这种"新"形象及其地下经历，外界对此褒贬不一，比如1585年的一部讽刺剧将阿莱奇诺刻画成与所有道德和秩序对立的反面角色，他被派去地狱解救"卡

---

[1] 参见 B. Holm, "The Hellequin in Medieval Costume", in T. Pettitt Leif Søndergaard (ed.), *Custom, Culture and Community in the Later Middle Ages*, Odense, Odense University Press, 1994, pp. 105 – 124。关于教廷的情况参见 B. Majorana, "Commedia dell'Arte and the Church", in C. Balme, P. Vescovo, D. Vianello (eds.), *Commedia dell'Arte in Context*, Cambridge, Cambridge University Press, 2018, pp. 133 – 148。

狄恩妈妈"（mere Cardine），一个两年前死去的臭名昭著的皮条客：这些是意大利喜剧中阿莱奇诺滑稽动作和手势的来源，包括他的梦境和幻觉。故事叙述了他如何前往地狱帮助卡狄恩妈妈摆脱困境，如何在危险情况下解救卡狄恩妈妈，以及如何在欺骗了地狱之王、冥界之神和其他魔鬼之后逃脱险境。① 这种粗俗、沉重和怪诞的剧本引发了争议。在这场剧本之争中，怪诞讽刺的戏剧本质中混杂着面具、政治和狂欢精神。在其中的一部作品末尾出现了一首诗，诗人假装后悔，向阿莱奇诺请求原谅，请意大利人原谅他的谎言。但是他仍然坚持"国王阿莱奇诺统领阿刻戎（冥界之河）……他是地狱团伙的精神领袖"这一事实。然而"国王赫勒金"（Hellequin le Roi）才是在相关作品中频繁出现的修饰语。赫勒金是"地狱团伙的精神领袖"。在此之前与阿莱奇诺相关的诗作中，"国王"（le Roi）这一修饰语从未出现过，"地狱团伙"的精神领袖也不是阿莱奇诺的代名词。因此人们会隐晦地提及这个舞台之外也为人熟知的类恶魔形象，也就是说阿莱奇诺的地狱渊源应是根植于大众认知的。

马尔蒂奈利似乎是弄臣之王，狂欢之王的亲戚。这是一个复杂的人物。他甚至把自己定义为"狂欢节的阿莱奇诺，其余时间里是特里斯塔诺·马尔蒂奈利"。② 他将"阿莱奇诺"与狂欢世界相联，由此获得双

---

① 参见盘道尔夫编《即兴喜剧》（V. Pandolfi [a cura di], *La Commedia dell'Arte*, Firenze, Sansoni, 1959, vol. V），第21-28页。狂欢主题在即兴喜剧出现之前的吟游诗人诗稿中也有出现，可参考维亚内罗《弄臣的艺术》（D. Vianello, *L'arte del buffone*, Roma, Bulzoni, 2005），第65-111页。这些吟游诗人诗稿讲述了梦境和奇幻的、地下的和地狱中的旅行等，在祖安·保罗或鲁赞特的文章中也可找到这些主题。更广阔的考察可参见 B. Holm, *Ludvig Holberg, a Danish Playwright on the European Stage. Masquerade, Comedy, Satire*, Vienna, Hollitzer, 2018, pp. 115-133, 223-235。

② 布拉特利，兰道尔夫和金纳尼编，《即兴喜剧演员》（C. Buratelli, D. Landolfi e A. Zinanni [a cura di], *Comici dell'Arte*, Firenze, Le Lettere, 1993, vol. I），第404页。

重身份，双重躯体，一个象征意义上的，一个现实意义上的，现实中的他通常能接触到真正的君主。他带着一种看似滑稽的尊严与掌权人平等对话，比如在提到两位领主时，还会加上"我们的人"和"阿莱奇诺先生"，一起构成"我们四位领主"。[1] 在美第奇家族的费尔迪南一世面前，他自称"朋友，阿莱奇诺兄弟"，[2] 他让自己成为领主和弄臣之王。

在赫勒金的形象刻画中，公鸡被视作具有不可名状的恶魔化和狂欢特色的代表性动物，这是弄臣经典形象代表的一部分。关于这一点，在马尔蒂奈利的阿莱奇诺世界中也出现了对公鸡或母鸡的使用。他这样称呼玛丽亚·美第奇——"我的母鸡朋友"，在一封给费尔迪南·贡扎戛（Ferdinando Gonzaga）的信中称其为"我头顶红冠的公鸡朋友"，[3] 这里影射了公爵枢机主教的身份。[4] 如此，一个阿莱奇诺的完美形象便呼之欲出——具有粗俗影射含义的红鸡冠作为弄臣服饰的一部分被穿戴在身。我们需要注意这种装扮是对枢机主教的影射。

阿莱奇诺以懒汉形态对领主的形象进行了歪曲：他颠覆等级制度，弱化领主高大的形象，在肢体层面上塑造一个粗俗形象，以此来表现统

---

[1] 布拉特利，兰道尔夫和金纳尼编，《即兴喜剧演员》，第410页。

[2] 布拉特利，兰道尔夫和金纳尼编，《即兴喜剧演员》，第359页。大公"查理和马努埃莱"被称为"我们的小堂弟"。在弗朗切斯科·安德里尼《被禁止的莱里奥》中"阿莱奇诺是幽默艺人里一位著名的喜剧演员，他自称是世界上所有国王和领主的堂兄"。参见菲罗内，《海盗与商人演员》第191-222页和《阿莱奇诺，特里斯塔诺·马尔蒂奈利的生活与冒险》（S. Ferrone, *Attori mercanti corsari*, Torino, Einaudi, 1993; *Arlecchino. Vita e avventure di Tristano Martinelli attore*, Roma – Bari, Laterza, 2006)。

[3] 布拉特利，兰道尔夫和金纳尼编，《即兴喜剧演员》，第386页；其他例子："我们虔诚极了的女王母鸡朋友"，布拉特利，兰道尔夫和金纳尼编，《即兴喜剧演员》，第378页；"我们虔诚极了的朋友，鸡群中的母鸡女王"，第382页；"母鸡朋友，山那边的女王"，第384页。《赛菲妮亚舞》（雅克·卡洛1621年的版画）也以各种方式指涉了公鸡。

[4] 费尔迪南·贡扎戛（1587—1616）是曼托瓦公爵，20岁被任命为红衣主教，1612年自兄长去世继承公爵头衔。——译注

治者。阿莱奇诺式的混乱代表了一个翻转了的、相反的世界维度，它甚至消解了时间和地点的概念。比如在1618年8月15日的信件中，马尔蒂奈利这样对曼托瓦公爵说："谨以此信向您致以一千六百份尊敬，十五日在八月城的米兰"。①"阿莱奇诺"这个人物不仅限于舞台之上，他还出现于各种"真实"的背景中，但同时总是将它们狂欢化。②

对于混乱-狂欢主题和框架的运用在假面喜剧中仍然存在，在17世纪也有迹可循，比如，在著名的阿莱奇诺·多米尼克·比安科耐利（他既可被称为"多米尼克"也可称为"阿莱奇诺"）的剧目中，就曾提及一系列虚假的领主、国王和男爵等贵族，他们都被冠以可笑滑稽的头衔。③ 另外，由"阿莱奇诺的变形"（1669）或者"反复无常的阿莱奇诺"（1683）这样的作品名称就可看出，阿莱奇诺本身似乎就具有强烈的多变性，是一个表演戏剧、扮演丑角的虚幻形象。

总的来说阿莱奇诺与狂欢世界的联系是非常明显的，喜剧演员对此也有所了解。1684年的阿莱奇诺剧《阿莱奇诺杰森》就描述了阿莱奇诺凯旋进场的场景，身后跟着一个滑稽随从；关于狂欢游行队伍的刻画

---

① 布拉特利，兰道尔夫和金纳尼编，《即兴喜剧演员》，第407–408页。
② 马尔蒂奈利最著名的剧本册子收录于1601年的《唐阿乐金先生作品集》（*Compositions de Rhetorique de Mr. Don Arlequin*），上面印有"世界尽头"（delà le Bout du Monde）的字样，这是一个里昂的街区，同时指涉阿莱奇诺的地狱性。这本小册子只印刷了一份寄给法国皇室的一对夫妇，附上大量含混、讽刺和滑稽的头衔，这体现了马尔蒂奈利/阿莱奇诺在舞台背景外的角色/面具。虽然阿莱奇诺的"修辞术"还包含他的一个"梦"，这是一种不规范的混合语，是狂欢-弄臣语境中的一个套语，但首先值得注意的是50页的空白！有一幅版画刻画了男性的阿莱奇诺，他戴着一顶装饰有公鸡羽毛的帽子，背着装有各种小动物的柳条篮，这是众多阿莱奇诺画像中的一个典型。
③ 参见杰拉尔第《意大利戏剧》（E. Gherardi, *Le Théâtre Italien*, Paris, 1694—1700）；斯巴达《多米尼克·比安科耐力与即兴艺术》（S. Spada, *Domenico Biancolelli ou l'art d'improviser*, Napoli, Ist. del Mezzogiorno, 1969）；甘百利《巴黎的阿莱奇诺》第二卷：《多米尼克·比安科耐利的剧本》（D. Gambelli, *Arlecchino a Parigi*, vol. 2: *Lo scenario di Domenico Biancolelli*, Roma, Bulzoni, 1997, Vol 2）。

复制了路易十四奢华的凯旋场景（entrées），但不同的是，阿莱奇诺的凯旋车由猪拉着前行，他的战利品是香肠、一个猪头和一些奶酪等。解说词明确说这就是"杰森"的凯旋，虽然"我认为马迪·格拉斯领主会给我那些锅盆和桌子"。因此这个已经是狂欢之王的滑稽英雄，用荒唐的方式再次加冕为现实中的王。① 1687年的阿莱奇诺剧《阿莱奇诺大维齐尔》② 中，阿莱奇诺在一次海难后藏在一只木桶中漂泊至土耳其海岸。插画的解说词说："阿莱奇诺，这无与伦比的角色／是伟大的朱庇特（宙斯）与勒托的儿子。"③ 这指的是演员，而不是假面角色；或者更确切地说，剧本将演员和假面角色融合，以此实现戏剧真实和外部真实，也就是与剧外世界的联系。阿莱奇诺还是"伟大的朱庇特"（du grand Jupiter）和"勒托"（de la tonne）的儿子。这个表达仅仅在"la tonne"被读成"Latone"（也就是 Latona，希腊语 Letho）时有意义，这位古代神话中的仙女是阿波罗的母亲。而根据路易十四相关的官方神话，"阿波罗"——勒托和宙斯的儿子，是太阳王的身份象征。在此上述事实被刻意扭曲了。阿莱奇诺·比安科耐利荒唐地自称为路易十四的孪生兄弟——一个"差不多的兄弟"，正如马尔蒂奈利自诩的那样——是一个名副其实的弄臣之王。

但是《大维齐尔阿莱奇诺》还隐射了一个更加广泛具体的剧外现实，那就是同时代的一系列历史–政治事件：1683 年奥斯曼帝国围堵维也纳失败后，在匈牙利发生了反抗土耳其的战争，随即而来的，是对此次战败的负责人——大维齐尔卡拉·穆斯塔法（Kara Mustafa）的处决；另一个事件是在处决大维齐尔萨里·苏莱曼·帕沙（Sari Süleyman

---

① 类似的事还发生在提贝里奥·费奥莱利（Tiberio Fiorelli），传奇的胆小鬼，他同样也是角色和人格的统一。
② 奥斯曼帝国自苏丹以下的最高官职，相当于宰相。——译注
③ 参见本特·霍姆，《"哥本哈根"福萨德文集》（B. Holm, "La raccolta Fossard 'di Copenaghen'", *Teatro e Storia*, 1992, Vol 12）第 87、92–96 页。该年代的版画珍藏于巴黎的国家图书馆和卢浮宫。

Pasha）后发生的 1687 年莫哈赤战役，这场战役在土耳其人眼中不啻为一场灾难。这个可怜的维齐尔最后在讽刺画中被嘲笑，例如"大维齐尔为他在 1687 年 8 月 12 日匈牙利的那场失败深感痛惜"。阿莱奇诺的相关剧作重述了同时代的各类事件，并将其置于狂欢架构中。但这种疯狂也讲求一些手法，从写作的层面上来讲，滑稽剧的结构遵循狂欢仪式的框架，由"神秘"的进场发展而来，通过塑造一个虚假的掌权人，并以其最终受到惩罚和象征意义上的死亡结尾。在这个版本的阿莱奇诺剧中，阿莱奇诺到达土耳其之后，为了混进皇宫而伪装成女性，被发现后自称穆罕默德先知从而免去了一场杀身之祸；随后他被任命为大维齐尔，备受尊敬，继而开启了一段混乱滑稽的"掌权"时期。但是这个骗局最终被发现了，阿莱奇诺——也就是这个假维齐尔——被处以绞刑。

因此，关于阿莱奇诺，本人（演员）与角色（面具）从一开始就混合在一起；部分舞台布景和剧情遵循狂欢的模式与结构，同时影射当时的权贵、统治者以及政治事件。教会谴责这些喜剧演员表现的含糊蕴意，并认为他们是一群妄想症者。事实是戏剧总是与魔鬼世界或者至少与魔鬼化的形象有关。

总的来说，在 19 世纪和 20 世纪的大众戏剧中，玩世不恭、厚颜无耻和放肆挑衅的人物在戏剧特别是喜剧表演中扮演了主要角色，比如比奥丁、卡索里奥和穆索利诺这样富有传奇性的强盗和不法之徒。1876 年由弗兰卡·拉梅的爷爷创立的拉梅家族的剧团在他们的剧目中保存了关于强盗、无政府主义者和骗子的故事，这些从编年史中摘取的故事在戏剧中通常以不法分子的死亡结尾；这些故事一开始由木偶演绎，自 20 年代起由真人演员在舞台上表演。根据罗伯特·莱蒂的说法，这实际上是"一种对不公秩序的明确反抗态度，通过强盗和不法分子的故事激发大众想象"，是一种"劫富济贫的传统模式，常见于民间传奇中，用来为犯罪行为提供合理化解释"。莱蒂还进一步解释说，比如"在拉梅家族的故事人物中，（无政府主义者）山特·卡索里奥……因为一个毋庸置疑的不法行为付出了生命，但台词的整体语气暗暗地为他开脱"。① 因此我们看到的是另一种"颠倒秩序"的类型，它是民众对偿命者不能逃脱这种结局的沮丧心情的一种补偿，这与狂欢仪式中被"牺牲"的人物角色类似。达里奥·福非常了解这种类型的戏剧，他从拉梅家族的滑稽剧"最后的喜剧"中汲取了许多灵感。这种法外分子的角色同样出现在电影中（比如1957年的《雷肖·菲菲》[*Rascel Fifí*]），以及福的喜剧中，如1960年的《他有两把左轮手枪和黑白相间的眼睛》(*Aveva due pistole con gli occhi bianchi e neri*)。②

不仅角色本身象征着一种生动鲜活的混乱，演员与角色更是融为一体。1967年托托（Totò）③去世时，因其深受大众的喜爱，葬礼一共举办了三次，一次在罗马，两次在那不勒斯。他的画像被置于棺材上，城市生活都因此停顿了。在这三次葬礼中，被埋葬的不是安东尼奥·库尔提斯——他的本名，而是 Totò——艺名与深入人心的艺术形象。托托这个人物，也就是"假面角色"，在令人沮丧的环境下成功地塑造了小人物挣扎求生的艺术形象。

四、滑稽剧与仪式

近代研究认为，同时代以游行方式进行的狂欢仪式是一种对社会现

---

① 莱蒂，《提线木偶与木偶》（R. Leydi, *Marionette e burattini*, Milano, Avanti, 1958）第399-400页。

② 比奥丁（Biodin）是现实世界中的一位传奇强盗。无论在电影中还是福的喜剧中他都作为强盗出现，外号"金发"。福跟我说，与拉梅家族版本最接近的剧本是《待售的尸体》（*Un morto da vendere*），是1958年《最后的喜剧》（*Comica finale*）表演中的一部独幕剧。

③ 托托（1898—1967），意大利著名喜剧演员，代表作《大鸟与小鸟》等。——译注

状的颠覆：它是一场关于死亡与复生的驱邪仪式。世俗与教会人物成为仪式中民众所捉弄和攻击的对象，他们所代表的威权在民众心中引发的愤懑情绪在仪式中得以宣泄。在一段时间内，边缘人和精神病人成了仪式的主角；权力结构在仪式中以一种滑稽的方式重新演绎，秩序和道德均被颠覆与推翻。狂欢仪式中人物的消弭，或者更确切地说是仪式中演绎这些人物的木偶的消弭，暗示着统治阶级的毁灭，同时也影射了其对民众的压迫。① 狂欢仪式消解了生与死、男与女、人与动物之间的界线。从整体的叙事层面来看，狂欢仪式可划分为五个核心阶段：（1）争议性人物的出现，（2）混乱的开始，（3）制度的颠覆，（4）骗局的揭露，（5）导致主角退场的死刑。

生与死、男与女之间的界线变得模糊，让人立刻想起福的滑稽剧中"疯子"这一人物，他"化身为"，或者说代表着死而复生、决意复仇的无政府主义者；假扮军官时，他使用女性木制人体模型的手，行为举止上表现得与狗无异，甚至还宣称自己患有狂犬病。总的来讲，滑稽的肢体在剧中的使用并不鲜见：设想官员有玻璃的眼睛、木制的手和腿，对无政府主义者或许有三只脚的暗示等。

如果从开头就以更为系统的方式观察这部滑稽剧，我们可以发现这个人物甫一登场就是无法掌控和预测的，他的身份不断变换，从外科医生、狙击兵队长、主教、造船工程师直至心理医生。正如阿莱奇诺一样，他是善变的，是一个"变脸"演员，一个"反复无常的人"（Proteo）。由于病理上的疯狂，他是难以捉摸的。这一场景应和了狂欢仪式中的第一阶段，也就是"争议性人物的出现"。

疯子的感染力使得警长不自觉地开始使用尊称。疯子甚至威胁要从窗户跳下去，这也暗示着疯子认为自己就是（或是说代表着）那个死

---

① 西蒙内，罗西，《名为文森佐的狂欢》（R. De Simone, A. Rossi, *Carnevale si chiamava Vincenzo*, Roma, De Luca, 1977）第 140 – 225、254 – 332 页。

去的无政府主义者。当疯子单独待在办公室时，他开始表现得像一个滑稽的救世主，他撕掉报案文件："所有人都自由了！……正义来到了！（Liberi tutti……è arrivata la giustizia！）"① 由此，他开始他的解放"大业"。所以这是第二阶段——"混乱的开始"。

当疯子意识到警局正在等从罗马来的高级法官来调查无政府主义者死亡事件时，故事便发展到了"颠覆正义"这个阶段，疯子决定自己来当这个法官并主持当天的调查。因此他开始问询涉事警察，提到逻辑并不十分连贯的案件纪要，推翻官方的观点与结论，并将它们夸大至荒谬的程度——甚至超出了生理和时间常识。比如一个涉事警察说自己在事发时抓住了无政府主义者的一只脚，也因此受害人遗落了一只鞋在他手上（事实是跌落的无政府主义者两只脚上都穿着鞋），这位"法官"便提议说那么可能这个无政府主义者有三只脚。另外关于官方提供的事件时间线中的不合理之处，法官宣称道："我们当中的每一个都按照自己的感觉调整自己的表……有人喜欢让表走快一点，有人喜欢让它走慢一点……我们这儿是艺术家的国度，是标新立异的极端个人主义者、反传统习俗的叛逆者的国度……"② 在问询期间，疯子威胁警察说要开除

---

① 达里奥·福，《一个无政府主义者的意外死亡》（D. Fo, *Morte accidentale di un anarchico*,）第 23 页。参见达里奥·福《耶稣与女性》（D. Fo, *Gesù e le donne*, Milano, Rizzoli, 2007）第 132 页："耶稣降临地狱，摧毁了那个惩罚之地的门，帮助死者从折磨中逃脱。"他使用的语言就是"所有人都自由了！（Liberi tutti）"。另外，参见达里奥·福的另一本书《达里奥与上帝》（D. Fo, *Dario e Dio*, Milano, Guanda, 2016）第 76 页："'但是在地狱，能够想象！……一复活，耶稣就需要马上下到阴间去解决一个重要的问题——把它掏空，永远关上它的门窗。'所有人都自由了？'所有人……他要解放所有人，从亚当和夏娃开始，再到每个政治和宗教权力滥用的受害者。作为永恒惩罚之地的地狱将不复存在。'"

② 达里奥·福，《一个无政府主义者的意外死亡》（D. Fo, *Morte accidentale di un anarchico*），第 86 页。此处汉译参见吕同六译，《一个无政府主义者的意外死亡》，上海：上海译文出版社，2018，第 94 页。——译注

他们，还对他们说"如果我是你们，就自己跳下窗户"；① 在第一幕的末尾，疯子甚至让他们一起为无政府主义者唱赞歌。他们的位置完全倒置了。强者变成了弱者。观众得以欣赏迷茫而轻信的警察得到报应、惩罚和羞辱这样大快人心的一幕。

随着第二幕中女记者的出现，疯子乔装扮演的频率加快，他所扮演的对象指向社会中的主要威权机构——司法部门、军队、教会、犯罪同谋——他的身份由一开始的"法官"变成了"军官"，之后又变成了"主教"（"奥古斯都·贝尔尼尔神父，由教廷任命派往意大利警局的观察联系员"②），他抓住机会大肆宣扬他那颠覆性的社会政治思想，从根本上逐渐蚕食并破坏官方权威和他们塑造的真相。

贝托佐警长认出了疯子，并在办公室总统肖像画的背面（其头部被破坏了）写道——主教实际上是乔装后的疯子，而疯子则将这一荒谬的论断解释为一个"维持权力的绝妙工具……一种紧张情绪的自由宣泄"。③ 如此我们来到了"揭穿骗局"的阶段，也就是揭穿这位"掌权人"的假身份，真相揭示的过程以一种颇为高雅的方式进行，与狂欢仪式留下的"遗言"巧妙融合：狂欢仪式的内涵不仅属于戏剧人物，更属于福本人。角色和演员之间的界线在不断消解，狂欢假面角色与喜剧演员正逐步融合，这也正是我们从不同的阿莱奇诺和胆小鬼等形象中观察到的一种机制。因此不仅法官、军官和主教的真实身份被揭示，疯子的真实身份也浮出水面。毕竟归根结底，向我们讲述故事的，是隐藏在角色面具后面的达里奥·福。

---

① 达里奥·福，《一个无政府主义者的意外死亡》，第48页。

② 达里奥·福，《一个无政府主义者的意外死亡》，第109页。达里奥·福《一个无政府主义者的意外死亡》（艾依纳乌迪出版社，2004。Dario Fo, *Morte accidentale di un anarchico*, Torino, Einaudi, 2004），第80页："马里奥庇奥·马尔马里奥·马里亚诺·罗萨里奥·玛丽亚·菲尼尔·圣菲神父。"

③ 达里奥·福，《一个无政府主义者的意外死亡》（Dario Fo, *Morte accidentale di un anarchico*），第112页。

而后贝托佐逮捕了其他人并逼迫疯子出示能够证明其精神病患者身份的文件，资料显示，疯子曾因妄想症、纵火癖等病症多次住院，他甚至妄想自己在公元前2世纪放火烧了亚历山大城的图书馆。这也与狂欢仪式末尾的情境相呼应，狂欢仪式被指控为一切罪行的根源；显然，疯子自己在文件中一笔一画地添加了两千年前这起罪行的相关信息记录，因此"他不仅是一个欺骗者、伪装者、变装演员，还是一个伪造者……"，即使警员威胁疯子要以"滥用和盗用神圣和民事权利的罪名逮捕他"，疯子依然不为所动。无论怎样，这是一次对狂欢仪式的审判。当警员威胁要引爆炸弹时，疯子说自己已经记录下了所有将会暴露他们恶行的话语，并打算向各党派、媒体等机构揭发这桩丑闻。最后疯子被扔下窗并被炸弹炸死：这就是狂欢仪式的结尾——"替罪羊"被肃清。与此同时，疯子借由一系列滑稽的模仿所嘲讽的那些人物形象也在这场仪式中灰飞烟灭，随着疯子的坠落，他所乔装的那些人物形象与其同归于尽。

最后，由达里奥·福本人扮演的真正的法官到来了。此时"四旬斋节"（Quaresima）① 的秩序取代了狂欢节的混乱。但是，我们并不知道真正的法官代表哪一种正义。

五、先锋艺术与元戏剧

作为二战后的艺术家，达里奥·福可以说是反独裁统治的先锋艺术家代表，也因此饱受争议，他的当代先锋文学从传统先锋艺术中汲取灵感，对资产阶级社会与艺术提出了强烈的控诉。福在母校布雷拉美术学院曾受到不少名师指点，其中包括阿契列·福尼（Achille Funi）、阿尔

---

① 四旬斋节，基督教中狂欢节后为期40天的斋戒节日，这期间停止婚配、娱乐等活动。——译注

多·卡尔比（Aldo Carpi）、贾科莫·曼祖（Giacomo Manzù）和卡罗·卡拉（Carlo Carrà）。

卡拉是各种未来主义宣言的合作起草者，他还与马里内蒂①、巴里以及其他人一起参加戏剧活动，比如自1910以来举办的各种赫赫有名的先锋艺术晚会。② 正如之前提到的，20世纪初的先锋艺术所采用的"大众"或者说"通俗"的艺术表现形式被视作如马戏、杂耍和滑稽剧一般的二流艺术，它所体现的是一种滑稽、玩世不恭、无政府主义、特立独行的戏剧形式。因此无怪乎马里内蒂在1913年未来主义戏剧宣言的题目中就强调了杂耍戏剧，认为它对传统的高雅审美表明了坚决的反对立场："杂耍戏剧摧毁了庄严、神圣和严肃（Il Teatro di Varietà distrugge il Solenne, il Sacro, il Serio）。"③ 从更广泛的角度来看，伴随着这些运动，俄罗斯和法国等地也开展了各类以探索和创新即兴喜剧为核心的科学研究和艺术活动。

---

① 马里内蒂（Filippo Tommaso Marinetti, 1876—1944），意大利未来主义运动的发起者。——译注

② 达里奥·福，《眼睛的戏剧》（D. Fo, *Il teatro dell' occhio*, Firenze, La Casa Usher, 1984），第17页；凯恩斯，《达里奥·福和"戏剧性绘画"》（C. Cairns, *Dario Fo e la "pittura scenica"*, Napoli, Edizioni Scientifiche Italiane, 2000），第19页；达里奥·福，《梅萨拉特小镇》（D. Fo, *Il paese dei mezaràt*, Milano, Feltrinelli, 2002），第184-185页；达里奥·福，《卡拉瓦乔时代的卡拉瓦乔》（*Caravaggio al tempo di Caravaggio*, Modena, Cosimo Panini, 2005），第12页；巴尔佐拉、皮尔扎编，《达里奥·福的绘画戏剧》（A. Balzola, M. Pizza [a cura di], *Il teatro a disegni di Dario Fo*, Milano, Scalpendi Editore, 2016），第5页；B. Holm, "Giorgio Strehler: The Epic Director who betrayed Brecht", in P. Boenish, C. Finburgh (eds.), *The Great European Stage Directors*, London, Bloomsbury, 2018, vol. 7, pp. 105-132；本特·霍姆，《所有人的先锋戏剧——现代主义者达里奥·福》（B. Holm, "Un teatro d' avanguardia per tutti. Dario Fo il modernista", *Biblioteca Teatrale*, 2018）。

③ 马里内蒂，《杂耍戏剧》（F. T. Marinetti, "Il teatro di varietà", in *I manifesti del futurismo lanciati da Marinetti, Boccioni, Carrà, Russolo, Balla, Severini, Pratella e altri*, Firenze, Lacerba, 1914），第162页。除此之外，马里内蒂还对大众狂欢的混乱十分感兴趣。

先锋艺术的目的在于重新定义演员与观众、艺术与现实之间的关系，这一点从一开始便在先锋主义者所精心设计的各类大胆另类的艺术表现形式中展露无遗，在那些未来主义的"夜场戏剧"中，观众的反应也是整个戏剧演出的一部分。在1916年的《逮捕》（L'arresto）中，马里内蒂使用了元戏剧的方法来强调观众与演员之间的关系：两位令人生厌的"评论家"不断打断表演，他们当中的一个被"枪杀"了，使得"警察"不得不马上介入。[1]

无论在一战后还是二战后，一直都有艺术家在从事上文提到的关于即兴喜剧的科学和艺术研究。尤其是二战后在意大利，即兴戏剧得到了复兴，这要归功于自1947年起上演的乔治·斯特雷勒（Giorgio Strehler）导演的《一仆二主》（Arlecchino servitore di due padroni）。1953年，福、杜拉诺（Durano）、帕兰帝（Parenti）合作的《眼中的手指》（Il dito nell'occhio）首演，这是探寻一种介于即兴戏剧和先锋艺术之间的新戏剧语言的一次较为激进的尝试，贾克·乐寇（Jacques Lecoq）和斯特雷勒一同参与了本剧作的策划，该剧作受到了皮斯卡托（Piscator）、马雅可夫斯基和其他人的启发。同年，未来主义者安东·朱利奥·布拉加伊亚（Anton Giulio Bragaglia）出版了关于普尔契内拉（Pulcinella）[2]的历史研究。几年后，维托·盘道尔夫（Vito Pandolfi）编著的重量级文献（一共六卷）——《即兴喜剧》（La Commedia dell'Arte）正式面世。

正如之前提到的，福在《一个无政府主义者的意外死亡》中也出色运用了类似滑稽剧、开场小戏和杂耍这样的所谓通俗的艺术形式，这对他自己来说也意义重大。疯子也曾在剧中明确提及滑稽剧这一艺术形式，他讽刺地引用了一位滑稽大师的话："因此正如托托在一部传统滑

---

[1] 文森蒂尼，《政治戏剧理论》（C. Vicentini, La teoria del teatro politico, Firenze, Sansoni, 1981），第45、60–61、72–74页。

[2] 那不勒斯戏剧中的长鼻驼背滑稽角色——译注

稽剧中说的那样,'此时在警局没有警察'!"另外贝托佐警长在说到疯子的善变时,曾将他比作一位深受马里内蒂推崇的传奇杂耍艺术家——莱奥波尔多·福莱戈里(Leopoldo Fregoli):"我亲爱的福莱戈里,肮脏的叛徒,现在我非常愿意告诉各位先生你的真实身份……"①

整部戏剧都充斥着虚假与真实角色的针锋相对,从开头疯子的自我诊断开始:

> 我痴迷扮演人物,这叫"演员狂症"(istriomania),从"istriones"这个词来,意思是演员。我喜欢扮演形形色色的人物。只是我仍然追求戏剧的真实,因此和我一起演戏的演员都得是不懂表演的素人,然而我没有经费,无法付给他们薪酬,我曾向戏剧表演部申请资助,但由于我没有政治靠山……②

疯子身上的这种艺术策略体现了先锋艺术——尤其是福自身思想中所蕴含的一种自我指涉,暗示着我们已经多次提过的演员与假面角色的关系。

戏剧的第二幕中可以明显看到元戏剧手法的运用,比如警员向记者保证到处都有警察:

> **警察局长**:我对您直说吧,像往常一样,今天晚上在观众中,也有我们的人……(拍拍手)(从观众席的不同位置传来不止一个人的声音)
>
> **众人**:局长先生,请吩咐!我们听从您的指挥!(疯子大笑,转身面向观众席)

---

① 达里奥·福,《一个无政府主义者的意外死亡》(D. Fo, *Morte accidentale di un anarchico*),第66、116页。

② 达里奥·福,《一个无政府主义者的意外死亡》(D. Fo, *Morte accidentale di un anarchico*),第14页。此处汉译文部分参照吕同六译,《一个无政府主义者的意外死亡》,第4页。——译注

疯子：诸位别害怕，这些都是演员……那些真正的奸细正坐在你们当中，一声不吭。①

剧场和观众在整个舞台中的参与不仅体现了当时外界对于福戏剧的监视，同时也委婉指出无政府主义者死亡案件官方声明中蕴含的戏剧性和虚假性。

剧场的幕布已经荡然无存，演员与观众、舞台与剧厅之间的界线摇摇欲坠，甚至连地点和时间这样的基本设定也同样变得模糊、复杂。比如疯子在剧中说道："我当时在贝尔加莫，我应该说旧金山，但是这儿把地点调换了。"再比如疯子在提及高级法官时问道："他是从华盛顿被派来的吗？是的，我是说从罗马。我忘了要调换地点。"② 或者再比如当警察明确提到疯子之前（in un primo tempo）的某个说辞时，疯子回答说："我们就在第一幕（nel primo tempo）。"③ 这种讽刺性的间离效果促使观众一同思考，某种意义上与《滑稽神秘剧》里的中世纪讽刺手法相似。

疯子被置于舞台事件之外，甚至高于舞台事件。在某种程度上，疯子试图以"导演"的身份上演警察对事件进行的改编，也就是和作为演员的警察一起，对审讯无政府主义者期间发生的故事重新编排。疯子让警察们将他想象成那个死去的无政府主义者，从而进一步强化狂欢仪式的动机：疯子"化身为"，或者说代表着死而复生决意复仇的无政府主

---

① 达里奥·福，《一个无政府主义者的意外死亡》（D. Fo, *Morte accidentale di un anarchico*），第 100 页。显然这里对"警察"角色的运用使人想起马里内蒂。此处汉译参见吕同六译，《一个无政府主义者的意外死亡》，第 112 页。——译注

② 达里奥·福，《一个无政府主义者的意外死亡》（D. Fo, *Morte accidentale di un anarchico*），第 68、24 页。

③ 达里奥·福，《一个无政府主义者的意外死亡》（D. Fo, *Morte accidentale di un anarchico*），第 39 页。关于《滑稽神秘剧》中的隐喻策略，参见 B. Holm, "Dario Fo-a real fabulatore", in E. Emery (ed.), *Research Papers on Dario Fo and Franca Rame*, London, Red Notes, 2002, pp. 121–130。

义者。在先锋艺术的视域下，这是一出戏中戏，不禁让人想到皮兰德娄的《六个寻找作者的剧中人》(Sei personaggi in cerca d'autore)，该剧的焦点和耐人寻味之处正是戏剧所讲述的故事在舞台内外的进进出出。

现实与戏剧之间、演员与假面角色之间，在多种层面上逐渐不再有所区分。疯子将穿运动夹克的警长称为"邻居"，并描述他"穿着圆翻领毛衣"。[1] 从逻辑上而言疯子无法得知这些，毕竟他还没有见过这位警长。知道这些的只有福和观众，因为在他们的脑中有路易吉·卡拉布莱希的印象。福作为一个政治活跃者，以真实身份为观众介绍表演内容，同时也是在舞台上戏份颇重的具有独特艺术风格的主要人物，这两者之间并没有明确的界线。卡拉布莱希则属于戏剧之外的现实世界，一个在戏剧中以狂欢的形式所刻画演绎的现实世界。

六、短暂性与持久性

福并不追求在永恒意义上（sub specie aeternitatis）的艺术持久力。根据他作为现代艺术家的策略，他写的剧本是"需要丢弃的"：福所写的剧本并不需要被奉为典范，也不需要读者字斟句酌地去瞻仰每个词的神圣含义。正相反，福创作剧本的目的是利用文字，并根据意大利不断变化的时代环境进行不同的修改。《一个无政府主义者的意外死亡》也是如此。正如开篇所说，其剧本有多个已出版的版本，而未出版的还有更多。事实上，这部剧的每一个版本都代表着通过不断与现场观众和时代政治环境对话而诞生的一部"新"剧本。

---

[1] 达里奥·福，《一个无政府主义者的意外死亡》(D. Fo, *Morte accidentale di un anarchico*)，第 24、28 页。在艾依纳乌迪出版社 2000 年版中（第 561 页），以及艾依纳乌迪出版社 2004 年版（第 23 页）中有一行解说词甚至谈到"听从卡拉布莱希的特工"，但如果不是间接作为隐喻对象，卡拉布莱希不会出现在滑稽剧中。这里的戏剧人物是"穿运动夹克的警长"。

除了揭露当局对案件声明的操纵，《一个无政府主义者的意外死亡》最重要的政治主题是反改良主义运动和丑闻的焦点转移效果。在 1970 年 12 月印刷的首版剧本，同时也是首演中，疯子在一段核心台词中向我们解释：

> 工人们……希望能够消除阶级……我们则想办法消除阶级之间的巨大差异，或者说不让这种差异过于扎眼！人们需要革命……而我们则要去搞改良……五花八门的改良……把他们淹没在改良之中。或者说我们用种种改良的许诺去堵他们的嘴，因为连改良我们也永远不会去做！①

警察怀疑疯子要传达的信息是"推翻资产阶级国家"。② 而关于丑闻，疯子说道："美国是一个真正的发达国家，那里到处是丑闻，丑闻催生反抗。"③ 疯子讽刺地将丑闻引发的结果总结为："意大利人将和美国人、英国人一样，成为社会民主主义者，成为现代人，并且最终能够大声呼吁道：'是的，我们被粪便淹没到了脖子，正因为如此，我们将昂首挺胸前进！'"④

在 1974 年的版本中，关于美国的描述由"发达国家"变为"一个

---

① 达里奥·福，《一个无政府主义者的意外死亡》（D. Fo, *Morte accidentale di un anarchico*），第 105–106 页。汉译参见吕同六译，《一个无政府主义者的意外死亡》，第 118–119 页。——译注

② 达里奥·福，《一个无政府主义者的意外死亡》（D. Fo, *Morte accidentale di un anarchico*），第 115 页。参见意识形态理论前言，其中有许多对马克思、恩格斯和列宁的引用，第 5–10 页。

③ 达里奥·福，《一个无政府主义者的意外死亡》（D. Fo, *Morte accidentale di un anarchico*），第 113 页。

④ 达里奥·福，《一个无政府主义者的意外死亡》（D. Fo, *Morte accidentale di un anarchico*），第 119 页。在后来的版本中，闹剧在这里结束。只有 2004 年艾依纳乌迪出版社（Einaudi）的该剧版本复原了结尾。汉译参见吕同六译，《一个无政府主义者的意外死亡》，第 132 页。——译注

真正的社会民主国家"，但美国拥有的不是"话语自由"，而是"打嗝的自由"，这里隐喻丑闻的宣泄和安抚作用；因此，疯子继续说道："那些大人物四处宣扬：'兄弟们，同志们，如果我们真的想看到"新人类"，如果我们真的想有一个更好的社会，必须从根本上摧毁现在的制度！我们必须打倒资本主义国家！'"①

该剧2000年的版本中保留了革命或是改良的内容，美国仍然被描述为一个社会民主国家，丑闻依然对社会民主的诞生起到催化作用，意大利仍然在向着社会民主和现代国家迈进，而在2004年版本中，关于丑闻在各个国家引发何种效应的大篇幅反思内容被隐去了；尽管如此，意大利民众"被粪便淹没到了脖子"的描述得以保留，但却没有向着现代化和社会民主的方向"昂首挺胸前进"。

但是，关于无政府主义者死亡的这场滑稽剧与70年代的任何一种学说都不相适应，与那些年的历史也并无关联。一定程度上，该剧本似乎拥有独立的生命，在政治上更加深刻复杂，这使得它能够适应与戏剧创作背景不同的时代背景。而这种效果的产生并不是因为达里奥·福在剧中扮演了主角。通过滑稽剧的形式，福将自己置身于即兴喜剧与先锋戏剧之间，并借由源自阿莱奇诺式喜剧的狂欢仪式强调现代讽刺艺术。有的剧本之所以能经受住时间的考验，很多时候是因为这些剧本创造了一种潜在的"隐形戏剧"：它所指的不纯粹是戏剧创作，更是一种不可思议的、仪式化的戏剧亚结构，② 它所涉及和影射的内容更加复杂，更能点燃和激发观众的共同想象，也由此创造出一种超越现实舞台的更为深刻而强烈的戏剧效果。这个"隐形戏剧"存在于观众的脑海中，正

---

① 达里奥·福，《一个无政府主义者的意外死亡》（D. Fo, *Morte accidentale di un anarchico*, Torino, Einaudi, 1974），第102-103页。

② 显然这也适用于《滑稽神秘剧》以及其他很多剧本。参见 B. Holm, "Dario Fo's bourgeois Period. Carnival and Criticism", in J. Farrell, A. Scuderi (eds.), *Dario Fo: Stage, Text and Tradition*, Edwardsville, Southern Illinois University Press, 2000, pp. 122-142。

是因为观众产生的创造性联想,"真正的戏剧"从现实的剧场(外部)转入了观众的创造性协同阐释中(内部)。

福拒绝纯粹形式化的先锋艺术。关于早期的几部作品,他解释说:"不应该塑造一些从根本上来说仅仅是在核心内容和节奏上符合先锋戏剧概念,但却没有灵魂的人物形象……还是应该再进一步。而为了再进一步,需要与大众传统建立更加紧密的联系。"① 因此福不断向前迈进,他秉承着先锋艺术的理念,同时重新定义了先锋艺术与大众文化之间的关系。在1986年题为《过去的先锋艺术》的文章中,他总结说:"一个节日需要传统仪式和神话……我可以作证,在我这里,没有什么比在大众节日中观察我们的传统更能提炼先锋艺术形象了。"②

元戏剧策略(也就是转换策略——从瓦尔普莱达到萨尔塞多,从米兰到纽约等)在这部戏中并未起到应有的遮蔽和保护作用:因为这部戏剧的演出,福在意大利全境经历了整整四十次审查。又或许这项策略很好地发挥了它的作用:这些审查成了反主流文化的一部分,也就是整个戏剧表演的一部分。

作者简介:

本特·霍姆(Bent Holm),丹麦文学评论家、剧作家和翻译家,哥本哈根大学文化研究与艺术系教授,主要研究包括意大利、法国、印度和土耳其在内的多国大众戏剧,在学界尤以对意大利戏剧的译介与研究闻名,其研究领域包括戏剧中的社会政治文化、人类学根源和宗教信仰,具有较强的跨学科和跨文化性。著有《反转世界,达里奥·福与大众想象》(*Den omvendte verden. Dario Fo og den folkelige fantasi*, 1980),《丹麦戏剧史》(*Dansk Teaterhistorie*, 1992—1993)等。

---

① 1973年的访谈,收录于达里奥·福的《故事》(Dario. Fo, *Fabulazzo*, Milano, Kaos, 1992),第41页。

② 达里奥·福,《故事》(Dario. Fo, *Fabulazzo*),第120页。

经典与阐释

礼赞殉教之血*

——洛佩·德·维加《日本殉教人》中的 17 世纪西班牙普世帝国

魏 然

内容摘要 1621 年,受多明我会委托,洛佩·德·维加创作了诗剧《日本殉教人》,这部充满宗教神迹的圣徒生平剧呼应了 16—17 世纪之交日本在西班牙政治想象中的转变。洛佩在其著作中贬抑耶稣会并着力颂扬托钵修会,这一倾向透露出教派之争的信息。《日本殉教人》试图指明共同信仰克服了地理和文化差距,将殖民前沿整合到西班牙律法宰治的普世帝国中。

关键词 洛佩·德·维加 《日本殉教人》 西班牙帝国 殉教史

---

* 本文为国家社科基金重大项目"中外戏剧经典的跨文化阐释与传播研究"的阶段性研究成果(项目编号:20&ZD283)。

Glorifying the Blood of Martyrs: Seventeenth-Century Hispanic Universal Monarchy in Lope de Vega's *Los mártires de Japón*

Wei Ran

Abstract: In 1621, recruited by the Dominican order, Lope de Vega reworked the missionaries' account into an ecclesiastical comedy, *Los mártires de Japón*, which echoes the shift of Zipangu in the Spanish political imagination at the turn of the 16th and 17th centuries. The celebrating of the Mendicant orders and dwarfing of the Jesuits in this play reveal messages of religious controversy between Friars and Jesuits. *Los mártires de Japón* attempts to approve that the common faith would overcome geographical and cultural differences and integrate the pacific colonial frontier into the universal monarchy governed by Spanish law.

Key words: Lope de Vega; *Los mártires de Japón*; Hispanic Empire; History of Martyrdom

1615年初，正当塞万提斯伏案疾书、即将完稿《堂吉诃德》第二部时，一队异域武士身穿绸服，腰间佩刀，脑后留有发辫，疾步走过马德里的街巷，引来众多贵族平民驻足举目。当日，国王腓力三世（Felipe III）接见了武士首领，一位"四十多岁，身材短小粗壮，方脸、短髯"的东方男子。① 一周后，这名男子在马德里王家赤脚修院的礼拜堂受洗皈依天主信仰。腓力三世到场观礼，权臣雷尔玛公爵和巴拉哈公爵夫人担任那人的教父母。洗礼中，东方男子获得教名 Felipe Francisco，

---

① Emilio Sola, "Historia de un Desencuentro. España y Japón, 1580–1614", *Archivo de la Frontera*, Madrid: CEDCS, 2012, p. 101.

这当然是为了赞美西班牙王和圣方济各,因为方济各会是托钵修会[①]中前往日本传教的先锋。

这名东方男子便是支仓常长,受仙台藩藩主伊达宗政之命,他率领庆长使团出访墨西哥和西班牙。据现场传译的索特罗修士(Fray Luis Sotelo)说,支仓在觐见时将腓力三世称为"普照世界大部分地方的太阳",并请求西班牙王派遣更多的传教士前往东方,"好让武士了解上帝及其神圣律法,不仅他自己,也要让其他所有臣属得浴光辉"。[②]庆长使团在马德里成为一时谈资,塞维利亚大主教甚至将使团的造访比作"东方三王朝拜伯利恒"。两年后,当剧作家洛佩·德·维加(Lope de Vega y Carpio)受邀撰写日本传教事迹的剧作《日本殉教人》(Los mártires de Japón)时,即便当年未曾亲见庆长使团的队列,但街头巷尾争睹的东方服饰、最高规格的受洗仪式,以及时人相信西班牙能在无远弗届的异域胜任正教先锋的腾跃之情,洛佩必定记忆犹新。

不过,洛佩写作时,日本在西班牙政治想象中的角色正急剧转变,正从易于接受正教的东方天国变为镇压教众的反乌托邦,[③] 信奉天主的切支丹大名或流亡或受戮,教士与信众频遭迫害,西班牙教会的高层因而需要解释传教事业因何遭遇挫败,以及托钵修士将在帝国的东方拓殖前沿扮演何种角色。为此,洛佩的两篇奉命之作《信仰在日本的胜利》

---

① 托钵修会(Órdenes mendicantes)是13世纪罗马天主教会为与异端争夺信众而建立的布道团体,热衷于奔赴世界各地传播福音,因成立之初其成员以托钵乞食为生而得名。方济各会、多明我会、奥古斯丁会与加尔默罗会合称四大托钵修会。

② 引自 Christina H. Lee, "Lope de Vega y *Los mártires del Japón*", in Lope de Vega, *Los mártires de Japón*, edición e introducción de Christina H. Lee, Newark: Juan de la Cuesta, 2006, pp. 9 – 10。索特罗修士(Fray Luis Sotelo)也是庆长遣欧使团所乘坐的船只"伊达丸"的船长。

③ See Ricardo Padrón, "The Blood of Martyrs is the Seed of the Monarchy: Empire, Utopia, and the Faith in Lope's *Triunfo de la fee en los reynos de Japón*", in *Journal of Medieval and Early Modern Studies*, 36. 3 (2006), p. 520.

(*El triunfo de la fe en los reinos del Japón*)和《日本殉教人》① 应时而生。

一

倘若没有更新的资料从档案馆中浮现，那么《日本殉教人》便是早期现代西班牙存世的唯一一部讲述日本的剧作。从文类看，这部以西班牙修士纳瓦雷特在长崎殉道为核心的喜剧，属于兴起于西班牙黄金世纪的新剧种——"圣徒生平剧"（comedia hagiográfica）。② 创作这一剧种的风潮在17世纪上半叶达至顶峰，而后绵延至18世纪，西班牙学者已整理出存世的圣徒喜剧约计150种。顾名思义，圣徒生平剧是将某位真实或传说中的基督教圣徒的生涯搬演于舞台，或将其生平中最为人称道的事件——诸如浪子回头、改弃恶习、创造奇迹、殉道皈依等——敷衍成剧。这类表面上看似给西班牙市井平民树立道德榜样的剧作，通常由教团、政府或某位虔诚的贵族出资，委托文人撰写、剧团排演。演剧的动机往往有宣扬本教派特定成员的事迹，助推其被梵蒂冈册封圣徒或庆祝其封圣的用意，例如洛佩·德·维加本人便为伊西德罗·拉布拉多（Isidoro de Labrador）的封圣仪式创作过三部剧。当然，有时剧中人物在演出时尚未封圣，《日本殉教人》便属此列：主人公原型阿隆索·纳瓦雷特神父（Fray Alonso Navarrete）1617年于长崎县大村地区殉教，直至1867年才被教皇庇护九世封为圣徒，此时距离洛佩完成剧作已过去两个半世纪了。

延请西班牙黄金世纪剧作名家洛佩·德·维加撰写散文和剧本，是

---

① 感谢弗吉尼亚大学的里卡多·帕德隆（Ricardo Padrón）在2014年拉丁美洲研究学会（LASA）芝加哥年会期间，向我详细介绍洛佩关于日本殉教人的两部作品，那次晤谈是本文研究的起点。

② Elaine Canning, *Lope de Vega's "Comedias de Tema religioso", Re-creations and Re-presentations*, Woodbridge: Tamesis, 2004, pp. 1 – 2.

马德里多明我会高层的决策。为了给此时声誉日隆的剧作家增添素材，远在马尼拉的教团也寄来不少资料，特别是多明我会修士奥法内尔（Jacinto Orfanel）的实录和书信。① 根据注释者卡明斯的研究，洛佩率先完成了历史散文《信仰在日本的胜利》，这篇文字几乎逐句重写了奥法内尔的文稿，以华丽的笔墨激发读者的想象力，其目标是颂扬 1614 至 1615 年间发生在九州长崎周边的殉教事件。② 多明我会委托写作的初衷之一便是借重洛佩的文笔，敦促梵蒂冈尽快认定 1597 年在长崎西坂受难的二十六名教众为圣徒，而《信仰在日本的胜利》一文果真发挥了效力：1627 年，这一长篇历史散文面世约十年后，乌尔班八世颁布了"长崎二十六人"封圣的敕令。至于委托撰写剧本，背后的动机则更私人化，为说清情由，有必要先回顾西班牙在日本传教的进程。

虽然日本的"基督教世纪"（1549—1650）以西班牙人沙勿略搭乘中国帆船登陆鹿儿岛那一天为起始，③ 但鉴于格里高利十三世的 1585 年的教皇敕令，最初只有与葡萄牙帝国合作的耶稣会得到教廷授权在日本传教。与西班牙合作的多明我会进入日本的时间晚于耶稣会，直到 1600 年克莱蒙八世才颁布谕令，教廷才准许耶稣会以外任何修会、任何国族的教士到中国、日本传教。不过，先于此年，1593 年托钵修会（包括多明我会、方济各会、奥古斯丁会）早已强行挤入赴日传教者的行列：马尼拉的神父们以世俗的西班牙国王使者的名义，前往京都拜见丰臣秀吉，先后有多明我会的高母羡（Juan de Cobo）、布拉斯克斯（Fray Bautista Blasquez）和其他方济各会修士。秀吉厌恶传教士，但不

---

① 奥法内尔的材料后来被整理为另一本书《基督教日本传教事迹史》（*Historia eclesiástica de los sucesos de la christiandad de Japón*, Madrid: Viuda de Alonso Martín, 1633）。

② Lope de Vega, *Triunfo de la fee en los reynos de Japón*, ed. James S. Cummins, London: Tamesis, 1965, p. 7.

③ 详见樊树志，《晚明大变局》，北京：中华书局，2015，第 354 – 355 页。

排斥与西洋贸易,因此他欢迎西班牙商船来港,甚至赏赐给教士们一些土地。秀吉固然担心教会人士妨害日本安全,但在 1587 年放逐令之后他并未推行严酷的措施,这或许是在侵略朝鲜的庆长之役(即壬辰朝鲜战争)中无暇顾及西洋人,① 甚至期待西葡两国人员在军事上的帮助。不过表面上的和睦维持未久,1596 年 10 月,从墨西哥阿卡普尔科驶往马尼拉的大帆船"圣腓力号"因风暴停泊在四国海岸上,秀吉计划没收这条船,船长奥兰蒂亚(Francisco de Olandia)回复中语带威胁,激怒了秀吉,此事诱发了 1597 年长崎殉教事件。长崎殉教被视为日本禁教的开端,但实际上与政治商贸无关的在日传教活动仍在持续。

17 世纪最初十年较少出现针对教会的迫害,但 1614 年以后,日本禁教开始变得酷烈,托钵修会的信函与实录往往声情并茂地转述教士及新皈依者所受的酷刑,但其中不乏宣扬本教派的业绩、谋求西班牙政府及梵蒂冈扶持的用意。洛佩的历史散文和剧作便创作于这一时段,但两者文类有异:《信仰在日本的胜利》是历史散文,或称为"述略"(relación),文字更贴近多明我会修士的实录,史地信息也更准确;《日本殉教人》则没有拘泥于圣徒生平和日本史地信息,而更多依托于西班牙新喜剧惯例。洛佩在其创作论《喜剧创作新艺》(*Arte nuevo de hacer comedias*)一文中自陈,他专门创作市井观众喜闻乐见的戏,因为"在仅两个钟头的戏里,他们期望看到从创世到末日审判的一切故事",② 故此剧作家乐于将各种元素揉捏在一起。诗剧《日本殉教人》便在传教和皈依故事之外加入了日本世俗权力争夺和情爱波折等要素,但宗教与世俗两条线索之间是相互辅助的,后文将分析两条线索间的交织。

《日本殉教人》的第一幕并未从纳瓦雷特神父的亮相入手,而是先

---

① 详见桑贾伊·苏拉马尼亚姆,《葡萄牙帝国在亚洲》,巫怀宇译,桂林:广西师范大学出版社,2018,第 228 页。

② See Lope de Vega, *Arte nuevo de hacer comedias*, edición de Enrique García Santo-Tomás, Cátedra, 2006, pp. 142–143.

描摹日本君主的暴政:"皇帝"召见各地领主(剧中称领主为"国王"[rey],此时期西语文献常将"大名"称为"国王"),为显示威仪,他传唤各地领主上前朝拜,不料其中肥前大名当面指责皇帝为僭主,并鼓动众人倒戈拥立正遭贬黜的正统继承人"太阁殿下":

肥前大名　我不愿上前
怎肯献媚那凌驾我秀美东瀛的暴君僭主
以自取其辱。……
该将你手握的权杖、头戴的冠冕
统统让予那英俊的太阁之子……
[向诸大名]诸位的王,实乃太阁殿下
虽然今番他虽生如死;
岂能容此般僭主窃据帝祚,
列位当为众人争自由!
若诸君愿见太阁殿下得解脱,
殿下正受困于大阪之塔,
且随我前往,诸君,且随我前往!①

剧中皇帝掌握杀伐权柄,但绝非天皇,剧首角色一栏中也没有列出皇帝姓名,仅标明"Daiso Sama",剧本行文间又称其为"Jisonen"。剧本注释者克里斯蒂娜·李(Christina H. Lee)认为,剧中皇帝以征夷大将军德川家康为原型,② 可见西班牙传教士并未完全理解日本的权力结构,误将最高强权拥有者认作皇帝,例如奥法内尔的记录中也曾有"德川家康自立为皇帝"的说法。肥前大名所欲拥立的"太阁之子"指丰臣秀吉之子秀赖,在本剧中,年轻王子秀赖也被称为"太阁大人",那其

---

① Lope de Vega, *Los mártires de Japón*, edición e introducción de Christina H. Lee, Newark: Juan de la Cuesta, 2006, pp. 48–50.

② Lope de Vega, *Los mártires de Japón*, p. 45.

实是秀吉生前的称号，秀赖实际的官职是"右大臣"，这一讹误或许是因为洛佩所阅读的西语文献误认为太阁是可承继的名号。至于王子被皇帝关押在"大阪之塔"（la torre de Usaca）中长达十五年，其实是洛佩理解史料有误：关原之战后，德川家康掌握京都实权，秀吉的遗孀淀君和年仅五岁的幼子秀赖为避其锋芒，移居大阪，困守大阪城十五年，直至大阪之阵（1615）后丰臣一系覆亡；洛佩将其本事变形为王子受囚禁十五年。贵族受囚禁是当时西班牙观众熟悉的主题，卡尔德隆《人生一梦》（La vida es sueño）便是其中一例。黄金世纪文学研究权威梅嫩德斯·佩拉约（Marcelino Menéndez y Pelayo）便依据剧作惯例，认定《日本殉教人》出自洛佩之手，因为太阁被幽囚的故事与洛佩剧作《巴兰姆与约萨法》（Barlaam y Josafat，1611）的情节设置颇为相似，王子约萨法也是在脱离囚禁后逐步发现自然世界。《日本殉教人》中所谓大阪之塔很可能是给传教士留下深刻视觉印象的建于1583年的大阪城天守阁。可以说，《日本殉教人》第一幕折射了关原之战到大阪之阵两场战役之间，日本武家大名在丰臣一系和德川一系之间摇摆、抉择的情况。只是洛佩剧作的结果与历史走向完全相反：剧中的基督教力量集结了受德川家康压制的切支丹大名，成功还政于丰臣集团。

面对肥前大名的倒戈，剧中的另一反角、已弃教的大村大名（rey de Bomura）在家康面前将一批领主的反叛解释为基督信仰的鼓动：

大村 肥前大名与其余人等有此等话：

说殿下乃傲慢僭主，

凭不义手段

专擅帝君权柄；

这些人等还密谋，要将主君逐下王座，

说什么但凡太阁殿下尚在人间，

便不容他人窃夺帝祚。

主君啊，此等人皆是切支丹，

境况可怖；
狂妄、疯癫、傲慢骄矜，
平日里佯装谦卑，
用表面上好模样，哄骗子民，
直叫他们抛却国法
奉行基督律令！①

剧中大村大名这一角色，其原型可能是镇压信徒的长崎奉行长谷川左兵卫，其姓氏则特意借用了力促长崎开港、派遣天正少年遣欧使团的切支丹大名大村纯忠的姓氏，同时也指明了殉教事件的发生地。剧中人家康听信了大村的言论后，遂决计迫害基督徒、放逐西班牙传教士，并下令破坏教堂和圣像，因为他怀疑是西班牙人在民众间制造不满情绪，甚至参与了肥前大名的叛乱——这一设置很像是将1587年丰臣秀吉的"伴天连追放令"错置到德川家康这位皇帝头上。

未久，听闻了日本皇帝禁教令的三名西班牙教士登场，他们分属多明我会、方济各会和奥古斯丁会，其中之一便是主人公阿隆索·纳瓦雷特。但纳瓦雷特开口之前，观众率先听到了方济各派修士恳请他为教团做出抉择："我们的教省神父、修士阿隆索·纳瓦雷特……请开言给众人释疑惑，我辈愿俯首听取高论、听凭驱策。"②剧中人纳瓦雷特初次显示了他的神圣品格，制定出暂离九州，而后化装潜回日本、在乡间继续传教的安排。此时舞台回转到第一条线索，被家康囚禁在大阪高塔十五年的秀赖重获自由，他身披兽衣，自称是"无知的野兽"，在家康面前显示自己对周遭世界一无所知，更谈不上治理国家，一番表演让家康放下戒心。当仅有太阁秀赖和看守他的"庄屋"（alcalde，即西文"镇长"）在场时，观众才发现受囚禁王子此前的表现只是精心策划的表

---

① Lope de Vega, *Los mártires de Japón*, pp. 52–53.
② Lope de Vega, *Los mártires de Japón*, p. 73.

演。等太阁显示出耐力和智慧，庄屋莱波赖莫（Lepolemo）便告知太阁他的皇位继承人的真实身份，并向他传授日本传统的太阳神信仰。太阁质疑太阳信仰的前提，显示出能够领悟基督教义的理性思维。但正如以往研究指出的，"太阁虽然拥有了作为区分真假的内在智慧和能力的理性和逻辑，但皈依仅有微妙的智识还不足够，太阁首先需要领悟爱"，[1]他需要在圣洁的美中从感悟到何者为神圣的力量。而这一美的媒介便是女猎人吉儿朵拉（Quildora）。不久后，德川家康在城外荒野上遇到了吉儿朵拉，并对她萌生歹意。当他欲向吉儿朵拉施暴时，纳瓦雷特出场并第一次显现神迹，让家康膂力顿失。

彼时围栏剧场中的西班牙平民观众爱好热闹，撰写圣徒生平剧的剧作家也常借题发挥，在舞台上大肆添加天使降临、魔王现世、末日审判等种种超现实景象。超现实场景易于创造奇观以吸引观众，因为观众一般对复杂的神学思辨不感兴趣，况且神学思考还可能在剧本送审时遭遇宗教裁判所的非难。[2]因而17世纪初的西班牙宗教剧中充满宗教神迹，这一情景甚至在《堂吉诃德》中都有记述。[3]洛佩在《日本殉教人》中也不失时机地穿插了奇迹场景。纳瓦雷特展现了三场奇迹，而这些奇迹场面对其神圣性的塑造确有裨益。

纳瓦雷特第二次显示神力是在第三幕。面对被俘的太阁和匿藏神父

---

[1] Carmen Hsu, "Martyrdom, Conversion and Monarchy in *Los primeros mártires del Japón* (1621)", in Zwischen *Ereignis und Erzählung: Konversion als Medium der Selbstbeschreibung in Mittelalter und Früher Neuzeit*. eds. Julia Weitbrecht, Werner Röcke, and Ruth von Bernuth. Berlin: De Gruyter, 2016, ss. 217–234.

[2] 西班牙最早于1559年出现禁书目录，其后政府要求出版物送审，参 Pedro Ruiz Pérez, *Historia de la literatura española. 3. El siglo del arte nuevo, 1598–1691*, Madrid: Crítica, 2010, p. 132。

[3] 详见塞万提斯，《堂吉诃德》（下），杨绛译，北京：人民文学出版社，2013，第68–69页。

的蛮袈子（Mangazil），德川家康授意大村将没收来的念珠①和圣像统统投入火堆中。纳瓦雷特恰在此时出现在舞台上，一边喝骂家康是"无神、无法的蛮魁"，一边投身火焰抢救圣物。这一勇敢举动让太阁大受触动，关切地惊呼："他倒在火中了！西班牙人呀，你们是如此疯狂，如此幸运！"②吉儿朵拉之子、已皈依的少年托马斯将纳瓦雷特视为精神之父，见此情景急忙向圣母祷告，而后洛佩的舞台提示描绘了第二场奇迹："纳瓦雷特身披缀满花朵与花环的白色法袍，从火中走出，怀抱着圣像与念珠。"在众人惊异的目光中，纳瓦雷特礼赞西班牙人的信仰：

纳瓦雷特　对西班牙神明的信仰
　　　　　　有如黄金般贵重，
　　　　　　烈焰似熔炉
　　　　　　从中锻造出美妙之极的圣像；
　　　　　　浴火使凤凰再生
　　　　　　火焰重塑最纯洁的星。

皇　　帝　抓住他！处死他！

太　　阁　你休想，
　　　　　　既然他的神将他解救，
　　　　　　那么我颂扬的太阳神必定助我
　　　　　　我定要将他解救！
　　　　　　两神竞赛，我的力量强悍无边，
　　　　　　因为捍卫自己神明者，自有我来救助！

皇　　帝　将两人统统处死！③

---

① 念珠是多明我会的标志性圣物，西班牙画家穆里略（Esteban Murillo）的画作《念珠圣母显圣》（1638—1640）便呈现了这一圣物对教派的意义。
② Lope de Vega, *Los mártires de Japón*, p. 129.
③ Lope de Vega, *Los mártires de Japón*, pp. 130–131.

纳瓦雷特冒死从火中取回圣母像并毫发无伤，这促使年轻的太阁挺身维护这位异族神父，这一转变不仅是因为太阁目击了纳瓦雷特的神力，而且更多来自神父敢于维护信仰带给他的触动，促使他情愿成为基督教的庇护者，甚至甘愿在家康面前暴露自己愚人的伪装。第二场奇迹的本事来自奥法内尔的记录：历史上的纳瓦雷特曾从禁教的火堆中取回圣像和念珠，为此他被士兵们用棍棒殴打。这一写实的细节让人联想到远藤周作在小说《沉默》中记述的17世纪初禁教时期，幕府针对传教士和皈依者而实施的"穴吊""踏绘"等迫害行为。①洛佩则由火中取物、遭受殴打这一细节出发，不无夸张地拓展成浴火重生的神迹，进而通过宗教热忱把纳瓦雷特和秀赖从情感上扭结在一起。

第三场奇迹便是殉教。当太阁目睹少年托马斯与三位西班牙神父一起被押解登上长崎西坂（西班牙文献将长崎的这座山丘称为圣山）时，他感叹道："假若死亡都不能／给一个孩子带来恐惧，在他神明的激励下／也能慷慨赴死；／他的神必定神圣强大。为此我要兑现［皈依的］誓言。"②在脱离高塔、初识人世的混乱后，太阁似乎认识到唯有基督教才能让他克服一切阻碍。假如说在第二幕中，受到纳瓦雷特救助而皈依的吉儿朵拉劝说太阁信仰天主时，秀赖务实地承诺"你等若能助我收回帝国权柄／我便皈依基督"③（实际上，在第一幕吉儿朵拉面对儿子托马斯的劝告，也曾开玩笑似的表示，假若自己成为皇后才愿信仰），此时他已全心相信了"西班牙律法"的道德力量。

洛佩以宗教画似的笔法刻画出三位修士和少年托马斯殉道时的酷烈景象："喇叭吹奏，山岩转过来［山岩应为舞台装置——引者按］；在岩石中间，托马斯被钉在十字架上；在他脚下，纳瓦雷特双手捧着自己

---

① 详见远藤周作，《沉默》，林水福译，海口：南海出版公司，2009，第1、222页。
② Lope de Vega, *Los mártires de Japón*, pp. 142–143.
③ Lope de Vega, *Los mártires de Japón*, p. 114.

的头颅，一把斧头将头颅劈开；站十字架右侧的是方济各修士，胸口被一支箭矢穿透，奥古斯丁修士站在另一边，身体被一根长矛刺穿。"①这段舞台说明在视觉上惊悚地将殉道具身化，呈现出教士信仰的坚贞。但最后一场奇迹的真正神异之处在于被斩首后的纳瓦雷特没有即刻死亡。此时，屠杀传教士的德川家康已穷途末路，"五十位大名率领大军"前来征讨僭主，率领义军的太阁喝令家康从坂上下来，"亲吻西班牙人撒播在地的无辜鲜血"。而垂死之际的家康还忌惮着纳瓦雷特的目光：

皇　　帝　　死时唯慰我心的是
　　　　　　　纳瓦雷特已丧命。
　　　　　　　他预言了我的终结，
　　　　　　　却无法亲见［我的灭亡］。［从山岩上倒下］
纳瓦雷特　　你别高兴，
　　　　　　　我都看见了。
皇　　帝　　呜呼！
　　　　　　　我只得羞愤而死！②

站在山岩上手捧自己头颅的纳特雷特还是亲眼见证了已皈依基督的太阁战胜异教皇帝。德川家康越是震惊于纳瓦雷特的力量，太阁越是被修士慨然赴死的决绝打动，剧本便越能确证西班牙信仰和律法的优胜地位。因此，《日本殉教人》在文类上属于喜剧：西班牙传教士虽被斩首，但仍能引领被幽囚的正统皇权继承人皈依并重掌世俗权力，实现了西班牙日本传教团的"宏业"。

纳瓦雷特神父的本事当然与剧情有很大差异。并未如自己的教会前

---

① Lope de Vega, *Los mártires de Japón*, p. 146.
② Lope de Vega, *Los mártires de Japón*, pp. 147–148.

辈高母羡那样以中文撰写了《辩正教真传实录》①并觐见丰臣秀吉，②纳瓦雷特生前并没能与日本上层精英集团建立联系。洛佩甚至篡改了殉教的时间点：纳瓦雷特死于1617年，此时德川家康过世已一年，且正值二代将军秀忠禁教最严的时期，而历史上的秀赖和淀君早已湮灭无踪了。洛佩是为了营造戏剧氛围才把殉教移置到德川集团与丰臣集团最终对决之际。

剧作本身又高度依从西班牙新喜剧的惯例：纳瓦雷特是悲剧英雄，敌手/恶人是皇帝或家康，太阁/秀赖是男主角（galán），女猎人吉儿朵拉是淑女（dama），庄屋莱波赖莫是智慧老人，而憨傻的蛮袈子是滑稽角色（el gracioso）。驱动情节发展的要素也与新喜剧相类似：贵族血统的荣誉、因爱而产生嫉妒和误解、对政治阴谋的忌惮等等。作为宗教人物的英雄与作为世俗人物的男主角又有差异：纳瓦雷特是单向度的，其神圣性通过三次奇迹而持续增强，始终没有任何心理冲突；而太阁则是逐渐成长的，从初识世界，到因情爱而迷惑，世界在他眼前显出愈加复杂的面貌。最后，对吉儿朵拉的情愫让他领悟了要用激情寻找真理，对纳瓦雷特的钦敬启发他自愿担任神父和信众的庇护者。换言之，洛佩完成了多明我会交付的使命：在一部充满奇观和异域风情的剧本中，经由西班牙传教士们的努力，青年的皇帝及其皇后双双皈依，击溃了德川家康这一敌基督者的迫害，最后，连日本自身也成了接受西班牙普世帝国庇护的东方王国。

二

1617年是西班牙日本传教史上急剧变化的一年。年初，方济各会

---

① 又名《无极天主正教真传实录》，其书情况详见张铠《中国与西班牙关系史》，北京：五洲传播出版社，2013，第237－241页。

② 方豪，《中国天主教史·人物传》，北京：宗教文化出版社，2007，第60－63页。

的佩德罗·德拉·亚松森与耶稣会的胡安·鲍蒂斯塔在九州一同被捕，并于当年 4 月被斩首。在长崎大村经营教会病院的阿隆索·纳瓦雷特受到触动，不愿在日本慕道者纷纷罹难之时独自逃走，遂与奥古斯丁会的埃尔南多·德·阿亚拉相约殉教。关于此事，法文的《日本王国基督教史》有如下简短的记述："多明我会修士阿隆索·纳瓦雷特和奥古斯丁会的埃尔南多神父再也无法抑制自己对殉道的渴望，于是公开露面，在长崎召集了众多基督徒……当两人被告知领主将派士兵来抓捕时，他们与追随的教众话别，而后径自向士兵自首；当晚他们被带到一个岛上，在那里，两人的头颅被砍下。"[1]时人类似的简短记录，启发洛佩构想出修士被斩首后手捧头颅的骇人场面。值得注意的是，虽然历史上的纳瓦雷特是受到耶稣会士殉难的感召而甘愿自首，但在洛佩剧本中，耶稣会在日本的痕迹被完全抹去了。这并非剧作家的疏漏，因为整部剧本就是教派之争的产物。

根据教皇子午线，日本恰好位于葡西帝国争夺的模糊地带，因为早期现代制图学无法确切画出这条线的位置。但依照教皇敕令（Ex pastorali officio，1585），原先仅耶稣会拥有赴日传教的资格。耶稣会受葡萄牙帝国资助扶持，在 16、17 世纪之交充当了葡萄牙东方拓殖的先锋，这造成了西班牙与葡萄牙之间的龃龉，因为即便在腓力二世继承葡萄牙王位后的西葡合治时期（1581—1640），根据《托马尔纲领》，葡西海外殖民地分开管理，[2] 而传教活动要依赖东方殖民地贸易作为传教的物质基础。因此，受各自国家庇护的托钵修会与耶稣会之间纷争不断。

1583 年，耶稣会策划、安排的天正少年使团在成功访问罗马、返回九州后，受到对西洋文化怀有兴趣的秀吉的关注，相传秀吉特意邀请

---

[1] Pierre Xavier de Charlevoix, *Histoire du christianisme dans l'empire du Japon*, Paris：Liege, 1928, p. 326.

[2] 详见顾卫民，《葡萄牙海洋帝国史（1415—1825）》，上海：上海社会科学院出版社，2018，第 239 页。

四位使团少年在京都聚乐第演奏西洋乐器。受西班牙王室荫蔽和资助的方济各会为了与耶稣会竞争，与仙台藩策划了庆长遣欧使团。使团乘坐日方自造的大船"伊达丸"（西名"施洗约翰号"），摆脱了葡萄牙控制的印度洋航线，经墨西哥到达西班牙。支仓常长从欧洲经美洲返航时，还拜见了墨西哥总督，谋求建立仙台藩与新西班牙之间的直接贸易。但此时德川幕府已向全国发出了禁教令，归来的支仓潜藏在马尼拉两年不敢回国，返回日本一年后即去世。

在这种教派相争的氛围下，西班牙神父在日遇害后，耶稣会往往宣称多明我会违背教皇法令，擅自赴日传教，是冒险丧命，不配被称为圣徒。1617年纳瓦雷特死后，耶稣会同样谴责其死亡是出于"狂热而不谨慎"的蓄意行为，幕府的愤怒某种程度可归咎于西班牙教士的轻率举动。为此，多明我会出面延请洛佩重写其后同样在日殉教的奥法内尔神父等人的书信和报告，便有抵消耶稣会的责难、为多明我会正名的意味。

1617年殉教发生当年，纳瓦雷特的上级、身在马尼拉的多明我会修士莫拉莱斯（Francisco Morales）便揣摩着应该以纳瓦雷特的自我牺牲来反驳耶稣会，他策划了后续的写作计划。莫拉莱斯给殉教人的兄弟、时任西班牙王室神父与秘书的佩德罗·费尔南德斯·纳瓦雷特（Canon Pedro Fernández Navarrete）写信，信中强势地劝说遇难者的亲属，殉教是家族、教派的荣光，应该邀请戏剧名宿写一出戏广为宣扬。莫拉莱斯还随信将一些殉教遗物寄送给巴亚多利德的圣保罗学院。圣保罗学院是阿隆索·纳瓦雷特的母校，遗物包括斩首纳瓦雷特的屠刀，刀刃上带有干涸的血迹，以及身在现场的日本教友画出的殉教场面。莫拉莱斯在信中说，在圣保罗学院"有出色的艺术家，可以用更加艺术的手段描绘此事"。①

纳瓦雷特家族是巴亚多利德的望族,家族中产生了几位17世纪有名的传教士和殉道者。除阿隆索·纳瓦雷特外,其族弟阿隆索·德·梅纳·纳瓦雷特(Alonso de Mena Navarrete)也曾前往菲律宾传教,后于1622年在长崎殉教。阿隆索·纳瓦雷特那位担任王室秘书的兄弟费尔南德斯也是一位有名的文人,著有《君主制的存续》(*Conservación de monarquías*)。更关键的是,费尔南德斯与洛佩交往甚密,因此想到聘请被当时西班牙文坛尊为"天才中的凤凰"②的洛佩为殉道的兄弟撰写生平剧是顺理成章的事——当代研究一般认可这条促成《日本殉教人》面世的人际交往脉络。③

其实,撰写殉道者生平故事促使欧洲政府关注海外传教,这一策略早先也被耶稣会所使用。巧合的是,耶稣会邀请了洛佩的宿敌克里斯托瓦尔·苏亚雷斯·德·费盖罗阿(Cristobal Suarez Figueroa)将《耶稣会日本年鉴信札》从耶稣会工作语言葡萄牙语译成西语,以期在西班牙国内产生影响。而这位苏亚雷斯此前公开讥嘲声誉正隆的洛佩只会卖弄韵脚、毫无史才。这一私人恩怨也被认为是刺激洛佩接手完成《信仰在日本的胜利》的原因之一。

剧本《日本殉教人》确乎携带着多明我会托请的痕迹。例如神甫纳瓦雷特在第二幕从远海返回、舍舟再次登上长崎土地时,有一段独白:

---

① J. González-Barrera, "Un fénix para los años de hierro. Lope de Vega y La orden de los dominicos", *Hispania Sacra*, LXIX, 139 (2017), p. 243. See also Carmen Hsu, "Martyrdom, Conversion and Monarchy in Los primeros mártires del Japón (1621)", ss. 226–227.

② 详见陈众议、范晔、宗笑飞,《西班牙与西班牙语美洲文学通史》第二卷,南京:译林出版社,2018,第255页。

③ J. González-Barrera, "Un fénix para los años de hierro. Lope de Vega y La orden de los dominicos", *Hispania Sacra*, LXIX, 139 (2017), pp. 233–245.

生荆芒的土地，
今日我再次向你致意，
愿上帝赐汝鲜花
此乃果实的先兆。
神父诸君身着这套行头
从远海折返。
我等切莫耽搁时日，速将上帝真仪
授予此间藩民。奈何荒草蔓生，
劳力稀缺，但何时收获庄稼
上帝自有次序！［向着方济各派修士和奥古斯丁派修士］
良友诸君，今朝乔装潜行，
返回东瀛。
吾辈尽皆如一，
上帝助我辈此行，使信仰颁行。①

"吾辈尽皆如一"这一句，表明是多明我会修士纳瓦雷特整合了日本托钵教会（但排除了耶稣会）。同时托钵修会的传教策略是"乔装潜行"，坚持在底层传教（例如托马斯与蛮袈子都是底层教民）。托钵修会的底层路线隐含着对耶稣会上层路线的批判，后者被认为更愿意向大名传教。

假若说，抹去耶稣会痕迹是写作背后的教派之争使然，那么读者应该如何理解戏剧家对日本历史面貌的篡改？为何在日本进入德川幕府后，仍执意讲述信奉天主的皇帝掌握权力的舞台故事？

首先，奥法内尔的信函中确实曾提及大阪之阵后秀赖不知所终，这一点给洛佩预留了联想的空间。实事信息从日本传播到马尼拉，再经由传递信件的大帆船散播到墨西哥城，再经由墨西哥城传递到马德里，大

---

① Lope de Vega, *Los mártires de Japón*, p. 106.

约要花费二年。这体现了布罗代尔所说的"西班牙同距离进行的搏斗",①17世纪初的帝国心脏只能以这一节奏跳动,洛佩对丰臣一系或可重掌政权的判断合乎这一17世纪世界的尺度。

其次,研究者卡明斯提出了如何理解《信仰在日本的胜利》与《日本殉教人》两个文本之间差异的问题。《信仰在日本的胜利》更接近于17世纪初伊比利亚对于日本掌握的实际知识,洛佩自己指出长崎殉教出自秀吉之手,但《日本殉教人》却不加分辨地支持丰臣一系。尼克尔还指出《信仰在日本的胜利》中作者已然记述日本是多山、寒冷之国,但剧本第二幕吉儿朵拉却谈到了鳄鱼和鹦鹉,这些修辞显然来自热带知识。②简言之,剧作家在很多信息上都是错的,实在让人怀疑散文和剧本不是出自一人之手。历代研究者中博克舍(C. R. Boxer)、卡明斯、尼克尔认为剧本作者另有其人,但西班牙文学史家梅嫩德斯·佩拉约③和当代研究者克里斯蒂娜·李则认定剧本确是洛佩所写。本文倾向于后两者的判断,但此处不赘述繁复的论证过程,仅举一例。洛佩

---

① 费尔南·布罗代尔,《地中海与菲利普二世时代的地中海时代》第一卷,唐家龙、曾培耿等译,北京:商务印书馆,2014,第555页。

② 参 Alois Richard Nykl, "*Los primeros mártires del Japón*" and "*Triunfo de la fe en los reinos del Japón*", *Modern Philology*, 22. 3 (1925), p. 315。针对这一矛盾,注者克里斯蒂娜·李试图解释:《信仰在日本的胜利》讲述的是1615年冬季发生在九州长崎周边之事,而《日本殉教人》改编的则是1617年6月大阪夏季殉教事迹的相关报告,因此环境描述有差异,但细读《日本殉教人》便可发现该剧以长崎为主舞台。

③ 梅嫩德斯·佩拉约相信《日本殉教人》是洛佩作品,因此1895年将此剧编入《洛佩·德·维加著作集》一书中,冠以《日本殉教人》的标题,标题未使用"最初"(primeros),其后再版中才变成了《日本最初的殉教人》(Marcelino Menéndez y Pelayo, ed., *Obras de Lope de Vega*, vol. 5, Madrid, 1895)。研究者尼克尔认为"最初"一词并非指时间性,而是指"品格最高",意思是"最杰出的殉教者"(Alois Richard Nykl, "*Los primeros mártires del Japón*" and "*Triunfo de la fe en los reinos del Japón*", p. 308)。本文依据李的注释本,采用《日本殉教人》这一标题,因为17世纪初西班牙人已知晓1597年长崎二十六人才是最初的日本殉教者。

发表于 1621 年 5 月的长诗《费洛梅娜》（*La Filomena*）曾自述歌颂过日本的殉道人，这则信息不仅证实他熟悉西班牙教团日本殉教情况，而且使用"歌颂"（canté）一词便意味着作者曾写过诗体剧作，而不仅是散文。按照卡明斯的论证，《日本殉教人》剧本写于 1621 年 5 月《费洛梅娜》发表前（至少在此期间修改了第三幕），那么剧中方济各修士曾提及腓力四世（1621 年 3 月登基）的问题便恰好迎刃而解。①

或许应从散文和喜剧的文类差异来理解两者对历史的表达：《信仰在日本的胜利》是历史散文，是洛佩与论敌竞争的负气之作，他曾在给塞萨公爵的信中宣称"我若愿意，也能写历史散文"，② 那么这篇历史散文必定充满考据和来自奥法内尔的史地信息，但喜剧《日本殉教人》则不受史地信息的限制；正如李在注释本中所说，"四年后重写相关主题时，洛佩可能根本记不清原先的细节了"，例如《信仰在日本的胜利》曾说到日本有六十六国，而《日本殉教人》则说有七十四国，其实两者都是虚数，剧本不必追求与实录统一。写作圣徒生平剧时，洛佩回归戏剧家本行，对历史地理的描摹也就不甚细致了，何况剧中本来就充满超现实奇迹。就洛佩的养成而言，他不像塞万提斯那般，前半生在地中海周边广泛游历，除去伊比利亚半岛，洛佩对东方与美洲均所知不多，所以在《圣胡安之夜》（*La noche de San Juan*）一剧第一幕中，他甚至轻率地写下了利马在菲律宾旁边的台词。③

同时应留意，洛佩不顾准确性地改写历史是遵从当时诗人可以创造

---

① 关于出版时间，虽然全剧最后一段声言写作于殉教当年即 1617 年，但按照卡明斯的说法，该剧应是 1621 年面世，且时间在 1621 年 5 月《费洛梅娜》出版之前。

② Antonio Carreño, "…También sé yo escribir prosa historial cuando quiero: el triunfo de la fe en los reinos de Japón de Lope de Vega", *e Humanista* 24 (2013), p. 48.

③ Lope de Vega, *La noche de San Juan*, in http: //www. cervantesvirtual. com/obra - visor/la - noche - de - san - juan - - 0/html/fff9e68c - 82b1 - 11df - acc7 - 002185ce6064_ 2. html#I_ 1_ ［访问时间：2021 - 12 - 15］.

世界的创作法则，融入爱情、监禁和复仇，表明他谙熟马德里市井观众的趣味。让信奉天主的日本成为西班牙的属国，也暗合了庆长使团到访后马德里的知识阶层对西班牙普世帝国的期待。

三

在16—17世纪之交，葡西帝国与日本建立了复杂的经贸与文化关联，修士、商贾、兵士、译员、作家在其中扮演了不同角色，留下了大量的葡、西语文献，包括信函、史传、述略、戏剧等。洛佩·德·维加的日本书写虽然不及耶稣会士范礼安、路易斯·弗罗伊斯（Luís Fróis）等人的著述那般有名，但仍能让读者领悟到早期现代西班牙知识阶层的心态。

作为第一位观察日本文化的西方文人，耶稣会士弗罗伊斯的《日欧文化比较》（1585）一书强调差异性，在食物、宗教、医学、音乐、武器乃至道德规范方面寻找到日本人与欧洲人之间六百多种差异。[①]而洛佩绝少在剧本中呈现日本特性，甚至种族差异都未曾触及，甚至将剧中身份较低的日本人称为印第安人（indio，例如看管太阁的庄屋便属此列），或许这样的种族结构更合乎马德里观众对海外新殖民地社会的预期。当纳瓦雷特和其他两名教士准备藏身于九州民间时，仿佛简单易装就能掩盖种族差异。

全剧最具日本特色的人物便是蛮袈子。大村大名到庶民家中搜捕传教士时，传唤了这个与西班牙神父往来甚多的滑稽人物。此人上场之后便多次高呼"我在飞翔"，他很可能是在满场飞奔，挥舞着和服长袖。事实上，蛮袈子（Mangazil）这个既非西语也非日语的怪诞名字，很可

---

① 详见戚印平，《日本早期耶稣会史研究》，北京：商务印书馆，2003，第183页。

能来自西班牙语的衣袖（manga），剧作家为押韵便利而稍作更改。蛮袈子看似颇熟悉日西衣冠上的差异，见了大村将行礼时，他便调侃道：

> 在下脱靴
> 讲的是日本礼数，
> 还要说那西班牙人脱帽行礼呵，
> 比我等露出双脚更为便当！①

洛佩此处将日人入室脱鞋的习俗误解为问候时的礼节。在1621年马德里的剧场中，扮演蛮袈子的演员很可能会在舞台上脱鞋、向观众扬起脚板，引得全场哄笑。第三幕中，德川家康提审蛮袈子时，后者竟把奥古斯丁会的黑色法袍、多明我会的白色肩衣和方济各会的兜帽一股脑穿在自己身上，口中还念念有词，"愿上帝慈悲，保佑蛮袈子修士吧"，② 他显然以为穿上全套修士服便能获得天主眷顾。

在洛佩笔下，不仅滑稽角色把信仰问题想得简单，实际上全剧都未能深思本土信仰与外来基督信仰之间的关系。洛佩一生著述丰厚，但传世的剧作中仅有五部讲述"新世界"（nuevo mundo）的故事，谈到当地原住民的信仰时往往语焉不详，例如悲喜剧《被征服的阿劳坎人》（*Arauco domado*, 1625）仅述及了万物有灵论；在本剧中，则反复强调德川家康的太阳神崇拜。僭主家康强调太阳崇拜是"我们祖先的宗教"，是不容篡改的普世宗教，因此他显然成了基督之敌的角色。而在剧作中，生长在隔绝高塔中的太阁天生就拥有亲近基督教的理性思维。当庄屋向他介绍本土太阳神信仰时，他便做出了如下推论：

> **太阁** 假如太阳是创造出来的，
> 　　　那它定然还有一个创造者，

---

① Lope de Vega, *Los mártires de Japón*, pp. 70–71.
② Lope de Vega, *Los mártires de Japón*, p. 126.

> 就此称此物［太阳］为神便大错特错，
> 因为创造太阳者，也可毁灭太阳。①

尽管太阁无从了解基督教知识，但他仅从理性和逻辑上便能推论出神一定是自足的，这一点合乎教义基本精神。洛佩的这一处理呼应着早前欧洲观察者对日本的认识。1551 年，早期耶稣会使团的德·托雷斯（Cosme de Torres）就曾预言："日本人比世界上其他任何国家的居民都更愿意接受我们的神圣信仰……他们和西班牙人一样，甚至比西班牙人更富于理性。"②洛佩似乎也同意这类看法，并将日本人的天生理性作为太阁能接受纳瓦雷特感召的智识基础。在洛佩的描述中，重要的是精神实质，即拥有乐于接受信仰的理性思辨，而所谓文化差异根本无足轻重。对于拥有"和西班牙人一样"的理性根基的人而言，皈依基督教如同换一套服饰，文化异质性能被宗教克服，改宗便能消除旧宗教和习俗的一切痕迹。

纳瓦雷特及其殉教同样强调了基督教世界的同质性，在剧作家眼中，长崎殉教仅仅是以往历史事件的重演。正如洛佩在《信仰在日本的胜利》中所反复强调的，遥远的日本教会如同地中海周边的古老教会一样出色，③ 换言之，在日本献身与在古罗马帝国迫害下殉教等值，在新发现的土地上的殉教创造了基督教世界的仿象。波德里亚提出，仿象不仅是符号游戏，还意味着在世界各地复制社会关系和社会权力，"在同质的教义中重新统一（宗教改革运动之后）分裂的世界，在世界上普及惟一的福音（从新西班牙到日本的传教），组成国家的政治精英集

---

① Lope de Vega, *Los mártires de Japón*, p. 64.
② Qtd. in Carmen Hsu, "Martyrdom, Conversion and Monarchy in *Los primeros mártires del Japón* (1621)", s. 221.
③ See Lope de Vega, *Triunfo de la fee en los reynos de Japón*, p. 14.

团：这就是耶稣会教士的目标"。① 这种动向与反宗教改革运动相联系，也"与耶稣会教士试图第一次按照现代权力观念建立政治和精神世界的霸权这一事业相联系"。② 在洛佩的剧本中，受到耶稣会刺激，托钵修会也在用殉教之血图绘出一种全球仿象。似乎在殖民前沿的每一次殉道中，共同信仰都克服了地理和文化的差距，都将异域空间整合到西班牙律法宰治的普世帝国中；在洛佩的剧本内，马德里和长崎被收容到均质化的空洞空间里。

洛佩对日本殉教行为的彻底归化，充分彰显了一个 17 世纪初西班牙文人的自负。他绝不会揣测殉道遗迹或许构成的是地方性的神圣空间，也必然无法理解远藤周作在历史小说《沉默》借弃教的费雷拉神父对日本皈依者所做出的省思（"日本人信仰的也不是基督教的神，而是他们扭曲后的东西"③），更不可能预料到当代平户生月岛的"隐秘切支丹"被外界发现后，却不肯回归天主教世界怀抱的选择。④

从今日看来，《日本殉教人》携带着超前的民族主义痕迹，从洛佩的行文中能清晰读出剧作家在 17 世纪初谈论东方传教活动时，基督教化被强烈等同于西班牙化。吉儿朵拉被纳瓦雷特用神力救出后，她询问是何人仗义援救，那位多明我会士说：

> 是西班牙人的上帝
> 而我是他的神甫，
> 善良之神的臣仆

---

① 让·波德里亚，《象征交换与死亡》，车槿山译，南京：译林出版社，2006，第 70 - 71 页。
② 让·波德里亚，《象征交换与死亡》，第 70 页。
③ 详见远藤周作，《沉默》，第 174 页。
④ 张承志，《长崎笔记》，收入张承志《敬重与惜别——致日本》，北京：东方出版社，2014，第 68 页。

经典与阐释

神献出自己钉上十字架，

将生命赐予世人。①

在殉教场景之前，太阁在藏身处看到少年托马斯欣然陪同西班牙修士被押解上西坂，平静迎接死刑，太阁自语道："我看到了什么，听见了什么？/为西班牙律法赴死竟如此欣悦？"在《日本殉教人》中，基督律令就等于西班牙的法，上帝就等同于西班牙的神，基督教与西班牙保持了惊人的同一性，抹除了传教团的国际性特征。实际上，率先成稿的《信仰在日本的胜利》已经在倡导一种"线性传教史"，即日本传教是西班牙在伊比利亚半岛击溃摩尔人的"光复运动"的承继，也是征服美洲阿兹特克帝国的延伸。② 正如研究者帕德隆所说："在《信仰在日本的胜利》的字里行间，我们瞥见了早期现代西班牙的意识形态家们所渴望的帝国乌托邦，即一个以西班牙为首的基督教世界帝国。"③ 卡尔·施米特观察到，16 世纪下半叶是一个在欧洲新发现的土地上建立新秩序的时期，在新旧教派的内战中，诞生了国家拥有最高政治决断权的思想，这一思想"使所有的神学－教会的冲突中立化，使生命世俗化，就连教会也变成国家的教会"。④ 那么，在反宗教改革之后的旧教内部，在托钵修会与耶稣会关于日本传教权的论争中，最高政治决断已经被诉诸作为国家的西班牙，而传播福音也已被收编到西班牙普世帝国的救世目的论之中了。

洛佩礼赞殉教之血，把 17 世纪初日本九州迫害与残杀异己的修罗

---

① Lope de Vega, *Los mártires de Japón*, p. 110.

② Lope de Vega, *Triunfo de la fee en los reynos de Japón*, pp. 13 – 26.

③ Ricardo Padrón, "The Blood of Martyrs is the Seed of the Monarchy: Empire, Utopia, and the Faith in Lope's *Triunfo de la fee en los reynos de Japón*", in *Journal of Medieval and Early Modern Studies*, 36. 3 (2006), p. 534.

④ 卡尔·施米特，《陆地与海洋——古今之"法"变》，林国基、周敏译，上海：华东师范大学出版社，2006，第 68 页。

场,视作西班牙帝国的未来荣光。透过这一对人世苦难的麻木和盲目的傲慢,还能读出一种关于西班牙普世帝国内部的同一性的焦虑。即便士兵和教士正在从大西洋到太平洋的广阔空间里攻占军事和信仰的城堡,但伊比利亚内部的同一性正在削弱。1609—1614 年西班牙政府刚刚施行了为捍卫"血统纯正"(limpieza de sangre)而驱逐摩里斯科人(Morisco,改宗摩尔人)的严酷法案,① 其动因之一是面对国力由盛转衰的西班牙帝国,人们普遍带有排外情绪,恐惧那些隐秘的犹太人和改宗者伪装成老基督徒而窃据高位。血统纯正论是老基督徒平民与新皈依的精英贵族斗争的武器。故此《日本殉教人》落幕前,太阁与吉儿朵拉的几句窃窃私语便有了不同的读法:

> 太　　阁　你是否愿透露,此前曾许下何种誓言?
> 吉儿朵拉　立誓做个基督徒。
> 太　　阁　你的誓言正合我意,亦是我心愿,
> 　　　　　不过这等秘密,需严守到掌权之前。②

这段简短的对话不啻为一种慰藉,因为观众看到舞台上的日本人改宗后便成了帝国臣属;但其中也流露出些许不安:在这世界大舞台上,很难窥破戏装之下他人的真实信仰,因而本土基督徒的特权和上升空间很可能会被融入西班牙的可疑的他者文化精英所阻遏。这一焦虑将在 17 世纪持续困扰帝国中心的知识阶层。

作者简介:

魏然,北京大学比较文学博士,中国社会科学院外国文学研究所副研究员,主要研究领域为西班牙语文学、中国与拉丁美洲文学关系。近

---

① 索飒,《挑战风车的巨人是谁:塞万提斯再研究》,见索飒《彼岸潮涌:拉丁美洲笔记》,香港:大风出版社,2007,第 232 页。

② Lope de Vega, *Los mártires de Japón*, p. 148.

期发表的论文有《借来的光：拉丁美洲的团结电影与左翼世界主义》（载《电影艺术》2021年第6期）、《"他加禄的哈姆雷特"的抉择：何塞·黎萨尔的去殖民与亚洲问题》（载《外国文学评论》2020年第1期）、《在笔与枪之间：〈讲话〉在阿根廷的阅读与挪用》（载《文艺理论与批评》2019年第3期）等。

卢梭反对戏剧？*

——对布鲁姆《政治与艺术》导言的两个补充

陈　军

内容摘要　卢梭以反对文艺而闻名，但在《致达朗贝尔的信》中他对戏剧的态度是矛盾的。布鲁姆站在古典政治哲学的立场指出，卢梭为守护政治生活的道德维度，批评启蒙戏剧无助于人在道德上"反思明智"，并在强调哲学应与政治拉开距离的基础上，提倡与"特殊习惯"相"吻合"的戏剧。但布鲁姆并没有论证启蒙戏剧为何无法促人"反思明智"，也没有描述卢梭戏剧的面貌。对勘卢梭的其他著述可知，他将"自爱"作为人性的第一原则，推出启蒙戏剧的失败；卢梭的戏剧往往从爱情入手，尝试借温情脉脉的爱情游戏，以"润物无声"而非反思的方式，辅助人们恢复道德上的真诚和纯朴。

| **关键词**　卢梭　反戏剧　启蒙戏剧　理性反思

---

* 本文为国家社科基金重大项目"中外戏剧经典的跨文化阐释与传播研究"的阶段性研究成果（项目编号：20&ZD283），同时为"浙江工商大学浙江省'外国语言文学'一流学科（A类）建设高层次项目"阶段性成果。

Is Rousseau an Enemy of Drama:
Two Additions to Allan Bloom's "Introduction"

Chen Jun

Abstract: Rousseau's attitude towards drama is contradictory in *Letter to D'Alembert*, though he is famous for opposing literature and art. Given his stance on classical political philosophy, Allen Bloom argues that Rousseau criticized enlightenment drama for its failure of moral reflection, emphasized the separation of philosophy and politics and advocated the drama which accords with particular customs. However, Bloom does not prove why enlightenment drama cannot bring about moral reflection, nor does he describe what Rousseau's drama is like. From other works of Rousseau, we could understand that Rousseau deduced the failure of enlightenment drama when considering self-love as the first principle of human nature, and he tried to help restore moral integrity and simplicity by displaying tender love silently in his dramas instead of moral reflection.

Key words: Rousseau; anti-drama; enlightenment drama; rational reflection

引言 卢梭戏剧观的悖论

作为"古已有之"的议题,"诗与哲学之争"① 是西方思想史中的核心问题之一。对此,罗蒂认为"尼采以降"的哲学家拒斥总体和绝对,接受"个体与偶然","让哲学向诗投降";而"尼采之前的哲学

---

① 参见柏拉图,《理想国》,郭斌和、张竹明译,北京:商务印书馆,1986,第407页。

家"却不满足于"诗人所能做的事情",① 他们往往褒扬理性和哲学,贬抑感性和文艺。在"人人都是艺术家"的当下,我们尽管不易被"尼采之前的哲学家"说服,但理解他们的思路却并非难事。然而在这些"尼采之前的哲学家"中,卢梭似乎是个让人费解的"另类"。

众所周知,哲人卢梭涉猎广泛,在文艺领域,写过小说编过戏,都很成功。不过最早让卢梭声名鹊起的,却是他抨击各类文艺作品的获奖论文《论科学与艺术》。之后,卢梭在默默无闻的《论戏剧模仿》中以理性高于感性的传统论调,集中批评了戏剧,② 不久,他又作了一篇被认为以攻击戏剧而闻名的《致达朗贝尔的信》(下文简称《信》)。然而只消粗粗通读《信》便不难发现,卢梭的反戏剧并不那么"单纯",其思路一波三折、矛盾丛生:他时而贬低戏剧,时而又赞美戏剧;作为哲学家,他在批判戏剧时甚至竟还顺带反对哲学家,把他们贬得一文不值。③ 西方大哲卢梭对戏剧的态度如此吊诡,这着实令人困扰和兴奋。

从后来卢梭为自己申辩的《纳喀西斯》序言来看,他在当时便因上述矛盾饱受非议,④ 不被人理解。而从大多数西方当代学者的研究来

---

① 参见罗蒂,《偶然、反讽与团结》,徐文瑞译,北京:商务印书馆,2003,第43页。

② See Jean-Jacques Rousseau, "On Theatrical Imitation Essay", in Johnt Scott (trans. and ed.), *The Collected Writings of Rousseau*, Vol. 7 (Lebanon, New Hampshire: University Press of New England, 1998), pp. 346-349.

③ 参见卢梭,《致达朗贝尔的信》,李平沤译,北京:商务印书馆,2011,第90、41-43、75页。另外笔者还参考王子野译本(《卢梭论戏剧》,北京:生活·读书·新知三联书店,2007),以及布鲁姆的英译版本。

④ See Jean-Jacques Rousseau, "Preface to Narcissus: Or the lover of Himself", in Roger D. Masters and Christopher Kelly (trans. and ed.), *The Collected Writings of Rousseau*, Vol. 2 (Lebanon, New Hampshire: University Press of New England, 1992), p. 188.

看，卢梭在戏剧上的悖论也没有得到比较周全的解释。① 相较而言，就笔者所见的相关研究中，施特劳斯学派的卢梭研究专家阿兰·布鲁姆对卢梭戏剧理论的解析即便称不上更正确，也可以说更为自圆其说，其《信》的英译本（《政治与艺术》）导言②从古典政治哲学的立场出发阐释卢梭之悖论的思路颇能给人启发。在此，笔者不揣简陋，尝试简要介绍布鲁姆导言中的思路，并顺着他的思路作两点补充。

一、布鲁姆对卢梭戏剧观的解读

在一定意义上说，戏剧中的某些根本性问题（比如什么是好的戏剧）是哲学的次生话题，对此，我们无法通过辨析戏剧本身，而往往需要借助哲学才能获得整全的阐释。作为古典政治哲学家，布鲁姆接受老

---

① 相当多有代表性的研究将卢梭的反戏剧作为既成事实来理解和分析，对前述卢梭的矛盾则保持了沉默，比如乔纳斯·巴里什的《反对戏剧的偏见》（Jonas Barish, *The Antitheatrical Prejudice*, Berkeley and Los Angeles: University of California Press, 1981, p. 260）；摩西·巴拉斯的《从高乃依到卢梭的法国舞台论争》（Moses Barras, *The Stage Controversy in France from Corneille to Rousseau*, New York: Phaeton Press, 1973, pp. 259 - 261）；本杰明·巴尔巴的《卢梭与戏剧想象的悖论》（Benjamin R. Barber, "Rousseau and the Paradoxes of the Dramatic Imagination", *Daedalus*, Vol. 107, No. 3, [Summer, 1978], pp. 79 - 92）等。另外，文学史家朗松（《朗松文论选》，徐继曾译，天津：百花文艺出版社，2009，第487页）和戴维·马歇尔（David Marshall, "Rousseau and the State of Theatre", *Representations*, No. 13 [Winter, 1986], pp. 84 - 114）曾试图调和卢梭戏剧观的矛盾，但都不是太成功：朗松的思路无法解释卢梭在《论戏剧模仿》中对理性的推崇；马歇尔对"同情"的分析针对的是所有戏剧，然而卢梭在《信》中只是针对某种类型的戏剧，而不是所有戏剧，因此，马的分析也不能回答卢梭在《信》中的矛盾。

② Allan Bloom, "Introduction", in Jean - Jacque Rousseau, *Politics and the Arts: Letter to M. D' Alembert on the Theatre*, trans. by Allan Bloom, Illinois: The Free Press of Glencoe, 1960. 译文参考布鲁姆，《〈政治与艺术〉导言》，林国荣译，载布鲁姆，《巨人与侏儒》，张辉选编，北京：华夏出版社，2003。林译精准，除个别地方略有改动外，本文对导言的引用均采林译。

师施特劳斯的教诲，特别关注哲学在政治世界中的位置，即在充斥"意见"的政治世界应如何安放寻求"透明"真理的哲学。在这个问题上，依布鲁姆解读，卢梭倾向于古典政治哲人，强调反思的哲学与实践的政治应拉开距离；而他的对立面是以狄德罗、达朗贝尔等人为代表的启蒙哲人，他们主张普及哲学并据此将政治透明化。在布鲁姆看来，启蒙哲人的哲学观决定了他们标举"反思"的"启蒙戏剧"，而卢梭在哲学上对启蒙哲人的谨慎反对则决定了其充满悖论的戏剧观。

先看启蒙哲人。布鲁姆对启蒙哲人有一个总体性的概括：

> 哲学家们的如椽大笔都在为反抗限制而战斗，无论是政治的还是宗教的，这些限制妨碍了人们对自己志趣的自由追求；相当宽宏的人也被说服，认为文人界乃是在现存政制范围内建立起来的才智卓然之士的正当社会，这样一个社会常常和现世共和国的统治者发生抵牾，但是这个社会将能依据自己的理路改造他人，……哲学将荡除人类的偏见，用不着迷信的帮助而使人们清楚知道自己的义务所在；精巧的艺术将化育人们，祛除人们野蛮的粗质……①

布鲁姆说启蒙哲人渴望"自由追求"，这并不意味着他们追求一种取消道德的自由，相反，他们希望建立以普遍道德为基础的政治世界，认为自由就在其中。具体地说，首先，就哲学与政治的关系而言，启蒙哲人公开反对现实政治中的"特殊"习俗、宗教传统（即"意见"），他们认为，由这些"未经思考"的"意见"所确立的道德根基是"不透明"的（因此也是不自由的），并且，人被"意见"包围，是知识和教育不足造成的，只要启蒙的时间足够长、内容足够深，全人类便可以洞穿所有"意见"而趋近"透明"真理。因此，启蒙哲人特别积极地用哲学推翻"特殊"的政治世界，塑造"反思"的人和道德"透明"

---

① Allan Bloom, "Introduction", p. xvii.

的普遍社会。其次，对戏剧艺术来说，启蒙哲人所追求的"精巧的"戏剧事实上依附于启蒙哲学，是一种面向公众的启蒙方式。以他们热衷的悲剧为例，布鲁姆在后文指出，悲剧展示"巨大激情所带来的快乐和悲伤的生活"，引导人们诉诸理性并"习惯于思考"。① 最终，人们借助对欲望和激情的反思来把握并践行普遍的道德，而非依靠"未经思考"之"意见"的指引走向"特殊"的道德实践。

再看卢梭。布鲁姆认为，卢梭首先不能接受启蒙哲人的哲学观，进而对后者的戏剧观也持批判态度。对此，布鲁姆有两段非常重要的陈述：

> 在对真理的客观追求与政治生活所必需的偏见和特别利益之间存在着不同，对于这个不同，百科全书的作者们并没有加以严肃考虑……社会永远不可能是完全理性的，试图使社会全然理性化就是滥用科学，腐化社会。社会中人乃是由习惯加以统治的，理性更倾向于为人的自我沉迷提供论证，而不是促使其履行自己的义务。②

> 一个真正政治家的技艺乃是能够判断一个民族的生活方式……这是一项精深的事业，要求对一个民族特殊的习惯以及这些习惯于整体生活方式的关系拥有特别的知识。百科全书派在其普遍的科学中，并没有为政治家留下空间。他们一直在寻找一种能够在各处确保健全统治的政治科学，但是他们忘记了，人类中最好的东西只是在罕见的情况下才得开花结果……这些条件不可能成为普遍的……最好的东西在政治当中通常是得不到实现的；它是有待达到的目标，达到的途径随有关民族的不同而不同。剧场可以是美好的，但是其赖以存在的条件，是不是总能和健全道德的存在条件相吻合呢？这都是必须考虑的问题，卢梭尝试给政治家提供自由空间，而

---

① Allan Bloom, "Introduction", pp. xxviii – xxix.
② Allan Bloom, "Introduction", p. xxi.

这在他那个时代和我们时代的一般思考当中都是缺乏的。①

布鲁姆的表述意味着，古典政治哲学家对政治带有一种同情的理解，即"特殊"的政治世界确实造成了人的道德"偏见"，但若再追溯上去，如此让人不可忍受的现实有着某种迫不得已的无奈——人在道德上的"特殊"、政治上的"偏见和特别利益"本身乃是人的天然有限性的结果。在根本上，人的天然有限性一方面是肉身的有限，人在生活上需要合作分工，因此，不可能人人都以抽象艰难的理性反思为业；更要紧的是精神上的有限，"对大多数人来说"，以颠覆"意见"、追求"透明"为业的哲学抽掉道德之"未经思考"的"特殊"根基后，理性反思"能够证明的仅仅是个人福利的既得利益计算"，② 而无助于人们在道德上明智起来。因此，"大多数人"恰恰需要借助"特殊习惯"而不是理性反思，才能够辨别和葆有道德及生存价值。③ 在这个意义上，布鲁姆指出，与启蒙哲人不同，意识到人之有限性的卢梭不得不考虑政治和哲学的界限，给现实政治留下空间：大多数人只能依附在"不透明"的政治世界，与"特殊习惯"所奠定的伦理、道德和价值为伍；同时，哲学这种要求极高的智性活动只能是少数人的"隐微"事业，不应贸然取代"特殊习惯"，去建立某种"透明"、普遍的政治世界。

基于上述哲学前提，布鲁姆指明了卢梭对戏剧的态度：一方面，哲学虽好，但门槛太高，大多数人更愿意在繁重的劳作后投入戏剧一类的娱乐活动而不是理性反思，因此禁止戏剧娱乐对"大多数人来说是不可能的"，并且要"支持和鼓励"戏剧；④ 另一方面，既然大多数人在生活和精神上均有依附性的需求，以及"特殊习惯"对这些需求有决定性作用，那便要注意"照看好"戏剧，使它与人们"特殊"的道德实

---

① Allan Bloom, "Introduction", p. xxxiii.
② Allan Bloom, "Introduction", p. xxiii.
③ See Allan Bloom, "Introduction", p. xxiv.
④ Allan Bloom, "Introduction", p. xxvi.

践保持"吻合"。换言之，戏剧应唤起"已经存在的或者人们所爱惜的激情",① 如"父亲、丈夫和公民的义务"，把人们业已熟悉并珍视的这些"特殊"道德实践当作"快乐的源泉";② 而不应像启蒙哲人推崇的悲剧，它们向大众展示某些"激情的危险效果"以净化激情（比如爱情），结果这些悲剧非但无法使人在反思后走向道德明智，反而致人加剧沉溺其中，并结合理性思考反过来进一步摧毁"特殊习惯"的神圣性，最终导致其与"人们的劳作"、"特殊"的道德实践和生存价值发生冲突。③

根据布鲁姆的思路，回头再看卢梭的戏剧观，其中的矛盾似豁然圆通了：首先，在卢梭这里，基于人的有限性，为了守护政治生活的道德维度，哲学和政治两者的"健康"关系毋宁是，少数人从事的哲学与"透明"真理相关，是最高级的精神活动，但它应与"特殊"的政治世界拉开距离；其次，基于哲学与政治的"健康"关系，卢梭尽管以哲人的身份在《论戏剧模仿》中贬低感性戏剧，却仍然公开支持和赞同那些不"改变人的感情和社会风尚"，使人的天性接纳"特殊"（卢梭谓之"好的方向"④）的戏剧；再次，在卢梭看来，面向大众的启蒙哲学颠覆了"特殊"的道德根基，打破了哲学与政治的"健康"关系，而作为启蒙哲学的附属物，供人反思的"启蒙戏剧"无助于人在道德上明智起来。因此，卢梭在《信》中公开攻击戏剧，实为卢梭基于其哲学观，在同时批判启蒙哲学和相应的"启蒙戏剧"。

不难看出，大多数人做不到"反思明智"，这是布鲁姆上述思路的关键之处。不得不承认，对喜好文艺的现代人来说，布鲁姆这一观点是

---

① Allan Bloom, "Introduction", p. xxvii.
② Allan Bloom, "Introduction", p. xxvi.
③ See Allan Bloom, "Introduction", p. xxvi.
④ 参见卢梭，《致达朗贝尔的信》，第 41 – 43 页。事实上，这个"好"不是针对哲学家而言的，它不是"透明"或"真理"意义上的"好"，而是面向大多数人的"好"。

不可思议的。我们大都会生出像当年收到回信后的达朗贝尔一样的疑惑，戏剧（主要指悲剧）难道不是通过"挑起激情"，打动我们的情感，唤醒我们"温柔的灵魂"，从而激发人达成"反思明智"吗?![①] 如前所述，布鲁姆认为，做不到"反思明智"是由于人在生活和精神上有依附性需求。但这只是结论，并没有详细论证。[②] 下文将尝试通过分析启蒙哲人狄德罗的"启蒙戏剧"代表作《私生子》，并借鉴卢梭在哲学、政治等其他领域的相关思路与观点来对勘论证，对布鲁姆的导言作第一个补充。

二、卢梭为何反对"启蒙戏剧"

在人为何无法借"启蒙戏剧"来达成"反思明智"这个问题上，卢梭在《信》中一方面出于"隐微"需求，隐去了对狄德罗等启蒙哲人及其"启蒙戏剧"的攻击，代之以批评故去的"新古典主义"作家作品;[③] 另一方面出于读者层次的考虑——这封信是面向"大众"的"东拉西扯"，[④] 他也只是泛泛地描述悲剧渲染激情给观众带来的负面效

[①] See D'Alembert, "Letter of M. d'Alembert to M. J. J. Rousseau", in Allan Bloom and Charles Butterworth (trans. and ed.), *The Collected Writings of Rousseau*, Vol. 10 (Lebanon, New Hampshire: University Press of New England, 2004), pp. 358 - 360.

[②] 国内有学者重新强调了古典政治哲学的解释路径，但也没有详细论证，如黄涛的《戏剧与政治生活——卢梭〈致达朗贝尔论戏剧书〉的隐秘意图》（载《政治思想史》，2013 年第 4 期），黄群的《隐匿的修辞——初论卢梭〈致达朗贝论剧院的信〉的形式与结构》（载《国外文学》，2007 年第 1 期）。

[③] 参见贺方婴，《卢梭的面具——〈论剧院〉与启蒙戏剧》，成都：四川人民出版社，2020，第 120、319 - 321、566 - 569 页。

[④] 参见卢梭，《致达朗贝尔的信》，第 27 - 28 页。

果,① 并给出总结性的论断——"理性在舞台上是没有用的",② 至于理性为何没能净化激情、提升心灵,他也隐而不论。在此,卢梭的"隐微"背景已然不存在了,而狄德罗是卢梭潜在的批评对象,我们不妨拿卢梭的相关论述来对照考察狄德罗的"启蒙戏剧"代表作《私生子》。

《私生子》作于1757年,狄德罗相当重视这部作品,在剧作发表后立刻撰写了《关于〈私生子〉的谈话》,将它称为非"悲剧"非"喜剧"的"严肃剧"③——在中国被称为"正剧""启蒙戏剧"等④(为了统一,后仍称"启蒙戏剧"),以期在理论上为这类以普通人物为主角、风格严肃的戏剧确立地位。1758年,狄德罗又发表了《论戏剧诗》,继续为这类戏剧正名。卢梭的《信》正好写于《谈话》和《论戏剧诗》之间。

在《私生子》中,狄德罗描绘了一出普通市民爱而不得的悲伤故事。主人公多华尔来到好友克莱维勒家中度假,不承想,多华尔与好友的情人罗萨丽日渐生情,多、罗两人陷入了"巨大激情所带来的快乐和悲伤的生活"。全剧凡五幕38场,展示多、罗左右为难的场面大约占16场,其中第二幕第二场比较完整地呈现了两人痛苦与喜悦交织的复杂情感。

> **多** 可你为何不爱克莱维勒了?凡事都有原因。
>
> **罗** 因为我爱上别人了。
>
> ……
>
> **多** 罗萨丽……假如不幸得很……你的心出乎意料地……滑向

---

① 参见卢梭,《致达朗贝尔的信》,第59-60页。
② 卢梭,《致达朗贝尔的信》,第43页。
③ 参见狄德罗,《狄德罗美学论文选》,张冠尧、徐继曾等译,北京:人民文学出版社,1984,第93、132页。
④ 参见拙著《正剧批判——从黑格尔对正剧的批判出发》绪论和第二章,北京:中国社会科学出版社,2013。

某个方向……而理智让你为此深感罪恶……我了解这可怕的处境！……我很同情你！

罗 那就同情我吧。我爱过克莱维勒。……我丝毫没有怀疑，自己会习惯爱他的情敌……

多 那这个该死的幸运儿，他知道自己的幸福吗？

罗 假如这算是幸福，他应该知道。

多 既然你爱他，他必定也爱你吧？

罗 多华尔，你知道。

多 是的，我知道……谁能把我从我自己手里救出来？……①

多、罗两人，一边是爱的自然激情，另一边是爱的忠贞（罗对克）和友谊的忠诚（多对克），即所谓的道德。毋庸多言，在此，"快乐"的爱情带来了令人"悲伤"的难题：选择爱情，则会违背道德；恪守道德，便需要牺牲爱情。面对这一窘境，尽管最后一场多、罗二人的亲生父亲"机械降神"，证实他们原为亲兄妹关系，困局迎刃而解。但在狄德罗的编排中，早在全剧倒数第三场，解决多、罗困境的方案就已经由两人的痛苦反思给出了：牺牲爱情，服从道德。

回到戏剧是否能助人"反思明智"这个焦点问题。我们在《私生子》中可以很清楚地看到，"反思明智"之所以成为难题，是因为道德上的"明智"往往意味着"牺牲成仁"——多华尔曾感叹："美德，你若是不要求任何牺牲，还会是什么？"② 那么，狄德罗为何认为《私生子》能够使人做到"反思明智"？

对于启蒙哲人狄德罗来说，道德上的"反思明智"显然不是一个单纯的戏剧或心理学问题，而是其整个哲学框架中的子问题。卡西尔指

---

① 狄德罗，《狄德罗精选集》，罗芃编译，北京：燕山出版社，2008，第437-438页。

② 狄德罗，《狄德罗精选集》，第451页。

出，狄德罗的思想框架在大陆理性主义传统和英国关注"情感"的经验主义传统之间作了"转变"和"折衷"。① 我们知道，大陆理性主义传统认为人是理性的，人应该且只能凭借理性为道德立法，偶然性、个人情感偏好等都应受制于理性；而英国经验主义者则认为，单纯的理性并不能驱使我们实践，是情感激发了我们的理性反思及相应的实践，即理性是整个心灵情感的结果。② 反映到哲学和戏剧美学上，"折衷"的狄德罗相信，首先在道德哲学上，一方面（理性主义），人在本质上就是"理性的"，③ 且人类社会与作为"机器"的自然界一样，存在可由理性演绎的客观真理（尤其指道德律）；另一方面（经验主义），"理性人"并不自私冷漠，人的情感促使他们反思并"喜爱"道德秩序，将之作为最优先的考虑。④ 其次，就戏剧而言，社会规律落实到戏剧就具体化为展示人与人之关系的"情境"，其要旨是，人在"情境"中遭遇情感冲突，情感冲突激发理性反思，理性人由此明晰道德律，并热情践行之。基于上述逻辑，对《私生子》中的多、罗来说，他们陷入情感纠葛后之所以能成功地"反思明智"，乃是因为情感冲突激发了两人的理性。作为理性人，他们热爱道德秩序胜于非理性的爱，既然忠贞和忠诚是理性演绎出的道德法则，多、罗二人自然能够做到"反思明智"。对观众来说，他们被主人公在情感中的煎熬所打动，理性随之被唤醒。最后，热爱道德秩序的观众在反思中扬弃了对多、罗二人的怜悯，与道德律达成认同。

---

① 卡西尔，《启蒙哲学》，顾伟铭译，济南：山东人民出版社，2007，第228、312页。

② See Michael L. Frazer, *The Enlightenment of Sympathy: Justice and the Moral Sentiments in the Eighteenth Century and Today* (New York: Oxford University Press, 2010), pp. 5–6.

③ Denis Diderot, *Political Writings*, trans. and ed. John H. Manson and Robert Wokler (Cambridge: Cambridge University Press, 1992), p. 19.

④ 参见狄德罗，《狄德罗美学论文选》，第84页。

可以清楚地看到，狄德罗的上述宏愿能否实现，很大程度上取决于其乐观的人性观——理性状态（有反思的能力和"反思明智"的"利他"热情），是人的本然状态（即"自然状态"）——是否为真。正是在此出发点上，眼尖的卢梭并不买账，他敏锐地发现，启蒙哲人实际上将"脱离了自然状态"的人之属性（理性）当作自然和客观的。① 换句话说，狄德罗认为人自然而然就是理性的，但在卢梭看来，人的理性反思能力和"利他"热情均是被"规训"过的社会状态，而非本然状态。尤其是后者，狄德罗相信理性人的"利他"本性，而卢梭则会指出，狄德罗并没有挖到人性的根子，在理性这层外衣内事实上还存在一个更加本真的人之状态，即人的心灵在"自然状态"下存在一条先于理性的"第一准则"："自爱"（"关心他自己的生存"）。② 在卢梭看来，是作为非理性的"自爱"，而不是对"利他"的"喜爱"，才是人最原初、最自然且最优先的情感。既然卢梭强调"自爱"而非"利他"的情感乃人心灵的第一原则，照此逻辑，他自然会得出结论，人越是在反思中认识到践行道德所需付出的代价，在自身欲望和激情的驱使下，"自爱"之人便越是难以"反思明智"，正如卢梭在不同著作中所表达的同一个疑问，我们到哪里去找"一个能这样摆脱他自身利益的人"？③

回到《私生子》，剧中多、罗的遭遇真实地呈现了"自爱"和"利他"之间的艰难抉择：多、罗二人越是理性地辨析情感难题，道德（"牺牲成仁"）带来的痛苦便越甚，而爱情带来的快乐也越强烈、越难以割舍。更重要的是，在倒数第三场，我们看到多华尔根据理性反思给出"牺牲成仁"的终极理由竟不是道德本身，而恰恰是（或至少包含

---

① 卢梭，《论人类不平等的起源》，李常山译，北京：商务印书馆，1962，第66页。

② 卢梭，《社会契约论》，李平沤编译，《卢梭全集》第4卷，北京：商务印书馆，2016，第178页。另参卢梭，《论人类不平等的起源》，第67页。

③ 卢梭，《社会契约论》，第178页。

了)"自爱"——"一个曾经背叛情郎的女人怎么会可靠?""一个曾经背叛好友的男人怎么可信赖?"① 这意味着,《私生子》所证成的反倒不是狄德罗,而是卢梭:多华尔艰难地作出了牺牲,但他的理由无一不指向"自爱"这个根基。

对观众来说,很多研究认为卢梭攻击戏剧是因为其中的情感泛滥导致观众的理性被压制。② 事实上,对《私生子》这样的"启蒙戏剧",卢梭认为其中的理性反思和情感泛滥是一体两面的,即剧中人越是事无巨细地斟酌道德与激情的冲突,"自爱"的观众便越能在同一时间,既清醒地意识到"成仁"的困难,也在情感上同情"不德"的主人公以及可能遭遇类似情境的自己。结果是,一旦涉及自身利益,出于"自爱"之心,"启蒙戏剧"所启发的理性反思往往不能够帮助大多数观众获得"牺牲成仁"意义上的道德明智,反而总是加剧"偏袒对我们有利"③的事——布鲁姆所说的"个人福利"。更进一步,依照卢梭的逻辑,既然人天然地首先"关心他自己",而"自爱"之人却被迫在启蒙哲学和"启蒙戏剧"的倡导下接受"利他"原则的优先性,大多数人就有变得"虚伪"的趋势:表面道德,内心自私。极端恶劣一点儿则"既从他不公正的行为中获益,又从别人的公正行事中捞到好处"。④ 这就是说,启蒙哲人狄德罗依据理性建立,以为理性人将会热情践行的道德义务,在卢梭看来处在时刻被摧毁的边缘,而且社会越是鼓励理性反思,大多数"自爱"之人就越虚伪,道德崩溃得也越快。为此,卢梭批判"启蒙戏剧"。

综上,卢梭之所以认为"启蒙戏剧"反思的机制不成立,是因为

---

① 狄德罗,《狄德罗精选集》,第464页。
② 比如前文注释提到的乔纳斯·巴里什的《反对戏剧的偏见》、摩西·巴拉斯的《从高乃依到卢梭的法国舞台论争》、本杰明·巴尔巴的《卢梭与戏剧想象的悖论》等。
③ 卢梭,《致达朗贝尔的信》,第48页。
④ 卢梭,《致达朗贝尔的信》,第48页。

他将"自爱"而不是理性"利他"作为人性的第一原则。接下来的问题是,对人性如此悲观的卢梭,认为什么戏剧是好的?如前所述,布鲁姆只是说,卢梭主张戏剧应与人的"特殊"道德实践相"吻合",它唤起人们业已熟悉和爱惜的情感(如亲属之爱等),并将与这些情感相关的道德实践当作"快乐的源泉"。不过,布鲁姆对这类戏剧的面貌并没有更具体的描述。

三、卢梭的戏剧创作

在卢梭眼里,戏剧应该是什么样的,我们仍然需要从头开始。

如前所述,作为一个以理性反思为事业的哲人,卢梭尽管不反对理性之于真理的作用,但他却"没有现代人那种政治和道德的乐观主义",[①] 不相信大多数人有优先"利他"的道德热情。既然人天然地首先"关心自己"而非"牺牲成仁",政治共同体又必须且只能以某些共通的道德为基础,对此,卢梭大致从两个方面来解决其中的矛盾,一是"隐微"地保留作为"特殊习惯"之宗教的神圣位置,[②] 二是确立比理性"更坚实的稳固的基础",即由"自爱"扩张出来的另一种自然情感——"怜悯"(即"同情""仁慈""良心"):"我希望他不受痛苦,也正是为了使我自己不受痛苦;我爱他,也正是为了爱我。"[③] 详细描述这两方面的关系以及如何进一步根据它们构建出道德、政治和社会不是本文的任务,在此需要说明的是,无论宗教,还是作为自然情感的"怜悯",它们在卢梭的框架中无疑都被作为确立"天经地义"之道德的方法。借助它们,卢梭试图恢复人们对道德"日用而不自知"的状

[①] Allan Bloom, "Introduction", p. xxiv.
[②] 参见贺方婴,《卢梭的面具——〈论剧院〉与启蒙戏剧》第二章。
[③] 卢梭,《爱弥儿》,李平沤编译,《卢梭全集》第6卷,北京:商务印书馆,2012,第372页,卢梭原注。

态，将大多数人塑造为"纯朴"之人，而不是"虚伪"的理性之徒，从而保守住政治共同体的道德维度。

再回到戏剧问题，从戏剧作为大众公开娱乐活动的角度说，卢梭批判教人反思的"启蒙戏剧"，支持与"天经地义"之道德、"日用而不自知"的精神状态相"吻合"的作品。我们可以在《信》中看到，卢梭心目中有三类"好的"戏剧：一、他改编后的《贝蕾尼丝》；二、《信》末尾提到以阅兵、体育竞技、舞会等为形式的"集会活动"；三、出现在注释中，"表现高尚品德"，描写英雄面对死亡而无所畏惧的戏。① 这其中，只有第一类属于同日常道德实践相"吻合"的戏剧。② 在卢梭看来，拉辛原作《贝蕾尼丝》中罗马皇帝提图斯接受皇帝义务，放弃异族异教的爱人贝蕾尼丝，应改为提图斯经慎重考虑后，放弃皇位，选择爱情和贝蕾尼丝。如此改编的理由在于，如前所述，卢梭以为，向大多数普通人展示"牺牲成仁"的理性反思只会导致人性的"虚伪"，而真挚的爱情同时包含了"自爱"和"利他"的"怜悯"情感，是培养纯朴道德情感最自然的源泉。③ 因此在卢梭这里，若想恢复已然堕落的巴黎普通人在道德上的纯朴，彰显爱情的美好显然比拉辛原作在反思中拔高英雄"牺牲成仁"的价值要更有意义。

正是在这个意义上，我们也就能够理解，卢梭为何如此关注爱情戏：他一边在《信》中批判当时法国剧坛上虚假的爱情戏，一边又赞美真挚的爱情，并用戏剧表现爱情。若细读卢梭各类体裁的剧作，我们甚至会发现，其有代表性的《纳喀西斯》（*Narcissus*）、《鲁莽的誓言》（*The Reckless Pledge*）、《乡村卜师》（*The Village Soothsayer*）等均涉及

---

① 参见卢梭，《致达朗贝尔的信》，第 86 – 87、168、160 – 161 页。
② 第二种尽管也可以归入广义上的"戏剧"，但那是卢梭为理想城邦所设想的"戏剧"活动。第三种戏剧表现伟大人物的理性，卢梭在信中很明确地说，这类戏是给少部分人看的，大多数普通人并不感兴趣——所以才出现在注释中。
③ 参见卢梭，《致达朗贝尔的信》，第 158 页。

"三角恋"情节。① 同样是"三角恋"情节，由于卢梭和狄德罗在前述哲学上的对立，两者在诗学上追求的"真"也是相悖的，所以，尽管我们完全可以想象现实中存在像多、罗这样爱而不得的痛苦之人，但从剧作法上说，首先，卢梭并不愿意选择《私生子》这样的戏剧"情境"。他拒绝编织爱情与友情、爱情与忠贞的激烈情感矛盾和冲突，只愿意温情脉脉地描绘爱情本身的龃龉，因此他的作品大都显得轻松愉快。在《纳喀西斯》中，为了扭转男主角瓦莱尔的过度"自恋"，未婚妻杰利克将瓦莱尔的画像修饰成女性，瓦莱尔移情别恋，爱上了画像中的自己。当真相解开后，瓦莱尔羞愧难当。在《鲁莽的誓言》里，女主角伊莎贝拉不太确定情人多兰特是否真心，她便假装移情别恋来试探情人的心。《乡村卜师》的女主角柯莱特开场便痛陈情人柯林花心，由于柯林仍然爱着柯莱特，卜师便设计让柯莱特以欲擒故纵的方式，诱惑情人回心转意。其次，与回避激烈情感冲突相对应，卢梭也没有兴趣描绘人在情感冲突中的痛苦。我们看到，瓦莱尔尽管冷落未婚妻，爱上了"别人"，但这个"别人"只是自己，因此未婚妻并不焦虑，得知真相的瓦莱尔也只是觉得荒唐；多兰特和柯林多少有些"花心"，但卢梭并没有把重心放在男主角的心猿意马以及可能存在的情感冲突上，反而把女主角伊莎贝拉和柯莱特欲擒故纵、假装移情别恋的情节设为全剧的看点。再次，正因为卢梭戏剧回避了"不德"之人的内心煎熬，这些"花心"主人公的回心转意，也都不像多、罗那样通过无奈地"反思明智"来实现，相反，瓦莱尔体会到"自恋"的可笑后，修正了自己对情人的态度，"花心"的多兰特和柯林在"失恋"的痛苦中，明确了对女主角的爱。

综上，在卢梭看来，爱情中的"怜悯"是一种特殊的情感，它既

---

① 剧本参见 Allan Bloom and Charles Butterworth (trans. and ed.), *The Collected Writings of Rousseau*, Vol. 10。

是"自爱"的,也是"利他"的。事实上,在卢梭的《爱弥儿》中,这种自然而然、纯朴且"天经地义"的情感被当作一个人走向社会的起点,也可说是政治共同体的道德基础。就戏剧而言,为了与人们业已熟悉的道德情感相"吻合",卢梭戏剧从爱情入手,希望借助亦庄亦谐的风格,将甜蜜且略带苦涩的爱情设计成温情脉脉的"游戏",让人们沉浸在爱情的欢乐和幸福中,以"润物无声"而非痛苦反思的方式辅助人们恢复真诚和纯朴:既"自爱",也懂得"怜悯"他人。

结　语

本文从卢梭对戏剧的矛盾态度出发,指出在相关研究中,布鲁姆凭古典政治哲学的思路能够较为全面地解释和理解卢梭的戏剧观,即卢梭走的是古典政治哲人的思路,他体贴普通人的性情,并以此构想作为精神娱乐活动的戏剧。本文对布鲁姆所作的补充在于,古典政治哲人卢梭具体如何反驳"启蒙戏剧",以及卢梭提倡的戏剧娱乐具体是什么样的。

最后值得一提的是,卢梭问诊的是 18 世纪的欧洲社会和剧坛状况,如今,在"哲学向诗投降"的当代欧美世界,剧坛兴起了一股"后戏剧剧场"的风潮,这股潮流还引发了中国戏剧界的"大讨论"。"后戏剧剧场"实际走上了一条比"启蒙戏剧"更加激进的道路:它一方面像"启蒙戏剧"一样,反叛一切传统的、既定的政治体系,另一方面不同于"启蒙戏剧"对普遍道德的追求,"后戏剧剧场"甚至反叛一切可能"落地""实践"的道德和政治体系,并尝试以偶在个体始终保持"逾越""中断"政治之状态的方式,重塑政治。如果承认以古典政治哲学的思路来理解戏剧有其深刻的道理,那么,从理解西方戏剧和文化的角度来说,要澄清"后戏剧剧场"的相关理论问题,卢梭仍然是一个不可回避的资源。而从比较文学和文化的角度来说,若要理解包括

"后戏剧剧场"在内的西方戏剧思潮对当代中国戏剧的影响,处在大转变时代的卢梭是一个绝佳的参照点。

作者简介:

陈军,文学博士,浙江工商大学人文与传播学院副教授,主要从事西方戏剧理论研究。

《碎簪记》对易卜生诗剧《布朗德》的引用及其表意作用研究*
——兼论苏曼殊的翻译与文学观念

刘 倩

内容摘要 苏曼殊影响最大的短篇小说《碎簪记》中引用了一大段英文文字，这段文字与《碎簪记》表意效果之间的关系尚待学术论述。经笔者考证，该引文出自易卜生的诗体悲剧《布朗德》，引自威廉·莫尔·阿岱的英译本。在《碎簪记》中，男主人公庄湜的家长为他择定的女子莲佩由于不能得到庄湜的爱，在观看了这部剧的演出后，于次日自尽。莲佩自尽的心路历程在小说中并未明示，唯有结合苏曼殊引用的这段文字，方能完全理解。该引文来自易卜生剧中布朗德与妻子的一段关键性对话，表达了他对上帝的坚定而不容妥协的爱和"宁为玉碎，不为瓦全"的人生哲学。莲佩对布朗德的话进行了主观性转化，将布朗德所说的"上帝的爱"误读成了俗世

---

* 本文的英文版曾经于发表在 *Modern Chinese Literature and Culture* 2016 年第 28 卷第 2 期上，后来作为笔者英文专著 *Transcultural Lyricism: Translation, Intertextuality, and the Rise of Emotion in Modern Chinese Love Fiction*, 1899—1925 的第三章，于 2017 年由 Brill 出版社出版。本文在此前内容的基础上进行了扩充和修订。本文为国家社科基金重大项目"中外戏剧经典的跨文化阐释与传播研究"的阶段性研究成果（项目编号：20&ZD283）。

的爱情。由此我们才能解释陈独秀等人在对《碎簪记》的评论中未能回答的问题，即作为包办婚姻的既得利益者，莲佩为何自杀。《碎簪记》中这段英文引文对全文的情节发展和情感流动非常关键，而苏曼殊的翻译实践，以及他基于这些实践产生的文学情感表达的观念，对于我们深入理解这一问题则有着至关重要的作用。

| 关键词 苏曼殊 易卜生 《布朗德》 《碎簪记》

The Quotation of Ibsen's *Brand* in *The Broken Hairpin* (*Sui zan ji*) and its Meaning, with a Discussion on Su Manshu's Translation Practices and Literary Conceptions

Liu Qian

Abstract: In *The Broken Hairpin*, Su Manshu's most renowned short story, there is a lengthy quotation in English with no corresponding translation. Its connection with the plot development and theme of *The Broken Hairpin* has not been examined in detail by scholars. In fact, this is a quotation from Henrik Ibsen's verse tragedy *Brand*, translated into English by William More Adey. In *The Broken Hairpin*, one of the two heroines, Lianpei, chosen as the hero Zhuang Shi's fiancée by his family, is heartbroken when she cannot be loved by Zhuang in return. The night after watching a performance of *Brand* in the theatre, Lianpei commits suicide. The exact reason why she commits suicide is not made clear in the short story. Only when we take into account the quotation from *Brand* and its implications can we understand this important plot development in Su's short story. The quoted passage is part of a conversation Brand has with his wife which conveys his key value that the love of God is firm and never accepts compromise, which is embodied in his most renowned motto of "All or nothing". Lianpei misreads Brand's motto about "God's love" as romantic love, and is determined that one needs to be loved purely and whole-heartedly, accepting no compromise, and that one must have strong will, willing to take consequence for insisting on one's motto. Only now can we answer the question that critics of *The Broken Hairpin*, such as Chen Duxiu cannot answer, i.e., why, as a beneficiary of the arranged marriage, Lianpei chooses to commit suicide? In a word, this quotation is crucial for the plot development and emotional flow of the short story. To help us understand this issue, Su's translation practices, as well as his perception of emotional expression as a cross-cultural literary practice, are of great importance.

Key words: Su Manshu, Henrik Ibsen, *Brand*, *Sui zan ji*

清末民初出现了许多对后世影响深远的文学家和翻译家。在这批人中，最富有传奇色彩、最容易引得后人浮想联翩的，莫过于苏曼殊(1884—1918)。苏曼殊的父亲是中国人，母亲是日本人。他很早就出家当了和尚，然而宗教的清规却无法束缚他浪漫的天性，佛教的约束与自然的人性之间的强烈张力成了他一生苦苦书写的主题。他有一个绰号叫"情僧"，还有一个绰号叫"革命僧"，① 这都十分贴切地反映了他的人生中无法调和的矛盾。苏曼殊流传下来的作品不多，但许多都在当时产生了很大的影响，比如他的半自传小说《断鸿零雁记》，他受林译小说《巴黎茶花女遗事》影响后创作的《碎簪记》，以及他翻译的拜伦、雪莱等英国浪漫主义诗人的诗歌。

苏曼殊的大部分中篇和短篇小说都讲述了年轻男女之间的爱情故事，并且男主人公往往像他自己一样是僧人。宗教禁欲主义与浪漫爱情之间的冲突构成了他的悲情小说中最主要的矛盾。此外，他还经常描写专制的父母强迫子女成婚导致子女悲剧命运的故事。正因为此，许多人把苏曼殊视为鸳鸯蝴蝶派的鼻祖，他作品里充盈的强烈情感、对爱和欲

---

① 因为嗜甜如命，苏曼殊还给自己取了一个绰号——"糖僧"。他甚至还以此为信函的落款。参见章炳麟，《曼殊遗画弁言》，《苏曼殊全集》四，北京：中国书店，1985，第77页。

望的表达都与后来的鸳鸯蝴蝶派异曲同工。① 但是，苏曼殊与鸳鸯蝴蝶派作家的最大区别就在于，他非但很少受到新文学家的责难，还相当受他们的欢迎。② 比如，郁达夫就曾经称赞苏曼殊的诗歌饱含"一脉清新的近代味"。③ 同样是创造社成员的陶晶孙曾经评论道："曼殊的文艺，跳了一个大的间隔，接上创造社罗曼主义运动"，"五四运动之前，以老的形式始创中国近世罗曼主义文艺者，就是曼殊"。④ 这个观点也得到了今天的学者们的支持。比如，杨联芬认为苏曼殊是中国20世纪文学中浪漫一脉的先驱，他对拜伦和雪莱的翻译，以及他自己的文学创作，都为五四时期浪漫主义的作家提供了宝贵的灵感。⑤ 在《中国现代作家的浪漫一代》里，李欧梵也指出，苏曼殊和他之前的林纾一起开启了中国现代文学中抒情和浪漫的潮流。⑥ 因此，要真正了解中国现代文学中的浪漫一脉，就需要把握苏曼殊与五四浪漫作家的关系。

为什么用文言文写作情节相当老套的言情小说的苏曼殊，会受到"精英"作家的好评？他的创作在通俗言情小说中为何显得与众不同？我认为这与苏曼殊对外国文学的借鉴是分不开的。他经常在创作中引用自己或者他人翻译的外国文学作品，使得其创作具有了一种跨文化的抒情方式，即在抒发爱情等强烈情感时借用了本来就存在于外国文学作品

---

① 杨联芬，《晚清至五四：中国文学现代性的发生》，北京：北京大学出版社，2003，第218页。

② 苏曼殊和刘半农、陈独秀都是朋友，不过胡适并不看好他的作品。Leo Ou-fan Lee, *The Romantic Generation of Modern Chinese Writers*, Cambridge, MA: Harvard University Press, 1973, pp. 78, 308.

③ 郁达夫，《杂评曼殊的作品》，《苏曼殊全集》五，北京：中国书店，1985，第116页。

④ 陶晶孙，《牛骨集》，上海：太平书局，1944，第81页。

⑤ 杨联芬，《苏曼殊与五四浪漫文学》，《陕西师范大学学报》，2004年第3期，第24页。

⑥ Leo Ou-fan Lee, *The Romantic Generation of Modern Chinese Writers*, pp. 76-78.

中的现成情感。由此，他的作品与当时其他流行于市的通俗小说相比，显得风格迥异。本文以苏曼殊最重要的一篇短篇小说《碎簪记》为例，分析作品中经常被人忽视的一段英文段落，探讨这段话的来源、含义及其在这篇小说中的表意作用。笔者发现，这段源自易卜生诗体悲剧《布朗德》中的文本，对小说情节和人物的作用至关重要，而要深入理解这一问题，我们需要先了解苏曼殊的翻译实践，以及他基于这些实践产生的对文学中情感表达的看法。

一、苏曼殊的翻译实践

苏曼殊早在十三岁的时候就开始学习英语。1896 年，他赴上海的英国租界区，在姑妈和姑父的帮助下学习英语。1898 年，他留学日本的大同学校，在那里受到了外国文学的熏陶，因为当时的日本正处于翻译和引介欧美文学的巅峰时期。[1] 1903 年的冬天，他在香港短暂逗留，师从英国传教士学者乔治·坎德林（George T. Candlin）学习英文，并称他为"我的老师"。[2] 据说，苏曼殊至少懂得五种语言：中文、日文、英文、法文、梵文。[3] 但是正如有关苏曼殊的许多问题一样，关于他的外语能力，现存的证据非常少，大体都是研究者的猜测。[4] 苏曼殊七岁就开始接受中国古典文学的教育。他当时生活在广东省香山市一个叫沥溪的小村庄，[5] 在那里他接受了传统的启蒙教育。关于他所受的中国古

---

[1] 有关明治时期日本翻译西方文学的情况，参见 Donald Keene, *Dawn to the West: Japanese Literature of the Modern Era*, vol. 3, Fiction, New York: Columbia University Press, 1998, pp. 60–71。

[2] Liu Wuji, *Su Man-shu*. Woodbridge: Twayne Publishers, 1972, p. 57.

[3] Leo Ou-fan Lee, *The Romantic Generation of Modern Chinese Writers*, p. 62.

[4] 英文写作的苏曼殊传记参见 Henry McAleavy, *Su Manshu (1884—1918): A Sino-Japanese Genius*, London: The China Society, 1960 和 Liu Wuji, *Su Man-shu*。

[5] 香山市即后来的中山市。

典文学教育，我们也知之甚少。但据陈独秀说，他曾经帮苏曼殊温习过古文，苏曼殊学得很快，也学得很好。①

苏曼殊的翻译虽不像林纾和周瘦鹃等人那么多，但数量和质量仍相当可观。1903 年，他和陈独秀一起翻译了雨果的《悲惨世界》，译名为《惨世界》。② 他还是第一位在中国介绍印度剧作家迦梨陀娑（Kálidása，公元前 1 世纪）的人。③ 苏曼殊翻译了不少英国浪漫主义诗歌，包括拜伦（George Gordon Byron）的《致一位夫人，她把自己束发的天鹅绒带子赠给了本作者》（*To a Lady Who Presented the Author with the Velvet Band Which Bound Her Tresses*）和《星星和山峰不是活着的吗？》（*Live not the Stars and the Mountains*）、罗伯特·彭斯（Robert Burns）的《一朵红红的玫瑰》（*A Red, Red Rose*）、威廉·豪威特（William Howitt）的《燕子的离别》（*Departure of the Swallow*）、雪莱（Percy Bysshe Shelley）的《歌》（*A Song*）。他还从英文翻译了德国大诗人歌德的一首诗，题目为《沙恭达罗》（*Sakuntala*，1791），以及印度女诗人朵露·德特（Toru Dutt）的《十四行诗》（*Sonnet*）。这些译作有着鲜明的共性，即着重表达爱情或者自然美。《致一位夫人，她把自己束发的天鹅绒带子赠给了本作者》《一朵红红的玫瑰》和《沙恭达罗》都是表达男子对女子的爱慕之情，而其他的诗歌主要是对大

---

① 柳无忌，《苏曼殊及其友人》，《苏曼殊全集》五，北京：中国书店，1985，第 9、10、22、23 页。

② 韩南（Patrick Hanan）探讨了两位译者各自承担的翻译任务。韩南，《〈悲惨世界〉的早期中译者》，徐侠译，《中国近代小说的兴起》，上海：上海教育出版社，2010，第 210-231 页。

③ 王向远，《近百年来我国对印度古典文学的翻译和研究》，《北京师范大学学报（人文社会科学版）》，2001 年第 3 期，第 61-62 页。有关迦梨陀娑的生卒年份，学界尚未有共识，参见 K. Krishnamoorthy, *Kálidása*, New Delhi: Sahitya Akademi, 1994, p. 12。

自然的赞颂，有的也带有政治意味。①

关于苏曼殊对拜伦诗歌的翻译，学术界历来有许多争论。很长时间以来，人们都认为苏曼殊还翻译了拜伦其他几节诗，包括：《恰尔德·哈罗尔德游记》第一章的第 13 节，中文题为《去国行》；《恰尔德·哈罗尔德游记》第四章的第 179 节到第 184 节，译成以《赞大海》为题的中文长诗；《唐璜》中的名诗《哀希腊》(*The Isles of Greece*)。

然而，这几首诗是否真的出自苏曼殊的译笔，却有很多疑点。首先，这几首诗被翻译成了极为古雅的文言。《去国行》和《哀希腊》被译为了五言古体诗，而《赞大海》被译成了更为古奥的四言古体诗。译文里使用了很多生僻的古语，常常有来自《诗经》或者《易经》的词汇。以苏曼殊的古文功底，他不太可能使用这样的语言进行翻译。

另一个疑点产生于苏曼殊去世之后，黄侃（1886—1935）写了一篇文章。黄侃是著名的诗人和革命家，是章太炎最得意的门生，杰出的训诂学家。他自己创作的诗歌中就重现了古体诗风貌，尤其是五言古诗的风貌。黄侃是苏曼殊的好友，两人在日本留学时还曾经住在一个屋檐下。在一篇题为《䌷秋华室说诗》的文章中，黄侃提到自己翻译的《哀希腊》和《赞大海》收集在了苏曼殊编纂的《潮音》集中。从这篇文章看来，他很有可能才是这两首译诗的真正译者。但是，柳亚子（1887—1958）和他的儿子柳无忌（1907—2002）却仍然坚信苏曼殊才是真正的译者。②

近年来，这个谜团逐渐被人们解开。最开始，黄侃的弟子潘重规在整理黄侃资料时发现了黄侃翻译拜伦诗的手稿，于是开展了相关研究。在一篇文章中，潘重规指出，黄侃翻译的拜伦诗原本的题目中都有"代

---

① 比如苏曼殊为他翻译的朵露·德特（Toru Dutt）的《十四行诗》所写的序言，提到该诗表达了女诗人对印度的美的向往，但是由于英国殖民，这种美已经不复存在。参见刘斯奋，《苏曼殊诗笺注》，广州：广东人民出版社，1981，第 169 页。

② 参见柳无忌，《苏曼殊及其友人》，《苏曼殊全集》五，第 24 页。

苏玄瑛译"的字样，比如《代苏玄瑛译拜伦赞大海诗六章》。① 这个证据很有力地证明了黄侃才是真正的译者。此外，一些其他证据也浮现出来。② 笔者同意这一观点，因为已确认的苏曼殊译诗的语言特点都迥异于这几首诗，这显示黄侃才是它们背后的译者。

苏曼殊将自己的翻译收入了不同的集子里。1908 年，他出版了一部拜伦诗歌的翻译集，题目为《拜伦诗选》。1911 年，这些译诗中的一部分又在题为《潮音》的文集中出版。③ 他还把译成中文或者译自中文的一些诗歌收录到了《文学因缘》（1908）和《汉英三昧集》（1914）里。这些文集最初在日本出版，后来停印了很长时间，直到 2009 年才重印。

总体来说，苏曼殊翻译的西方诗歌受到时人的大力称赞。比如，周瘦鹃就曾经称他翻译的拜伦和彭斯的诗歌"沈博绝丽，无媿元作"。④ 郁达夫也曾说："笼统来讲，他的译诗，比他自作的诗好，他的诗比他的画好，他的画比他的小说好。"⑤ 虽然这样的评价还有待商榷，但苏曼殊译诗质量之高确是毫无疑问的。他丰富的翻译实践为他形成下文所说的"跨文化抒情"的理念打下了至关重要的基础，而正是这样的文学观念促使他写出了《碎簪记》这样的融异国文学抒情方式与中国传统抒情方法为一体的文学作品。

---

① 参见潘重规，《蕲春黄季刚先生译拜伦诗稿读后记》，《黄侃纪念文集》，武汉：湖北人民出版社，1989，第 142–151 页。
② 钟翔、苏晖，《读黄侃文〈繙秋华室说诗〉》，《外国文学研究》，1994 年第 3 期，第 27–31 页；胡翠娥，《拜伦〈赞大海〉等三诗译者辨析》，《南开大学学报》，2006 年第 6 期，第 132–136 页。
③ 上田敏（Ueda Bin, 1874—1916）是京都大学的教授，他在 1905 年出版了西方诗歌的翻译，题目为《海潮音》（*Kaichoon*）。苏曼殊有可能是受其影响，给自己的作品命名为《潮音》。参见苏曼殊，《曼殊外集》，朱少璋编，北京：学苑出版社，2009，第 xii–xiii 页。
④ 周瘦鹃，《〈燕子龛残稿〉弁言》，《苏曼殊全集》四，第 101 页。
⑤ 郁达夫，《杂评曼殊的作品》，《苏曼殊全集》五，第 115 页。

二、苏曼殊的跨文化抒情观念

跨文化抒情是苏曼殊小说的一大显著特点，而这一特点与翻译实践赋予他的跨文化抒情理念密切相关。可以说，苏曼殊开启了一种独特的抒情小说，迥异于以情节为重或者注重说教的晚清小说，比如《孽海花》（1903）或者《儿女英雄传》（1878）。① 小说家、诗人、画家、散文作家、翻译家的多重身份为他的文学创作赋予了丰富的面向，也在某种程度上促成了他小说中的抒情氛围。翻译家的身份使得苏曼殊经常在小说写作中借用来自外国作品的段落，有时是中文的译文，有时则是外文原文；他的文学作品的抒情氛围还来自他对中国古典文学中抒情方式的借用，比如引用古典诗词，以及诗画交融的抒情手法。也许正是这样一种容纳了外国和中国传统文学因素的抒情方式，才打动了郁达夫，并称其为"一脉清新的近代味"。②

这样的跨文化抒情方式归根结底来自苏曼殊对情感的普世性信念，即文学作品中的情感能够穿越语言和文化的界限。这一观点在他的许多论文中都有所体现，其中包括他写作的一些译者序言。

在《拜伦诗选》的序言中，苏曼殊谈及诗歌和诗歌翻译的问题。他写道：

> 尝谓诗歌之美，在乎气体，然其情思幼眇，抑亦十方同感，如

---

① 有关中国现代小说中的抒情性倾向，参见杨联芬，《中国现代小说中的抒情倾向》，北京：北京师范大学出版社，1996。有关鲁迅小说作品中的抒情性因素，参见杨联芬，《晚清至五四：中国文学现代性的发生》，北京：北京大学出版社，2003，第 150 – 156 页。有关沈从文小说中的抒情性特征，参见王德威，《抒情传统与中国现代性》，北京：三联书店，2010，第 98 – 131 页。

② 杨联芬指出，苏曼殊的爱情诗结合了晚唐诗的风格和雪莱的风格。杨联芬，《中国现代小说导论》，成都：四川大学出版社，2004，第 61 页。

衲旧译《炯炯赤墙靡》,《去燕》,《冬日》,《答美人赠束发毡带诗》数章,可为证已。①

在这段话中,苏曼殊强调了一个事实,即诗歌中的情感可以激发人们的普遍共鸣,因此,唯有那些能够传递诗歌中情感的翻译才是好的翻译。很显然,在他自己的翻译实践中,他正是以此为目标。

在《潮音》集的英文序言中,苏曼殊同样谈到了关于情感的普世性的问题。这篇序言主要是在谈论拜伦和雪莱,用的是一种"高度情感化而非智性化"的探讨方式。②

> Byron's poems are like a stimulating liquor—the more one drinks, the more one feels the sweet fascination. They are full of charm, full of beauty, full of sincerity throughout.
>
> Shelley, though a devotee of love, is judicious and pensive. His enthusiasm for love never appears in any strong outburst of expression. He is a "Philosopher-lover". He loves not only the beauty of love, or love for love, but "love in philosophy" or "philosophy in love". He had depth, but not continuance: energy without youthful devotion. His poems are as the moonshine, placidly beautiful, somnolently still, reflected on the waters of silence and contemplation. ③

> 拜伦的诗有如醉人的醇酒——人们越喝越为之沉醉。它们充满魅力、美感和真诚。
>
> 雪莱虽然是爱的信徒,但却性情谨慎而沉静。他对爱情的热忱从来不会强烈地爆发。他是"哲学家爱人"。他不仅爱着爱情的

---

① 苏曼殊,《苏曼殊全集》一,北京:中国书店,1985,第 125 – 126 页。
② Leo Oufan Lee, *The Romantic Generation of Modern Chinese Writers*, p. 75. 本文中引自英文文献的内容,除非另外注明,汉译均为笔者所译。
③ 苏曼殊,《苏曼殊全集》一,第 130 – 131 页。

美，或者说为爱而爱，而且是"在哲学中爱"，或者"爱里的哲学"。他有深度，但不持久；有精力，但没有青春的激情。他的诗歌有如月光，平静、美丽，宁静地使人欲睡，映照在静默和沉思的水面上。

从这篇英文序言中，我们可以看出，苏曼殊看待外国诗人的方式是非常主观的，同时也充满了共情和共鸣。正是因为他坚信情感可以跨越语言和文化的障碍，他才会去翻译拜伦、雪莱和歌德的诗歌，并且在翻译的过程中将原作中的情感搬运到译作中。这种观念在他写给拜伦的一首诗中得到了鲜明的体现。1909 年，与苏曼殊交好的一位西班牙神父的女儿来拜访他，并给他带来一本拜伦诗选。读过拜伦的诗后，苏曼殊在该书的扉页上写下了这样一首诗：①

秋风海上已黄昏，独向遗编吊拜轮。
词客飘蓬君与我，可能异域为招魂？②

该诗的后半部分暗示出苏曼殊试图在异国他乡复苏拜伦诗歌中的情感，而他之所以认为这是可以达成的，是因为他和拜伦有着共同的境遇——两人都是飘零在异国他乡的诗人。境遇的相同确保了原作中丰富的情感能够在译作中获得新生。

因此，我将苏曼殊有关文学共情的观念称为"跨文化抒情"，即情感可以跨越语言和文化的界限自由地流淌。从苏曼殊写的一些探讨中外诗歌的评论文章中，我们可以清晰地观察到这种跨文化抒情的理念。苏曼殊的诗歌评论表面上依照的是中国古典诗评的写法，但是却在中国古

---

① 有关苏曼殊与 Lopez 及其女儿的关系，参见 Liu Wuji, *Su Manshu*, pp. 75–77。

② 苏曼殊，《苏曼殊小说诗歌集》，北京：中国社会科学出版社，1982，第224 页。

诗和外文诗歌之间自由地穿行，这是因为苏曼殊认为西方诗歌写作与中国诗歌写作并没有什么不同，甚至可以说，在任何两种语言的诗歌之间，都没有无法逾越的鸿沟。比如，在1913年写作的《燕子龛随笔》中，苏曼殊写道：

> 春序将谢，细雨廉纤，展诵裴轮集："What is wealth, as it to me, may pass in an hour"，即少陵"富贵于我如浮云"句也。"Comprehend for, without transformation, Men become wolves on any slight occation [sic]"，即靖节"多谢诸少年，相知不忠厚，意气倾人命，离隔复何有"句也。"As those who dote on odours pluck the flowers, and place them on their breast, but place to die"，即李嘉佑"花间昔日黄鹂啭，妾向青楼已生怨，花落黄鹂不复来，妾老君心亦应变"句也。末二截词直怨深，十方同感。①

"十方同感"一词原本来自佛教，却被苏曼殊用于描绘中外诗歌。而这样的佛教用语无疑加强了苏曼殊对情感的普世性的信仰，让他坚信抒情就应该是普世性的，而唯有能够跨越文化的感情才是真正强有力的。苏曼殊不仅把西方诗歌与中国古诗进行对比，还把印度诗歌与英国诗歌进行对比，比如，他指出，印度古典诗人喜欢把自己的爱人比喻成莲花，英国浪漫主义诗人罗伯特·彭斯则把爱人比喻成玫瑰花。② 他还把拜伦与李白相比较，把雪莱和更为安静、更加神秘的李贺相比较。③ 通过这样的对比和联想，苏曼殊得以更好地理解外国的诗人，也更深地理解了本国的诗人，并证明了他有关情感普世性的观点。

---

① 苏曼殊，《燕子龛随笔》，《苏曼殊全集》二，北京：中国书店，1985，第43页。
② 苏曼殊，《燕子龛随笔》，《苏曼殊全集》二，第59页。
③ 苏曼殊，《燕子龛随笔》，《苏曼殊全集》二，第59页。

三、《碎簪记》对易卜生《布朗德》的引用及其表意作用

跨文化抒情的理念在苏曼殊最著名的小说之一《碎簪记》中有着鲜明的体现。他的小说虽然没有得到郁达夫的青睐，却在近现代文学中影响很大，尤其凭借其浓郁的抒情氛围俘获了无数读者的心。笔者认为，苏曼殊之所以能够在新旧文学派别中都拥有知己，恰恰是因为他的作品对外国文学作品的熟稔借鉴。在他的部分短篇小说中，情节的发展、人物的情感变化、人物的语言表达都与外国文学密不可分，唯有理解了他对外国文学的借鉴，我们才能完整、深入地理解他的作品。当然，在借鉴外国文学的同时，他对中国传统抒情模式也有着大量的使用，由此形成了一种独特的抒情风貌。

下文将以《碎簪记》为例，来阐释苏曼殊如何借用外国文学作品架构小说的情节，充盈小说的情感。这篇小说讲述了男主人公庄湜、他自主选择的恋人灵芳和他的家长为他选择的对象莲佩之间的三角恋悲剧。两个女子都非常爱庄湜，而庄湜在遇见莲佩之前就认识了灵芳，并决意娶她。然而，抚养庄湜成人的叔父和婶婶执意要庄湜娶莲佩。一天，灵芳在前往拜访庄湜的路上，碰巧看到后者和莲佩正坐车去看一部外国歌剧。紧接着，庄湜的叔父来找灵芳，要求她放弃对庄湜的爱情。灵芳出于自我牺牲的精神答应了叔父，并且让他折断二人的定情信物——一根玉簪。之后灵芳自缢而死。另一边，莲佩向庄湜表白了爱情，但却显然遭到了庄湜的拒绝，于是用小刀割喉而死。看到碎簪、读到灵芳诀别信的庄湜亦心碎而死。

在这篇充满悲剧氛围的小说中，有两处对外国文学的借鉴非常耐人寻味。第一处是对西方文本的直接引用。当庄湜、其婶、莲佩和叙述者"我"一起去观看"泰西歌剧"时，有着留学背景的莲佩为不懂外语的婶婶翻译歌剧的台词。当她翻译到一个片段时，"忽停其悬河之口"。

庄湜之婶问她为何不翻译了，她却"呆若木鸡"。这个片段是一段全英文的对白：

> What the world calls love, I neither know nor want. I know God's love, and that is not weak and mild. That is hard even unto the terror of death; it offers caresses which leave wounds. What did God answer in the olive-grove, when the Son lay sweating in agony, and prayed and prayed: "Let this cup pass from me?" Did He take the cup of pain from His mouth? No, child; He had to drain it to the depth. ①

> 世人口中所说的爱，我既不理解，也不需要。我只知道上帝的爱。这种爱不是软绵绵的一团和气。它是严酷的，甚至意味着死亡的恐怖。它给人爱抚，却留下创伤。当上帝之子躺在橄榄园中，在痛苦中挣扎，他祷告又祷告："请拿走这杯苦酒吧！"上帝是怎样回答的？他有没有拿走这杯苦酒？"不，孩子，你得把酒喝

---

① 苏曼殊，《碎簪记（续前号）》，《新青年》，1916年第4期，第4页。当苏曼殊的引文在1916年初次发表于《新青年》时，与William Wilson的英译本几乎一模一样，除了"Let this cup pass from Me"中大写的M在苏曼殊的版本中没有大写。笔者尚无法确认苏曼殊读到的到底是William Wilson译本的哪个版本，因为这一节在不同版本中都是相同的。参见 Henrik Ibsen, *Brand: A Dramatic Poem*, trans. William Wilson, London: Methuen, 1910, p. 96。我要感谢 The Arctic University of Norway 的 Fulsås Narve 教授为我指出 Wilson 译本的不同版本，新加坡国立大学的 Susan Ang 博士与我在邮件中讨论这一引文的多种可能。奥斯陆大学易卜生研究中心的高级图书管理员 Randi Meyer 为我核对了1891年和1906年版的英译本，并把扫描页发给我。莱布尼兹大学一位不知名的图书管理员将1910年版的英译本发给了我。这些素未谋面的学者和图书馆管理员对我的研究的支持让我非常感动，他们的帮助仅仅出于对易卜生的热爱，对易卜生跨文化传播研究的认可，和对当时还在攻读博士的我的支持。朱圣鑫博士从牛津大学圣安妮学院图书馆借到了1894年版的英译本；Sam Yin 博士为我从牛津大学贝利奥尔学院图书馆借到了1894年版的英译本。我要向他们致以真诚的感谢。

干净。"①

懂英文的"我"和庄湜都知道莲佩是大受感动，而不懂英文的婶婶却以为演员说了什么不登大雅之堂的台词，因此颇为不快，没有看完后面的演出就要求大家回家了。观看歌剧次日，莲佩向庄湜表白了爱情——苏曼殊对该情节的处理较为含蓄——但遭到了拒绝。当天晚上，莲佩就自尽了。

倘若我们不考虑小说中这段英文引文所传达的含义，我们可能会觉得莲佩的自尽非常不合逻辑。她"于英法文学，俱能道其精义"，虽然不像灵芳曾经在罗马游学四年，但也有意两三年后去欧洲游览，可以说也是深受西学影响的人物。由于爱情受挫而立刻自尽似乎对她的学养来说过于保守。比如李欧梵在《中国现代作家的浪漫一代》里就提出了质疑："为何她（莲佩）表面上现代又时髦，内里却充满了传统的道德（one wonders why she [Lianpei] should be modern and fashionable in appearance but traditional in her devotional virtues）？"② 胡缨也曾指出，在该故事中，"导致悲剧性结局的原因极不明晰"。③ 而笔者认为，理解《碎簪记》中莲佩命运转折的关键，恰恰在于这段英文引文。

此处，苏曼殊直接引用英文原文，既不做翻译，也没有标明这段话的出处。这一现象无论是在苏曼殊自己的其他作品中，还是在同时代的中国作家笔下都颇为常见，是很有意思的一种现象。笔者在《跨文化抒情：翻译、互文与中国现代爱情小说中情感的崛起（1899—1925）》（*Transcultural Lyricism: Translation, Intertextuality, and the Rise of Emotion*

---

① 易卜生，《布朗德》，成时译，《易卜生文集》第三卷，北京：人民文学出版社，1995，第192页。
② Leo Ou-fan Lee, *The Romantic Generation of Modern Chinese Writers*, p. 69.
③ 胡缨，《翻译的传说——中国新女性的形成（1898—1918）》，龙瑜宬，彭姗姗译，南京：江苏人民出版社，2009，第118页。

in Modern Chinese Love Fiction, 1899—1925) 一书中有过较为详细的梳理。① 就《碎簪记》中这段话而言，据笔者考证，这段话是易卜生（Henrik Ibsen, 1828—1906）的诗剧《布朗德》（*Brand*, 1865）中的对白，由威廉·莫尔·阿岱（William More Adey, 1858—1942）以威廉·威尔逊（William Wilson）为笔名翻译成英文。② 鉴于易卜生在 20 世纪初期的中国所享有的盛名，以及易卜生戏剧在当时各大剧院演出的频率，③ 小说中受过西学影响的年轻人去观看他的戏剧演出是非常正常的。然而，《布朗德》的精神内涵是如何与《碎簪记》联系起来的？这是一个引人深思的问题。

在今天的易卜生研究里，《布朗德》被视为作家最复杂的诗剧之一。早在它刚刚出版的时候，《布朗德》就在欧洲引发了轩然大波。剧中，作者塑造了"一个理想的人"，这个人的"全部存在都聚焦于一个单个的目标上，并且毫无动摇地追求它"。④ 这个理想的人就是主人公布朗德。这位年轻的牧师坚信人应该有强大的意志力。他认为要过基督徒的生活，就要为自己的选择承担后果，哪怕这意味着失去所爱的人，或者深受他人的误解，被视为冷漠无情之人。布朗德的儿子生了重病，

---

① 参见 Jane Qian Liu, *Transcultural Lyricism: Translation, Intertextuality, and the Rise of Emotion in Modern Chinese Love Fiction*, 1899—1925, Leiden and Boston: Brill, 2017。

② 威廉·莫尔·阿岱（William More Adey）是《布兰德》的首位英译者，他是《伯灵顿杂志》（Burlington Magazine）1911 年到 1919 年之间的编辑。参见 E. H. Mikhail, ed., *Oscar Wilde: Interviews and Recollections*. vol. 2, London: MacMillan, 1979, p. 342, n. 4.

③ 有关易卜生在中国的接受，参见王宁，《"被译介"和"被建构"的易卜生：易卜生在中国的变形》，《外国文学研究》，2009 年第 6 期，第 50 - 59 页；黎学文，《用的选择："易卜生主义"在中国的发生》，《戏剧文学》，2007 年第 6 期，第 39 - 57 页。

④ C. H. Herford, "Introduction", in Henrik Ibsen, *Brand: A Dramatic Poem in Five Acts*, trans. C. H. Herford, London: William Heinemann, 1894, p. xxvii.

但是为了帮助贫困的村民,他没有带着家人搬去更温暖的地区,最终导致儿子夭折。即便如此,他坚定的信仰也从未动摇过。

易卜生曾经说过,布朗德就是他本人最好的时候的样子("Brand is myself-in my best moments")。① 易卜生研究者们普遍认为,诗剧主人公布朗德的身上有着明显的自传成分。② 萧伯纳指出,易卜生"将他本人寄托在布朗德、培尔·金特和朱利安身上。相应地,这几个人物形象具有某种鲜明的生命力,是他后来所创造的男性形象所不具备的"。③

苏曼殊作品引用的段落源自布朗德和他的妻子阿格奈斯的一次对话。当时布朗德的母亲病重,但是因为她曾经在布朗德父亲临终之时抢走他的钱财,而且不肯捐献财产,布朗德认为她是有罪的,唯有她悔过之后并且召唤他,他才会去看她。在此之前,阿格奈斯试图说服布朗德去探望他的母亲,但是没有成功。阿格奈斯于是对布朗德的爱的方式提出了自己的看法。他们的对话如下:

Agnes: And yet—your love is hard; those whom you would caress, you wound.

Brand: You, Agnes?

---

① Michael Meyer, *Henrik Ibsen-A Biograhy*, 3rd edn, Stroud: Sutton Publishing, 2004, p. 14. 转引自 Mike Ingham, "Staging the Epic Self: Theatricality, Philosophy and Personality in *Brand* and *Peer Gynt*", in *Ibsen and the Modern Self*, eds. Kwok-kan Tam et al, pp. 139 – 162, Hong Kong: Open University of Hong Kong Press, 2010, p. 139。

② John Northam、Mike Ingham 等学者认为,培尔·金特(Peer Gynt)的主人公同样有着自传成分。参见 Mike Ingham, "Staging the Epic Self", p. 139。

③ Ibsen "put himself into the skin of Brand, Peer Gynt and Julian, and these figures have accordingly a certain direct vitality which belongs to none of his subsequent creations of the male sex". G B Shaw, *The Quintessence of Ibsenism*, New York: Dover Publications, 1994, p. 36. 转引自 Mike Ingham, "Staging the Epic Self", p. 139。

Agnes: Me? Oh no, dear; what you made me bear was easy. But many a soul has fallen away from you, before the demand "All or nothing". ①

　　阿格奈斯：到今天，你的爱也是冷酷的。你想对别人表示爱怜，他们受到的却是挫伤。

　　布朗德：对你也是这样，阿格奈斯？

　　阿格奈斯：我？啊，不，亲爱的，不是这样。你要我承受的并不艰难。不过有许多人躲着你，受不了你的"全有或者全无"的要求。②

　　"全有或者全无"（或者"宁为玉碎，不为瓦全"）后来被用来概括布朗德的人生哲学。③ 布朗德对妥协的绝对拒绝在他的回答——即苏曼殊所引用的段落——中得到了进一步的体现，苏曼殊引用的正是这一段至关重要的话。在这段话中，布朗德强调了上帝之爱是"坚硬"的，即涉及原则问题时，上帝不赞成软弱的意志力。

　　回到《碎簪记》的情节。虽然由于庄湜之姊的不快，他们一行人并没有看完整部歌剧，但是莲佩显然已经领会了歌剧所要传达的精神实质：人一定要有强大的意志力，要依据自己的信念来做出决定，并且为此承担后果。正是对强大意志力的笃信使得莲佩在自己的爱情没有得到回馈的时候选择结束自己的生命，因为她要的是完整而纯粹的爱，而非委曲求全的爱。这里，莲佩对《布朗德》的理解显然存在着某种程度上的误读：布朗德在那段话中所说的"爱"，指的是"上帝的爱"，并且还特别说明"世人口中所说的爱，我既不理解，也不需要"。莲佩显然将布朗德所说的"爱"理解成了"世人的爱"，也就是俗世的爱情，

---

① Henrik Ibsen, *Brand*, p. 95.
② 易卜生，《布朗德》，成时译，《易卜生文集》第三卷，第 192 页。
③ Ann-Mari Hedbäck, "Geoffrey Hill's Version of *Brand*", *Studia Neophilologica* 53, No. 2, 1981, pp. 293–309.

将其进行了主观地误读和转化。苏曼殊作为一位僧人,他在小说中时常涉及宗教问题。但正如他的许多传记作者所指出,他本人的宗教信仰充满了世俗意味,他的小说也往往打着宗教的名号,沉浸在世俗的爱情里。《碎簪记》也是如此。小说似乎暗示莲佩和庄湜对基督教有所了解甚至有信仰,因为在描写"我"撞见莲佩对庄湜表白被拒之后的尴尬局面时,苏曼殊写道:

> 二人各知余至,莲佩心中似谓:"吾今作是态者,虽上帝固应默许。吾钟吾爱,无不可示人者。"而庄湜此时心如冰雪。须知对此倾国弗动其怜爱之心者,必非无因,顾莲佩芳心不能谅之,读者或亦有以恕莲佩之处。在庄湜受如许温存腻态,中心亦何尝不碎?第每一思念"上帝汝临,无二尔心"之句,即亦凛然为不可侵犯之男子耳。①

这是全文仅有的两处提及"上帝"的内容,均是"我"的脑海中赋予他人的内心独白。由此可见,宗教情感绝非小说的主要内容,而《碎簪记》与《布朗德》的联系唯有通过莲佩将宗教情感误读成了俗世爱情之后,才得以建立。

此外,苏曼殊对剧院场景的设置也是富有深意的。在中外文学中,许多作品都描述过主人公在观看戏剧表演时所受到的触动,以及其对主人公的人生选择所产生的影响。就《布朗德》这部剧作而言,易卜生原本只是想创作一部结合了"史诗"和"戏剧"的"史诗剧",主要是为了让读者"阅读"——即藏在壁橱里的所谓"壁橱剧"(closet drama)②——而不是为了演出。但是他的一位译者和研究者埃德蒙·戈斯(Edmund Gosse)在观看了 1895 年的巴黎演出后表示,他本人"见证了

---

① 苏曼殊,《碎簪记(续前号)》,《新青年》,1916 年第 4 期,第 5 页。
② Closet drama 即"仅供阅读的剧作"。

它［《布朗德》］如风暴一般攻占了［观众］灵魂的堡垒。而如果阅读剧作的话，［读者的］判断则变得更为冷静"。① 有关《布朗德》在20世纪初期中国的演出情况，我们所知甚少，但可以想见，该剧的演出效果是非常震撼人心的。苏曼殊是否正是因为自己观看了这部剧作的演出，才把这种震撼的感受赋予了莲佩呢？这虽然无法证实，但却是很可能的。

所以，如果我们考虑到易卜生的诗剧对莲佩的影响，结合莲佩听到这段话后深受震撼的经历，那么，她突然决定结束自己生命的行为就容易理解得多。由此，苏曼殊设计观看歌剧这一幕场景的动机也更加明显，他引用易卜生文字的目的也凸显出来。他没有明确地解释莲佩在看剧次日表白被拒后的情感历程，而是借布朗德之语为莲佩的情感变化埋下伏笔。对易卜生文字的互文性借鉴让苏曼殊得以表达一种原本相当难阐释清楚的情感状态，这也是中国传统文学中相对稀少的一种情感状态。

也正是基于对这段英文引文的理解，我们才能解释《碎簪记》与20世纪初期流行的鸳鸯蝴蝶派小说之间的深刻差异。在当时的大量通俗爱情小说中，男女主人公之间的爱情悲剧都是家长专制和包办婚姻制度造成的。但是在《碎簪记》中，莲佩恰恰是庄湜的家长为他选定的配偶。按理说，她是最不应该自尽的。她应该利用庄湜叔婶对自己的维护，顺理成章地享受和庄湜的姻缘。然而，她并不满足于不完整的爱，甚至因为无法得到完美的、绝对的爱，不惜放弃自己的生命。这里面起着重要作用的情感正是来源于《布朗德》对信仰的绝对追求。反讽的是，在陈独秀发表于同一期《新青年》的《〈碎簪记〉后序》中，他对

---

① Edmund Gosse, *Ibsen*, London: Hodder and Stoughton, 1907, p. 103. 转引自 Mike Ingham, "Staging the Epic Self", p. 149。第一个方括号中的文字为 Ingham 所加，第二个方括号中的内容为笔者所加。

这篇小说的阐释主要是肯定其反封建、反包办婚姻的思想。① 这一阐释虽然能够解释灵芳和庄湜的爱情悲剧，却无法解释莲佩的悲剧。所以关于陈独秀有没有读过《布朗德》，答案恐怕是否定的。但在某种程度上，陈独秀的理解可能折射出当时的读者对这篇小说的普遍解读，即将其视为控诉包办婚姻和家长专制的作品。而苏曼殊对易卜生《布朗德》的隐晦却关键的借鉴，却被大部分读者忽略了。

此外，这段文字在《碎簪记》首次发表在《新青年》上的时候并没有伴随任何翻译，这一现象也是耐人寻味的。小说中的其他外文引用也是如此。② 胡缨在《翻译的传说》中对这个现象进行了评论：

> 也许《碎簪记》中真正的矛盾冲突，就存在于语言的拉锯中。因为，一方面，苏曼殊的小说是以古文写成，且异常雅致，为时人所颂。据此也许可以猜想，预期读者应该来自文人阶层，和徐枕亚《玉梨魂》的读者一样，他们都精通古典传统；而另一方面，在文言的流动中，又不断插入了未做翻译的英文文本……典型的、传统的学者不像苏曼殊以及他不多的几位朋友那样，曾出国留学，他们只懂得一国语言。对于他们而言，这些段落完全是含糊难测的。③

笔者同意胡缨的看法，即对于一位完全不懂外文的读者，这些未经翻译的引文可能是意义非常不明确的。但是笔者认为它们并非没有自己存在的意义。这种意义主要体现在以下两个方面。

首先，这篇小说并非发表在通俗期刊上，而是发表在《新青年》上，因此面向的原本就是有一定学养的读者。这些读者大多数应该能够读懂英文，甚至能够读懂其背后的含义。这篇小说分两次发表在 1916

---

① 陈仲甫，《〈碎簪记〉后序》，《苏曼殊全集》四，第 49 页。
② 苏曼殊，《碎簪记（未完）》，《新青年》，1916 年第 3 期，第 22 – 30 页；《碎簪记（续前号）》，《新青年》，1916 年第 4 期，第 36 – 42 页。
③ 胡缨，《翻译的传说》，第 122 页。

年的《新青年》。两年之后的 1918 年,《新青年》就出版了其著名的《易卜生号》,里面包括《玩偶之家》(1879) 和《小爱欧夫》(1894) 的节译,以及胡适的《易卜生主义》一文。人们普遍认为这期专刊极大地推动了 20 年代的易卜生热,也促使他的很多戏剧在当时被搬上中国的舞台。但是,早在 1907 年,鲁迅就已经赞扬过易卜生的眼光和勇气。此外,在《碎簪记》发表之前,报刊上已经发表过数篇文章探讨易卜生和他的创作。① 我们可以想象,在 1918 年的《易卜生号》刊出之前,易卜生的一些作品已经以不同的形式在中国流传,而少数懂得外语的读者有可能理解苏曼殊的英文引文。

其次,即便读者无法理解这段引文的意思,引文的模糊性造成的语意的鸿沟 (semantic gap),恰恰可以增加故事的文学性。正如互文性理论家里法特尔所说:

> (意识到互文本的存在) 可能已经足够让读者体会到文本的文学性。因为读者意识到文本中缺失了什么:需要被填满的空隙、对尚未明确的内容的指涉、连续出现的指涉所勾勒出的互文本的样貌。在这样的情况下,读者意识到存在着潜在的互文本,这就已经足以为这一互文本最终的显现指出方向。②

---

① 黎学文,《用的选择:"易卜生主义"在中国的发生》,《戏剧文学》,2007 年第 6 期,第 39 - 57 页。

② [The awareness of an intertext] may be enough to make readers experience the text's literariness. They can do so because they perceive that something is missing from the text: gaps that need to be filled, references to an as yet unknown referent, references whose successive occurrences map out, as it were, the outline of the intertext still to be discovered. In such cases, the reader's sense that a latent intertext exists suffices to indicate the location where this intertext will eventually become manifest. Michael Riffaterre, "Compulsory Reader Response: The Intertextual Drive", in *Intertextuality: Theories and Practice*, edited by Michael Worton and Judith Still, pp. 56 - 78, Manchester: Manchester University Press, 1990, p. 57.

《碎簪记》中未翻译段落的出现恰恰为原本传统的小说带来了异域的色彩，让读者根据上下文去想象英文段落的意义。我们从后来之见可以知道，这些未翻译的段落并没有妨碍苏曼殊的作品吸引大量如痴如醉的读者。在某种程度上，正是因为这些段落强化了苏曼殊小说的跨文化抒情的特点，使之迥异于同时代的通俗言情小说。

除了莲佩的情感转变之外，《碎簪记》的另一个女主人公灵芳的情感轨迹同样与西方文学密不可分，这里的隐含文本便是我们耳熟能详的《茶花女》。相对于《碎簪记》对《布朗德》的借鉴，该小说对《茶花女》的借鉴要明显很多，在当时和后世都时常被学者论及。在作品中，灵芳是庄湜的挚爱，但却并非庄湜的叔叔婶婶选择的对象。庄湜的叔叔亲自去找灵芳谈话，劝她为了庄湜着想，主动退出三个人的爱情纠葛。这一情节与小仲马笔下阿尔芒的父亲去找玛格丽特谈话极为相似，许多学者都指出了这点，并指出灵芳与玛格丽特的相似点。① 苏曼殊显然读过林译《巴黎茶花女遗事》，因为他曾经公开表示林纾译得不好，他打算自己重新翻译。② 苏曼殊格外喜爱玛格丽特最喜欢的糖果——糖渍栗子（marron glacé）——也已经是文学史上著名的逸闻趣事。③

虽然《碎簪记》在有关灵芳的情节上借鉴了欧洲文学作品，灵芳与庄湜分手的方式却相当老套：她折断了两人的定情信物——一支玉簪。她留给庄湜的最后一封信中同样充满了传统的爱情书写，比如"但愿订姻缘于再世，尽燕婉于来生"。④ 同样，庄湜的情感主要都是通过传统抒情方式来传达的。比如当朋友问他到底爱哪个女孩时，庄湜答道："君思'弱水三千'之义，当识吾心。"⑤ 这句话源自《红楼梦》

---

① 比如，参见胡缨，《翻译的传说》，第118页。
② 柳亚子，《苏玄瑛新传考证》，《苏曼殊全集》四，第282-302页。
③ 柳亚子，《〈燕子龛遗诗〉序》，《苏曼殊全集》四，第82页。
④ 苏曼殊，《苏曼殊全集》三，第292页。
⑤ 苏曼殊，《苏曼殊全集》三，第271页。

第九十一回，贾宝玉对林黛玉的爱情告白："任凭弱水三千，我只取一瓢饮。"① 通过引用贾宝玉的这句话，庄湜表达了自己对灵芳专一的爱情。

可见，苏曼殊有关跨文化抒情的理念促使他将外国文学中的抒情方式与中国传统抒情方式融汇在一起，从而营造出一种既不同于鸳鸯蝴蝶派小说，又不同于五四新文学的抒情方式——一种真正的"跨文化抒情"。而他作品中那些未经翻译的外文原文实际上在作品的情节构造、人物心理和情感抒发层面都起着至关重要的作用。比如，《碎簪记》中这段经常被人忽视的英文原文，被苏曼殊从英文译本中摘取出来之后，置于中文小说中，虽然看似突兀，实则对全文的情节发展和人物的情感流动都有重要的推动作用。而苏曼殊的翻译实践，以及他基于这些实践产生的文学情感表达的观念，有助于我们深入理解这一问题。

总而言之，苏曼殊对跨文化抒情的信念从他的译论和散文中都可见一斑，而对这种观念的实施则遍布他的诗歌、翻译和小说创作。本文关于《碎簪记》对《布朗德》的借鉴的讨论仅仅是其中的一个非常典型的案例，其他的案例囿于篇幅的限制在此没有详细探讨。苏曼殊通过对外国作家文本的直接借用，和对中国传统言情小说叙事模式的借鉴，形成了一种既具有中国古代抒情风格，又兼具外国文学中特定情感模式的文学风格，这使得他的作品在近代文学中具有了无法取代的地位。

作者简介：

刘倩，英国华威大学助理教授，曾任北京师范大学文学院比较文学与世界文学研究所讲师，英国牛津大学博士。研究方向为翻译研究、中

---

① 曹雪芹、高鹗，《红楼梦》第 2 卷，北京：人民文学出版社，1982，第 1299 页。

国近代翻译文学、中西比较文学。已出版英文专著 *Transcultural Lyricism: Translation, Intertextuality, and the Rise of Emotion in Modern Chinese Love Fiction*, 1899–1925（Brill, 2017），在《清华大学学报（人文社科版）》《当代外国文学》《读书》，以及 *Modern Chinese Literature and Culture*、*Perspectives: Studies in Translation Theory and Practice* 等刊物发表中英文论文若干。

跨文化系列讲座年度汇总

跨文化系列讲座 2021 年汇总

梁婉婧

2021 年，不平静也不平凡。北京语言大学比较文学研究所重启 2020 年因疫情中断的"跨文化系列"讲座，再次出发。在这一年中，比较所共举办了跨文化系列讲座四讲，围绕钱锺书文论研究、跨文化戏剧研究方法、中西戏剧比较、戏剧与电影的亲缘与跨媒介等话题展开探讨。若需查看相关讲座预告和回顾，请关注北语比较文学研究所网站 http：//bjs.blcu.edu.cn/，或扫描二维码关注微信公众号"北语比较文学"。

1. 跨文化系列讲座第 106 讲：钱锺书与俄国近现代文论

主讲人：吴晓都，中国社会科学院外国文学研究所研究员，中国社会科学院大学教授，中国外国文学学会秘书长。

2021 年 4 月 1 日下午，跨文化系列讲座第 106 讲在教四楼 213 会议室举行,主题为"钱锺书与俄国近现代文论",主讲人为吴晓都研究员,讲座主持人为陈戎女教授,讲座评议人为黄悦教授。出席讲座的还有中华文化研究院周阆教授、外国语学部张生珍教授、培训学院孙亚鹏老师等。

从题目入手,吴教授先开门见山地道明了钱锺书与俄国近现代文论的关系。在近现代,俄国文论界对世界文论有两个重要的建树与贡献,一是形象思维论,二是形式文论学派。钱锺书先生对俄国文论的这两个理论建树均有研究与评价。

吴教授紧接着给出本场讲座内容的关键词,以点带面,逐一分析。关键词为:钱锺书、别林斯基、形象、形象思维、陌生化、博喻、莎士比亚式/莎士比亚化(Shakespearean)。吴教授此次讲座主要探讨了钱锺书先生对俄国近现代文论的研究中所展现的中西对形象的理解、中西互通交流以及比较诗学面向。

一、"形"与"象"的辩证区分

钱锺书先生对形象思维的研究,始于"形"与"象"的辩证区分。钱先生精于经典个例的广博比较,他深入钻研老子、庄子的典籍以及屈原的《楚辞》,区分了"形"与"象"的古义及其后来的演变。"盖'像'出于'形','形'斯见'像',有'像'安得无'形'?今语固合而曰'形象',古人亦互文通用,如《乐记》:'在天成像,在地成形';《老子》四十一章:'大象无形';《庄子·庚桑楚》:'以有形者象无形者而定矣';《吕氏春秋·君守》:'天无形而万物以成,至精无象而万物以化。'"因此钱锺书指出了在中国古代形与象两者之间的差异性。而后通过中世纪神学家圣·奥古斯丁和18世纪德国美学家席勒对其的论述,钱先生解释了"形"与"象"在文艺创作中的互相转化、相辅相成的创作机理,即在一种条件下,"形"只是作为素材,"象"则是成形的作品;而在另一种条件下,"象"又作为素材的"形",等待转化为下一个"象"。东海西海,心理攸同,钱先生对中国古代文献中"形"（材料）与"象"（作品）在文艺创作中，通过一定条件下，前者转化成后者的规律的总结与阐发，也可以用席勒的相关文论加以说明："一块大理石虽然是且永远是无生命的，但通过建筑师和雕刻家的手同样可以变成活的形象。"

二、形象思维论在中国

钱锺书先生有关形象思维论的新论述诞生于该文论在中国新的接受语境。形象思维论是新中国文艺理论吸收外来文论资源里最重要的一个构成。这个来自俄苏文艺理论与批评界的文学理论被我国文论界普遍接受，广泛讨论。当然，这个理论后来也命运多舛。在"文革"中，形象思维论被当作"修正主义文艺理论"遭到批判。粉碎"四人帮"以后，《人民日报》发表了一封毛泽东给陈毅的谈诗歌的信，信里论及并肯定了形象思维理论，毛泽东指出："诗要用形象思维，不能如散文那样直说，所以比、兴两法是不能不用的。……宋人多数不懂诗是要用形象思维的，一反唐人规律，所以味同嚼蜡。"

毛泽东关于形象思维的重要论述为我国文艺理论界和批评界拨乱反正，恢复了这个文学理论的声誉。钱锺书有关形象思维的新论述就是在这个时代背景下阐发的。他在修订后的《通感》一文中明确地把形象思维与逻辑思维并列，而且强调形象思维对于文学创作的重要性："逻辑思维所避忌的推移法，恰恰是形象思维惯用的手段。"

三、形象思维论：西方与俄国文论交互映照

钱锺书先生对形象思维论的思考不止于古今中国，更与西方和俄国文论交互映照。钱锺书先生在1979年出版的《外国作家批评家论形象思维》中简单介绍了由俄国批评家别林斯基所创立的文艺理论"形象思维"及其在中西两方的接受。

起初，这个文论概念长期以来不为英美文论界接受，在西方古典文论典籍中也名不见经传。钱先生认为，所谓"形象思维"相当于古希腊人的 phantasia 和古罗马人的 imagination，但这两个和形象思维关联的

西方古词还没有接近近代的形象理论，而古希腊文艺理论也普遍忽视"想象"。而后，他又审视了文艺复兴到古典主义时期对想象的认识与研究，如但丁、莱布尼兹、维柯及谢林等，勾勒出前形象思维论在欧洲思想界的发展脉络。想象在形象思维的过程中起着非常重要的作用，在情节的酝酿和情节与情节之间的逻辑衔接中是一个重要的因素，因此在进入19世纪之后，多数作家和批评家对想象在创造中支配作用的强调成为一个必然趋势，而这实际上就肯定了形象思维，肯定了别林斯基提出的形象思维论。

别林斯基在对冯维津著作和扎果斯金作品的评析中首先提出了"诗歌是寓于形象的思维"，又在评价伊万·瓦年科的《俄罗斯童话》中再一次重申"诗歌不是什么别的东西，而是寓于形象的思维"。他在《1847年俄国文学一瞥》中说道："哲学家用三段论来讲话，诗人以形象和图景来讲话，而他们说的是同一件事。政治经济学家用统计数字来影响读者或听众的理智，证明某个阶级在社会中的地位，由于某些原因而改善了多少或恶化了多少。诗人用对现实生动鲜明的描写影响自己读者的想象，通过真实的图景表现某个阶级在社会中的地位。一个是证明，一个是表现，而两者都是说服，所不同的只是一个用逻辑的论据，另一个用图景而已。"

而俄国批评家发现并创立的形象思维论却不仅仅从俄罗斯文艺界的历史与现状中生发而来，它也在吸取和继承了欧洲文论家关于想象理论的基础上发展而来。别林斯基是德国文艺和黑格尔美学的忠实学生，借鉴过席勒的观点，对德国理论有继承与发展。

吴晓都教授也归纳了形象思维的主要方式、内容及特征：一是情感体验；二是回忆与想象；三是思维过程充满着丰满、生动、鲜活的形象性。

四、形象化的三个观照维度：博喻与莎士比亚式及莎士比亚化

钱先生在文学研究中尊崇马克思主义的文艺理论，也十分重视思想表现形象化在文学艺术，特别是在诗歌创作中的重要地位。他十分赞同毛泽东对宋诗爱讲理、缺形象的批评："宋诗有个缺陷，爱讲道理，发议论；道理往往粗浅，议论往往陈旧，也煞费笔墨去发挥申说。这种风气，韩愈、白居易以来的唐诗里已有，宋代'宋理'或'道学'的兴盛使它普遍流播。"

唯独苏东坡不同。钱锺书认为苏轼的诗歌是"丰富、新鲜、贴切"比喻生动的宝库。比喻或比兴，是形象思维过程中最古老、最重要的实现方式，是将抽象的道理、现象，或要形容的人或事形象化的最重要的手段之一。"苏轼的《百步洪》第一首里写水波冲泄的一段：'有如兔走鹰隼落，骏马下注千丈坡，断弦离柱箭脱手，飞电过隙珠翻荷'，四句里七种形象。《石鼓歌》里用六种形象来讲'时得一二遗八九'，《读孟郊诗》第一首里用四种形象来讲'佳处时一遭'。"这些都是比喻的佳句，钱先生关于形象思维的研究多与东西方古典诗歌里的比喻研究相联系。钱锺书称苏东坡是最懂形象思维规律的大诗人，在《宋诗选注》中特别称赞苏东坡善于把宋代散文家"博喻"的优点吸收到诗歌创作领域，堪称一绝，他还从跨文化角度敏锐地联想到西方文学类似创作的规律性现象，指出苏东坡与宋代散文中的"博喻"恰似"西洋人所称道的莎士比亚式的比喻"。这就为我们研究苏轼诗歌形象化的特点打开了一扇跨文化的诗学大门，开辟了研究中国文学中形象思维艺术实践的新途径。

而钱先生在苏轼诗评中提到的"莎士比亚式比喻"也很自然地使我们联想到马克思主义现实主义文论中十分著名的"莎士比亚化"的创作主张。熟悉马克思主义文论的读者都知道，马克思主义现实主义的创作论历来主张作家追求形象生动地描绘社会生活的"莎士比亚化"，而不赞成"席勒式的时代精神传声筒"。莎士比亚化，是马克思主义现实主义文论最重要的审美与创作观念。马克思主义文论的"莎士比亚化"，也可以用钱锺书先生所提到的中国文学"博喻"来作异质文化的同类比较。

五、结论

吴教授最后总结，钱锺书关于"形"与"象"、博喻、形象思维以及"莎士比亚化"的研究给我们当代跨文化文学研究以如下启示：

第一，他肯定形象思维是东西方文学创作，特别是诗歌创作里必须遵守的固有规律。他的跨文化溯源比较研究方法有助于深化我们的古典文论词源研究。

第二，他从中国诗论的文化视角审视现代文论中的形象概念与形象思维，提出了注重"形"与"象"的互文与互动关系，丰富了形象思维论的阐释。

第三，钱先生通过"博喻"把中国古典文论与马克思主义的"莎士比亚化"观念及俄罗斯的形象思维论有机地融通、整合为一体，从中国文化和跨文化比较的角度，深化了马克思主义文论中有关莎士比亚化的阐释，从而丰富了马克思主义文艺理论的阐释资源。

第四，钱先生从跨文化的角度对"形"与"象"以及形象思维论的思考，对于当下的文论建构，特别是对于我们重新认识俄国近代文学理论的重要贡献之一——形象思维论，具有非常重要的学科建构意义。

六、对话环节

陈戎女教授认为，从讲座伊始吴教授给出的关键词可见本次讲座内容干货满满。形象和形象思维是有别于欧美传统的俄国文论核心概念。形象思维不仅可以解释哲学，或许也可以解释许多其他艺术门类。吴教授将别林斯基提出的概念与中国语境下的文论进行了大量结合，尤其是钱锺书关于形与象以及形象思维的辨析，兼通中西古今。俄国形式主义的陌生化理论本是从语言角度阐释何为真正的诗、真正的文学，后来布莱希特取用"陌生化"概念阐释他对戏剧效果的新理解，陌生化有了更多应用，至今仍在使用，革故鼎新。正如吴教授在结语中说到的，钱锺书对于俄国文论和中国诗学之间相互阐发的价值和意义，即在掌握扎实材料的基础上，对中西文化和文论进行创新性地发掘和互通，而不仅仅是对西方的亦步亦趋。

黄悦教授认为，吴教授今天的讲座可谓是旁征博引，这种触类旁通式的方式方法正是一个比较文学学者应该具备的基本功。其次，关键词式的讲法使得讲座内容更加清晰，而在这背后串联了一个重大的文论问题，比如形式主义文论探讨的不仅仅是文学或诗歌的"形式"问题，因为与此相对应的是文学功能论，即是什么使诗成为诗的问题。第三，吴教授在讲每个问题时都会给出背景，即当下语境，例如70年代时《人民日报》发表了一封毛泽东给陈毅的谈诗歌的信，信里论及并肯定了形象思维理论，而这正是对马克思主义文论的回归，这便是文化语境的重要性。最后，吴教授给我们做了一个很好的示范，那就是一个中国学者的文化自信是渗透在方方面面的，他对文论的追溯上通传统文论的丰富性，下指当下的文论语境和观念，这种思路和立场值得我们学习。

张生珍教授提出了关于"莎士比亚式"和"莎士比亚化"的翻译问题，吴教授回答这是同一个词的两个汉译，即Shakespearean，这也从侧面反映出跨语境翻译的重要性。

周阅教授用八个字来概括吴晓都教授的讲座，"博古通今，东西兼容"，而这也是比较文学学者做跨文化研究必须具备的素质。

本次讲座为校内外师生带来的既是知识，也是思想的启迪，最后，这场精彩纷呈的学术盛宴在掌声中圆满结束。

（文稿/惠子萱）

2. 跨文化系列讲座第107讲：跨文化戏剧研究的方法问题：从摹仿出发

主讲人：周云龙，文学博士，福建师范大学文学院教授，博士生导师，博士后合作导师，副院长，《海峡人文学刊》杂志社副社长，从事比较文学形象学、跨文化戏剧研究和文化研究。

2021年4月9日下午，跨文化系列讲座第107讲在教四楼213会议室举行，本讲主题为"跨文化戏剧研究的方法问题：从摹仿出发"，主讲人为周云龙教授，主持人为陈戎女教授。

此次讲座，周云龙教授从西方核心文艺观之一的"摹仿"入手，结合相关理论和学术著作展开个案分析，借此导入跨文化戏剧研究的方法问题。讲座围绕四个问题展开：一、什么是跨文化戏剧（intercultural theatre）；二、摹仿（与再现）简史；三、（跨文化戏剧实践中的）摹仿/再现与身份政治；四、超越身份政治？

一、什么是跨文化戏剧（intercultural theatre）？

20世纪70年代，美国戏剧学家理查·谢克纳提出"跨文化戏剧"概念来取代所谓的"跨国主义"（internationalism）。谢克纳认为，"跨国"本身就内含着一种政治上的规定性，并非自然意义上的文化观念。"跨文化戏剧"概念一经提出，就引发了学术界的争议和思考，进而演变成一种约定俗成的术语。周教授表示，虽然现今的"跨文化戏剧"概念与谢克纳最初提出时相比，其内涵和外延都发生了很多变化，但是言人人殊的"跨文化戏剧"概念之间有一个共同的交集，即对来自不同文化传统的戏剧元素的整合与挪用（appropriation）。这一交集是理解"跨文化戏剧"的关键要素。

谢克纳曾提及，在"跨文化戏剧"这一术语产生之前，这类实践就广泛存在，比如19世纪90年代的日本新剧（Shingeki）和20世纪20年代的中国话剧都是"跨文化戏剧"。周云龙教授以中国话剧为例对谢克纳的观点进行了解释：中国话剧并非本土的戏剧样式，它的生成拥有广阔的全球化背景，融合了多种外来和本土的元素。周教授指出，谢克纳对跨文化戏剧的描述，让他想到了萨义德在《东方学》的第一章所谈到的西方人对东方的想象。针对这一问题，萨义德在书中例举了两部古希腊悲剧，分别为埃斯库罗斯的《波斯人》和欧里庇得斯的《酒神的伴侣》。萨义德对这两部悲剧中出现的东方形象做了如下界定：《波斯人》表现了一种被打败的、悲泣的亚洲形象；《酒神的伴侣》表现了一种对西方而言是危险的、具有威胁性的东方形象。这两种形象构成了西方想象东方的两种原型。周教授认为，萨义德在《东方学》中选取的这两个例子，说明了从古希腊悲剧开始，戏剧就具有了跨文化性。根据对以上内容的梳理，周云龙教授对何为跨文化戏剧做了总结：跨文化戏剧不是分类学体系下的戏剧类型，而是方法论层面上的实践途径。

二、摹仿（与再现）简史

摹仿与再现的关系是理解跨文化戏剧的前提。周教授认为，既然跨文化戏剧实践总是涉及对不同戏剧文化传统或隐或显地挪用，那么它就必定内涵着一个对异质戏剧文化摹仿与再现（representation，又译作表征、表述或代表）的过程。作为一个古典诗学概念，摹仿在古希腊有很多论述，最典型的如画家宙克西斯和帕拉西奥斯竞赛的故事。这个著名的例子说明了摹仿在其起点处就暗含一个跷跷板般的二元结构，其两端分别是符号/仿制与实物/本源。周教授认为，再现是一种关系状态，符号和实物之间的关系可以视为一种再现与被再现的关系，再现的政治意义面向就是代表。

摹仿作为古典诗学的关键词，在后来西方文论的发展过程中遭遇了很多挑战。从浪漫主义时期的表现说，到 20 世纪 30、40 年代以文本为中心的新批评，再到 20 世纪中后期西方哲学发生的"语言学转向"，"摹仿"不断遭遇批判或冲击。当代文化理论家霍尔在其著作《表征》中，从构成主义的角度对再现（"表征"）进行界定："被呈现的内容、方式、人们所选择的对象与实际呈现物之间的距离、悖论、呈现者的意图，以及所呈现的意义或符号的消费，构成人类群体内部和群体之间交流的表征系统。"周云龙教授如此解释：人类在交流的过程中依赖符号，但是符号表意过程具有约定俗成、延宕中介以及彼此互相依赖等特征。比如"照骗"的说法，就说明了符号指意实践的不确定性和完美再现事物的不可能。

三、（跨文化戏剧实践中的）摹仿/再现与身份政治

周云龙教授结合一些经典案例，讲解了跨文化戏剧实践中的摹仿/再现与身份政治问题。

周教授通过分析高坦·达斯古普塔（Gautam Dasgupta）评论彼得·布鲁克的《摩诃婆罗多》（*The Mahabharata*）的案例，展示了"东方主义"话语中的身份政治怪圈。达斯古普塔看完彼得·布鲁克对印度史诗《摩诃婆罗多》的改编后，毫不客气地批评这场演出充满了东方主义偏见，用不尊重"实质"的摹仿再现/代表了并不在场的印度文化，改编丢失了史诗中根本的"印度性"（Indianness）。达斯古普塔的批评中，身份政治议题浮现。何为身份政治？周教授引用了弗朗西斯·福山（Francis Fukuyama）的话："现代的身份观念推崇本真性价值，它建立在对内在性（inner being）不允许被表达的确认上。"达斯古普塔所说的"印度性"就是福山"内在性"的一个例子，当想象的内在性遭受外在压抑时就会产生身份意识。因而达斯古普塔要否定的其实只是西方戏剧家在未经授权的情况下扭曲地再现/代表了东方，而并不真正否定再现本身。

接着，周云龙教授抛出了这样一个问题：达斯古普塔的论述是萨义德式的吗？达斯古普塔在论文《〈摩诃婆罗多〉：彼得·布鲁克的东方主义》中确实引用了萨义德的"东方学"观点，但达斯古普塔的批评看似是萨义德式的，其实是反萨义德式的。对照《东方学》可以看到，达斯古普塔对布鲁克跨文化戏剧实践的东方主义批评，显示出他对再现的深信不疑以及对身份政治的再次构建，其实落入了文化相对主义的陷阱。

西方戏剧对东方元素的挪用很容易被指责为"东方主义"，而东方戏剧家对西方戏剧进行跨文化改编，则常被认为受到文化帝国主义的影响。周云龙教授分析了陈小眉的著作《西方主义》，继续深入探讨东方戏剧摹仿西方戏剧所隐含的复杂问题。陈小眉在书中表明了反对文化帝

国主义的研究套路。她认为，简单地将文化帝国主义视作西方对东方的压抑是不妥的，西方戏剧进入中国本土会被重新改编并赋予新的意义，这新的意义就变成中国对抗本土权力结构的积极因素。与达斯古普塔评论彼得·布鲁克改编《摩诃婆罗多》的案例相比较，《西方主义》的批评路径显然更具有启发性：它不再赋予某个跨文化戏剧文本的"原意"任何优先或特权，从而避开了跨文化改编中本源与仿制、西方与东方、再现/代表与缺席等二元对立项，把重心转向本土"此时此地"的意义创制层面。

周教授指出，陈小眉的观点也有缺陷。因为她的出发点是否认纯粹的东方或西方，西方的文化帝国主义也可以成为东方自我的组成部分，所以《西方主义》的论证，其实是把当代中国的跨文化戏剧实践的思考方式从国族引向了全球，西方主义式的跨文化戏剧实践本身被解读为一种处于第一世界和第三世界之间的戏剧化的事件/表演。那么，观众的范围就不能局限于"中国"，但陈小眉却始终在"中国观众"这个范畴里面讨论西方主义戏剧的意义，忽略了观看当代中国（戏剧）的另一个群体：西方观众。20世纪80年代初期，中国舞台上的西方戏剧所表达的情感主题、美学倾向，对中国观众而言是一种全新的审美体验。这些审美体验在《西方主义》里被解读为"集体主义"式的政治创伤疗愈，被整体化为一个压抑的群体对主流意识形态的"反话语"，似乎"中国观众"已经丧失了或天然没有资格拥有这种来自"西方"的情感。在这个意义上，《西方主义》的写作强化了西方关于第三世界的"民族寓言"的刻板印象。

四、超越身份政治？

身份政治几乎成为当代跨文化戏剧研究无法回避的议题之一，那么，我们能否超越身份政治的框架继续推进跨文化戏剧的研究呢？

跨文化戏剧及其研究中的身份政治所裹挟的新殖民主义、族裔中心主义等问题，引起了德国学者费舍尔-李希特的不满和困扰。针对跨文化戏剧中的身份政治问题，费舍尔－李希特构想了一个新的术语"交织表演文化"（interweaving performance cultures）以取代前者。费舍尔－李希特用织布描述戏剧作品的生产，"踪迹"（trace）、"起源"（origin）作为关键词，很容易唤起我们关于德里达解构起源的联想。事实上，费舍尔－李希特的表演文化关系设想也与德里达的解构思路非常相似，甚至可以作为对德里达思想的一次"摹仿"。在论及其戏剧构想遭遇语言上的困难时，费舍尔－李希特举了一个关于中国传统哲学概念"气"的例子。

德里达在批评逻各斯中心主义时，沿用16世纪以来欧洲书写把中国幻象化（为差异）的习惯性做法。中国哲学概念的"气"既直观可感又深奥莫测的性质，和德里达再现中国（文字）时一样，李希特在建构其戏剧观念时，又重复了关于中国"既神秘又浅白"的刻板印象。李希特既摹仿了中国传统，又摹仿了德里达，她跨越文化边界的激进思考依赖了既有的"西方－东方"边界划分，是一次乌托邦式的幻想。

周云龙教授提出了讲座的核心问题：身份政治似乎已经是跨文化戏剧实践的地平线，我们还有可能超越它吗？勒内·吉拉尔（René Girard）提出的欲望三角机制观点，为超越身份政治的分析框架提供了可能性。为了帮助现场同学更好地理解欲望三角机制，周云龙教授例举生活中普通人摹仿明星穿搭的现象予以解释。摹仿的主体（普通人）、客体（明星的穿搭）、中介（明星）构成了欲望三角，其中真正发挥作用的是摹仿的冲动，正是因为摹仿的冲动吸引主体（普通人）对明星的穿搭产生了欲望。"在我们考察的欲望的所有变体中，我们不仅遇到了主体和客体，还有第三个在场的因素：竞争对手。正是竞争对手才是欲望的支配性角色。"吉拉尔通过把"摹仿"设定为第一术语，颠覆了把欲望作为本源的传统假定，反过来，摹仿也不再是对某种规范或优越性的拷贝。摹仿成为第一性的而非衍生性的力量。

周教授说，吉拉尔对戏剧的跨文化批评，为我们提供了很多令人耳目一新的精彩范例。比如，在解读《威尼斯商人》时，吉拉尔以令人叹服的文本细读功力，提炼出一个既有批评从未触及的问题，即该剧中犹太人夏洛克与威尼斯人之间诸多的（比如金钱主义方面）相似性。吉拉尔特别就金钱与人道混淆的层面展开论述，指出夏洛克神秘而怪异地坚持要威尼斯人安东尼奥的一磅肉，其实是对威尼斯人把人商品化行为的摹仿。他认为，既有的研究强调和夸大犹太人与威尼斯人之间的差异，造成了理解上的误导。事实上，在威尼斯，贪婪与仁慈、骄傲与谦卑、同情与凶暴、金钱与人肉，这些看似对立的指称都在相似性中合而为一。夏洛克作为高利贷者和悲剧英雄两种对立的形象，产生于传统解读中把犹太人和威尼斯人视为永不交叉、独立、静止的实体，但吉拉尔的解读颠覆了犹太人和威尼斯人之间的差异不可逾越的流行观念。至于如何把吉拉尔独树一帜的摹仿论述转换为跨文化戏剧研究中的有效方法，还有待在具体的历史情境与问题脉络中做出复杂的语境化工作。

最后，周云龙教授强调，没有哪种理论框架可以作为万金油来使用，不应该试图用某个理论框架去套有待分析的文本。针对如何把理论转换为行之有效的方法视野，周云龙教授给出了两点建议：一是不断锤炼文本细读的基本功，二是把理论语境化、问题化。周教授还不断强调他的讲座是开放式的、未完成的，仅仅是在尝试着探讨进一步研究的某种可能性。

五、对话环节

周云龙教授深入浅出的演讲引起了在场听众的广泛思考，他生动形象的举例分析拉近了听众与相关学术文本之间的距离。陈戎女教授评价周教授理论功底深厚，其理论研究是"取他山之石琢自家之玉"的优秀范例。来自中央民族大学的刘柳老师，结合其博士论文《足尖上的意志：芭蕾舞剧的〈红色娘子军〉的表演实践与当代演说》对摹仿与身份政治的问题做了简短的回应。在场的硕士生胡彬彬就齐泽克的"幻象"是否与吉拉尔的"欲望三角"有相似之处向周教授请教，周教授以当下的热门电影《你好，李焕英》中的某个镜头的暧昧人称及其可能的吸引力为例，对这一问题进行了耐心的解答。讲座最终在听众意犹未尽的交流中圆满结束。

（文稿/何芳）

3. 跨文化系列讲座第108讲：漫谈中西戏剧的比较

主讲人：廖奔，中国作家协会研究员，戏剧与文化学者，中国社会科学院文学博士，美国伯克利加州大学东亚研究所博士后，中国艺术研究院研究员，厦门大学、南京师范大学中文系博导。

2021年4月28日下午，跨文化系列讲座第108讲在北语教三楼300教室举行。本讲主题为"漫谈中西戏剧的比较"，主讲人为廖奔研究员，主持人为陈戎女教授。

讲座之前举行了简短而不失隆重的赠书仪式，廖奔老师向北语捐赠了几十册戏曲和戏剧研究类藏书。北语图书馆馆长赵军武、副馆长陆晓曦两位领导出席了赠书仪式，并代表北语图书馆向廖奔老师颁发了捐赠证书。廖奔老师捐赠的这批戏剧研究著作填补了北语馆藏的空白，相信这批藏书会对北语人才培养、教学科研发挥重要作用。

廖奔老师是一位兼具跨文化和比较戏剧视野的学者。2019年，他曾为北语师生带来一场名为"从隔膜到交融——中西戏剧三百年的文化互动"的讲座，讲述了动态历史文化坐标下中西戏剧发生的各种有趣碰撞。本次面向本科生的讲座主要采取漫谈的形式，围绕为什么要比较、比较什么、怎么比较的问题漫谈中西戏剧的异与同。

一、语言的比较：象形文字与拼音文字

廖奔老师首先从语言角度切入，谈到在比较象形文字与拼音文字的本质及发展趋势时所要考虑的问题。比较的第一个层次是要了解古埃及文字、楔形文字、玛雅文字、甲骨文这四大象形文字体系的特点，思考其与拼音文字的不同之处；第二个层次是辨析象形文字的特征和产生原理，探究其为什么与拼音文字不同。廖奔老师向在场的同学提出了一个问题：在一代代人的流传中，语音是如何与文字发生关系的？象形文字与发音无关而与形象有关，拼音文字则相反。为何中国等东方国家发展成了象形文字，而英美等西方国家却发展成了拼音文字，这是可以从比较的角度思考的问题。

20 世纪初，象形文字与拼音文字比较的焦点主要在二者的优劣之分。当时的汉学家们对中国传统文化持彻底否定态度，认为脱胎于象形文字的汉语束缚了中国人的思维方式，因而曾一度想要抛弃汉字，改换拼音文字，但由于各种复杂的原因未能实现。廖奔老师分享了自己七八十年代做学术的经历，说到那时最大的麻烦就是花费大量时间誊抄稿件，但计算机开始普及之后，汉字的输入速率提高，不再成为交流的阻碍，这一问题也就随之化解了。

二、文化的比较：戏剧与其他艺术类别

廖奔老师指出，如今各个艺术门类都在推进比较。关于"比较什么"，无非就是要找出人类思维的共性与个性，以及思考这样的相同和不同能带给我们什么样的启示，能帮助我们获得什么新的理解。所谓借他山之石来攻我之玉，根本在于取长补短，明确自己的位置。如中国自古以来重文化而轻科技，儒文化对国人的塑造有好坏两个方面：坏的一面是儒文化曾造成国人精神上的侏儒化，束缚了国人向上奋进的精神，甚至束缚了肉体；好的一面则是它对周边国家有着强大的文化渗透力，能够生生不息。如今韩国、越南等国对中国文化的态度亦是值得关注的现象。

在中国文化语境下，诸如音乐、美术、书法、电影等艺术门类的美学原则都是一致的，可以很容易地纳入比较范畴中来。但中国艺术与西方艺术秉持的理念不同，这是进行比较时的难点。西方艺术以真为美，崇尚写实，如话剧在 19 世纪末达到现实主义的极端，走向自然主义之后，就完全以在舞台上逼真地展现日常生活为目标，这时戏剧就走入了死胡同。廖奔老师认为，戏剧要首先确定一个假定性，它不是真实生活，而是在舞台上扮演的生活。一旦将假定性剔除，生活和艺术的界线就泯灭了。当西方的写实主义、自然主义艺术走到了尽头，戏剧也同样走到了尽头，所以才出现了 20 世纪初一系列现代派的反叛。现代派对戏剧的定义不再是在舞台上展现生活，而是要在舞台上揭示某种感觉，表达某种哲理，宣示某种思想。

西方文化为寻求自身的突破，一方面继续溯源古希腊，一方面转而向东方借鉴灵感：巴厘岛古老部族的祭祀舞蹈、日本的能乐、印度的梵剧、中国的戏曲，一时间都成为观照的对象。在此背景下，廖奔老师认为 20 世纪梅兰芳西征的成功实际上并不是由中国文化的强大造成的，而是由于其恰好和当时西方艺术观念的变迁与需求相吻合。同样，中国 20 世纪引进西方话剧的直接动力亦不是艺术需求，而是社会需求。此外廖老师还补充到，西方人普遍对中国传统戏曲音乐难以接受。西方音乐在宗教唱诗班的长期熏陶下形成了重和声的传统，而中国戏曲音乐常形成锣鼓喧天的混乱局面，导致西方人往往难以接受。

对当今文化比较来说，廖奔老师认为"一带一路"是一个非常好的文化战略设计。在如今与西方的交流日益受阻之时，我们不妨把目光转向一带一路上的国家，这些民族的文化有非常多与我们相似的地方。

三、比较的要义：开放/平等

在讲座结语中，廖奔老师告诉在场同学们：比较最终不是比较谁好谁坏、谁高谁低，而是比较人类思维的不同模式及其创造出来的各种产物，需要明白这些产物的来源及相关社会背景，并注意其中的差异性。总而言之，我们的希冀是要去比较人类不同思维、不同艺术之间各有什么样的美，各自美在哪里，它们的好处是什么。用平等的思维去看世界，这是我们今天比较的前提。

最后廖奔老师引用了费孝通先生的话作为结语："各美其美，美人之美。美美与共，天下大同。"每个人，每个民族，每个文化都有美的东西，也都有不好的东西。比较就是找出好的在哪里，不好的在哪里。既不能傲居于人之上，也不必俯首于人之下。尤其是今天我们国家已经有这个底气了，可以平等地和世界对话。

四、对话环节

在交流环节，日语专业本科生欧阳靖请教，面对当今文化杂糅的复合戏剧，分属中西各自体系的戏剧理论是否适用、如何适用。廖奔老师认为，西方戏剧有着一整套完整的理论体系，但现在已解释不了现代派；中国则自古以来就没有严格意义上的戏剧理论体系，到了20世纪，是在参照西方戏剧理论的基础上，吸收一些中国传统美学概念来解释我们的传统戏曲。中国戏剧界一直想建立一个既不是戏曲又不是西方戏剧的所谓中国戏剧体系，这脱离了戏剧实践，为此他曾写过一篇文章——《中国演剧体系的探索及其终结》。对今天的戏剧研究者来说，面对多变的文化所能做的只有不断扩大知识面，注重理论积累，这样才能寻找到自己的发声点。汉教专业本科生黄可钦提问，西方跨文化戏剧在挪用中国元素时所考虑的基点是什么。廖老师以美国先锋派导演彼得·塞勒斯（Peter Sellars）执导的歌剧、话剧、戏曲三合一的作品《牡丹亭》为例，进行了回应。

最后，陈戎女教授用"举重若轻"来评价此次讲座，廖奔老师用漫谈的方式从语言到文化再聚焦到戏剧，带给了大家许多有益的启发。出席本次讲座的还有培训学院的孙亚鹏副教授、西方语言文化学院的颜雅培老师等人。

（文稿/周琳玥）

4. 第二届梧桐学术沙龙暨跨文化系列讲座第109讲：戏剧与电影：亲缘、区隔与跨媒介

主讲人：戴锦华，毕业于北京大学中文系，曾任教北京电影学院电影文学系11年。自1993年任教于北京大学比较文学与比较文化研究

所，北京大学人文特聘教授，北京大学电影与文化研究中心主任。

沙龙与谈人：

孙柏，中国人民大学文学院教授，兼任北京大学电影与文化研究中心研究员。

魏然，北京大学比较文学博士，中国社会科学院外国文学研究所副研究员。

王昕，北京大学比较文学博士，北京师范大学艺术与传媒学院讲师。

胡亮宇，北京大学比较文学博士，北京语言大学文学院讲师。

本讲戴锦华教授的主讲内容，沙龙与谈环节的实录，详见本辑的"戏剧与电影的跨媒介研究"栏目相关内容。

《当代比较文学》征稿启事

《当代比较文学》是由北京语言大学主办、中国比较文学学会协办的综合学术辑刊，每年出版两期，主要聚焦于近年来以比较文学与世界文学为核心的人文社科研究热点和前沿讨论。如蒙赐稿，敬请注意并遵循下列约定：

一、本刊只接受首次发表的学术论文和学术译文的投稿，已发表过的论文和译文（包括网络发表），恕不接受。

二、来稿以 12,000 – 15,000 字为宜，欢迎高质量的长文。请在正文前提供中文论文摘要 200 – 300 字，关键词 3 – 5 个。同时请提供论文题目、摘要、关键词三个部分的英文译文。如所投稿件是作者承担的科研基金项目，请在标题页注明项目名称和项目编号。文末请提供作者简介，包括姓名、学位、任职机构、职称、主要研究方向等信息。

三、论文不区分注释和参考文献，采用当页脚注。脚注用上标形式①②③数字表示，每页重新编序。注释的著录项目及标注格式如下例所示（不需要加文献标识码）：

专著：责任者与责任方式/文献题名/出版地点/出版者/出版时间/页码。

译著：责任者与责任方式/文献题名/译者/出版地点/出版者/出版

时间/页码。

期刊论文：责任者/文献题名/期刊名/年期（或卷期，出版年月）。

报纸：责任者/篇名/报纸名称/出版年月日/版次。

析出文献：责任者/析出文献题名/文集责任者与责任方式/文集题名/出版地点/出版者/出版时间/页码。

四、脚注中的外文参考文献要用外文原文，作者、书名、杂志名字体一致采用 Times New Roman，书名、杂志名等用斜体，其余采用正体。

五、请将来稿电子本发至本刊编辑部邮箱 ddbjwx@163.com。纸质本并非必要，如需寄送，地址如下：北京市海淀区学院路 15 号北京语言大学比较文学研究所 陈戎女收 邮编 100083。

六、本刊采用匿名审稿制度，审稿时长为三个月，来稿恕不退还，也不奉告评审意见，敬请海涵。

Call for Papers

Contemporary Comparative Literature (hereafter referred to as Journal), sponsored by Beijing Language and Culture University, is an academic journal published semi-annually focusing on contemporary studies of Comparative Literature and World Literature. It also covers related heated topics and frontier discussions of humanities and social sciences. The Journal welcomes submissions based on the following guidelines:

1. The Journal welcomes submissions of academic articles and translations and requests that the work is original and has not been previously published elsewhere (including online).

2. Research article should be limited to 12000 – 15000 words in length, but we also welcome longer ones with high quality. Research article should include abstracts of 200 – 300 words and keywords of no more than 5 words in both Chinese and English. Chinese and English title, author's occupation, position and contact information should also be included at the end of the article.

3. Papers written in English should follow the MLA format.

4. Please submit the article in electronic form to ddbjwx@163.com. The

electronic file should be either in Microsoft Word or PDF format. The hard – copy version is not a necessity.

5. All articles are subject to anonymous peer review which will last 3 months.

6. Inquiries are to be directed to ddbjwx@163.com or to this address:

  Editor of Contemporary Comparative Literature

  Institute of Comparative Literature

  Beijing Language and Culture University

  15 Xueyuan Road, Haidian District

  Beijing 100083, P. R. China.